I0588156

DIE RETTUNG VON ERIN

RED TEAM – STAHLHARTE BESCHÜTZER
BUCH FÜNF

RILEY EDWARDS

OPERATION ALPHA

Herausgegeben von: Aces Press, LLC
ISBN Taschenbuch: 978-1-64384-711-5
Besuchen Sie Riley im Netz!
www.rileyedwardsromance.com
facebook.com/Novelist.Riley.Edwards
instagram.com/rileyedwardsromance
youtube.com/channel
tiktok.com/@rileyedwardsromance
twitter.com/rileyedwardsrom
E-Mail: riley@rileysrebels.com

WILLKOMMEN

Liebe Leserinnen und Leser,

willkommen in der Fan-Fiction-Welt von *Special Forces: Operation Alpha*!

Falls Sie diese Welt zum ersten Mal betreten, sollten Sie wissen, dass die Autorin in ihrer Erzählung einen oder mehrere meiner Charaktere verwendet. Manchmal spielt die Figur dabei eine wichtige Rolle in der Geschichte, und zuweilen wird sie nur kurz erwähnt. Das ist völlig legal und erlaubt, da der Roman von Aces Press, LLC veröffentlicht wird.

Dieses Buch ist vollständig das Werk der Autorin. Zwar habe ich beim Brainstorming geholfen und Ideen eingebracht, wenn es darum ging, welche meiner Figuren in der Erzählung erwähnt werden würden, aber ich hatte weder Einfluss auf den Schreibprozess noch auf die Bearbeitung der Geschichte.

Ich bin stolz und begeistert, dass meine Figuren so viel Anklang finden und viele Autorinnen und Autoren ihnen in ihren eigenen Erzählungen Platz schaffen. Vielen Dank, dass Sie sie und mich unterstützen!

Viel Spaß beim Lesen!

Susan Stoker xoxo

BEVOR SIE DIESES BUCH LESEN

Danke, dass Sie sich für den Kauf von *Die Rettung von Erin* entschieden haben. Ich bin überglücklich, erneut in Susan Stokers *Special Forces: Operation Alpha* Universum mitwirken zu dürfen. Seit vielen Jahren bin ich ein Fan von Susan und habe jedes ihrer Bücher (mehrfach) gelesen. Obwohl ich mein Bestes getan habe, um ihren Originalcharakteren treu zu bleiben (denn sie sind einfach fantastisch), bin ich nicht Susan. Daher habe ich die Figuren so wiedergegeben, wie ich sie als Leserin erlebt habe.

Ich möchte, dass alle Fans der SOP-Reihe das Gefühl haben, alten Freunden zu begegnen, wenn sie ihre geliebten Charaktere darin wiederfinden. Ich hoffe, dass ich ihnen gerecht geworden bin. Aber vergessen Sie bitte nicht, dass ich mir auch einige Freiheiten genommen habe.

In *Die Rettung von Erin* spielen auch einige Charaktere der Reihe *SEALs of Protection: Legacy* mit: Rocco, Ace,

Gumby, Phantom, Bubba und Rex. Diese Romane wollen Sie auf keinen Fall verpassen.

Darüber hinaus ist auch Susans Team der *Delta Force Heroes* in dem Buch vertreten: Ghost, Fletch, Hollywood, Beatle, Coach, Blade und Truck.

Und natürlich der unbestrittene IT-König und Cyber-Genie John »Tex« Keegan.

Ich hoffe, Sie genießen die Welt, die ich für Sie erschaffen habe, so sehr, wie ich es geliebt habe, sie zu gestalten.

Für Susan.

Seit meiner ersten Erzählung über die Special Forces: Operation Alpha ist ein Jahr vergangen. In diesem Universum, das einzig durch die Kreativität Susan Stokers zum Leben erweckt wurde, darf ich mit großartigen Charakteren spielen.
Dieses Jahr hat mein Leben verändert. Nicht nur beruflich, sondern auch privat. Ich fühle mich geehrt, dich meine Freundin nennen zu dürfen. Du bist nicht nur eine brillante Autorin, sondern auch ein wunderbarer Mensch. Bescheiden, freundlich und großzügig. Habe ich schon erwähnt, dass du brillant bist? Oh, natürlich witzig. Ich danke dir dafür, dass ich deine Figuren verwenden darf, ich liebe sie alle. Danke, dass du mich ermutigst und mir hilfst, wenn ich einmal nicht weiterkomme. Danke, dass du meine ersten Entwürfe liest (auch wenn sie unordentlich und schwer zu entziffern sind) und mir immer deine Meinung mitteilst. Meine Erzählungen sind dank dir noch besser.
Und mit Susan kommt Amy. Über Amy kann ich vor allem sagen, dass sie eine tolle Frau ist, die nichts aus der Ruhe bringt. Sie ist entschlossen und mutig. Danke für deine Geduld. (Dieses Buch wurde ihr zwölf Stunden vor meinem Abgabetermin und an Heiligabend geliefert.) Und danke für all deine Hilfe.

PROLOG

»Du bist ein Feigling.«

Erin Anderson stellte meine Selbstbeherrschung auf eine harte Probe. Sie war wahrscheinlich die verwöhnteste Göre, der ich je begegnet war. Diese Erkenntnis war allerdings nicht bis zu meinem Schwanz vorgedrungen. Die Frau war nicht nur manipulativ, sondern auch schön und klug. Und obendrein war sie die Tochter des Präsidenten der Vereinigten Staaten.

Absolut tabu.

»Ich bin kein Feigling, Erin. Vor allem bin ich nicht dumm«, antwortete ich.

Verärgert verschränkte sie die Arme vor der Brust, wodurch ihr geschmeidiges Dekolleté bestens zur Geltung kam. In einem Moment der Schwäche beäugte ich ihre Brüste und musste ein Stöhnen unterdrücken. Der flüchtige Blick genügte, um meinen Schaft anschwellen zu lassen und meine Entschlossenheit ins Wanken zu bringen.

Erin wusste genau, was sie tat, und versuchte weiterhin, mich zu manipulieren. Sie hatte gelernt, ihre Schönheit einzusetzen, um ihren Willen zu bekommen. Und während der letzten Monate hatte sie keinen Hehl daraus gemacht, dass sie mich wollte. Aber das konnte sie sich abschminken, und zwar aus vielerlei Gründen. Abgesehen davon, dass ihr Vater Präsident war, würde ich mich nicht einfach so von einer Frau benutzen lassen. Ich war nicht ihr Spielzeug.

So sehr ich mich für den Rest meines Teams freute, an die Liebe glaubte ich nicht. Zumindest kam sie für mich nicht infrage. Oder wie man so schön sagte: Gebranntes Kind scheut das Feuer. Außerdem vögelte ich keine Frauen, die über meiner Gehaltsklasse lagen. Reiche Frauen hatten es nur auf mich abgesehen, weil ich ein ehemaliger Elitesoldat war. Aber es kam für mich nicht infrage, den Dienst, den ich geleistet hatte, auf diese Weise herabzuwürdigen.

»Ich weiß, dass du es auch fühlst, Colin. Aber du bist entweder zu stur oder zu dumm, um es dir einzugestehen«, fuhr Erin fort.

»Im Moment fühle ich nichts weiter als meine angespannten Nerven.«

»Colin …«

»Das reicht jetzt, Erin. Mir ist klar, dass du dich für gewöhnlich mit den Jungs aus dem Country Club begnügst, die dir alle zu Füßen liegen. Aber ich habe nichts mit diesen Weicheiern gemein. Von mir aus kannst du schimpfen und zetern so viel du willst, aber ich werde dir trotzdem nicht nachgeben. Ich bin ein Mann und kein Idiot, der sich von deinen Betteleien erweichen lässt.«

»Du bist ein Arschloch!«, schrie sie.

»Nein, Schätzchen, ich bin nur ehrlich. Ich beschönige

nichts, nur weil ich deine Gefühle nicht verletzen will. Wenn du auf so etwas aus bist, warum zum Teufel führen wir diese Diskussion überhaupt?«

»In Ordnung. Ich habe es verstanden. Du willst mich nicht.« Ihr aufreizendes Grinsen wich einem niedergeschlagenen Stirnrunzeln. Der Anblick gefiel mir ganz und gar nicht, aber es war besser so. Es war meine Aufgabe, sie zu beschützen, doch ich konnte mich kaum auf meinen Job konzentrieren, wenn sie jedes Mal, wenn wir allein waren, meine Geduld und Selbstbeherrschung auf die Probe stellte.

»Erin …«

»Nein.« Sie hielt eine Hand in die Höhe, um mir das Wort abzuschneiden. »Vergiss es. Ich muss wieder nach unten zu der Wohltätigkeitsveranstaltung und meinen Verpflichtungen nachkommen.«

Sie hatte recht. Auf ihre Einladung hin waren mindestens vierhundert Menschen hier, die nur darauf warteten, von der Tochter des Präsidenten bezaubert zu werden. Eines musste ich ihr lassen, sie wusste, wie sie andere um den kleinen Finger wickeln konnte. Sie musste nur eine leidenschaftliche Rede über das Kinderhilfswerk, für das sie sich engagierte, schwingen, und die Leute öffneten bereitwillig ihre Brieftaschen.

Erin war schon fast an der Tür, doch ich packte ihre Hand, um sie aufzuhalten. Es war ein Fehler, sie zu berühren, und zudem war es falsch, das Gefühl ihrer zierlichen Hand in meiner zu genießen.

»Was ist?«

»Hör zu, es tut mir leid. Ich habe mich gerade wie ein Arsch benommen, Erin. Du bist eine wunderschöne, kluge Frau.« Ich beschloss, ihr nicht mitzuteilen, dass sie obendrein eine Nervensäge war. »Aber du musst wissen, dass du für mich tabu bist. Ich wurde von deinem Vater beauftragt, dich zu beschützen. Das ist alles. Ich habe keine Ahnung, was deiner Meinung nach zwischen uns vorgeht, aber ich bin mir sicher, dass du mich nur willst, weil du mich nicht haben kannst. Wäre ich irgendein x-beliebiger Kerl, würdest du mich keines zweiten Blickes würdigen.«

Sie verengte ihre sinnlichen braunen Augen zu dünnen Schlitzen, bevor sie sich mir zuwandte. Sie kam mir so nahe, dass ihr blumiges Parfüm meine Sinne betörte. Ich wollte ihre Hand loslassen, doch sie festigte ihren Griff und beugte sich zu mir vor.

»Du schätzt mich völlig falsch ein, Colin. Du glaubst, mich zu kennen und zu wissen, warum ich dich will. Ist dir je in den Sinn gekommen, dass ich mich vielleicht gar nicht zu diesen Arschkriechern hingezogen fühle, die ohnehin alle nur hinter mir her sind, um an meinen Vater heranzukommen? Ein Lächeln und ein Augenzwinkern von mir würde genügen, und ich könnte jeden von ihnen haben. Aber ich will keinen Jungen in meinem Bett, Colin, sondern dich. Und zwar nicht, weil du tabu bist, sondern weil ich mich zu dir hingezogen fühle.«

Im nächsten Moment presste sie ihren Mund auf meinen und ich tat nichts, um sie aufzuhalten. Als sie mit ihrer Zunge über meine Lippen leckte, öffnete ich sie. Und als sie in meinen Mund eindrang, gab ich ihr nach und übernahm die Kontrolle. Sie stieß ein sinnliches Wimmern aus, das mein Verlangen nur noch steigerte. Ich vertiefte den Kuss und wusste, dass ich eine unerlaubte Schlacht schlug, die ich verlieren würde. Es war falsch. Ich sollte sie nicht verschlingen, als sei sie die letzte Mahlzeit, die ich je zu mir nehmen würde. Und ich sollte das Gefühl ihrer Zunge auf meiner nicht derart genießen. Aber das tat ich. Sie schmiegte sich noch dichter an mich, und mir war klar, dass sie spüren konnte, wie erregt ich war. Ich trug eine legere Hose, die kaum eine Barriere zwischen uns bot. Erin ließ ihre Hände über meinen Hintern gleiten, während ich ihre prallen Pobacken knetete. Verdammt, sie war so sexy.

»Mehr«, flüsterte sie an meinem Mund.

Was zum Teufel tue ich da?

»Hör auf, Erin.« Ich packte ihre Hände, als sie sich an meinem Gürtel zu schaffen machte.

Sie ließ zwar nicht von mir ab, doch sie zog den Kopf weit genug zurück, um meinem Blick zu begegnen.

»Was ist?«

»Wir dürfen das nicht tun.«

»Warum nicht?«

Ich zog ihre Hände von mir und trat einen Schritt zurück. Um meine Gedanken zu sammeln, brauchte ich etwas Abstand.

»Ich habe dir gesagt warum. Es geht einfach nicht.«

Die Hitze stieg ihr in die Wangen, doch statt in Verlegenheit zu geraten, war sie wütend. »Wenn du mir weismachen willst, dass dir der Kuss nicht genauso gefallen hat wie mir, dann bist du ein verdammter Lügner.«

Ich stand schweigend da und beobachtete, wie sie von Sekunde zu Sekunde wütender wurde. Aber ich hatte ihr nichts entgegenzuhalten, denn sie hatte recht. Der Kuss hatte mir genauso gut gefallen wie ihr, und wenn sie mich nicht mit ihrem Flehen nach mehr aus meiner Benommenheit gerissen hätte, dann hätte sie jetzt wahrscheinlich meinen Schwanz mit ihrer Hand umfasst. Doch sie hatte mich angefleht und mich daran erinnert, dass sie für mich tabu war.

Sie stapfte zur Tür, doch bevor sie den Raum verließ, hielt sie inne und drehte sich noch einmal um. Und sie versuchte es noch einmal. »Komm schon, Colin, sag mir, dass du mich nicht willst«, reizte sie mich. »Ich bin zwar noch Jungfrau, aber ich weiß genau, wie sich ein harter Schwanz anfühlt.«

Wie bitte?

Sie war noch Jungfrau?

Wie zur Hölle war es möglich, dass eine sexy, schöne, nervtötende Frau in Erins Alter noch nie Sex hatte? Ich wollte sie gerade der Lüge bezichtigen, als sie die Schultern hängen ließ und mir etwas klar wurde. Erin Anderson spielte nur die Starke. Ihr zickiges Gehabe war nichts weiter als eine Fassade, hinter der sie sich versteckte.

Verdammt, was sollte ich jetzt tun?

»Ich wollte dich nicht. Und da du noch Jungfrau bist, muss ich dir wohl erklären, dass ein Mann ganz automatisch einen Ständer bekommt, wenn eine Frau ihm die Zunge in den Mund steckt und ihre Titten an ihm reibt. Du hättest auch irgendeine andere x-beliebige Frau sein können, und mein Schwanz wäre trotzdem hart geworden.« Das war gelogen, aber mit dieser Version der Geschichte konnte ich immerhin mein Verhalten entschuldigen.

»Fick dich.«

Im nächsten Moment schnappte Erin sich eine Lampe vom Nachttisch und warf sie nach mir. Ich wäre beeindruckt von ihrer Schnelligkeit gewesen, wenn die Leuchte nicht direkt auf meinen Kopf zugeflogen wäre. Ich schaffte es gerade noch auszuweichen. Irgendwie hatte Erin es geschafft, das Kabel herauszureißen, und nun lagen die Scherben zu meinen Füßen.

»Du bist nicht nur ein Feigling, sondern auch ein Lügner.« Mit diesen Worten verschwand sie aus der Tür.

Ich war zwar kein Feigling, aber ein dreister Lügner war ich ohne Zweifel.

* * *

»Weiß jemand, wo der Spatz sich gerade aufhält?«, fragte ich in mein Funkgerät, um Erins Standort zu ermitteln.

»Negativ«, antwortete einer der Secret Service Agenten.

Ich wartete den Bericht der anderen fünf Männer ab, bevor ich das Haupthaus verließ und mich auf die Suche nach ihr begab. Langsam machte es mich wütend, dass sie sich immer wieder aus dem Staub machte. Ich dachte, wir wären darüber hinweg, dass sie versuchte, ihr Sicherheitsteam zu überlisten. Obwohl wir uns auf einem einhundertzwanzig Hektar großen Privatgrundstück befanden, war Erin nicht sicher, wenn sie unbeaufsichtigt umherwanderte. Ich nahm eine Bewegung neben dem Gästehaus wahr und verlangsamte meine Schritte, um in die Richtung zu spähen. Plötzlich blitzte etwas auf und mir wurde klar, dass es sich um die Reflexion eines Objektivs handelte. Auf leisen Sohlen schlich ich mich seitlich an das Gebäude heran, als ein Mann eine Kamera anhob und sie auf das Fenster richtete. Er war zu sehr mit dem beschäftigt, was drinnen vor sich ging, um zu bemerken, dass ich mich ihm von hinten näherte.

Mit einer geschmeidigen, geübten Bewegung legte ich einen Arm um seinen Hals und bedeckte mit der anderen Hand seinen Mund. Fünf Sekunden später lag er bewusstlos am Boden. Ich hob seine Kamera auf und spähte durch das Fenster. Mein Blut kochte vor Wut. Erin war nackt und neben ihr stand ein Mann. Was sollte der Mist? So viel zum Thema Jungfrau.

Ich ging geradewegs zur Tür und geriet noch mehr in Rage, als ich feststellte, dass sie nicht verschlossen war. Jeder hätte einfach so hereinspazieren können.

»Was soll der Scheiß?«, brüllte ich, woraufhin Erin einen Satz machte und versuchte, ihren Körper mit den Händen zu bedecken.

»Es ist nicht das, wonach es aussieht«, sagte der Mann und hob abwehrend die Hände.

»Nimm die Hände runter, dies ist kein verdammter Überfall, Arschgesicht. Gib mir dein Handy.«

Der Mann fischte sein Handy aus seinem Jackett, das er ordentlich über die Stuhllehne gehängt hatte.

»Hier.« Er streckte es mir entgegen.

»Hast du außer diesem hier noch weitere Telefone?«

»Nein. Das ist das einzige.«

»Verschwinde.« Ich nahm sein Handy entgegen und deutete auf die Tür.

»Tut mir leid, Erin«, sagte er, schnappte sich einen großen Spiralblock und machte sich in Windeseile aus dem Staub.

Weichei.

»Warum tut es ihm leid?«, fragte ich. »Hat er dir wehgetan?«

»Nein«, murmelte sie.

»Zieh dir was an, verdammt!« Ich sah mich nach

ihrem Kleid um und entdeckte es schließlich auf demselben Stuhl, über den der Mann sein Jackett gehängt hatte. Ich machte mir nicht die Mühe, nach ihrem BH und ihrem Höschen zu suchen. Vielleicht hatte sie unter ihrer schicken Robe nicht einmal Unterwäsche getragen.

»Hier.« Ich warf ihr das Kleid zu und drehte ihr den Rücken zu.

Aber es war zu spät. Das Bild von Erins nacktem Körper hatte sich für immer in mein Gedächtnis eingebrannt. Jeder sexy Zentimeter von ihr.

Verdammt!

»Es ist nicht so, wie du denkst«, sagte Erin.

»Ach wirklich?« Ich drehte mich um und begegnete ihrem Blick.

»Wirklich.«

»Das ist seltsam, denn in meinen Augen sah es ganz so aus, als wolltest du einen dieser Jungs aus dem Country Club vernaschen. Und das nicht einmal eine Stunde nachdem du mich angefleht hast, dich zu vögeln«, schnaubte ich verächtlich.

Erin rückte ihr eng anliegendes, trägerloses Kleid zurecht und schwieg. Sie war mir keine Erklärung schuldig. Für mich war sie nur eine Frau, für deren Schutz ich bezahlt wurde. Wenn das wirklich stimmte, warum machte es mich dann so verdammt wütend?

»Von wegen Jungfrau«, murmelte ich und ging zur Tür. »Komm schon, lass uns gehen. Ich bringe dich nach Hause.«

Ohne zu protestieren, folgte sie mir. »Es war wirklich nicht …«

»Spar es dir, Erin. Es ist mir scheißegal.«

Sie gab einen Laut von sich, der fast wie ein

Schluchzen klang, aber ich wagte nicht, sie zu fragen, was los war. Als sie das letzte Mal die Verletzte gespielt hatte, war ich auf sie hereingefallen, woraufhin sie mir ihre Zunge in den Mund gesteckt hatte. Dazu würde es nicht noch einmal kommen.

»Ich weiß, dass es dir egal ist. So wie allen anderen auch.«

Gerade wollte ich sie fragen, was genau sie damit meinte, als ich sah, dass der Spanner, den ich beim Fotografieren erwischt hatte, in Richtung Wald flüchtete. Es war meine Aufgabe, Erin zu beschützen, mehr nicht. Wenn sie bei jemandem ihren Kummer abladen wollte, dann würde sie sich einen Therapeuten suchen müssen. Dafür war ich nicht zuständig.

KAPITEL EINS

»Wir gehen«, verkündete Colin.

Ich schwieg, während er wie ein eingesperrtes Tier durch meine Wohnung tigerte. Das tat er jedes Mal, sobald wir durch die Tür traten. Er durchsuchte die Schlafzimmer, Schränke und Badezimmer, als könnte dort jemand auf der Lauer liegen. Es war lächerlich. Verdammt, das letzte Jahr meines Lebens war eine einzige große Überreaktion gewesen.

»Erin? Hast du mich gehört? Pack deine Sachen. Wir brechen noch heute Abend auf«, knurrte er.

Seit der Wohltätigkeitsveranstaltung wurde er von Tag zu Tag unerträglicher. Er kommandierte mich im Befehlston herum und hielt Abstand. Ich wusste, dass ich an jenem Abend Mist gebaut hatte. Ich hätte ihn nicht küssen dürfen. Und ich hätte William nicht benutzen dürfen, um Colin eifersüchtig zu machen. Ich hätte ihn dazu bringen müssen, mir zuzuhören, und ihm an Ort und Stelle erklären sollen, wer Willy war und was wir vorhatten. Doch ich hatte es nicht getan, woraufhin mir die ganze Sache um die Ohren geflogen war. Während der letzten Monate hatte Colin sich von mir distanziert – sowohl physisch als auch im übertragenen Sinne. Wenn wir nicht gerade in der Öffentlichkeit waren und er mich beschützte, kam er mir nie zu nahe. Vorbei waren die Abende, an denen er neben mir auf der Couch saß. Vorbei waren die unschuldigen Berührungen, für die ich buchstäblich gelebt hatte. Nichts. Er war distanziert und benahm sich wie ein Arsch.

Ich hatte es vermasselt.

»Ich habe gehört, was du gesagt hast, Colin.«

»Worauf wartest du dann noch?«

»Auf eine Erklärung.«

Er irrte sich gewaltig, wenn er glaubte, ich würde einfach ein paar Sachen zusammenpacken und ihm blindlings an einen unbekannten Ort folgen. Das hatte ich bereits während der letzten sieben Jahre jedes Mal tun müssen, wenn die Leute vom Secret Service mich dazu aufgefordert hatten. Ich war es leid, die pflichtbewusste Tochter des Präsidenten zu spielen. Und ich hatte es satt, dass man mir einfach Befehle erteilte, statt mich höflich zu bitten. Mit meiner Widerspenstigkeit hatte dieser ganze Unsinn überhaupt erst begonnen. Nachdem ich mich geweigert hatte, mich herumkommandieren zu lassen, und versucht hatte, mein Leben so zu leben, wie ich es wollte, wurde mir plötzlich ein Vollzeit-Babysitter zur Seite gestellt. Es war mehr als lächerlich. Ich wusste, dass mein Vater mich liebte und mich nur beschützen wollte, aber seit meine Freundin Olivia entführt worden war, ging er mit seiner Fürsorge zu weit.

Ich war mir der Einschränkungen bewusst, die ich als einziges Kind des Präsidenten der Vereinigten Staaten zu beachten hatte. Entgegen der landläufigen Meinung war mein Leben kein Zuckerschlecken. Colin hielt mich für eine verwöhnte Prinzessin, aber das hätte nicht weiter von der Wahrheit entfernt sein können. Seit mein Vater im Amt war, hatte ich keine Privatsphäre mehr. Gegen die meisten Anforderungen hatte ich nicht einmal etwas einzuwenden, aber ich konnte es langsam nicht mehr ertragen, nie auch nur eine Minute für mich zu haben. In den Augen der anderen, Colin eingeschlossen, war ich deshalb ein egoistisches Miststück. Alle verurteilten mich, ohne zu wissen, wie es war, auf Schritt und Tritt beobachtet zu werden. Ich wurde von den Medien in der Luft zerrissen, während Blogger mich in der einen Woche fett und hässlich nannten, nur um mich in der nächsten als magersüchtig zu bezeichnen. Die Internet-Trolle kommentierten täglich alles, angefangen bei den Mahlzeiten, die ich zu mir nahm, bis hin zu den Wohltätigkeitsorganisationen, die ich unterstützte. Jeder hatte eine Meinung über mich – aber niemand kannte mich.

»Eine Erklärung? Du wurdest informiert. Pack deine Sachen. Wir brechen bald auf.«

»Ja, Colin«, seufzte ich frustriert. »Ich wurde informiert. Das bedeutet, dass ich die gekürzte Version dessen erhalten habe, was tatsächlich vor sich geht. Ich will die Wahrheit wissen. Warum muss ich untertauchen? Wohin soll ich gehen? Mit wem? Für wie lange? Du weißt schon, ich hätte gern ein paar aufschlussreiche Fakten.«

»Ich habe dir gesagt, dass jemand dich bedroht hat. Leider kann ich dir nicht sagen, wie lange wir bleiben werden, und du wirst sehen, wohin wir gehen, wenn wir dort eintreffen.«

»So funktioniert das nicht. Das ist sicher nur wieder

eine dieser übertriebenen Maßnahmen. Ich gehe erst, wenn du mir sagst, wie die Drohung lautet und wer dafür verantwortlich ist. Ich bin erwachsen und treffe meine eigenen Entscheidungen.«

»Wenn du so erwachsen bist, dann verhalte dich entsprechend, statt dich wie ein bockiges Kind zu gebärden, das seinen Willen nicht bekommt. Und jetzt geh und pack deine Sachen.«

Wenn er glaubte, mein Verhalten sei kindisch, dann hatte er mich noch nicht in Aktion erlebt.

»Du kannst jetzt gehen, Colin. Ich werde die Wohnung heute nicht mehr verlassen und Gerald steht sicher bereits vor der Tür.«

Ich nahm an, dass der Nachtwächter inzwischen auf seinem Posten war, vorausgesetzt mein Vater schlich sich nicht wie so häufig aus dem Weißen Haus. Gerald war einer der persönlichen Leibwächter meines Vaters. Eigentlich gehörte Gerald dem Stab des Secret Service an, aber mein Vater behielt ihn stets in der Nähe. Außerdem war er jetzt mein nächtlicher Babysitter, obwohl Colin ein Apartment neben meinem bewohnte.

»Du kannst mich nicht einfach wegschicken.«

»Doch, das kann ich und ich habe es getan. Ich habe endgültig die Nase voll von diesem Mist. Bis du nicht mit weiteren Informationen herausrückst, werde ich gar nichts packen. Da du mir jedoch nichts verraten willst, sind wir hier fertig und du kannst gehen. Gerald wird mich für die Nacht einschließen und auf mich aufpassen, als sei ich ein Kleinkind, und morgen werde ich ein Treffen mit meinem Vater vereinbaren und ihm sagen, dass ich von nun an auf deine Dienste verzichte.«

»Denkst du wirklich, wir tun nichts weiter, als dich wie ein Kleinkind zu hüten?«

»Ja, Colin. Genau das glaube ich. Ich wusste gar nicht, dass Zane Lewis in seinem Servicekatalog auch eine Tagesbetreuung für Erwachsene anbietet. Du bist nichts weiter als ein überteuerter Babysitter. Aber ich brauche niemanden, der rund um die Uhr auf mich aufpasst.«

»Oh doch, das tust du. Und die Tatsache, dass du so naiv bist, die Drohungen einfach so abzutun, beweist nur, dass ich recht habe.«

»Ich bin nicht naiv, Colin.« Ich ging auf ihn zu, wobei ich mit dem Finger auf ihn zeigte. »Aber ich tappe im Dunkeln, weil du mir nichts verraten willst. Es ist zum Verrücktwerden. Ich habe es schon hundertmal gesagt, ihr alle übertreibt und …«

»Jemand war in deiner Wohnung, Erin. Er hat den stillen Alarm ausgelöst. Als Gerald ankam, war der Eindringling bereits verschwunden. Aber er hatte deine Sachen durchwühlt.«

»Wie bitte? Wann? Warum wurde ich darüber nicht informiert?«

»Es ist passiert, als du auf der Benefizveranstaltung von Hope for All warst.«

»Warum weiß ich nichts davon?« Colin weigerte sich, meine Frage zu beantworten, und ich wurde wütend. »Was verschweigst du mir sonst noch?«

»Eine Menge. Pack deine Sachen.«

»Ich werde nirgendwohin gehen, sondern im Weißen Haus bei meinen Eltern bleiben.«

»Von wegen. Wer auch immer dich beobachtet, war bereits dort und hat Fotos von dir schlafend auf der

Couch geschossen. Jemand hat versucht, die Bilder deinem Vater zuzuspielen.«

»Wie bitte?«, fragte ich mit schrillerer Stimme als beabsichtigt. Das Ganze war absurd.

Colin verzog das Gesicht zu einer verärgerten Miene und riss mich an sich. Ich prallte gegen seine harte Brust, woraufhin er sich vorbeugte und mir ins Ohr flüsterte: »Wir werden dieses Gespräch nicht hier weiterführen. Es wäre möglich, dass jemand Mikrofone oder Überwachungskameras hier angebracht hat. Du musst mir vertrauen. Und jetzt geh und pack deine Sachen.«

Er stieß mich von sich und starrte mich mit einem warnenden Blick an. Insgeheim wollte ich mich ihm widersetzen, nur um zu sehen, wie er reagieren würde. Doch mein gesunder Menschenverstand gewann schließlich die Oberhand und ich ging in mein Zimmer, um zu packen. Ich warf das Nötigste in einen Koffer, den das anmaßende Arschloch bereits für mich bereitgelegt hatte. Nachdem Colin mir gesagt hatte, dass meine Wohnung vielleicht verwanzt sein könnte, hatte ich es eilig, von hier zu verschwinden. Der Gedanke, dass mich jemand beobachten oder abhören könnte, jagte mir eine Heidenangst ein.

Wenn das alles nur ein raffinierter Trick war, um mich dazu zu bewegen, mit ihm zu gehen, würde ich ihm die Hölle heißmachen.

KAPITEL ZWEI

»Hey, Mann. Danke, dass du vorbeigekommen bist.«

»Willkommen in Texas, Bruder.« Cormac »Fletch« Fletcher streckte mir eine kräftige Pranke entgegen und zerquetschte meine Hand fast, als er sie schüttelte.

Wenn man Fletch nicht kannte, wirkte er durchaus einschüchternd. Er war nur etwa zwei Zentimeter größer als ich, aber während ich durchtrainiert und fit war, war er massig und muskulös. Alles an diesem Mann schien durch und durch bedrohlich, bis man die bunten Tätowierungen auf seinen Unterarmen sah. Die Cartoons verleiteten leicht dazu, sich über ihn lustig zu machen. Aber nur wenige hatten den Mut, dem Delta-Force-Soldaten einen dummen Spruch an den Kopf zu werfen.

»Wie ich sehe, hast du meinen Rat noch nicht befolgt und dir die Tattoos weglasern lassen«, sagte ich scherzend.

»Nun, sobald du einen plastischen Chirurgen gefunden hast, der dir deine hässliche Visage verschönert, werde ich die Folgen meines jugendlichen Leichtsinns entfernen lassen. Außerdem liebt Annie die Tätowierungen.« Bei der bloßen Erwähnung seiner Tochter verwandelte sich der Mann von einem tödlichen Agenten in einen liebevollen Vater. »Willst du mich hereinbitten oder sollen wir auf der Veranda stehen bleiben und uns die Eier abschwitzen?«

Ich trat zur Seite, um Fletcher hereinzulassen.

»Es gefällt mir, was du aus dem Haus gemacht hast«, sagte er und ließ den Blick durch den Raum schweifen. »Ich war mir nicht sicher, was ich davon halten sollte, als der Architekt vorschlug, für den Umbau eine Wand in der Küche einzureißen, aber dadurch wirkt es viel heller.«

Ich hatte das Haus erst vor einem Monat von Fletch gekauft und würde nun zum ersten Mal darin wohnen. Er und seine Familie hatten beschlossen, es zu verkaufen, nachdem es durch eine Panzerfaust schwer beschädigt worden war. Ursprünglich hatten sie es mit der Absicht wiederaufgebaut, selbst hier zu wohnen, aber am Ende konnten sie sich doch nicht überwinden, wieder hier einzuziehen. Ich konnte es ihnen nicht verübeln. Fletch wäre fast gestorben, als ihn bei der Explosion ein Kantholz traf und seine Leber schwer verletzte. Nur der schnellen Reaktion seines Teamkameraden Ghost war es zu verdanken, dass er noch am Leben war. Dann war da noch Raynes Bruder Chase. Er wäre bei dem Versuch, seine Frau Sadie zu beschützen, fast gestorben. Das Ereignis war für alle Beteiligten ein einziger Albtraum gewesen.

»Mir gefällt es auch. Als ich hörte, dass du das Haus verkaufen willst, konnte ich mir die Gelegenheit nicht entgehen lassen.«

»Funktioniert das Sicherheitssystem?«

»Einwandfrei. Du hast ein hervorragendes System eingerichtet, an dem ich nichts verändert habe. Ich dachte immer, Zane sei übervorsichtig, bis ich dich traf. Auf dem ganzen Grundstück gibt es keinen Zentimeter, der nicht überwacht wird.«

»Nach allem, was passiert ist, als ich Emily kennengelernte, habe ich auch das System auf der Straße vor dem Haus aufgerüstet. Dir wird es hier an nichts fehlen. Hat Tex schon etwas Neues herausgefunden?«

John »Tex« Keegan war die Anlaufstelle für alles, was mit Informationsbeschaffung zu tun hatte. Er war in der Lage, jeden Informationsschnipsel in der digitalen Welt aufzuspüren, selbst wenn er von einem gut verschlüsselten Sicherheitssystem verborgen wurde.

»Das Team durchforstet gerade die Aufzeichnungen der Überwachungs- und Verkehrskameras. Tex ist ebenfalls an der Sache dran.«

»Hast du daran gedacht, auch Beth um Hilfe zu bitten? Immerhin war sie diejenige, die dieses Arschloch Jacks gefunden hat, als er Em und Annie entführt hat.«

Ich hatte von Beth gehört. Offenbar waren ihre Fähigkeiten hier in Texas bereits in aller Munde. Schon bevor sie Tex begegnete, hatte sie über beeindruckende Kenntnisse verfügt, und den Rest hatte er ihr beigebracht. Ich kannte nicht alle Einzelheiten, aber Beth hatte Fletchs damalige Freundin und heutige Frau Emily sowie deren Tochter Annie gefunden. Soweit ich gehört hatte waren sie gerade noch rechtzeitig gekommen. Annie war bereits aus dem Container geflohen, in den Jacks die beiden gesperrt hatte.

»Wir haben Tex bereits gefragt, ob Beth uns helfen könnte. Offenbar hat sie momentan jedoch alle Hände voll zu tun. Er ging nicht ins Detail, aber er hat uns verraten, dass es um ein vermisstes Kind geht.«

»Scheiße, ich hoffe, sie …« Fletch hielt inne und wandte sich der Treppe zu, als Erin gerade herunterkam.

»Erin, das ist Fletch. Fletch, das ist die Tochter von Präsident Anderson.«

»Freut mich, Sie kennenzulernen, Ma'am.«

Bei der förmlichen Begrüßung hätte ich beinahe laut gelacht, denn Erin scherte sich ganz und gar nicht um den guten Ton. Ohne Zweifel trieb sie ihre Mutter Clarissa damit in den Wahnsinn. Mrs. Anderson war stets adrett und elegant, während Erin das genaue Gegenteil war.

»Hallo, Fletch. Bitte nenn mich Erin.« Mit einem falschen Lächeln in ihrem hübschen Gesicht kam sie auf uns zu. »Tut mir leid, dass ich störe.«

Meine Güte, ich hasste diese Fassade, die sie in Gegenwart von Fremden aufsetzte. Ich mochte die echte Erin viel lieber. Die Frau, die ich näher kennengelernt hatte, bevor ich sie am Abend der Wohltätigkeitsveranstaltung nackt im Gästehaus vorgefunden hatte. Seit jenem Zeitpunkt tat ich mein Bestes, um unsere Beziehung rein professionell zu halten.

»Du störst nicht«, erwiderte Fletch.

»Ich habe Fletch gebeten vorbeizukommen, damit wir die Sicherheitsmaßnahmen für unseren Aufenthalt in Texas besprechen können. Fletch und sein Team wohnen alle in der Nähe und haben angeboten, ihre Augen nach Verdächtigen offen zu halten. Außerdem brauchen wir einen Notfallplan, damit du selbst dann abgesichert bist, falls mir etwas zustößt.«

»Meinst du nicht, dass das ein bisschen übertrieben ist? Schließlich weiß niemand, dass wir hier sind.« Da war wieder der bissige Tonfall, den Erin ausschließlich für mich reserviert hatte.

»Nein. Nichts, was ich tue, ist übertrieben, wenn es um deine Sicherheit geht. Und nur weil du glaubst, dass niemand von unserem Aufenthalt hier weiß, bedeutet das noch lange nicht, dass das den Tatsachen entspricht.«

»Komm schon, Colin. Nachdem wir D. C. verlassen hatten, hast du den langen Umweg über Pennsylvania gemacht, bevor wir nach Maryland zurückgefahren sind, um von dort aus zu fliegen. Ganz zu schweigen davon, dass du gerast bist wie ein Verrückter. Uns kann gar niemand gefolgt sein, so wie du dich durch den Verkehr geschlängelt hast. Ich dachte, ich würde das Zeitliche segnen, noch bevor ich einen Fuß in das Flugzeug würde setzen können.«

»Du wärst überrascht, wozu die Menschen fähig sind, wenn sie etwas unbedingt wollen. Und aus irgendeinem verrückten Grund hat jemand es auf dich abgesehen. Aber falls derjenige dich in die Finger bekäme, würde er dich umwendend zurückschicken, sobald du anfängst zu zicken.«

»Meine Güte, bist du nervtötend.«

»Das Kompliment kann ich nur zurückgeben.«

Fletch stieß ein leises Lachen aus und erinnerte mich daran, dass er immer noch da war. Und nun war er Zeuge meines albernen Wortgefechts mit Erin geworden.

»Verdammt, ihr beide klingt wie ein altes Ehepaar.«

»Hast du die E-Mail mit den neuen Zugangsdaten für die Kameras erhalten?«, fragte ich und ignorierte seine Bemerkung.

»Ja. Ich habe sie an das Team weitergeleitet. Sie werden nur benachrichtigt, falls der Alarm ausgelöst wird, also vergiss nicht, ihn einzustellen. Du hast mir immer noch nicht erzählt, ob Tex etwas gefunden hat.«

»Nicht wirklich. Er hat nur ein Bild, auf dem das Profil eines Mannes zu sehen ist, doch es ist nicht sonderlich gut zu erkennen. Wer auch immer in Erins Wohnung war, wusste, wo die Kameras sich befanden. Tex konnte jedoch mit Sicherheit bestätigen, dass der Mann sich mit einem Schlüssel Zugang verschafft und einen Werkzeugkasten dabeihatte. Gerald hat die Wohnung durchsucht und festgestellt, dass sie zwar abgehört wurde, aber keine Kameras installiert wurden.«

»Wie bitte?«, rief Erin mit schriller Stimme. »Wann wolltest du mir das erzählen?«

»Eigentlich gar nicht.«

Je weniger Erin wusste, desto besser. Ich hätte nicht in ihrer Gegenwart mit Fletch über den Fall sprechen sollen, aber ich fühlte mich wohler, wenn ich sie im Auge behalten konnte. Wenn es darum ging, ihren Leibwächtern zu entwischen, war sie unschlagbar. Es würde mich nicht wundern, wenn sie versuchen würde, sich aus dem Staub zu machen und auf eigene Faust nach Washington zurückzukehren.

»Und warum nicht?«

»Aus vielerlei Gründen. Zum einen nimmst du die Situation nicht ernst.«

»Vielleicht würde ich sie ernster nehmen, wenn ich alle Fakten hätte. Aber die habe ich nicht. Also muss ich annehmen, dass mein Vater übervorsichtig ist. Ich habe es satt, wie ein Staatsschatz behandelt zu werden, den man wegschließen muss.«

»Weißt du eigentlich, wie wertvoll du bist?«, fragte Fletch. Erin riss schockiert die Augen auf. »Du *und* deine

Mutter. Wenn jemand einen von euch in die Finger bekäme, hätte er den mächtigsten Mann der Welt in der Tasche.«

»Die Vereinigten Staaten verhandeln nicht mit Terroristen.«

»Die USA vielleicht nicht«, erwiderte ich, »aber ein Vater schon. Dein Vater mag ein guter Präsident sein und die Interessen des amerikanischen Volkes immer im Blick haben, aber letztendlich ist er auch nur ein Mann. Ein Ehemann und ein Vater. Und so wie ich ihn kenne, würde er alles tun, um dich zurückzubekommen. Wenn du also nicht dafür verantwortlich sein willst, dass dein Vater den nächsten Weltkrieg anzettelt, schlage ich vor, du wirst dir der Ernsthaftigkeit der Lage bewusst und hörst auf mich, wenn ich dir sage, dass du nicht sicher bist.«

Es war offensichtlich, dass sie protestieren wollte, aber in Gegenwart von Fletch hielt sie sich zurück. Sie nahm zwar nach wie vor eine abwehrende Haltung ein, aber immerhin gab sie nicht so viele Widerworte wie unter vier Augen.

»Bitte richte deinem Team meinen Dank aus«, wandte Erin sich an Fletch. »Vielleicht bringe ich es nicht deutlich zum Ausdruck, aber ich weiß es zu schätzen, dass ihr alle ein Auge auf mich habt. Jetzt werde ich wieder nach oben gehen und lesen.«

»Vergiss nicht. Kein Handy.«

Sie war auf halbem Weg zur Treppe, als sie sagte: »Dies ist nicht mein erstes Rodeo, Cowboy.«

Sobald sie außer Sichtweite war, pfiff Fletch leise durch die Zähne. »Verdammt. Du hast wirklich alle Hände voll zu tun.«

»Was du nicht sagst. Tex musste ihren gesamten

Schmuck mit Peilsendern ausstatten. Sie ist ziemlich geschickt darin, dem Secret Service zu entwischen. Die ersten paar Male hatte ich eine Stinkwut und habe die Männer als inkompetent beschimpft. Bis sie ihre Tricks während einer Veranstaltung bei mir angewandt hat. Das Mädchen ist eine Nervensäge. Ich kann es kaum erwarten, bis dieser verdammte Einsatz vorbei ist und ich sie wieder in ihrer Wohnung abladen kann.«

»Sicher«, lachte Fletch.

»Was hat der Oberst darüber gesagt, dass ich Erin mit auf den Schießplatz nehmen will?«

»Du hast grünes Licht. Er wird für dich einen Passierschein am Tor hinterlegen.«

»Ich kann dir gar nicht sagen, wie sehr ich deine Hilfe zu schätzen weiß.«

»Du musst mir nicht danken.«

»Hast du noch eine Minute Zeit für ein Bier?«

Fletch warf einen Blick auf seine Armbanduhr und antwortete: »Ja, aber nur eins.«

Ich holte uns zwei Bier aus der Küche und setzte mich zu Fletch auf die hintere Terrasse. Als ich sah, wie er den Blick über seinen alten Garten schweifen ließ, war ich froh, dass ich die Mühe auf mich genommen hatte und die Terrassenmöbel bereits hatte liefern lassen.

»In diesem Haus stecken viele schöne Erinnerungen«, sinnierte er. »Als ich meine Tochter kennenlernte, stand ich in der Einfahrt und bastelte an meinem Charger.« Er lachte leise. »Ich werde nie vergessen, wie Annie Truck zum ersten Mal begegnete. Das war genau hier auf der Terrasse.« Fletch blickte in die Ferne, als würde er den Moment noch einmal vor seinem inneren Auge Revue passieren lassen. »Em war krank. Die Jungs und ich grillten hier draußen und Annie kam zu uns. Sie warf einen Blick auf Truck, kletterte auf einen Stuhl neben ihm, legte eine Hand an seine Wange und berührte seine Narbe, bevor sie ihn fragte, ob es wehtue. Ich glaube, das war der Moment, in dem Truck, Hollywood, Blade, Beatle, Coach, Ghost und ich uns alle in sie verliebten. Seitdem hat sie Truck um ihren kleinen Finger gewickelt.«

Wir alle wussten, wie Emily und Annie in Fletchs Leben getreten waren, aber die Geschichte von dem Barbecue war legendär. Truck war ein großer Mann mit einer wulstigen Narbe, die sein Gesicht zu einer Grimasse verzerrte. Die Tatsache, dass die süße kleine Annie einfach so auf ihn zugegangen war, bewies, wie viel Gutes in ihr steckte.

»Sie ist etwas Besonderes«, stimmte ich zu.

Annie war eines der klügsten Kinder, denen ich je begegnet war. In dem Mädchen schlummerte eine alte Seele. Zudem war sie sowohl mit innerer als auch mit äußerer Schönheit gesegnet. Irgendwann würden die Jungs einmal Schlange stehen und Fletch würde alle Hände voll zu tun haben.

»Dann hat ein Arschloch alles ruiniert. Mein Haus brannte, meine Frau und meine Tochter waren im Obergeschoss gefangen, und ich konnte nichts dagegen tun.« Fletch wandte sich mir zu und fixierte mich mit seinem Blick. »Tu mir einen Gefallen, ja?«

»Alles, was du willst.«

»Mach wieder ein großartiges Heim daraus. Fülle es mit Freude und Lachen. Es widert mich an, dass unsere letzten Erinnerungen an dieses Haus von Rauch und Blutvergießen geprägt sind.«

»Das werde ich, versprochen. Und wenn du bereit bist, werden wir wieder zusammen hier grillen, wie in alten Zeiten.«

»Verdammt, Mann. Ich werde wohl alt, denn ich werde ganz rührselig wegen eines alten Gebäudes.«

Er versuchte, die Worte mit einem Lachen abzutun, aber ich konnte den Schmerz darin deutlich hören. In diesem Moment freute ich mich mehr denn je darüber, dass ausgerechnet ich das Haus gekauft hatte. Auch wenn Fletch und seine Familie nie wieder hier leben würden, konnte ich ihnen etwas von dem Glück zurückgeben, das sie verloren hatten.

»Also, erzähl mir von der tollen Hochzeit, die wir verpasst haben.«

Fletch berichtete mir alles über die Vierfachhochzeit seiner Teamkameraden. Was ursprünglich als eine Doppelhochzeit von Ghost und Rayne und Truck und Mary geplant war, wurde schließlich zu einer Vermählung von vier Brautpaaren, als auch Blade und Wendy und Beatle und Casey dazustießen. Mein Team hatte den Feierlichkeiten nicht beiwohnen können, da wir uns im Einsatz befunden hatten. So wie es sich anhörte, hatten wir eine tolle Party verpasst.

Für einen Moment musste ich an Erin denken und fragte mich, wie sie wohl mit Ivy und Violet zurechtkommen würde. Ich wusste, dass sie Olivia vermisste, aber aus irgendeinem Grund zögerte sie, ihre Freundschaft wiederaufleben zu lassen. Die Frauen von Fletchs Teamkameraden, Rayne, Mary, Wendy, Casey, Harley, Kassie und Emily, standen sich alle so nahe wie Schwestern. Ich wusste nicht, ob Olivia, Ivy und Violet ein so enges Verhältnis zueinander hatten, aber ich nahm an, dass sie ebenfalls gute Freundinnen waren. Leider hatte ich während der letzten Monate nicht viel Kontakt zu ihnen allen, da ich die meiste Zeit in D. C. verbrachte, um eine gewisse nervtötende, sexy Frau vor Schwierigkeiten zu bewahren. Ich hoffte inständig, dass dieser Einsatz bald ein Ende haben würde. Je eher wir wieder getrennte Wege gingen, desto besser.

KAPITEL DREI

»Hast du schon einmal eine Waffe abgefeuert?«, fragte Colin und breitete sein Waffenarsenal auf einer Decke auf der Holzbank vor uns aus.

Ich bemühte mich, bei der albernen Frage nicht die Augen zu verdrehen.

»Du weißt, dass ich hier in Texas aufgewachsen bin, nicht wahr?«

»Ja.«

»Warum fragst du mich dann danach?«

»Nicht jeder in Texas besitzt eine Waffe, du Klugschei-ßer. Und du siehst nicht unbedingt aus wie jemand, der gern auf die Jagd geht.« Bei der Vorstellung, ein armes, hilfloses Tier zu töten, rümpfte ich die Nase. »Offensicht-lich liege ich mit meiner Vermutung richtig.«

»Ich weiß nicht, welche Teile von Texas du bereits besucht hast, aber da, wo ich aufgewachsen bin, haben wir alle schießen gelernt, sobald wir laufen konnten.«

»Als du laufen konntest, hm?«, lachte er.

Verdammt. Fast war ich froh, dass er sich nur selten

erheiterte, denn wenn er mich nicht gerade mit einem finsteren Blick bedachte und stattdessen lächelte, sah er sogar noch besser aus. Und sein tiefes, grollendes Lachen war verdammt sexy und bescherte mir ein lustvolles Ziehen in meinem Unterleib.

»Ziemlich genau. Daddy hat mir zu Weihnachten mein erstes Gewehr geschenkt, als ich zehn war. Er hat immer gesagt, dass wir uns mit den Sicherheitsvorkehrungen auskennen sollten, solange wir Waffen im Haus haben.«

»Kluger Mann.«

»Das ist er tatsächlich.«

Ich vermisste die Zeit, als mein Vater nicht der Gouverneur oder der Präsident, sondern einfach nur mein Vater war. Damals hatte er mich auf seinem Rücken herumgetragen, war mit mir wandern gegangen und hatte mit mir in den Wäldern hinter unserem Grundstück gezeltet. Wahrscheinlich konnte ich nicht nur der Politik die Schuld geben. Als Teenager war es mir wichtiger, etwas mit meinen Freundinnen zu unternehmen, statt Zeit mit ihm zu verbringen. Damals dachte ich, dass mein Vater immer da sein und auf mich warten würde.

»Also gut, Annie Oakley. Such dir eine Waffe aus.«

Ich betrachtete die Auswahl an Handfeuerwaffen und wusste sofort, welche davon ich wollte. Ich entschied mich für die Smith & Wesson M&P 9mm. Der Griff lag besser in meiner Hand als der der Sig Sauer und der Rückstoß war geringer als bei der Glock .45 ACP.

»Hast du Lust auf eine Wette?«, fragte ich, während ich meine Schutzbrille aufsetzte.

»Eine Wette?«

»Ja. Du weißt schon, jeder nennt seinen Einsatz und der Sieger gewinnt.«

»Ich weiß, was eine Wette ist. Aber ich verstehe nicht ganz, wie du auf die Idee kommst, gegen mich antreten zu wollen.«

»Du bist ja gar nicht überheblich.«

»Schätzchen, du hast ja keine Ahnung, wie überheblich ich sein kann.«

Ihm würde sein Grinsen noch vergehen. Colin musste noch viel über mich lernen, unter anderem, dass ich eine verdammt gute Schützin war. Ich hatte mehrere Wettbewerbe gewonnen und war Landesmeisterin im Schießen mit Gewehr und Pistole.

»Also schön, Mr. Scharfschütze. Fünfzig Dollar für die beste Trefferquote auf eine Entfernung von acht Metern.«

»Ich kann dein Geld nicht annehmen, Erin.«

»Da bin ich aber erleichtert, denn ich habe nicht vor, es dir zu geben«, entgegnete ich.

»Dir ist doch klar, dass ich eine Menge Zeit auf dem Schießstand verbringe, oder?«

»Da bin ich mir sicher.«

»Der Gewinner bekommt eine fünfminütige Fußmassage«, verkündete Colin.

»Auf keinen Fall. Ich hasse Füße. Da du offensichtlich Angst hast, dass ich dir dein Geld abnehmen könnte, wie wäre es dann mit einer fünfminütigen Schultermassage?«

»Du magst keine Füße?«

»Willst du etwa Zeit schinden?«, fragte ich.

Er warf den Kopf in den Nacken und stieß ein tiefes Lachen aus, das durch die Schießanlage hallte.

»In Ordnung, Miss. Ladies first.«

Mit einem Achselzucken zog ich mir den Gehörschutz über die Ohren und lud das Magazin. Ich stemmte die Beine in den Boden, hob das vertraute Gewicht der Smith

& Wesson auf Augenhöhe und richtete das Visier aus. Langsam drückte ich den Abzug, bevor ich das gesamte zehnschüssige Magazin leerte.

»Da hol mich doch der Teufel«, sagte Colin.

»Mist. Ich habe bei ein paar Schüssen nach rechts gezogen.«

Das Trefferbild war nicht zu verachten, denn die Einschusslöcher waren alle innerhalb eines fünf Zentimeter großen Durchmessers auf der Papierzielscheibe angeordnet.

»Du hast direkt aufs Herz gezielt, wie ich sehe.« Colin schüttelte den Kopf und lächelte. »Typisch Frau.«

Er nahm die Sig Sauer und ging in Position. Im Gegensatz zu mir hob er die Waffe jedoch nicht langsam auf Augenhöhe, sondern richtete den Lauf einfach auf die Zielscheibe und feuerte mehrere Schüsse in schneller Folge ab. Die Einschusslöcher befanden sich alle innerhalb eines Durchmessers von der Größe eines Silberdollars. Aus der Ferne sah es so aus, als hätte er die Mitte der Zielscheibe herausgeschossen.

»Angeber«, murmelte ich.

»Ich habe dich gewarnt«, erwiderte Colin. »Du wirst deine Wette doch nicht etwa zurücknehmen wollen, oder? Mein Rücken bringt mich nämlich um, nachdem ich letzte Nacht auf der harten Matratze geschlafen habe.«

»Wie gut, dass ich das Angebot, im großen Schlafzimmer zu nächtigen, abgelehnt habe. Das Bett im Gästezimmer ist gemütlich und bequem.«

Die Geschichte mit der harten Matratze nahm ich ihm nicht ab. Ich hatte die Rechnung für die neuen Möbel auf dem Küchentisch liegen sehen. Die Einrichtung hatte ein verdammtes Vermögen gekostet. Für das Geld, das er allein fürs Schlafzimmer ausgegeben hatte, hatte ich meine gesamte Wohnung ausgestattet. Und meine Sachen waren nicht billig.

»Dann hast du wohl Glück gehabt«, sagte er über die Wahl meines Bettes.

»Ganz richtig. Und ich denke, du willst nur, dass ich dich berühre.«

»Möglicherweise.«

Er nahm das Magazin aus seiner Sig und sicherte sie, bevor er die Waffe wieder auf der Bank ablegte. Dann stellte er sich neben mich an den Schießstand. »Du zielst«, bemerkte er.

»Äh ... ja. Natürlich ziele ich.«

»Auf acht Meter Entfernung musst du nicht zielen. Und falls jemand auf dich zukommt, dann wäre er ohnehin zu nahe, als dass du dein Visier noch ausrichten könntest. Nimm die Smith.« Ich tat wie geheißen, dann trat er hinter mich und legte von hinten seine Hände auf meine, wobei er sie drückte. »Festige deinen Griff. Winkle deine Arme nicht so weit ab. Hebe die Waffe auf Brusthöhe und halte sie direkt auf das Ziel. Mach dir keine Gedanken über dein Zielbild. Aus dieser Nähe musst du die Pistole lediglich festhalten und den Abzug kontrolliert und gleichmäßig drücken.«

Es fiel mir schwer, mich auf seine Worte zu konzentrieren, während er so dicht hinter mir stand. Abgesehen davon, dass er meine Hände mit seinen bedeckte, konnte ich seine stahlharte Brust an meinem Rücken spüren. Sein Körper strahlte eine Wärme aus, die die Schichten von Stoff durchdrang, die unsere nackte Haut voneinander trennte.

»Hörst du mir überhaupt zu?«

Ich fühlte seinen heißen Atem an meinem Ohr. Wenn ich jetzt den Kopf drehen würde, wäre mein Gesicht ganz nahe an seinem. Aber ich wagte es nicht, mich zu bewegen, geschweige denn zu atmen. Monatelang hatte ich versucht, diese Anziehungskraft zu unterdrücken. Das eine Mal, als ich all meinen Mut zusammengenommen und ihn geküsst hatte, war nicht unbedingt gut gelaufen. Das bewies nur, dass Colin nichts mit mir zu tun haben wollte.

»Natürlich höre ich dir zu. Was sollte ich sonst tun?«

»Tagträumen.«

»Wie auch immer. Ich soll meinen Griff um die Waffe festigen, den Lauf auf das Ziel ausrichten und den Abzug kontrolliert drücken. Verstanden.«

»Und letztlich darfst du den Schuss nicht im Voraus kalkulieren. Aus diesem Grund ziehst du zu hoch und nach rechts.«

Nachdem mein Körper Feuer gefangen hatte, kalkulierte ich so einiges in Gedanken, aber mit dem Rückstoß hatte ich mich gerade weniger befasst.

»In Ordnung. Könntest du jetzt bitte zurücktreten?«

Er ließ meine Hände los und entfernte sich, woraufhin ich meine Bitte sofort bereute.

»Mach schon und lade nach. Ich stelle die Zielscheiben neu ein.«

Während der nächsten Stunde gaben wir Hunderte von Schüssen ab, und am Ende war meine Treffsicherheit zwar immer noch nicht so gut wie seine, aber viel besser. Alles in allem war es ein vergnüglicher Tag. Ganz im Unterschied zu den Tagen, die ich bisher mit Colin verbracht hatte. Normalerweise begleitete er mich als mein Leibwächter zu verschiedenen Veranstaltungen in

D. C. und Maryland. Oder er ging in meiner Wohnung auf und ab wie ein wildes Tier hinter Gittern und spielte nach Feierabend den Babysitter.

Die Fahrt zurück zu seinem Haus war angenehm, aber wir schwiegen die meiste Zeit. Als wir uns seinem Viertel näherten, fragte er mich nach meiner Freundschaft mit Olivia Cox-Newton, die heute Olivia Gillonardo hieß, nachdem sie Leo geheiratet hatte. Ich war etwas verblüfft, denn bisher war Colin betont distanziert gewesen und hatte sich nie wirklich nach meinem Privatleben erkundigt. Die meisten unserer Gespräche drehten sich um Zeitpläne, logistische Probleme und das Bedürfnis meines Vaters, mich in Watte zu packen – vor allem nach Olivias Entführung.

»Was ist mit meiner Freundschaft mit Olivia?«, wollte ich wissen.

»Warum hast du sie nicht besucht? Sie hat dich doch mehrmals eingeladen.«

»Wir waren beide sehr beschäftigt. Und seit meine Leibwächter mir auf Schritt und Tritt folgen, ist es nicht mehr so leicht, etwas zu unternehmen.«

»Sicher, denn in den letzten sieben Jahren hat der Secret Service dich ja auch nicht beschützt«, bemerkte er sarkastisch und strafte meine Worte Lügen.

»Sie hat Leo, ihre Mutter ist krank und sie hat gerade herausgefunden, wer ihr Vater ist.«

»Umso mehr braucht sie ihre beste Freundin.«

Langsam verlor ich die Geduld. Er fuhr in die Garage und ich dachte daran, ihn zu fragen, ob ich in die Wohnung darüber einziehen könnte, obwohl er mir erzählt hatte, dass sie noch nicht möbliert war.

»Was willst du von mir?«

»Die Wahrheit.«

»Die Wahrheit ist, dass wir an jenem Abend eigentlich zusammen ausgehen wollten«, blaffte ich, »aber wir haben uns gestritten, also bin ich zu Hause geblieben. Es ist meine Schuld, dass sie entführt wurde.«

»Deine Schuld? Du hättest nichts tun können, um es zu verhindern.«

»Wie du schon sagtest, sind ständig irgendwelche Leibwächter in meiner Nähe. Wenn wir in der Öffentlichkeit unterwegs sind, halten sie sich im Hintergrund und versuchen, in der Menge unterzutauchen. Als sei das wirklich möglich. Wie dem auch sei, wenn ich bei ihr gewesen wäre, hätte der Secret Service sie beschützen können.«

Ich dachte mit Grauen an Olivias Entführung und verabscheute mich selbst dafür, dass ich noch immer nicht in der Lage war, ihr ins Gesicht zu sehen. Ich vermisste sie so sehr, aber ich konnte mir einfach nicht verzeihen, sie im Stich gelassen zu haben.

»Dann hätten sie sie auf dem Heimweg entführt. Olivia wurde in der Kneipe geschnappt, weil die Kerle die Gelegenheit genutzt hatten. Aber sie hätten sie auch an einem anderen Tag entführt, denn sie hatten bereits alles geplant. Niemand hätte daran etwas ändern können. Auch du nicht.«

Colins Gesichtsausdruck verriet mir, dass er von seinen Worten überzeugt war. Schön für ihn. Aber das bedeutete nicht, dass ich ihnen ebenfalls Glauben schenken musste. Wäre ich mit meinen Leibwächtern vor Ort gewesen, wäre Olivia nicht aus der Kneipe entführt worden, soviel war sicher. Dadurch hätte sie einen Tag weniger in Gefangenschaft verbracht, einen Tag weniger Angst ausgestanden und wäre einen Tag länger in ihrem Zuhause in Sicherheit gewesen. Ich hätte für sie da sein sollen. Stattdessen war ich wütend auf sie und weigerte mich, mit ihr auszugehen. Und im nächsten Moment war sie verschwunden.

Colin war äußerst scharfsinnig und begriff sofort, dass ich nicht länger über Olivia sprechen wollte. Mit einem tiefen Seufzer, den man aus dem Mund eines Fünfjährigen erwarten würde, der gerade seinen Willen nicht bekommen hatte, stieg er aus dem Wagen. Ich wusste, dass ich erst aussteigen durfte, nachdem er die Umgebung abgesucht und mir die Tür geöffnet hatte. In der Vergangenheit hatte ich mir so oft eine Standpauke anhören müssen, dass ich meine Tür wahrscheinlich nie wieder eigenständig öffnen würde. Obwohl ich immer noch davon überzeugt war, dass es übertrieben war, war es den Ärger nicht wert.

Er führte mich ins Haus und ging direkt auf die Alarmanlage zu, bevor er sich mir zuwandte.

»Hast du Hunger?«

Da wir auf dem Schießstand beschäftigt gewesen waren, hatten wir das Mittagessen ausgelassen, und ich war am Verhungern. »Ja. Ich koche heute Abend. Du warst gestern dran.«

»Kannst du kochen?«

»Was soll die Frage? Hältst du mich wirklich für eine verwöhnte Göre, die ihr ganzes Leben lang keinen Finger gerührt hat?«

Es ärgerte mich, dass er so schlecht von mir dachte. Eigentlich hätte es mir egal sein können, aber ich wollte nicht, dass er mich für ein verhätscheltes Mädchen hielt.

»Ich frage nicht, weil ich dich für ein verwöhntes Gör halte, sondern weil ich Hunger habe.«

»Sicher.«

Ich wollte weder über sein Hungergefühl noch über seine Beweggründe streiten, die ihn dazu verleitet hatten, mich mit wohlhabenden Schnöseln, die von vorn bis hinten bedient wurden, in eine Schublade zu stecken. Also ging ich in die Küche. Ich inspizierte den Inhalt des Kühlschranks und der Speisekammer und stellte fest, dass beide gut bestückt waren. Da ich annahm, dass Colin der Typ Mann war, der gern Steak und Kartoffeln aß, holte ich die nötigen Zutaten heraus und machte mich an die Arbeit. Ich musste unwillkürlich an meine Mutter denken. Als ich jünger war, hatten wir viel Zeit zusammen in der Küche verbracht. Sie hatte mir immer gesagt, dass der Weg zum Herzen eines Mannes durch den Magen ging. Ihrer Meinung nach konnte eine Frau tun und lassen, was sie wollte, solange sie wusste, wie man einen Haushalt führte. Als mein Vater Präsident wurde, war unsere Zeit in der Küche eines der vielen Dinge, die sich änderten. Meine Mutter hatte bereitwillig mehr Verantwortung übernommen, um meinem Vater zur Seite zu stehen. Sie weigerte sich, die Frau zu werden, die die Medien in ihr sahen, nämlich nichts weiter als eine Zierde. Meine Mutter war tatsächlich wunderschön, aber sie war auch klug und spielte eine aktive Rolle bei vielen Reisen nach Übersee.

Leider war ich dadurch die meiste Zeit auf dem Gelände des Weißen Hauses eingesperrt. Wahrscheinlich klang ich wirklich wie eine privilegierte Zicke, wenn ich mich über meine Erziehung oder den Luxus, von dem ich dank meiner Eltern ständig umgeben war, beschwerte.

Aber ich war nicht hochnäsig und war mir der Vorteile und der erstklassigen Ausbildung wohl bewusst, die ich genossen hatte. Aber abgesehen von guten Noten hatte ich nichts davon selbst erarbeitet. Alles wurde mir geschenkt, und das war mir zuwider. Die Mietkosten für meine Wohnung lagen weit über dem, was ich mir hätte leisten können, aber der Secret Service hatte das Gebäude gewählt, da es sicher war. Also bezahlte mein Vater die Miete. Er übernahm auch die Kosten für meinen Wagen und meine Studiengebühren. Ich war erwachsen und lag meinen Eltern immer noch auf der Tasche. Die meiste Zeit fühlte ich mich deshalb wie eine Versagerin.

Eine Stunde später war das Abendessen fertig und stand auf dem Tisch. Ich machte mich auf die Suche nach Colin und fand ihn in seinem Arbeitszimmer im Erdgeschoss vor. Mir fiel auf, dass auch in diesem Raum keinerlei persönliche Gegenstände zu sehen waren. Alle Zimmer im Haus waren möbliert, aber sie wirkten, als seien sie nur eingerichtet worden, um Käufer anzulocken, und nicht, um bewohnt zu werden. Nichts deutete auf den Menschen hin, der hier lebte.

»Das Essen ist fertig.«

»In Ordnung«, erwiderte er abwesend.

Wäre er nicht so vertieft in seine Arbeit gewesen, hätte ich seine Antwort als unhöflich empfunden. Doch dann warf ich einen Blick auf die Bilder, die er vor sich ausgebreitet hatte, und hätte mich beinahe übergeben.

»Was ist das?«

»Die Fotos wurden heute an deinen Vater geschickt. Offensichtlich wurden sie abgefangen, bevor sie auf seinem Schreibtisch landen konnten, aber sie wurden dem Geheimdienst übergeben.«

»Darauf bin ich zu sehen.« Mir war bewusst, wie schrill meine Stimme klang, doch es kam nicht alle Tage vor, dass ich Überwachungsfotos von mir sah. »Wer hat die geschossen?«

»Keine Ahnung. Zane und das Team analysieren sie gerade.«

Ich trat näher, um die Bilder besser sehen zu können. »Warum um alles in der Welt würde jemand mich dabei fotografieren wollen, wie ich in meinen Wagen steige?«

»Um zu beweisen, dass er dazu fähig ist. Oder um uns zu zeigen, wie nahe er dir gekommen ist. Die Fotos wurden nicht mit einem leistungsstarken Objektiv aufgenommen.«

»Diese hier wurden bei einer Besprechung mit dem Vorstand von Hope for All gemacht.« Ich zeigte auf drei Fotos, die nebeneinander aufgereiht waren. »Darauf bist du im Hintergrund zu sehen. Wir befanden uns in einem privaten Konferenzraum.«

»Ja, das ist richtig. Außer den Männern, mit denen du dich getroffen hast, befanden sich nur noch die beiden Kellner im Raum.«

Er hatte recht. Wir hatten uns über Spendengelder unterhalten und daher beschlossen, nicht in dem über-füllten Speisesaal des Hotels zu essen, in dem unsere monatlichen Treffen für gewöhnlich stattfanden.

»Warte mal. Gleich zu Beginn kam eine Frau herein, um Mr. George eine Nachricht zu überbringen. Siehst du, es steht noch kein Essen auf dem Tisch. Die Bilder wurden gemacht, bevor die Kellner das Mittagessen servierten. Mein Tagesplaner liegt noch vor mir auf dem Tisch. Ich habe ihn weggepackt, bevor die Speisen gebracht wurden.«

Colin nahm eines der Hochglanzbilder zur Hand und studierte es gründlich.

»Scheiße, du hast recht. Ich habe nicht auf den zeitlichen Ablauf geachtet. Gutes Auge.«

Plötzlich durchströmte mich ein seltsam freudiges Gefühl. Es war schön, zur Abwechslung einmal von Colin gelobt zu werden.

»Wenn du mich auf dem Laufenden halten würdest, könnte ich dir vielleicht behilflich sein. Ich bin nicht so dumm, wie du denkst.«

Er sah von dem Foto auf und begegnete meinem Blick. »Ich denke nicht, dass du dumm bist, Erin. Ganz und gar nicht. Ich habe dir nicht alles erzählt, weil es keinen Grund gibt, dich unnötig zu beunruhigen. Es ist nicht nur meine Aufgabe, für deine Sicherheit zu sorgen, sondern auch dafür, dass du dein Leben so normal wie möglich weiterleben kannst.«

»Normal? Du nennst es normal, wenn mir jemand tagein, tagaus auf Schritt und Tritt folgt? Ich weiß nicht einmal mehr, wie sich *normal* anfühlt.«

Ich hatte schon seit sieben Jahren keine Kontrolle mehr über mein Leben. Immerhin hatte ich als junges Mädchen die gleichen Freiheiten wie alle anderen Kinder auch. Doch als wir nach Washington zogen, war ich nicht mehr nur irgendein x-beliebiger Teenager, sondern die Tochter des Präsidenten, die von der Boulevardpresse und den Zeitungen ins Visier genommen wurde. Mein ganzes Leben wurde bis aufs kleinste Detail von allen unter die Lupe genommen. Es war echt zum Kotzen.

KAPITEL VIER

Während wir aßen, beobachtete ich Erin eindringlich. Vorhin auf dem Schießstand war sie noch guter Laune gewesen, doch diese war mittlerweile verflogen. Ich hätte dankbar sein sollen, dass sie nicht mehr lächelte und scherzte, denn ich konnte Erin nur schwer widerstehen, wenn sie in einer fröhlichen Stimmung war. Ach, wem machte ich eigentlich etwas vor? Die schnippische und gereizte Erin war genauso unwiderstehlich. Ich weiß nicht, was Tom Anderson sich dabei gedacht hatte, mich als alleinigen Leibwächter seiner Tochter abzustellen, nachdem ich ihm davon erzählt hatte, dass sie Interesse an mir gezeigt hatte. Eigentlich wusste ich genau, was er sich dabei gedacht hatte. Er erwartete von mir, dass ich meinen Job machte, für ihre Sicherheit sorgte und sie bei Laune hielt. Was letztere Aufgabe anging, versagte ich kläglich, aber zumindest würde ich sie gesund und wohlbehalten zurückbringen, wenn das hier vorbei war. Und genauso unberührt wie zuvor.

»Wer hat dir das Kochen beigebracht?«

»Meine Mutter.«

»Sie war eine gute Lehrerin. Es ist köstlich.«

»Danke.«

Die Unterhaltung war für den Rest des Abendessens angespannt. Ich stellte ihr Fragen, und sie antwortete mir so knapp wie möglich. Ihr Desinteresse war nicht zu übersehen. Als ich ihr anbot, die Teller abzuräumen, konnte sie nicht schnell genug aufspringen, um ins Wohnzimmer zu gehen und fernzusehen. Auch darüber hätte ich mich eigentlich freuen sollen, aber stattdessen fühlte ich mich, als hätte mir jemand einen Tritt in den Magen versetzt. Offenbar war ihr in meiner Nähe derart unbehaglich zumute, dass sie sich nicht einmal im selben Raum mit mir aufhalten wollte. Nachdem ich das Geschirr gespült und die Küche auf Vordermann gebracht hatte, setzte ich mich neben sie auf die Couch.

Sie zappte gedankenlos durch die Kanäle. Irgendwann ertrug ich es nicht länger, sie so unglücklich zu sehen. »Ich glaube, du schuldest mir eine dreißigminütige Schultermassage.«

Ich stand auf, wandte ihr den Rücken zu und setzte mich vor ihr auf den Boden.

»Ich glaube, es waren fünf Minuten.«

»Das ist wahr. Aber nach der ersten Runde haben wir noch fünf weitere geschossen, und ich habe jedes Mal gewonnen.«

Ich versuchte absichtlich, sie in Rage zu versetzen. Mir war es lieber, sie war wütend auf mich, als sie so verloren und niedergeschlagen zu sehen.

»Ja. So funktioniert das aber nicht, mein Freund.«

»Freund? Sind wir denn Freunde, Erin?«

»Das ist nur eine Redewendung, Klugscheißer«, entgegnete sie.

»Du hast meine Frage nicht beantwortet. Sind wir Freunde?«

»Nein. Du bist mein Leibwächter«, murmelte sie. »Du hast mir ziemlich deutlich zu verstehen gegeben, dass das alles ist.«

»Es würde mir aber gefallen, wenn wir Freundschaft schließen würden.«

Erin legte ihre Hände auf meine Schultern, und sofort begann mein Schwanz zu zucken. Selbst auf diese einfache Berührung reagierte ich wie ein geiler Teenager. Es war mir unerklärlich und hätte nicht passieren dürfen, doch offenbar war mein Körper sich ihrer Nähe wohl bewusst.

»Freunde, hm?«, fragte sie und festigte ihren Griff, wobei sie ihre Daumen so tief in meine Schulterblätter grub, dass ich zusammenzuckte.

»Ja.«

»Also was hast du vor? Willst du über meine Verflossenen tratschen?« Sie drückte absichtlich fester zu und machte sich nicht einmal mehr die Mühe, so zu tun, als würde sie mir die Schultern massieren. »Oder sollen wir uns über unsere Kindheit, unsere Träume und unsere Pläne für die Zukunft austauschen?«

Sie versuchte, mich aus der Reserve zu locken, aber ich würde mich nicht darauf einlassen. Wenn sie glaubte, ich würde mich von ihren zickigen Bemerkungen aus der Ruhe bringen lassen, dann täuschte sie sich.

»Warum erzählst du mir nicht, wie du im Schützenverein gelandet bist?«

Plötzlich hielt sie inne. »Wie bitte?«

»Im Schützenverein? Du warst doch Landesmeisterin, nicht wahr?«

»Du wusstest davon? Dann wusstest du also auch, dass ich schießen kann, als du mich am Schießstand gefragt hast, ob ich schon einmal eine Waffe abgefeuert habe?«

»Ja.«

Zugegeben, im Moment verhielt ich mich wie ein Arsch.

»Was weißt du sonst noch über mich?«

»Ich glaube, die bessere Frage wäre, was ich nicht über dich weiß.«

»Ach ja, richtig. Ich habe das nette kleine Dossier über mich ganz vergessen. Schließlich kann jeder Einsicht in mein Leben nehmen. Warum solltest du mich überhaupt etwas fragen? Du musst doch nur die Akte lesen und weißt alles, was es zu wissen gibt.«

»Nicht alles, Erin. Die Akte listet nur die Fakten und deine Errungenschaften auf, aber sie sagt nichts über deine Persönlichkeit aus.«

»Errungenschaften? Ich habe nichts erreicht.«

Es missfiel mir, dass sie sich selbst derart herabwürdigte. Ich hatte ihr Leben genauestens studiert und war beeindruckt von dem, was ich über sie herausgefunden hatte. Sie war sehr großzügig und opferte viel ihrer Zeit. Sie war im Vorstand mehrerer Wohltätigkeitsorganisationen und arbeitete unzählige Stunden ehrenamtlich. Ich musste zugeben, dass ich sie verurteilt hatte, bevor ich sie kannte. Ich war nach wie vor der Meinung, dass sie ein Problem damit hatte, wenn man ihr einen Wunsch verweigerte, aber vielleicht steckte mehr hinter ihrer Rebellion als nur ein verwöhnter Geist.

»Wer war der Mann im Gästehaus?«

»Willy?«

»Ja. William Shradder.«

»Wenn du bereits weißt, wie er heißt, warum fragst du mich dann nach ihm?«

»Ich will wissen, in welcher Beziehung er zu dir steht«, erklärte Colin.

»Er ist ein Freund.«

»Entblößt du dich vor all deinen Freunden?«, fragte er.

Allein der Gedanke an jenen Abend machte mich wütend. »Nein!«

»Dann behandelst du ihn also bevorzugt?«

»Sei nicht so ein Arsch, Colin. Was kümmert dich das überhaupt?«

Das war die Eine-Million-Dollar-Frage. Warum interessierte es mich, vor wem Erin sich entblößte? Warum hatte ich häufiger an William Shradder gedacht, als mir lieb war?

»Es interessiert mich einfach.«

»Das ist zu vage. Wenn du mit mir *befreundet* sein und Antworten auf deine Fragen willst, dann erwarte ich auch ehrliche Antworten von dir.«

Verdammt, Erin ließ nicht locker und hatte keine Skrupel, mich wegen meiner mangelnden Mitteilsamkeit zur Rede zu stellen. Ich würde ihr erklären müssen, warum ich sie um ihre Freundschaft gebeten hatte.

»Es interessiert mich, weil du mich geküsst hast. Dann hast du mir erzählt, dass du noch Jungfrau bist, doch kurz darauf finde ich dich nackt in einem Zimmer mit einem anderen Mann. Ich bin nur neugierig, wie es dazu kommen konnte.«

Mehr würde ich ihr nicht verraten. Ich hatte nicht vor,

ihr zu sagen, dass das Gefühl ihrer Lippen auf meinen eine Erfahrung war, die ich liebend gern wiederholen würde. Oder wie sehr ich genossen habe, als sie sich an mich geschmiegt hatte. Oder dass der Anblick ihrer prallen Brüste und ihres straffen Körpers sich für immer in mein Gedächtnis eingebrannt hatte. Auf keinen Fall würde ich je zugeben, dass mein Schwanz allein bei der Erinnerung hart wurde. Und letztlich würde ich ihr niemals gestehen, dass sie mich mit ihrem ganzen Wesen auf einer tiefen Ebene ansprach und ich absichtlich versuchte, sie von mir zu stoßen.

»Ich kenne Willy schon sehr lange. Er ist Künstler und wird bald zum ersten Mal seine Bilder ausstellen. Er brauchte nur noch eine Bleistiftskizze. Mir ist klar, dass der Zeitpunkt schlecht gewählt war, aber ich dachte mir, dass wir nur etwa fünfzehn Minuten brauchen würden. Niemand bei der Wohltätigkeitsveranstaltung hätte meine Abwesenheit bemerkt. Deshalb haben wir uns im Gästehaus getroffen.«

»Ich kann dir nicht ganz folgen. Warum hast du dich ausziehen müssen?«

»Er zeichnet Akte.«

»Wie bitte?«

»Akte. Du weißt schon, er zeichnet nackte Männer und Frauen. Aktbilder eben.«

»Was zum Teufel hast du dir dabei gedacht, Erin? Du kannst dich doch nicht von jemandem nackt zeichnen lassen.«

»Und warum nicht, Colin? Ich bin erwachsen, falls du das schon vergessen hast. Solange ich meine Einwilligung gebe, ist nichts verwerflich daran.«

War sie wahnsinnig geworden? Ich konnte ihr eine

Vielzahl von Gründen nennen, warum der Gedanke aberwitzig war. Vor allem wollte ich nicht, dass irgendjemand Erin nackt sah, geschweige denn eine Galerie voller Menschen. Was, wenn jemand eine Zeichnung kaufte und sie in seinem Zuhause völlig entblößt zur Schau stellte? Ganz ausgeschlossen!

»Da wäre zum einen dein Vater. Du hast eine Verantwortung ...«

»Ich bin mir meiner Verantwortung bewusst. Sie wurde mir so oft eingetrichtert, dass ich sie gar nicht vergessen kann, selbst wenn ich es wollte.«

Erin schien es zu missfallen, dass ich etwas dagegen hatte, wenn sie vor der ganzen Welt ohne Kleider herumlief. Der Gedanke machte mich wütend. »Offenbar war sie dir trotzdem zeitweilig entfallen, denn immerhin hast du für den Kerl posiert.«

»Wie auch immer, denk doch, was du willst. Es spielt ohnehin keine Rolle, was ich zu sagen habe.«

»Hör auf damit, Erin. Es geht nicht darum, was ich denke, sondern darum, was du getan hast. Du hast dich von ihm nackt zeichnen lassen.«

»Ganz genau. Und zwar schon häufiger. Er hat zudem Fotos von mir gemacht.«

Ich war kurz davor, die Beherrschung zu verlieren. Zane und Tom würden aus der Haut fahren, wenn sie davon wüssten. Zane hatte fast so wütend ausgesehen, wie ich mich gefühlt hatte, als ich ihm die Fotos gezeigt hatte, die dieser Spanner an jenem Abend vor dem Gästehaus von ihr geschossen hatte. Und nun musste ich erfahren, dass sogar noch mehr solcher Bilder in Umlauf waren.

Langsam stand ich auf und bemühte mich, mein

Temperament zu zügeln. »Du hast für Fotos posiert?«

»Meine Güte. Du musst nicht gleich so schreien.«

Offenbar hatte ich mich doch nicht so sehr unter Kontrolle, wie ich gehofft hatte. »Ich schreie nicht, Sonnenschein. Wo sind die Fotos?«

»Sie hängen in der Galerie, nehme ich an.«

»Ich werde ihm den verdammten Hals umdrehen«, schnaubte ich.

»Wie bitte? Warum? Findest du nicht, dass du ein wenig überreagierst?«, fragte sie ungläubig.

»Du denkst, dass ich überreagiere? Hast du den verdammten Verstand verloren?«

»Nein. Aber du offenbar schon. Was ist denn so schlimm daran?«

»Mal sehen. Die Tochter des Präsidenten der Vereinigten Staaten hat nicht nur für Fotos, sondern auch für Zeichnungen nackt posiert. Ich bin schockiert, dass die Boulevardpresse sich noch nicht darauf gestürzt hat.«

»Vielleicht liegt das daran, dass ich keine Idiotin bin. Auf den Bildern ist mein Gesicht nicht zu erkennen.«

»Wie bitte?«

»Ja, Mr. Überfürsorglich. Man sieht lediglich eine Rückenansicht von mir. Außerdem habe ich immer eine sitzende Haltung eingenommen, wodurch nicht einmal mein Hintern abgebildet ist. Das gilt sowohl für die Fotos als auch für die Zeichnungen. Niemand wird je wissen, dass ich die Frau darauf bin. Für wie dumm hältst du mich eigentlich?«

»Ich denke nicht, dass du dumm bist. Ich denke …«

»Du denkst überhaupt nicht. Wie so häufig, wenn es um mich geht, hast du nicht nach Einzelheiten gefragt, sondern einfach deine eigenen Schlüsse gezogen. So langsam habe ich die Schnauze gestrichen voll davon. Du bist nicht besser als all die anderen Menschen in meinem Leben. Ich kann es kaum erwarten, dass diese Sache hier vorbei ist. Und nachdem mein Vater sein letztes Jahr als Präsident hinter sich gebracht hat, kann ich endlich ein anonymes Leben nach meiner Façon führen. Ich gehe jetzt ins Bett. Schlaf gut.«

Entgegen meiner Erwartungen stapfte Erin nicht wütend davon und beschimpfte mich nicht einmal mehr als anmaßendes Arschloch. Sie ging einfach mit hängenden Schultern davon.

Scheiße. Ich hatte Mist gebaut und hätte es verdient, wenn sie mir eine Beleidigung an den Kopf geworfen hätte. Ich musste aufhören, vorschnell über Erin zu urteilen. Sie hatte immer wieder bewiesen, dass sie eine intelligente Frau war. Warum zum Teufel war ich so irrational, wenn es um sie ging?

KAPITEL FÜNF

Ich hätte es nicht für möglich gehalten, aber die letzten Tage waren noch schlimmer als die Woche davor. Ich durfte nirgendwo allein hingehen. Allerdings hätte ich ohnehin nicht gewusst, wohin ich hätte gehen sollen. Immerhin durfte ich mich draußen im Garten aufhalten, und selbst das hatte einige Überredungskunst gekostet. Wenn es nach Colin gegangen wäre, hätte ich in einem fensterlosen Raum gesessen, vor dem ein bewaffneter Mann Wache stand.

Ich trat auf etwas am Boden und blickte auf eine Armee grüner Plastiksoldaten hinunter. Einige von ihnen standen sich gegenüber, als würden sie in einer Schlacht gegeneinander antreten. Wie die Spielzeugfiguren focht auch ich ständig einen Kampf aus, wobei meiner jedoch ein innerer war. Einerseits liebte ich meinen Vater und war unsagbar stolz auf ihn, weil er so viel Gutes für unser Land getan hatte, andererseits hatte ich ein schlechtes Gewissen, weil ich ihn ganz für mich allein haben wollte. Mit meiner Mutter war es ähnlich. Sie war intelligent und liebevoll und eine wunderbare First Lady, die ihrem Gatten unterstützend und aufopfernd zur Seite stand. Doch ich wollte sie mit niemandem teilen. Meine Mutter war die Verkörperung von Klasse und eine echte Dame. Es war ein Vergnügen, ihr dabei zuzusehen, wie sie die Menschen bei einer Veranstaltung in ihren Bann zog. Viele mochten glauben, dass ihre Anteilnahme nur gespielt war, aber wenn meine Mutter jemanden nach seinem Befinden fragte, war sie aufrichtig daran interessiert. Ich vermisste sie.

Als ich mich auf den Boden kniete, um die Spielsachen einzusammeln, wurde die Hintertür geöffnet. Ich musste mich nicht umdrehen, um zu wissen, dass Colin gerade den Blick über den Garten schweifen ließ. Das tat er auch jedes Mal, wenn wir unterwegs waren. In meinen Augen war es lächerlich, in und um das Haus die gleiche Vorsicht walten zu lassen, schließlich hatte der Mann, der vorher hier gewohnt hatte, mehr Kameras installiert als das Pentagon. Colin hatte mir den Monitor mit den verschiedenen Ansichten des Grundstücks gezeigt, wobei er mir erklärt hatte, dass Fletch großen Wert auf Sicherheit legte. Ich hätte es eher als verrückt bezeichnet, aber was wusste ich schon? Bevor ich die Fotos auf Colins Schreibtisch gesehen hatte, hatte ich sie alle mehr oder weniger als Spinner abgestempelt, doch mittlerweile konnte ich nicht mehr leugnen, dass etwas nicht mit rechten Dingen zuging.

»Was hast du gefunden?«, fragte Colin und blieb neben mir stehen.

»Kleine Männer mit Gewehren.«

»Annie muss sie hier aufgestellt und dann vergessen haben«, sagte er.

»Scheint so. Was gibt es?«, wollte ich wissen.

»Ich habe mich gefragt, ob du Lust hast, mit mir essen zu gehen.«

»Essen gehen? Du meinst, ich darf das Haus verlassen? Auf jeden Fall.«

Colin verzog die Lippen zu einem Lächeln und mit einem Mal schien sein ganzes Wesen sich zu verändern.

»Komm schon. Du kannst dir aussuchen, wohin wir fahren.«

»Ganz egal wohin?«, hakte ich nach.

»Du entscheidest dich für Sushi, nicht wahr?«, vermutete er.

Kurz nachdem ich Colin kennengelernt hatte, hatte er mir eines Abends von seiner Abneigung gegen rohen Fisch erzählt. Ich hatte versucht, ihm zu erklären, dass Sushi mehr als nur rohen Fisch enthielt, aber er hatte sich dennoch geweigert, es zu probieren.

»Ja.« Ich warf einen Blick auf die Spielzeugsoldaten in meinen Händen. »Glaubst du, Annie würde die gern wiederhaben?«

»Wahrscheinlich. Ich werde sie Fletch geben, wenn ich ihn das nächste Mal sehe.« Er streckte mir eine Hand entgegen. Für eine Sekunde war ich verwirrt und hatte Schmetterlinge im Bauch, da ich fälschlicherweise davon ausging, dass er meine Hand halten wollte. Dann erinnerte ich mich an die Armee in meiner Hand. »Bereit?«, fragte er.

»Und wie.«

Ich reichte Colin das Spielzeug, und zu meiner Überraschung ergriff er mit seiner freien Hand die meine. »Komm schon. Wir besorgen dir etwas ungekochten Fisch und Reis.«

Ich war viel zu schockiert, um zu antworten, und folgte ihm stattdessen ins Haus. Er legte das Spielzeug auf die Anrichte, schnappte sich seinen Schlüssel und führte mich durch die Vordertür zu seinem Wagen. Dabei hielt er die ganze Zeit meine Hand.

Was zum Teufel hat das zu bedeuten?

Auf der Fahrt zum Restaurant erzählte er mir, dass sein Team immer noch versuchte herauszufinden, wer die Fotos geschossen hatte und wer die Frau im Besprechungsraum gewesen war, an die ich mich erinnert hatte. Leider arbeitete sie nicht für das Hotel und hatte es irgendwie geschafft, die Kameras in der Eingangshalle zu umgehen. Zwar gab es ein Bild von ihr vor dem Gebäude, doch darauf trug sie eine Baseballkappe und ihr Gesicht war größtenteils verdeckt. Colin erklärte mir, dass dieser Umstand sehr aufschlussreich war. Offenbar wusste die Frau genau, was sie tat, was dazu beitragen würde, die Verdächtigen einzugrenzen. Allerdings gab es keine Verdächtigen.

Momentan warteten sie darauf, dass der Verantwortliche den nächsten Schritt unternahm. Ich fand es furchtbar, dass kein Ende in Sicht zu sein schien, aber Colin versicherte mir, dass alle hart daran arbeiteten, meinen Verfolger aufzuspüren.

»Was hat sich geändert?«, fragte ich, als wir aus dem Wagen stiegen.

»Was meinst du?«

»Plötzlich gibst du mir freiwillig Auskunft über den Stand der Ermittlungen.«

»Ich habe mich daran erinnert, was du neulich darüber gesagt hast, dass du dein Leben nicht mehr selbst in der Hand hast. Du hattest recht. Ich bin nicht besser als alle anderen, denn auch ich habe dich im Dunkeln gelassen. Dann habe ich darüber nachgedacht, wie ich mich fühlen würde, wenn ich keine Kontrolle mehr über mein eigenes Leben hätte. Ich wäre genauso wütend und genervt wie du. Ich gebe zu, dass ich mich geirrt habe. Nicht nur steht es dir zu, zu wissen, was vor sich geht, du solltest sämtliche Informationen erhalten. Nur so wirst du diese Drohungen endlich ernst nehmen. Ich kann dich nicht beschützen, wenn du mir nicht vertraust.«

»Vertrauen, hm? Ist das ein Teil dieser Freundschaft, die du mir angeboten hast?«

Vielleicht hätte ich ihn noch ein bisschen länger schmoren lassen sollen, aber wenn ich nachtragend war, würde ich mir die Zeit mit ihm nicht unbedingt versüßen. Und ich war es leid, in seiner Gegenwart einen Eiertanz aufzuführen.

»Wahrscheinlich schon. Ich bin Manns genug, um zuzugeben, wenn ich mich geirrt habe. Und was dich angeht, habe ich mich in vielerlei Hinsicht geirrt. Dafür entschuldige ich mich.«

»Entschuldigung angenommen. Und es tut mir leid, dass ich dich einen Vollidioten genannt habe.«

»Du hast mich nie einen Vollidioten genannt.«

»Doch, in Gedanken, und zwar Hunderte Male.«

»Gut zu wissen«, erwiderte er mit einem leisen Lachen.

»Weißt du, deine Augen verändern ihre Farbe, wenn du lächelst, oder vielleicht auch, wenn du glücklich bist.«

Sein Lächeln verblasste und ich wünschte, ich könnte die dumme Bemerkung zurücknehmen.

»Nein, das wusste ich nicht«, sagte er schließlich.

»Wenn du mich mit diesem finsteren Blick anstarrst,

sind sie dunkelblau und scheinen von Sturmwolken getrübt. Aber wenn du einmal vergisst, wütend auf mich zu sein, werden sie viel heller.«

»Du denkst also, dass ich dich mit einem finsteren Blick anstarre?«

»Für gewöhnlich, ja. Nun, vielleicht ist finster etwas übertrieben, aber freundlich schaust du nicht unbedingt drein.«

Plötzlich hallten ein lauter Knall und das Knirschen von Metall durch die Luft. Colin packte mich an der Taille und zog mich an sich. Er drückte mich mit dem Rücken gegen den Wagen und presste sich dicht an mich.

»Scheiße. Tut mir leid«, sagte er im nächsten Moment.

In der Ferne hörte ich, wie Autotüren zugeschlagen wurden und Männer durcheinander schrien, aber ich starrte wie gebannt auf den Mann vor mir. Er hatte keine Sekunde gezögert und sich vor mich gestellt, um mich zu schützen. Und das, obwohl es sich offensichtlich nur um einen Unfall mit Blechschaden handelte, der mehr als dreißig Meter von uns entfernt stattgefunden hatte.

»Danke«, keuchte ich mit heiserer, emotionsge-schwängerter Stimme.

In all den Jahren, in denen die Leibwächter und der Secret Service mir auf Schritt und Tritt gefolgt waren, hatte ich mich noch nie so sicher gefühlt. Ich wusste, dass die anderen Männer wie Colin dafür bezahlt wurden, mich zu beschützen. Aber bei ihm fühlte es sich anders an. Persönlich und vielleicht sogar ein wenig intim, so wie sein Körper sich an meinen schmiegte.

»Du musst mir niemals dafür danken, dass ich dich beschütze.«

Mir entging nicht, dass er davon sprach, mich zu

beschützen, und nicht davon, seinen Job zu machen. Aus irgendeinem Grund machte das für mich einen Unterschied.

Colin strich mir eine Haarsträhne aus dem Gesicht. Die Berührung jagte mir einen erregenden Schauer über den Rücken. »Weißt du, dass deine Augen auch die Farbe ändern?«

»Nein, das wusste ich nicht«, wiederholte ich seine Worte von vorhin und unterdrückte ein Lächeln.

»Sie sind honigbraun.« Er ließ seine Hand an meinen Nacken gleiten. »Aber im Moment sind rote Sprenkel darin zu sehen. Es sieht aus, als stünden sie in Flammen.«

Oh Gott. Wenn er nur wüsste. Meine Augen waren nicht das Einzige, was in Flammen stand.

»Ist das gut?«

»Oh ja, Sonnenschein. Es ist sogar sehr gut.« Die Stimmen der streitenden Autofahrer wurden immer lauter und machten den innigen Moment zunichte. »Komm, wir besorgen dir etwas zu essen.«

»Okay.«

Keiner von uns bewegte sich. Tatsächlich hatte ich keinen Appetit mehr, zumindest stand mir der Sinn nicht nach essen. Ich hätte den Rest des Tages hier stehen können, während Colin mich gegen den Wagen presste, und wäre vollkommen zufrieden gewesen. Zwar hatte ich keine Ahnung, was zwischen uns vor sich ging, aber ich war auf keinen Fall die Einzige, die es fühlte. Dessen war ich mir sicher, denn ich konnte seine Erektion an meinem Bauch spüren.

* * *

Leider verbrachten wir den Rest des Tages nicht gegen den Wagen gepresst. Wir aßen zu Mittag, und Colin weigerte sich immer noch, Sushi zu kosten. Er entschied sich für eine große Schüssel Nudeln und eine doppelte Portion Hühnchen in Teriyakisoße, was zu einer Unterhaltung über sein Trainingsregime führte. Kein Mensch sollte in der Lage sein, so viel zu essen und gleichzeitig einen so durchtrainierten Körper zu haben wie Colin. Ich hatte ihn zwar nicht mit eigenen Augen gesehen, aber ich hatte ihn zweifellos gespürt. Er erzählte mir, dass er normalerweise zweimal am Tag trainierte, eine Gewohnheit, die er sich in der Armee angeeignet hatte. Er offenbarte nicht viel über seinen Militärdienst, aber er wich meinen Fragen auch nicht aus.

Wir unterhielten uns ganz ungezwungen und sprachen über unsere Lieblingsfilme und Ähnliches. Er stellte mir Fragen über meine Kindheit und wollte wissen, wie es war, die Tochter des Präsidenten zu sein. Da ich meine defensive Haltung abgelegt hatte und nicht mehr das Gefühl hatte, wie ein kleines Kind behandelt zu werden, berichtete ich ihm von all den Vorzügen, die das Leben im Weißen Haus mit sich brachte – und davon gab es eine Menge. Die meiste Zeit über war es einfach nur mein Zuhause gewesen. Aber es gab auch Momente, in denen mir bewusst wurde, welche schwerwiegenden Konsequenzen dieses Leben mit sich brachte. Meistens dann, wenn ich nicht einfach eine Party feiern, Klassenkameraden einladen oder bei einer Freundin übernachten konnte. Sie alle wurden Sicherheitskontrollen unterzogen und gründlich durchleuchtet. Es war ein Eingriff in die Privatsphäre, und falls die Eltern meiner Freundinnen nicht bereits in der Politik tätig waren oder es sein wollten, missfiel es ihnen, wenn die Regierung in ihrem Leben herumschnüffelte. Ich hatte deshalb schon mehr als einen Freund verloren. Zudem hatte ich gelernt, dass die meisten Leute nicht wirklich an mir interessiert waren. Sie hatten es nur auf eine Einladung zu mir nach Hause abgesehen.

Aber es gab Zeiten, in denen mein Vater mich spätabends durch den Westflügel und das Oval Office geführt hatte. Ich hatte den Lagebesprechungsraum gesehen, bei Staatsbanketten Mäuschen gespielt und Prinzen und Prinzessinnen aus der ganzen Welt getroffen. Ich hatte in der Küche mit weltberühmten Köchen gekocht. Hin und wieder hatte mein Vater sogar Gerald damit beauftragt, uns heimlich aus dem Haus zu schleusen, damit wir uns spätabends einen Burger holen und ihn auf dem Rasen vor dem Washington Monument essen konnten. Das waren die schönsten Momente mit meinem Vater, wenn er einfach nur mein Dad und nicht Präsident Anderson war. Und meine Mutter hatte ihr Bestes getan, um an meinem Leben teilzuhaben. Mehr als einmal hatte sie ein wichtiges Treffen abgesagt, weil ich als Teenager einen Nervenzusammenbruch erlitten hatte. Manchmal wegen eines Jungen, aber meistens weil meine Klassenkameradinnen mich gehänselt hatten.

Während des Mittagessens wuchsen meine Schuldgefühle stetig an. Im letzten Jahr hatte ich mir immer wieder eingeredet, wie schrecklich mein Leben war, obwohl das nicht der Wahrheit entsprach. Eine Unannehmlichkeit machte nicht alles Gute zunichte. Aber nach Olivias Entführung hatte ich mich gehen lassen und aus einer Mücke einen Elefanten gemacht.

»Worüber machst du dir so viele Gedanken?«, fragte Colin, als wir wieder im Wagen saßen.

»Über das Leben.«

»Das Leben im Allgemeinen oder zerbrichst du dir über etwas Bestimmtes den Kopf?«

»Ich versuche, mir darüber klar zu werden, seit wann ich derart zickig und undankbar bin. Viel zu häufig beschwere ich mich über Nichtigkeiten. Früher war ich nicht so.«

»Ich glaube nicht, dass du undankbar bist.«

»Im Grunde nicht, aber ich benehme mich so. Meine Eltern sind wunderbare Menschen und großartige Vorbilder, die sich selbstlos und pflichtbewusst für ihr Land aufopfern. Alles, was sie mir beigebracht haben, habe ich mit Füßen getreten. So viele Menschen bringen tagtäglich Opfer, um unserem Land zu dienen, und ich beschwere mich darüber, dass meine Eltern mir nicht ihre ungeteilte Aufmerksamkeit schenken. Ich bin wirklich eine egoistische Kuh.«

»Eine Kuh, hm?«, lachte Colin. »Wie kommt es, dass dir plötzlich all diese Dinge durch den Kopf gehen?«

»Du hast mir von deinen Auslandseinsätzen erzählt, von den Feiertagen, die du nicht mit deiner Familie verbringen konntest, und von den Zeiten, in denen du deine Mutter an ihrem Geburtstag nicht anrufen konntest. Da wurde mir klar, wie egozentrisch ich war. Ich beschwere mich, weil ich einen Leibwächter brauche und mein Daddy einen wichtigen Job hat, weil er das Land regiert und keine Zeit hat, mich zu verwöhnen, wenn ich mit dem Fuß aufstampfe. Bitte sag mir, dass ich mich nicht ganz so schrecklich benommen habe, wie ich denke.«

»Ich werde nicht lügen, du warst … eine Herausforderung.«

»Ich schäme mich so.«

»Du musst dich nicht schämen. Ich weiß, dass du in kurzer Zeit sehr viel durchgemacht hast.«

»Das entschuldigt mein Verhalten nicht.«

Verdammt, ich schuldete meinen Eltern eine Entschuldigung. Ganz zu schweigen von einigen Secret Service Agenten. Der arme Gerald dachte wahrscheinlich, ich hätte den Verstand verloren. Sobald das alles vorbei war, würde ich alles wieder in Ordnung bringen.

»Scheiße!«, rief Colin plötzlich und riss mich aus meinen Gedanken. »Halt dich fest.«

Aber es war zu spät. Ich wurde zuerst nach links und dann nach rechts geschleudert, während Colin fluchte und versuchte, den Wagen wieder unter Kontrolle zu bringen.

Bitte, Gott, lass das nicht das Ende sein.

KAPITEL SECHS

Irgendein Idiot war ungebremst rechts abgebogen. Ich sah es aus dem Augenwinkel, Sekunden bevor er das Heck auf der Beifahrerseite rammte. Der Aufprall war so heftig, dass Erins Kopf zuerst nach links geschleudert wurde und dann fast gegen die Scheibe prallte. Ich festigte meinen Griff um das Lenkrad und riss es nach links, um nicht mit einem anderen Fahrzeug zu kollidieren. Das verdammte Arschloch hielt sich wohl für einen Stuntfahrer bei *Tokyo Drift*. Ich wollte gerade anhalten, als ich im Rückspiegel sah, wie der Wagen, der uns gerammt hatte, um die Fahrzeuge auf der Kreuzung herummanövrierte. Der Fahrer verlangsamte sein Fahrzeug nicht, sondern beschleunigte es.

»Halt dich fest.« Ich trat das Gaspedal durch und lenkte den Wagen auf die Straße zurück. »Nimm mein Handy. Ich glaube, es ist auf deiner Seite im Fußraum gelandet. Der Code zum Entsperren lautet 0-7-3-0-1-9-9-8-0-0.«

»Das sind zu viele Zahlen, Colin.« Sie brauchte eine

71

Minute, um das Telefon zu finden, das von der Mittelkonsole gerutscht war. »Ich kann mir die Ziffern nicht alle merken.«

Ich wiederholte die Zahlenreihe, während ich mir überlegte, wie ich den Wagen abhängen sollte.

»Was jetzt?«

»Drück auf das Telefonsymbol und wähle das Rautezeichen und dann die Eins. Stell den Anruf auf Lautsprecher.«

Sie tat wie geheißen. Kurz darauf hallte ein Klingeln durch den Wagen, bevor Fletch sich meldete.

»Ein silberner Ford Taurus folgt uns auf der Cooper Road in Richtung Süden. Kein Kennzeichen, aber die Stoßstange auf der Beifahrerseite ist abgefallen, nachdem er versucht hat, uns von der Straße zu drängen.«

»Scheiße. Hast du einen Evakuierungsplan?«, fragte er.

»Ja, habe ich. Aber du musst mir gleich mehrere Gefallen tun.«

»Alles, was du willst.«

»Fahr bei mir zu Hause vorbei und mach einen Rundgang. Ich bin mir sicher, dass ich alles im Tresor verstaut habe, aber ich möchte, dass du es noch einmal überprüfst.«

»Truck und ich machen uns sofort auf den Weg.«

»Und ruf Zane an und sag ihm, er soll die Verkehrskameras in der Gegend überprüfen. Cooper und Freedom Highway.«

»Sonst noch etwas?«

»Ja. Richte ihm aus, dass es immer besser ist, ehrlich zu sein.«

»Verstanden. Pass auf dich auf. Melde dich, falls du noch etwas brauchst.«

»Verstanden. Ende.«

Fletch trennte die Verbindung und ich warf einen Blick auf Erin. Sie hielt mit zitternder Hand das Telefon und starrte auf den nun schwarzen Bildschirm.

»Alles wird gut, Sonnenschein.«

»Wer verfolgt uns?«, wollte sie wissen.

»Keine Ahnung.«

»Woher weißt du dann, dass alles gut werden wird?«

»Weil ich nie zulassen werde, dass dir jemand wehtut. Kannst du mir einen Gefallen tun?«, fragte ich.

»Sicher.«

»Du musst mir vertrauen. Wenn ich dir sage, dass alles in Ordnung ist, dann glaube mir einfach.«

»Ich bin mir nicht sicher …«

»Ich aber schon. Unser Verfolger fährt einen Ford Taurus, um Himmels willen. Bei der nächsten Gelegenheit werde ich auf die Autobahn fahren und ihn abhängen. Ich will keinen Unfall verursachen oder andere Verkehrsteilnehmer verletzen. Außerdem will ich die Polizei aus der Sache heraushalten.«

Ich warf einen Blick in den Rückspiegel und sah, dass der Taurus uns in einigem Abstand folgte. Abgesehen von dem ersten Zusammenstoß hatte der Fahrer keinen weiteren Versuch unternommen, uns zu rammen. Irgendetwas war faul an der Sache.

»Wohin fahren wir?«, fragte Erin.

»Nach Kalifornien.«

»Kalifornien?«

»Ich will, dass du meine Waffe aus meinem Holster ziehst«, sagte ich und lehnte mich nach links, damit sie die Pistole besser greifen konnte. Sie versuchte, den

Sicherheitsgurt beiseitezuziehen. »Schnall mich einfach ab.«

»Auf keinen Fall. Was ist, wenn er uns noch einmal rammt?«

Schließlich schaffte sie es, die Sig an sich zu nehmen. »Was jetzt? Soll ich ihm in die Reifen schießen?«

»Ruhig Blut, Cowgirl, wir sind hier nicht im Wilden Westen. Halte sie einfach fest. Falls ich verletzt werde, musst du sie benutzen. Was auch immer passiert, lass dich auf keinen Fall in einen Wagen ziehen.«

»Du sagtest doch, dass alles in Ordnung ist.«

»Ist es auch. Im Moment.«

»Was soll das bedeuten?«

In dem Moment, in dem ich auf die Autobahn 195 auffuhr, schoss der Taurus los und verringerte den Abstand zwischen uns. Ich überholte den Wagen vor mir und der Taurus tat es mir gleich. Ich schlängelte mich an den wenigen Fahrzeugen vorbei und traf eine Entscheidung, von der ich hoffte, dass sie uns nicht das Leben kosten würde. Der Fahrer des Taurus fuhr neben uns, während ein zweiter Pkw sich dicht hinter uns hielt.

»Beug dich vor und halt dich fest«, rief ich Erin zu.

Ich trat auf die Bremse, und das Fahrzeug hinter uns krachte ins Heck unseres Wagens. Statt wie erhofft an uns vorbeizuziehen, sodass ich mich hinter ihm einreihen konnte, bremste auch der Taurus ab.

»Was tust du da?«, fragte Erin, während sie den Kopf zwischen die Beine gesteckt hatte.

Bevor ich antworten konnte, feuerte der Fahrer des Taurus zwei Schüsse ab, die glücklicherweise hoch flogen und den oberen Rand der Tür auf der Fahrerseite trafen. Ich riss das Lenkrad herum, bis die beiden rechten Reifen über den Schotter auf dem Seitenstreifen schlitterten. Es gab kaum Ausweichmöglichkeiten. Die zwei Fahrspuren in beiden Richtungen boten kaum genügend Platz. Wenn ich allein im Wagen gesessen hätte, wäre es etwas anderes gewesen, aber solange Erin bei mir war, musste ich besonders vorsichtig sein. Falls mir etwas zustoßen sollte, wäre sie verwundbar.

»Scheiße.«

Im nächsten Moment hallte ein Knall durch den Innenraum, der meine Ohren zum Klingeln brachte und mich vor Schmerz zusammenzucken ließ. Ich hatte keine Zeit, Erin zu warnen, als der Fahrer hinter uns einen Schuss abfeuerte und die Heckscheibe durchschlug.

»Warum fährst du nicht schneller?«, schrie Erin, ohne den Kopf zu heben.

»Bleib unten und halt dich fest, Erin.«

Ich riss das Steuer ruckartig nach links und streifte den Taurus. Glücklicherweise bestanden die texanischen Autobahnen häufig aus langen geraden Strecken. Der Mittelstreifen zwischen den beiden Fahrspuren bestand nur aus ein paar Metern Schotter, bevor er in eine grasbewachsene Böschung überging. Letztere war nicht so steil, dass man im Notfall nicht darauf ausweichen konnte, doch ein Pkw, der mit einer Geschwindigkeit von hundertdreißig Stundenkilometern unterwegs war, würde sicher den Abhang hinunterrasen. Wir machten einen Satz nach vorn, als der Wagen hinter uns erneut unser Heck rammte. Nur noch ein paar Sekunden, und ich hätte die Sattelschlepper vor uns eingeholt, dann könnte ich uns aus dieser misslichen Lage befreien.

»Oh mein Gott«, murmelte Erin, die zum Glück immer noch vorgebeugt in ihrem Sitz saß.

»Es ist fast vorbei. Du machst das großartig.«

Ich wich erneut nach links aus und rammte den Taurus diesmal etwas härter. Er verlor die Bodenhaftung und schlingerte für einen Moment auf zwei Reifen weiter, bevor er außer Kontrolle geriet. Ich fuhr dicht an die Stoßstange des Sattelschleppers vor mir und wartete bis zur letzten Sekunde, bevor ich wieder auf die rechte Spur wechselte, während die beiden Sattelschlepper nebeneinanderfuhren und dem nachfolgenden Fahrzeug keinen Platz zum Überholen ließen.

»Geht es dir gut?«, fragte ich.

»Mir tun die Ohren weh. Folgen sie uns noch?«

»Einer steckt im Moment hinter zwei Sattelschleppern fest.«

»Und der andere?«

»Der stellt kein Problem mehr dar.«

»Ich dachte, Zane sei verrückt, weil er dir einen Charger gemietet hat, aber jetzt bin ich dankbar dafür, dass er sich nicht für einen Pinto entschieden hat.«

»Jahrelange Erfahrung. Setze dich während eines Einsatzes nie hinter das Steuer eines leistungsschwachen Fahrzeugs.«

»Kann ich mich wieder aufsetzen?«

»Noch nicht.«

Die Ausfahrt zur Bundesstraße 2670 lag vor uns, und ich bog rechts ab, um ihr zu folgen und die Geschwindigkeit über hundertdreißig zu halten.

»Mein Güte, Michael Schumacher. Warne mich das nächste Mal bitte vor«, murmelte Erin, als sie bei dem Manöver leicht hin und her schwankte.

»Du kannst dich jetzt aufsetzen.«

Sie tat wie geheißen und warf sofort einen Blick über

ihre Schulter auf das klaffende Loch, in dem sich zuvor die Heckscheibe befunden hatte.

»Heilige Scheiße. Sie haben auf uns geschossen«, stellte sie das Offensichtliche fest. »Ich habe die Schüsse zwar gehört, aber verdammt noch mal.«

In ihrer zitternden Hand hielt sie immer noch meine Waffe. Mir war klar, wie verängstigt sie war, doch sie hatte sich gut geschlagen. Ich war beeindruckt. Ich hatte schon Männer und Frauen erlebt, die unter weniger Druck zusammengebrochen waren.

»Du kannst die Waffe ins Handschuhfach legen.« Sie bebte am ganzen Körper und brauchte ein paar Versuche, um das Fach zu öffnen. Als sie die Waffe sicher verstaut hatte, ergriff ich ihre Hand, legte sie auf meinen Oberschenkel und bedeckte sie mit meiner. »Ich bin stolz auf dich, Sonnenschein.«

»Stolz auf mich? Außer mich zu ducken und stillschweigend die Nerven zu verlieren habe ich nichts getan.«

»Du hast mir vertraut. Und ich glaube nicht, dass du die Nerven verloren hast. Tatsächlich wolltest du Lara Croft spielen und den Bösewichten die Reifen wegschießen.«

Da Erin nun außer Gefahr war, versuchte ich nur, die Stimmung etwas aufzulockern. Aber die Vorstellung von ihr als knallharte Furie war verdammt sexy. Und die Erkenntnis, dass sie tatsächlich auf die Kerle geschossen hätte, wenn ich sie darum gebeten hätte, ließ meinen Schwanz anschwellen.

»Was ist mit unseren Sachen?«

»Fletch und Truck werden einen Rundgang durchs Haus machen und sich vergewissern, dass nichts Wichtiges herumliegt.«

»Aber wir haben nichts bei uns. Du hast gesagt, wir fahren nach Kalifornien.«

»Im Kofferraum ist eine Reisetasche. Darin befindet sich alles Nötige. Und falls wir noch etwas brauchen, kaufen wir es unterwegs.«

»In Ordnung.«

Erin legte den Kopf an die Lehne, ließ ihre Hand aber auf meinem Oberschenkel liegen. Sie vertraute ohne Weiteres darauf, dass ich sie beschützen würde, obwohl ich mich ihr gegenüber die meiste Zeit wie ein Arschloch verhalten hatte, seit wir uns kannten. Noch nie hatte eine Frau so viel Vertrauen in mich gesetzt. Bei dem Gedanken zog sich mir der Magen zusammen und ich fragte mich, ob Leo sich genauso gefühlt hatte, als er Olivia gerettet hatte. Von dem Moment an, in dem sie ihn zum ersten Mal gesehen hatte, hatte sie ihm ihr Leben anvertraut. Ich war mir nicht ganz sicher, was ich für Erin empfand, aber ich wusste, dass ich sie gern an meiner Seite hatte.

KAPITEL SIEBEN

»Ich entschuldige mich für die miese Unterkunft«, sagte Colin, als wir das schäbige Zimmer betraten. »Nicht das, was du gewohnt bist.«

»Was zum Teufel soll das heißen?«, blaffte ich. Ich war erschöpft und halb verhungert. Wir waren über acht Stunden gefahren und hatten schließlich in El Paso angehalten, um dort zu übernachten.

»Ganz ruhig, Sonnenschein.« Colin schob den oberen Riegel an der billigen Tür vor. Ich bezweifelte ernsthaft, dass die Sicherheitsvorrichtung tatsächlich jemanden daran hindern würde, sich Zutritt zu verschaffen. »Das war nicht abwertend gemeint. Ich stelle nur das Offensichtliche fest. Wann hat die Tochter des Präsidenten zum letzten Mal in einem Motelzimmer für dreißig Dollar die Nacht geschlafen?«

»Tut mir leid, dass ich dich angeblafft habe. Der Tag war einfach beschissen.«

Colin warf die Rucksäcke auf das Bett, baute sich vor mir auf und legte seine Hände auf meine Schultern. »Ja, da hast du recht, aber du hast dich großartig gehalten. Es tut mir leid, dass der Tag in einem schmuddeligen Bett und mit Fast Food enden muss. In ein paar Tagen werden wir in Kalifornien sein. Dort warten ein schönes Schaumbad und eine hausgemachte Mahlzeit auf dich, versprochen.«

Ich hatte die Tüten mit dem Essen, das wir in einem Drive-in mitgenommen hatten, immer noch in der Hand. Der Geruch von fettigen Hamburgern und Pommes frites erfüllte die abgestandene Luft im Raum und brachte meinen Magen zum Knurren.

»Komm schon, lass uns etwas essen.« Colin sah sich im Zimmer um, bevor er die Nase rümpfte. »Picknick auf dem Bett?«

»Egal wo. Ich habe einen Bärenhunger.«

Er stellte die Rucksäcke auf dem Boden ab und nahm mir die Tüten aus der Hand, damit ich aufs Bett klettern konnte. Ich lehnte mich mit dem Rücken ans Kopfteil, riss die Verpackung meines Cheeseburgers auf und biss wenig damenhaft hinein, ohne auf Colin zu warten. Erst als ich die Hälfte meiner Mahlzeit vertilgt hatte, nahm ich das schäbige Motelzimmer genauer in Augenschein.

»Hier drin steht nur ein Bett.«

»Hm-mm«, murmelte Colin mit vollem Mund.

»Denkst du, die Typen von vorhin werden uns finden?«

Während der Fahrt hatte ich viel darüber nachgedacht, wie nahe ich dem Tod gekommen war, und ich hatte schreckliche Angst. Ich bemühte mich zwar, mir meine Aufregung nicht anmerken zu lassen, aber insgeheim hätte ich mich am liebsten zusammengerollt und hinter Colin versteckt. Noch nie war ich in eine rasante Verfolgungsjagd verwickelt gewesen. Wahrscheinlich empfand Colin die zehnminütige Tortur nicht unbedingt als »rasant«, aber für meinen Geschmack waren wir viel zu schnell gefahren.

»Nein, Erin, sie werden uns nicht aufspüren. Ich habe dafür gesorgt, dass wir nicht verfolgt werden.«

»Sie haben uns gerammt ...«

»Das ist richtig. Hast du Schmerzen? Wie geht es deinem Nacken?«

Er hatte mich den Tag über mindestens zehnmal nach meinem Nacken und Rücken gefragt. Jedes Mal wenn wir anhielten, um auf die Toilette zu gehen, brachte er mich dazu, mich zu dehnen und meinen Kopf kreisen zu lassen, obwohl ich ihm wiederholt versichert hatte, dass es mir gut ging. Und jedes Mal, bevor wir wieder in den Wagen stiegen, massierte er mir für ein paar Minuten die Schultern. Zudem hatte er während der Fahrt versucht, mich auf andere Gedanken zu bringen. Er erzählte mir Geschichten über seine Kindheit, seine Hobbys und den Unfug, den er in der Highschool getrieben hatte. Dabei war mir nicht entgangen, dass er nur wenig über seine Zeit beim Militär preisgab. Und was seine Einsätze bei Z Corps anging, so beschränkte er sich auf die »schwachsinnigen« Fälle, bei denen er einen Mann oder eine Frau beim Fremdgehen beschattete oder die örtlichen Strafverfolgungsbehörden bei ihren Ermittlungen unterstützte.

»Er tut nicht weh.«

Wir verfielen wieder in Schweigen, und ich schob mir noch eine Handvoll Pommes in den Mund.

Plötzlich stürmte alles auf mich ein.

Alles auf einmal. Der Unfall, die Verfolgungsjagd, die Schießerei. Meine Wohnung, die verwanzt wurde. Der

Spanner, der Fotos von mir geschossen hatte. Meine Mutter und mein Vater. Die Tatsache, dass ich nicht für Olivia da gewesen war. Einfach alles.

»Komm her, Sonnenschein.« Colin nahm mir die Packung mit den Pommes aus der Hand und legte sie auf den Nachtisch, dann rutschte er ein Stück auf dem Bett hinunter und zog mich an sich. Während er seine starken Arme um mich schlang, tat ich etwas, was ich schon lange nicht mehr getan hatte. Ich weinte. Ich hielt mich nicht zurück wie eine feine Dame, sondern schniefte und ließ meinen Tränen freien Lauf.

Colin ließ mich nicht los und gab mir die Zeit, die ich brauchte, um mir all die Angst von der Seele zu weinen. Er hielt mich auch dann noch fest, als ich mein Gesicht an seinem tränenbenetzten Hemd abwischte.

»Tut mir leid«, murmelte ich.

»Du musst dich nicht entschuldigen.«

»Ich glaubte wirklich, ich hätte das alles gut verkraftet.«

»Du standest unter Schock. Die meisten Menschen müssen in ihrem ganzen Leben nicht so etwas durchmachen, was du heute erlebt hast.«

»Ich habe Angst.«

Er schlang seine Arme noch fester um meinen Körper. Am liebsten wäre ich mit ihm verschmolzen. »Dir wird nichts zustoßen, Erin. Ich verspreche dir, dass ich mich jedem in den Weg stellen werde, der versucht, dir etwas anzutun.«

»Ich bin froh, dass es hier drin nur ein Bett gibt.«

»Warum, Sonnenschein?«

»Weil ich zu viel Angst habe, um allein zu schlafen.

Auf diese Weise muss ich dich nicht anflehen, bei mir zu bleiben.«

Colin zog den Kopf zurück und stützte sich auf einen Ellbogen. Als er begann, die Stirn zu runzeln, befürchtete ich schon, ich sei zu weit gegangen. »Du wirst mich niemals wegen etwas anflehen müssen, was du brauchst.« Ich musterte sein Gesicht und war schockiert, den aufrichtigen Ausdruck darin zu sehen. Mit seinen Augen flehte er mich förmlich an, ihm zu glauben.

»Danke.«

Er streichelte meine Wange und strich mir eine Haarsträhne hinters Ohr. Dabei war er mir so nahe, dass ich seinen Atem an meinem Gesicht spüren konnte. Einen Moment lang glaubte ich schon, er würde mich küssen, doch dann hielt er inne. »Wir werden nur eine Nacht in diesem Rattenloch verbringen. Morgen werden wir in einem Hotel übernachten, in dem du dich sicher fühlen kannst.«

Ich bezweifelte, dass ein Ortswechsel meine Ängste vertreiben würde, aber ich nickte dennoch zustimmend. »In Ordnung.«

»Bist du immer noch hungrig?«

»Nein. Ich bin nur müde und würde gern duschen. Aber da ich gar nicht wissen will, wie das Bad aussieht, werde ich bis morgen warten. Wo werden wir wohnen?«

»Mein Kumpel Abe besitzt eine Hütte außerhalb von San Diego. Leo hatte Olivia ebenfalls dort versteckt.«

»Weiß er, dass wir kommen? Solltest du ihn nicht erst anrufen?«

»Zane hat sich bereits um alles gekümmert.«

»Wann hast du mit Zane gesprochen?« Colin hatte mit Fletch telefoniert, bevor wir Killeen verlassen hatten, und seitdem niemanden mehr angerufen. Er hatte sogar die SIM-Karte aus seinem Handy entfernt und das Gerät zertrümmert, als wir an einem Baumarkt anhielten, um eine Plastikplane und eine Rolle Klebeband zu kaufen. Dabei kam mir ein Gedanke. »Befürchtest du, jemand könnte in den Wagen einbrechen? Das Klebeband an der Heckscheibe wird einen Dieb sicher nicht abschrecken.«

»Es ist ein Mietwagen«, erklärte er. »Und was deine vorherige Frage angeht, Fletch hat Zane angerufen und es ihm gesagt.«

»Wirklich?«

Ich dachte an das kurze Gespräch der beiden Männer zurück und konnte mich nicht erinnern, dass Colin Abe oder Kalifornien erwähnt hatte.

»Ja, wirklich«, bestätigte Colin. »Weißt du noch, dass ich Fletch gebeten habe, Zane auszurichten, es sei immer besser, ehrlich zu sein?«

»Ja.«

Ich verstand immer noch nicht, was das alles mit einer Hütte in San Diego zu tun hatte.

»Abes richtiger Name ist Christopher. Sein Team hat ihm den Spitznamen Abe gegeben, weil er immer ehrlich ist und Lügen nicht toleriert. Als Fletch Zane anrief und ihm meine Botschaft übermittelte, wusste Zane genau, wohin wir unterwegs sind.«

»Was ist, wenn Fletch deine Nachricht nicht Wort für Wort wiedergegeben hat? Wie soll Zane dann davon wissen? Wäre es nicht einfacher, ihn einfach anzurufen?«

Es schien mir ziemlich umständlich, geheime verschlüsselte Nachrichten zu übermitteln, wenn Colin seinen Chef einfach selbst anrufen konnte.

»Zum einen hat Fletch die Botschaft wortgetreu weitergegeben ...«

»Woher weißt du das?«

»Weil Fletch darauf trainiert ist, Anweisungen genaustens zu befolgen. Er lebt in einer Welt, in der man mit dem Leben bezahlt, wenn man nicht nach den Regeln spielt. Er wusste, in welcher Lage wir uns befanden und wie wichtig meine Nachricht war. Wären die Worte unbedeutend gewesen, hätte ich sie nicht ausgesprochen. Zweitens habe ich Zane nicht direkt angerufen, weil ich nicht weiß, wie die Verfolger uns aufgespürt haben. Die Einzigen, die wussten, dass wir in Texas waren, waren dein Vater, mein Team und Fletchs Team.«

»Würde Fletch ...«

»Nein. Ganz ausgeschlossen. Fletch und seine Männer sind absolut vertrauenswürdig – hundertprozentig.«

»Es tut mir leid. Ich wollte ihre Integrität nicht infrage stellen.«

Es war eine traurige Tatsache, dass ich in meinem Leben niemanden hatte, dem ich so sehr vertraute wie Colin den Männern, mit denen er zusammenarbeitete. Wenn Colin von Zane und den Jungs sprach, war er überzeugt, dass sie ihn nie im Stich lassen würden. Auch wenn es um Fletch ging, war er sich seiner Loyalität absolut sicher. Ich freute mich für Colin, aber ich wurde auch daran erinnert, wie einsam ich war. Ich hatte genau eine Freundin, und sie zählte nicht einmal mehr, weil ich ihr dummerweise den Rücken gekehrt hatte.

»Du kennst sie nicht und im Moment solltest du alle infrage stellen. Wir untersuchen wirklich jeden. Zane hat Tex und Garrett, unseren hauseigenen IT-Experten, auf den Fall angesetzt. Sie durchleuchten das Leben sämtlicher Menschen, mit denen du in den letzten Jahren in Kontakt gekommen bist. Freunde, Verflossene, Leute, mit denen du bei den Wohltätigkeitsveranstaltungen zusammengearbeitet hast, einfach alle.«

Der Gedanke daran, was sie bei ihren Recherchen alles ausgraben würden, brachte mich ein wenig in Verlegenheit. Ich hatte zwar nichts zu verbergen, aber es würde weniger Zeit brauchen, als sie dachten, die »Freunde« zu überprüfen. Es gab nur wenige Leute in meinem Leben, die man als Bekannte bezeichnen konnte, und was die »Verflossenen« anging, so würde es sogar noch schneller gehen. Seit der Highschool hatte es nur einen Mann in meinem Leben gegeben.

»Warum passiert das alles?«

»Ich habe keine Ahnung. Aber ich verspreche dir, dass wir es herausfinden werden. Wenn wir morgen Abes Hütte erreichen, werden wir über eine gesicherte Verbindung mit Zane Kontakt aufnehmen können. Es ist gut möglich, dass sie bereits dabei sind, die Puzzleteile zusammenzufügen.«

»Danke, dass du mich ins Bild setzt.«

»Ich habe dir bereits gesagt, dass ich dir von nun an alles erzählen werde, von dem ich befugt bin, es dir mitzuteilen. Aber du musst verstehen, dass es Dinge geben wird, die ich dir einfach nicht verraten kann. Und zwar nicht, weil ich sie dir absichtlich vorenthalten will, sondern weil ich einer Schweigepflicht unterliege.«

»Was sind das für Dinge?«

»Netter Versuch, Sonnenschein«, erwiderte er mit einem Lachen und ließ sich zurück auf das Kissen fallen, wobei er mich wieder an seine Brust zog. »Du solltest etwas schlafen. Ich will morgen schon früh losfahren.«

»Ich bin nicht müde.« Ich spürte, wie er vor Lachen am ganzen Körper bebte. »Was ist so lustig?«

»Gerade hast du mir noch erzählt, dass du müde bist und am liebsten duschen würdest.«

»Das war vor fünf Minuten.«

»Und in den letzten fünf Minuten hast du deine Meinung geändert?«

»Nun, ich habe meine Meinung vor etwa drei Minuten geändert, als wir anfingen, uns über supergeheime verschlüsselte Nachrichten zu unterhalten.«

Er lachte noch lauter und sagte dann: »Supergeheime Nachrichten. Du spinnst.«

Obwohl Colin sich gerade auf meine Kosten amüsierte, wärmte sein Lachen mich innerlich. Ich hatte schon viel Zeit mit ihm verbracht, aber er wirkte selten fröhlich. Ich wollte herausfinden, warum das so war, und dann einen Weg finden, es zu ändern. Die verschlossene, stille, aber tödliche Seite von Colin war verdammt sexy. Ein Blick auf seine harte Schale hatte genügt, und ich hatte mich wie ein Schulmädchen in ihn verknallt. Aber diese sanfte, ausgelassene Seite von Colin, die den uner-bittlichen und doch zärtlichen Beschützer in sich vereinte, war unwiderstehlich.

»Danke für das Kompliment.« Colin hatte eine Hand an meine Hüfte gelegt und drückte sie nun leicht. Es war ein schönes Gefühl. »Erzähl mir von deiner Familie.«

»Was willst du wissen?«

»Ich weiß nicht. Irgendetwas. Du weißt doch alles über meine.«

»Mir wird langsam klar, dass ich nicht so viel über dich weiß, wie ich dachte.«

Ich wollte schon fragen, was er damit meinte, aber ich

fürchtete mich vor der Antwort. Wenn er etwas Nettes sagte, lief ich Gefahr, mich noch mehr in ihn zu verknallen. Während ich in Colins Armen lag und mein Gesicht an seine Brust geschmiegt hatte, schossen mir alle möglichen Gedanken durch den Kopf. Obwohl ich mich auch bemühte, Abstand zu halten, war die Anziehungskraft einfach zu stark. Ich wusste, es war zu spät, Colin Doyle würde mir das Herz brechen.

KAPITEL ACHT

Ich spielte ein gefährliches Spiel, indem ich Erin in meinen Armen hielt. Das Schlimmste daran war, dass es sich so richtig anfühlte. Ich hatte mich in ihr geirrt. Zu Anfang hatte ich in ihr eine undankbare Nervensäge und eine verwöhnte Göre gesehen, doch sie war das genaue Gegenteil. Ich konnte ihr nicht verübeln, dass sie die Kontrolle über ihr eigenes Leben haben wollte. Und nachdem sie die Menschen in ihrer Nähe immer wieder um Informationen über die aktuelle Lage gebeten hatte, diese ihr jedoch jegliche Auskunft verweigert hatten, hatte Erin das getan, was jeder von uns in ihrer Situation getan hätte – sie hatte Forderungen gestellt. Ich hatte ihre bockige Einstellung fehlinterpretiert und gedacht, dass sie ein Nein einfach nicht akzeptieren wollte. Aber im Grunde hatte sie nur versucht zu verstehen, warum über ihren Kopf hinweg Entscheidungen über ihr Leben getroffen wurden. Mittlerweile hatte ich das begriffen.

»Da gibt es eigentlich nicht viel zu erzählen. Wir sind eine ganz normale mittelständische Familie. Die

Vorfahren meines Vaters stammen aus Irland. Und meine Mutter ist italienischer Abstammung. Die Kombination hat an den Feiertagen immer für eine feurige Stimmung gesorgt. Ich habe eine ältere Schwester, die in der Navy ist. Meine Eltern leben immer noch in dem Haus, in dem ich aufgewachsen bin. Im Grunde sind wir ein langweiliger Haufen.«

»Das nehme ich dir nicht ab. Es klingt ganz so, als hätten deine Eltern zwei großartige, selbstlose Kinder großgezogen. Was macht deine Schwester bei der Navy?«

»Sie ist Nuklearmechanikerin.«

»Richtig«, lachte Erin. »Das ist wahrlich nichts Besonderes. Dann ist sie wohl verdammt intelligent.«

»In der Tat. Keira ist das Genie in der Familie.«

»Bedeutet das, du hast das gute Aussehen geerbt?«

Ich musste tief durchatmen, um die unpassende Bemerkung nicht auszusprechen, die mir bereits auf der Zunge lag. Mir war bewusst, dass Erin sich zu mir hingezogen fühlte, andernfalls hätte sie nicht versucht, mich zu küssen. Doch es fiel mir schwer, eine körperliche Reaktion auf ihr Kompliment zu unterdrücken.

»Was hat dich dazu bewogen, ein Green Beret zu werden?«

Ihre Frage überraschte mich. Beim Mittagessen hatten wir meinen Militärdienst nur gestreift, aber als ich das Gespräch auf etwas weniger Persönliches wie meine Lieblingsfilme lenkte, schien sie nichts dagegen zu haben, das Thema zu wechseln. Ich hatte das auf ein Desinteresse ihrerseits zurückgeführt. Zwar hatte ich kein Problem damit, über meine Zeit in der Armee zu sprechen, aber ich wollte nicht zu sehr ins Detail gehen.

»Ursprünglich hatte ich nicht vor, mich einer Spezial-

einheit anzuschließen. Damals waren die Rekrutierungs-
zahlen rückläufig und das Militär versuchte, so viele
Soldaten wie möglich zu halten. Dadurch konnte ich mir
im Grunde aussuchen, welchen Weg ich einschlagen
wollte. Ich hatte eine bestimmte Schule ins Auge gefasst
und die Armee wollte mich behalten, also wurde ich
dorthin geschickt. Ich meldete mich in Fort Bragg zu
einem zehntägigen Beurteilungs- und Auswahlkurs für
psychologische Kriegsführung. Bevor ich jedoch damit
beginnen konnte, nahm ein mir bekannter Hauptfeldwebel mich beiseite und bat mich, den Vorbereitungskurs
für die Spezialeinheiten zu absolvieren. Dieser fand ebenfalls in Fort Bragg statt. Er versprach mir, dass ich, falls
ich den Kurs nicht bestehen sollte, meine ursprüngliche
Wunschlaufbahn einschlagen könne. Nach ein paar
Bieren hatte er mich überzeugt.«

»Wow. Und so einfach wurdest du ein Green Beret.«

»Nicht ganz so einfach. Ich musste eine etwa zwanzig-
monatige Ausbildung absolvieren. Aber ja, bei ein paar
Bierchen hatte Hauptfeldwebel Jenner mich davon überzeugt, dass meine Talente bei den Spezialkräften besser
genutzt werden könnten.«

»Das ist unglaublich.«

»Das würde ich nicht unbedingt sagen. Aber meine
Geschichte unterscheidet sich von denen der meisten
Leute. Ursprünglich hatte ich nicht vor, mich der Spezial-
einheit anzuschließen.«

Es war ein wenig seltsam, mit Erin über meinen
Werdegang zu sprechen. Ich war zwar nicht befangen,
aber ich klang auch nicht wie ein harter Kerl, der sein
ganzes Leben davon geträumt hatte, Türen einzutreten
und Bösewichte zu töten. Aber einer der Vorteile, ein

Green Beret zu sein, war zweifellos die Möglichkeit, die Welt von Abschaum zu befreien.

»Deine Eltern waren sicher stolz auf dich.«

»Eigentlich waren sie nicht sonderlich glücklich über meine Berufswahl. Mein Vater war zwar stolz auf meine Errungenschaften, aber er hatte Angst um mich. Er wusste, was in der Welt vor sich ging und was mein neuer Job mit sich brachte. Meine Mutter war wütend. Sie kommt aus einer großen Familie und meine Schwester hatte ihr bereits erklärt, dass sie keine Kinder wollte. Also war es an mir, ihr die zwanzig Enkelkinder zu schenken, die sie sich erträumt hatte. Da ich häufig in Übersee im Einsatz war, wusste sie, dass sie diesen Traum erst einmal auf die lange Bank schieben musste. Ich war kaum in der Lage, sie zu den Feiertagen zu besuchen, noch hatte ich Zeit für Verabredungen, geschweige denn, die Partnerin fürs Leben zu finden.«

Schließlich verstummte ich und konnte es kaum fassen, dass ich Erin das alles erzählt hatte. Für gewöhnlich sprach ich weder über meine Familie noch über den Wunsch meiner Mutter, einen Stall voller Enkelkinder zu haben. Verdammt, mit einer Frau über Nachwuchs zu sprechen war wie ein Todesstoß für eine Beziehung. Ich kam zwar nie auf das Thema zu sprechen, doch wenn eine Frau bei einer Verabredung plötzlich davon anfing, ergriff ich die Flucht. Und zwar rasend schnell.

»Sie wünscht sich zwanzig Enkelkinder?«

Ich konnte an Erins Tonfall hören, dass sie lächelte. Aus irgendeinem Grund machte es mich glücklich zu wissen, dass sie sich in meinen Armen so weit entspannen konnte, dass sie zu einem Lächeln imstande war. Nach allem, was heute vorgefallen war, wusste sie, dass ich sie beschützen würde. Ihr Vertrauen in mich gab mir ein unsagbar gutes Gefühl.

»Sie will so viele, wie ich ihr zu geben bereit bin. Meine Eltern hatten sich mehr Kinder gewünscht, aber nach meiner Geburt musste meine Mutter sich einer Hysterektomie unterziehen. Sie wartet seit zweiunddreißig Jahren auf den Moment, in dem ein Baby wieder Leben in ihr Haus bringt.«

»Ich habe mir immer gewünscht, eine Schwester zu haben«, sinnierte Erin.

»Warum hast du keinen Freund?«, fragte ich plötzlich.

»Hm?«

Sehr geschickt, Arschloch. Das war wirklich großartig.

»Du verabredest dich nie«, hakte ich nach.

Diese Feststellung war natürlich viel besser als meine Frage. Seit wann war ich so ein Weichei? Warum fragte ich sie nach ihrem Liebesleben? Was zur Hölle war nur los mit mir?

»Weil ich gelernt habe, dass ich den meisten Männern im Grunde egal bin. Sie sind vor allem an meinem Vater interessiert. Und die, die mich wirklich kennenlernen wollen, lassen sich schnell von den Hintergrundchecks und den Geheimdienstagenten abschrecken, die mir auf Schritt und Tritt folgen.«

»Für mich klingt es fast so, als hättest du einfach noch nicht den richtigen Mann getroffen.«

»Das ist leider nicht wahr. Es ist ziemlich schwer für einen potenziellen Partner, mich kennenzulernen, geschweige denn mich zu küssen, solange ein bewaffneter Leibwächter in der Nähe ist. Ich bin die Mühe nicht wert.«

Bevor ich wusste, was ich tat, hatte ich Erin auf

den Rücken gedrückt und blickte auf sie herab. Sie sah mit einem schockierten Ausdruck in den Augen zu mir auf, aber sie wirkte nicht ängstlich, sondern eher erregt. Genauso erregt wie ich. Ein Verlangen, das ich vor langer Zeit tief in mir vergraben und weggesperrt hatte, wallte in mir auf. Obwohl ich es nie für möglich gehalten hätte, sehnte ich mich danach, jemanden zu finden, der mein wahres Ich sah und mich dennoch als seiner würdig erachtete. Da ich diese Sehnsucht noch nie verspürt hatte, hatte ich mir nie den Kopf darüber zerbrochen und mir einfach eingeredet, dass ich niemanden in meinem Leben brauchte.

»Du bist es wert. Und jeder Mann, der deiner würdig wäre, wüsste das. Er wäre dankbar dafür, dass du beschützt wirst, und würde die Notwendigkeit dafür erkennen. Und er würde Himmel und Hölle in Bewegung setzen, um dich besser kennenzulernen. Er würde durchs Feuer gehen, um dich küssen zu dürfen.«

»Würdest du das für deine Frau tun? Würdest du durchs Feuer gehen, um sie zu küssen?«

»Allerdings. Wenn ich erst einmal die Frau gefunden habe, mit der ich den Rest meines Lebens verbringen will, wird mich nichts und niemand von ihr fernhalten können.«

»Dann kann diese Frau sich glücklich schätzen.«

Während ich Erin betrachtete, wurde mir bewusst, wie ernst ich meine Worte meinte. Ich hatte nie ernsthaft darüber nachgedacht, die Frau fürs Leben zu finden und mich mit ihr niederzulassen. Vor allem nicht, solange ich einen derart gefährlichen Job ausübte. Aber das Gefühl von Erin unter mir ließ mich innehalten. Plötzlich schien es, als sei sie das Teil, das mir zu meinem Glück noch gefehlt hatte.

»Wirst du mich küssen?«, flüsterte sie mit sanfter und unsicherer Stimme.

Vielleicht war es reine Neugierde. Vielleicht musste ich wissen, ob der Funke, den ich beim letzten Mal zwischen uns gespürt hatte, echt war oder ob ich mir nur eingebildet hatte, wie gut sie schmeckte. Als sie mit ihrer Zunge die meine streifte, wusste ich, dass ich mir gar nichts eingebildet hatte. Allerdings schmeckte sie nicht nur gut, sondern atemberaubend. Erin hob den Kopf an, um den Kuss zu vertiefen, und ich war machtlos gegen sie und war nicht mehr in der Lage, ihr Einhalt zu gebieten.

Obwohl ich mich am liebsten an sie geschmiegt hätte, spannte ich die Muskeln an und versuchte, mich nicht zu bewegen. Erin blieb jedoch nicht einfach reglos liegen, sondern zerrte am Saum meines Hemdes und schob ihre Finger unter den Stoff, um über meinen Rücken zu streicheln. Sie schlang ein Bein um meine Taille, hob den Hintern an und begann, sich an mir zu reiben. Ich konnte nicht mehr klar denken. Plötzlich fiel mir kein Grund mehr ein, warum wir das nicht tun sollten. Sie presste sich noch fester an mich und rieb über meinen Schwanz. Es war geradezu absurd, wie viel Willenskraft ich aufbringen musste, um nicht in meiner Hose zu kommen.

»Mehr«, keuchte sie. Wie bei unserem ersten Kuss riss das Wort mich auch diesmal aus meiner Benommenheit. »Bitte weiche nicht wieder zurück.«

Mein Schwanz flehte mich förmlich an, ihr zu geben, was sie wollte, aber mein Anstand und meine Rechtschaffenheit gewannen die Oberhand. Wie durch ein Wunder hatte sie sich ihre Jungfräulichkeit bis heute bewahrt. Auf keinen Fall würde ich etwas so Besonderes in einem schäbigen Motel am Rande einer Schnellstraße entweihen. Erin hatte Besseres verdient.

»Ich kann nicht. Nicht hier. Nicht so.«

»Bitte, Colin.«

Selbst wenn sie mich noch so eindringlich anflehte, sie würde mich nicht umstimmen können. Hier würde ich sie nicht nehmen.

»Sonnenschein«, sagte ich.

»Ich bin bereit. Ich flehe dich an. Bitte hör nicht auf.«

Sie bäumte erneut die Hüfte auf und schob ihre Hände unter den Bund meiner Hose, um meinen Hintern zu kneten.

»Erin …«, raunte ich, wobei in meiner Stimme mittlerweile ein flehender Unterton mitschwang.

»Berühre mich einfach.«

Heilige Mutter Gottes. Noch nie zuvor war ich einer solchen Versuchung ausgesetzt. Der süße Duft ihrer Erregung, ihre geschmeidige Stimme, ihre sanften Hände an meiner Haut brachten mich um den Verstand. Aber es war nicht nur die körperliche Verlockung, die mich fast schwach werden ließ, sondern die Verheißung von Erin selbst. Die Fragmente meiner einsamen Existenz wurden magnetisch von ihr angezogen, um sich zu einem Ganzen zusammenzufügen. Ich verstand diese Anziehungskraft nicht und stellte sie auch nicht infrage.

»Aber nicht weiter«, gebot ich.

»Nicht weiter«, stimmte sie zu. »Aber ich will dich auch spüren. Zieh die Hose aus.«

»Nein. Meine Hose bleibt an.«

»Colin.«

»Nein. Ich muss die Hose nicht ausziehen, um dich zu verwöhnen.«

Ich rollte mich auf die Seite und kniete mich vor sie. Verdammt, sie war wunderschön. Viel zu schön und zu kostbar, um mit ihrer nackten Haut diese ausgefranste Bettdecke zu berühren. Es war schlicht und ergreifend falsch.

»Was ist los?«, fragte sie.

»Ich kann das nicht tun, Erin. Nicht hier, in diesem Bett. Der Gedanke, dass du mit deinem entblößten Körper irgendetwas in diesem Raum berührst, ist abstoßend. Du hast etwas Besseres verdient.«

»Aber ich …«

»Glaub mir, Erin, es gibt nur wenige Dinge, die mich davon abhalten könnten, dich zu befriedigen, aber dieses heruntergekommene Motelzimmer ist eines von diesen Dingen.«

Sie wirkte niedergeschlagen und der Anblick versetzte mir einen Stich im Herzen. Er erinnerte mich an das erste Mal, als sie mich geküsst hatte und ich sie belogen und ihre Gefühle absichtlich verletzt hatte.

Ich legte mich zu ihr und zog sie in meine Arme. »Erinnerst du dich daran, wie du mich am Abend der Wohltätigkeitsveranstaltung einen Feigling genannt hast?«

»Ja.« Sie versteifte sich und wollte sich meinem Griff entziehen.

»Entspann dich, Sonnenschein.« Ich wartete, bis sie sich wieder an mich geschmiegt hatte, bevor ich fortfuhr: »An jenem Abend habe ich dich angelogen. Du hattest recht. Bei diesem Kuss war ich zu hundert Prozent bei dir. Ich habe die Verbindung gespürt.«

»Was hat dich dann davon abgehalten, den Kuss zu erwidern?«

»Dasselbe, was mich jetzt auch davon abhalten sollte. Dein Vater.«

»Sollte? Ist er jetzt nicht der Grund für deine Zurückhaltung?«

»Nein. Ich habe dir bereits gesagt, warum ich mich heute zurückgehalten habe.«

Trotz meiner guten Vorsätze konnte ich nicht widerstehen, sie zu berühren. Ich ließ meine Hand unter ihr Oberteil wandern und strich mit den Fingerspitzen über die Biegung ihrer Taille. Die Berührung bescherte ihr eine Gänsehaut, die nicht gerade dazu beitrug, meine Erregung zu dämpfen.

»Wie ist es möglich, dass du noch Jungfrau bist?«, fragte ich.

Ich war erstaunt, als Erin in schallendes Gelächter ausbrach. »Tut mir leid«, sagte sie und versuchte, sich wieder zu beruhigen. »Das hat mich noch nie jemand gefragt.«

»Warum nicht? Du bist fast fünfundzwanzig. In der heutigen Zeit ist das ziemlich außergewöhnlich.«

»Traurig, nicht wahr?«, fragte sie und lachte noch lauter.

Traurig? Daran war überhaupt nichts traurig. Ich kam mir zwar wie ein Arschloch vor, aber der Gedanke, dass noch nie ein Mann in ihr gewesen war und ich ihr erster sein würde, war aufregend. Erin war ein verdammtes Wunder. In meinen Augen war sie das achte Weltwunder. Sie war sexy und klug und wenn sie sich genug entspannte, war sie sogar lustig. Es schien fast zu schön, um wahr zu sein.

»Es ist ganz und gar nicht traurig, Sonnenschein. Ich versuche nur, es zu verstehen.«

»Es ist viel einfacher, als du denkst. Als mein Vater für das Amt des Präsidenten kandidierte, wurde ein Team von Leibwächtern zu unserem Schutz abgestellt. Jemand war rund um die Uhr an meiner Seite, und das änderte sich natürlich nicht, nachdem er gewählt worden war. Während der Highschool hatte ich keinerlei Ambitionen, meine Jungfräulichkeit zu verlieren, aber im College gab es ein paar Jungs, die mein Interesse geweckt hatten. Doch die Agenten vom Secret Service waren ständig an meiner Seite. Als ich endlich einen festen Freund hatte, dachte ich, unsere Beziehung würde sich in diese Richtung entwickeln. Aber dann hörte ich zufällig, wie er mit seinem Vater darüber sprach, dass er versuchte, für sie beide eine Einladung ins Weiße Haus zu bekommen. Ich trennte mich sofort von ihm. Danach erschien es mir entschieden zu viel Aufwand, mich zu verabreden. Und so kam es, dass ich nie Sex hatte.«

»Was für ein Arschloch.«

»Dann habe ich dich getroffen. Als ich endlich den Mut aufbrachte, den ersten Schritt zu unternehmen, hast du mich abgewiesen.«

Scheiße, das tat weh.

»Ich habe versucht, das Richtige zu tun«, erwiderte ich. »Ich dachte, ich sei nicht gut genug für dich. Und dann war da noch die Tatsache, dass ich angeheuert wurde, um …«

»Mich zu beschützen. Ja, ich weiß. Und obendrein mochtest du mich nicht sonderlich. In deinen Augen war ich ein verwöhntes Miststück.«

»Ich habe mich geirrt.«

»Nicht ganz. Ich bin zwar nicht verwöhnt, aber ich habe mich tatsächlich wie ein Miststück verhalten. Als du mir zugeteilt wurdest, hatte ich es längst satt, dass jemand rund um die Uhr auf mich aufpasst. Ich wollte mir nicht mehr ständig vorschreiben lassen, was ich zu tun hatte und wo ich mich aufhalten durfte. Nach Olivias Entführung wurde ich in Watte gepackt und bin fast daran erstickt. Niemand wollte mir erklären, was wirklich los war, also habe ich rebelliert. Und darauf bin ich nicht stolz. Weißt du, was das Schlimmste war?«

»Was?«

»Ich habe mich geschämt. Ich fühlte mich wie ein kleines Kind, das man nicht aus den Augen lassen konnte.«

»Es gab nichts, wofür du dich hättest schämen müssen.«

Eine Weile lagen wir schweigend da. Ich genoss das Gefühl ihres Körpers, der sich an meinen schmiegte, und wäre zufrieden damit gewesen, sie die ganze Nacht lang einfach im Arm zu halten.

»Danke«, murmelte sie.

»Wofür?«

»Dafür, dass du mich für etwas Besonderes hältst.«

Sie hatte das Unmögliche geschafft – ich war sprachlos. Mein Magen krampfte sich zusammen und mein Herz hämmerte in meiner Brust. In dieser Nacht, als ich mit Erin im Dunkeln lag, veränderte sich etwas. Etwas Tiefgreifendes. Zu der Zeit konnte ich die Gefühle, die ihre Worte in mir ausgelöst hatten, noch nicht einordnen, aber in den darauffolgenden Tagen wurde es immer deutlicher. Ich war dabei, mich in sie zu verlieben.

KAPITEL NEUN

Als Colin gesagt hatte, dass er schon früh aufbrechen wolle, hatte er nicht übertrieben. Wir verließen das Motel noch vor Sonnenaufgang. Zum Glück war während der Nacht niemand in unseren Wagen eingebrochen. Aber wie Colin bereits gesagt hatte, war es nur ein Mietwagen. Ich glaubte nicht, dass es ihn sonderlich interessierte. Als ich an diesem Morgen die verbeulte Fahrerseite und die Einschusslöcher sah, wurde mir der Ernst meiner Lage aufs Neue bewusst. Ich konnte weder die Augen davor verschließen, dass ich in ernster Gefahr schwebte, noch konnte ich mein Leben so weiterführen wie in den letzten sieben Jahren. Früher hatte ich meine Leibwächter immer als ein Ärgernis und nicht als eine Notwendigkeit betrachtet. Nun erkannte ich, wie sehr ich mich geirrt hatte. Wäre Colin gestern nicht bei mir gewesen, wäre ich jetzt tot oder, schlimmer noch, entführt worden.

Meine größte Angst war immer, entführt zu werden. Ich wusste, was meine Freundin Olivia durchgemacht hatte. Sie hatte großes Glück gehabt, und ich bezweifelte, dass auch ich mit einem blauen Auge davonkommen würde, wenn mich jemand in die Finger bekäme. Der Secret Service stufte mich als hochrangiges Ziel ein. Die Frage war nicht, ob ich gefoltert würde, sondern wie schmerzhaft die Folter sein würde. Ich betete inständig, dass ich es nie erfahren würde.

* * *

WIR WAREN BEREITS SEIT STUNDEN UNTERWEGS UND ICH konnte nicht aufhören, Colin verstohlene Blicke zuzuwerfen. Sein blondes Haar war an den Seiten kurz rasiert, doch oben war es länger und wirkte noch etwas zerzaust.

»Warum siehst du mich so an?« Er wandte sich mir zu und schenkte mir ein Lächeln. Ich hatte die Füße auf das Armaturenbrett gelegt und die Lehne meines Sitzes zurückgeklappt, und ich war fast in der Lage, mir vorzustellen, dass wir nicht auf der Flucht waren, sondern einen Roadtrip unternahmen. Hinter uns ging gerade die Sonne auf und tauchte den Himmel in Violett- und Rottöne.

»Hat dir schon mal jemand gesagt, dass du aussiehst wie Brett Young?«

Ich konnte nicht glauben, dass mir die Worte tatsächlich über die Lippen gekommen waren. Vielleicht hatte der Schlafmangel meinen gesunden Menschenverstand beeinträchtigt.

»Ich weiß nicht, wer das ist, Sonnenschein.«

»Wie bitte?«, fragte ich schockiert. Brett Young war allseits bekannt. »Du weißt schon, der Countrysänger.«

»Das sagt mir immer noch nichts.«

»Ich weiß nicht, ob wir Freunde sein können.«

Colins Lachen hallte durch den Wagen und erwärmte mein Herz. »Du willst nicht mit mir befreundet sein, weil ich keine Vorliebe für Countrymusik habe?«

»Das kommt ganz drauf an. Wenn du mir jetzt auch noch erzählst, dass du auf Boybands stehst, dann nicht.«

Er lachte erneut. »Um Himmels willen, nein.«

Nun gut. Vielleicht würde ich darüber hinwegsehen können, dass er keine Countrymusik mochte.

»Welche Art von Musik hörst du denn gern?«

»Kommt drauf an. Wenn ich trainiere, dann am liebsten Hardrock. Beim Autofahren höre ich gern etwas sanftere Musik. Und Heavy Metal, wenn ich meine Ausrüstung vor einem Einsatz vorbereite.«

»Meinst du so was wie Screamo?«

»Nein. Metallica, Linkin Park, Green Day. Aber ich mag auch Phil Collins, Passenger, Imagine Dragons. Du weißt schon, gute Musik eben.«

»Also schön. Ich denke, wir können doch Freunde sein. Aber ich würde dir trotzdem gern die Countrymusik näherbringen.«

»Ich werde mir deine Musik anhören, wenn du mit mir Abendessen gehst, sobald wir wieder in D. C. sind.«

Mir stockte der Atem und mein Herz setzte einen Schlag aus. *Hat er mich gerade um eine Verabredung gebeten?*

»Abendessen?«, fragte ich zögernd.

»Ja, du weißt schon, die Mahlzeit nach dem Mittagessen.«

»Darüber muss ich erst nachdenken«, scherzte ich. »Ich muss in meinem Terminkalender nachschauen. Mal sehen, ob ich dich einplanen kann.«

»Mach das. Derweil lege ich Metallica auf.«

»Oh nein, kommt gar nicht infrage.« Ich hielt seine

Hand fest, als er nach dem Radio griff. »Ich mag diesen Sender.«

Ich wusste nicht, welche Musik gespielt wurde, ich hatte nicht darauf geachtet. Es hätte auch eine seiner Heavy-Metal-Playlists sein können. Ich war zu sehr in Gedanken versunken, um auf die Melodie zu achten, die leise aus den Lautsprechern drang.

»Bekomme ich einen Kuss, nachdem du mich zum Essen ausgeführt hast?«

»Auf jeden Fall.«

Seine Worte ließen mein Herz höherschlagen. Gestern Abend hatte er mir gesagt, dass der richtige Mann für mich durchs Feuer gehen würde, um mich zu küssen. Er sagte, falls er je die Frau fürs Leben fände, könne ihn nichts und niemand von ihr fernhalten. In mir keimte der Wunsch auf, diese Frau zu sein. Er würde für mich nicht durchs Feuer gehen müssen, denn er hatte mir bereits bewiesen, wie aufopferungsvoll er war. So frustrierend es auch gewesen war, dass er mich nicht berührt hatte, seine Gründe für seine Zurückhaltung hatten mich nur in meinen Gefühlen bestärkt. Noch nie hatte jemand etwas Besonderes in mir gesehen. Die meisten Männer hätten mein Angebot dankbar angenommen, doch Colin war stark geblieben.

Den Rest der Fahrt unterhielten wir uns über alles Mögliche und offenbarten einander unsere Vorlieben und Abneigungen. Einzeln betrachtet schienen sie belanglos, aber wenn ich die Teile zusammenfügte, zeichneten sie ein deutliches Bild von Colin. Sein Leben war erschreckend und aufregend. Er war ein Mann mit starken Überzeugungen, der wirklich an das glaubte, was er tat. Colin lebte für den Dienst an seinem Land, und so sehr er seine

Opfer auch herunterspielte, er konnte sie nicht leugnen. Er war bescheiden, wenn es um seine Leistungen ging, und gleichzeitig strotzte er vor Selbstvertrauen, denn er war sich sicher, dass er jeden Einsatz bewältigen konnte. Die Kombination dieser Eigenschaften war geradezu berauschend.

* * *

COLIN BOG IN EINE LANGE, UNBEFESTIGTE EINFAHRT EIN, während ich mich ehrfürchtig umsah. Die Gegend war wunderschön und der Weg von hohen, immergrünen Bäumen gesäumt.

»Wow. Es ist wirklich schön hier.«

»Warte, bis du die Hütte siehst. Abe und seine Frau Alabama haben sie toll renoviert.«

Kurz darauf kam eine wunderschöne Blockhütte in Sicht, die einen atemberaubenden Anblick bot.

»Hier könnte ich den Rest meines Lebens verbringen und wäre rundum glücklich.«

»Wirklich?«

»Absolut. Nach den letzten sieben Jahren wäre ich dankbar für etwas Ruhe und Frieden. Ich habe genug von dem ganzen Trubel. Wenn mein Vater aus dem Amt scheidet, möchte ich einfach in der Versenkung verschwinden und hoffen, dass alle meinen Namen vergessen.«

»Ich bezweifle, dass das passieren wird, Sonnenschein.«

Colin parkte vor dem Haus, bat mich, im Wagen zu warten, und stieg aus. Er ging um das Fahrzeug herum und stellte sich vor die Beifahrertür, während er die Umgebung absuchte. Diesmal war ich dankbar für seine

Vorsicht. Er war die ganze Fahrt über sehr wachsam gewesen, und obwohl wir mittlerweile mitten im Nirgendwo waren, hatte seine Aufmerksamkeit nicht nachgelassen. Wenig später half er mir beim Aussteigen und führte mich schnurstracks zur Hütte. Mir blieb nicht einmal Zeit, die riesige Veranda zu bewundern, die dem Gebäude vorgelagert war. Ich fragte mich, ob er mir erlauben würde, es mir dort am Morgen mit einer Tasse Kaffee gemütlich zu machen und die Ruhe des Waldes zu genießen.

»Was ist mit unseren Sachen?«

»Die hole ich gleich. Zuerst zeige ich dir die Hütte.«

Er führte mich durch einen offenen Wohnbereich, in dem eine gemütliche Couch vor einem Kamin stand. Ich überlegte, ob es zu warm für ein Feuer war, und stellte mir vor, wie wir uns gemeinsam aufs Sofa kuschelten und in die tanzenden Flammen starrten.

Er führte mich in eine erstaunlich gut ausgestattete Küche. »Abe und seine Frau kommen sicher häufig hierher«, bemerkte ich. »Auf der Anrichte steht eine Schale mit frischem Obst.«

»Er wusste, dass wir kommen, und hat das Nötigste gebracht«, erklärte Colin.

»Das ist sehr nett von ihm.«

»Abe ist ein netter Kerl. Genau wie der Rest seines Teams. Aber ich bezweifle, dass wir das den Jungs zu verdanken haben. Ich vermute, dass Alabama, Caroline und die anderen Frauen sich zusammengetan haben, um deinen Aufenthalt so angenehm wie möglich zu gestalten.«

»Meinen Aufenthalt? Wie kommst du darauf?«

»Wenn ich allein hier wohnen würde, hätte Abe einen

Karton mit Feldrationen, ein paar Flaschen Wasser und eine Packung Munition vorbeigebracht. Die Jungs sind großartig, aber sie würden sich nicht darum scheren, ob ich frisches Obst und ...« Colin öffnete den Kühlschrank. »... dieses ganze Zeug hier dahätte.«

Mit dem »ganzen Zeug« meinte er Milch, eine Flasche Wein, sowie Wurst und Käse, die in Einschlagpapier eingewickelt ordentlich gestapelt in einem der Fächer lagen. Zudem gab es eine Auswahl an Würzen und weitere Zutaten. Wer auch immer sich die Zeit genommen hatte, für uns einzukaufen, hatte sich wirklich Mühe gegeben.

»Zweifellos steht in der Dusche auch ein Haufen Mädchenkram«, fügte Colin hinzu.

Ich brauchte dringend eine Dusche und war gespannt zu sehen, was ich an »Mädchenkram« darin vorfinden würde. Meine Tasche mit meinen Sachen befand sich noch in Killeen in Texas, und Colins und meine Vorstellung von einer Notfallreisetasche lagen weit auseinander. Ich hatte einen Satz zum Wechseln, meinen Reisepass und meine Handtasche. Er hatte Waffen, Munition, zusätzliche Pässe und Ausweise für uns beide, die auf verschiedene Namen ausgestellt waren, und Bargeld. Sogar eine Menge Bargeld.

Ohne Vorwarnung stellte Colin sich vor mich und zog seine Waffe aus dem Halfter. Ich wollte ihn gerade fragen, was los war, als die Haustür geöffnet wurde.

»Hallo!«, brüllte eine männliche Stimme.

»Ich hätte dich fast erschossen«, sagte Colin und ließ seine Waffe sinken.

»Du lässt wohl langsam nach. Ich war nicht unbedingt leise, als ich aus meinem Wagen gestiegen bin.«

»Erin, das ist Abe«, sagte Colin und ignorierte die spitzfindige Bemerkung des Mannes. »Abe, das ist die Tochter des …«

»Einfach nur Erin. Bitte«, unterbrach ich Colin. »Schön, dich kennenzulernen, Abe. Danke, dass wir in deiner Hütte wohnen dürfen. Sie ist wunderschön.«

Ich musste mich zusammenreißen, um nicht zusammenzuzucken, als Abe mich unverhohlen von oben bis unten musterte. Sein Blick war weder finster noch anzüglich, aber sehr eindringlich. Plötzlich hatte ich das Gefühl, dass er meine tiefsten Gedanken lesen konnte und jeden einzelnen analysierte. Als er sich ein wenig entspannte, atmete ich erleichtert aus.

»Kein Problem. Schön, dass ihr beide es hierhergeschafft habt. Meine Frau und ihre Freundinnen waren für euch einkaufen. Ich soll euch fragen, ob ihr sonst noch etwas braucht. Sie haben irgendetwas von Shampoo und dergleichen gefaselt.«

Colin lachte leise. Als ich mich ihm zuwandte, murmelte er: »Ich habe es dir ja gesagt.«

»Ich bin sicher, dass sie uns ausreichend versorgt haben. Nach der Absteige, in der wir die letzte Nacht verbracht haben, würde ich mich nicht einmal über ein Stück Waschseife beschweren«, bemerkte ich.

»Ich habe gehört, was euch in Killeen passiert ist. Tex hat mich angerufen und mich auf den neuesten Stand gebracht. Das Arschloch, das du von der Straße gedrängt hast, wurde in Gewahrsam genommen. Es hat nicht lange gedauert, bis er geredet hat. Offenbar haben er und sein Kumpel jeweils fünf Riesen für den Auftrag bekommen. Sie sollten euch von der Straße drängen, euch einkesseln und an Ort und Stelle festhalten, bis jemand gekommen wäre, um euch abzuholen.«

»Hat er verraten, wer sein Auftraggeber war?«

»Das Übliche. Irgendein anonymer Typ im Anzug. Der Kerl hat bar bezahlt. Sie haben sich auf einem Parkplatz ohne Überwachungskameras getroffen. Wir haben weder die Marke noch das Modell des Wagens, den er gefahren ist. Er hat ein Wegwerfhandy benutzt. Das war sein einziger Fehler. Tex konnte es zu einem Supermarkt in Washington zurückverfolgen, in dem es gekauft wurde. Das Team durchforstet die Überwachungsvideos, aber ohne einen ungefähren Zeitrahmen für den Kauf oder eine Beschreibung des Käufers ist es wahrscheinlich eine Sackgasse.«

Abe stellte die Tasche, die er in der Hand hielt, auf den Wohnzimmertisch. »Die sind von Zane. Ein neuer Laptop und Handys. Du sollst dich so schnell wie möglich bei ihm melden. Die Alarmanlage rund um das Grundstück ist aktiviert und Tex und dein Team überwachen die Liveübertragung der Kameras. Falls jemand das Grundstück unerlaubt betreten sollte, wird mein Team alarmiert. Wenn du also nicht willst, dass sechs wütende SEALs die Hütte stürmen, dann schick uns bitte eine Nachricht, bevor du gehst.«

»Danke für die Hilfe«, sagte Colin.

»Gern geschehen.« Abe lächelte. »Ich hoffe, ihr habt einen ruhigen und angenehmen Aufenthalt. Erin, möchtest du nachsehen, ob du mit dem zufrieden bist, was meine Frau für dich besorgt hat?«

»Ich bin mir sicher, es gefällt mir. Bitte richte ihr meinen Dank aus. Und danke noch einmal, dass wir hier wohnen dürfen.«

»Gern geschehen. Das ist unser Job. Wir kümmern uns um unsere Leute. Zane und sein Team haben uns auch schon das ein oder andere Mal den Rücken freigehalten.«

Ich hätte liebend gern ein paar dieser Geschichten gehört. Colin spielte sowohl seinen Militärdienst als auch diesen Einsatz herunter, aber ich hätte wetten können, dass er der Held war, für den ich ihn hielt.

»Ich werde mich bei Zane melden«, sagte Colin, öffnete die Tasche und fischte ein Telefon heraus. »Ich rufe dich morgen früh an und bringe dich auf den neusten Stand.«

»Klingt gut. Willkommen in Kalifornien, Erin. Bis morgen.«

Colin brachte Abe noch zur Tür, dann verriegelte er sie und aktivierte den Alarm.

»Macht es dir etwas aus, mit dem Abendessen zu warten, bis ich mit meinem Team gesprochen habe?«

Ich fragte mich, ob Colin schon immer so rücksichtsvoll gewesen war oder ob sich auch das geändert hatte. Auf jeden Fall hatte sich seine Einstellung mir gegenüber verändert, und das machte mir Angst. Aus einer einfachen Schwärmerei war mehr geworden. Mit jeder Stunde, mit jeder neuen Information, die ich über ihn bekam, mit jeder Berührung verliebte ich mich etwas mehr in ihn. Alles schien sich mit Lichtgeschwindigkeit zu bewegen, und wenn ich mich bremsen wollte, erinnerte ich mich daran, wie verdammt kurz das Leben war. Mein ganzes Leben lang hatte ich alles auf die Goldwaage gelegt, aber jetzt wollte ich mich einmal gehen lassen. Ich wollte alle Vorsicht in den Wind schlagen und die verrückte Reise genießen, auf der ich mich befand.

»Ganz und gar nicht. Ich würde eigentlich gern nach oben gehen und duschen.«

»Ich begleite dich.«

Ich folgte ihm die Treppe hinauf in das große Schlafzimmer. Nachdem er den Kleiderschrank und das Badezimmer überprüft hatte, gab er mir grünes Licht und verließ den Raum.

»Colin?«

»Ja?«

Er blieb im Türrahmen stehen und drehte sich zu mir um. Mir stockte der Atem und die Worte erstarben auf meiner Zunge, als ich den finsteren Ausdruck in seinem Gesicht sah. Der Mann, der mich die ganze Nacht lang im Arm gehalten hatte, war verschwunden und an seine Stelle war wieder der Krieger und Beschützer getreten. Wenn Colin mir seine fürsorgliche Seite zeigte, bekam ich weiche Knie. Aber diese Seite von ihm jagte mir einen heißen Schauer über den Rücken.

»Nichts. Schon gut«, murmelte ich.

»In Ordnung. Ich bin unten, falls du etwas brauchst.«

Er musterte mich mit einem letzten beifälligen Blick, bevor er verschwand.

Warum wird mir ganz heiß, wenn er mich so ansieht?

Ich stand lange in der Dusche und wünschte mir, das warme Wasser könnte all meine Sorgen wegspülen. Vor Abe hatte ich es geschafft, meine Angst zu verbergen, aber mir ging nicht mehr aus dem Kopf, was er gesagt hatte. Jemand hatte irgendwelche Schurken angeheuert, um Colin und mich zu entführen. Die Kerle hatten uns von der Straße drängen und uns festhalten sollen, bis irgendjemand gekommen wäre, um uns abzuholen. Nicht nur ich war in größerer Gefahr, als ich geglaubt hatte, sondern auch Colin.

Wie hatte das alles nur passieren können?

KAPITEL ZEHN

»Wie zum Teufel haben sie uns gefunden?«, fragte ich Zane.

Ich hatte ihn sofort angerufen, als ich wieder im Erdgeschoss war. Es hatte mich nicht überrascht, als er sagte, er würde mich auf Lautsprecher stellen, damit auch der Rest des Teams mit mir reden konnte. Selbst zu dieser späten Stunde waren sie alle noch im Büro.

»Das wissen wir nicht«, antwortete er.

»Wissen wir irgendetwas?«

»Wir wissen, dass die Frau, die im Besprechungsraum des Hotels war, Alena Zoellick heißt. Ihr Partner, der Erins Wohnung verwanzt hat, ist Conrad Volle.«

»Wie zum Teufel ist er reingekommen?«

»Unter dem Vorwand, Wartungsarbeiten durchzuführen. Erin hatte offenbar den Hausmeisterservice angerufen. Conrad hatte wohl auf eine Gelegenheit gewartet und sie genutzt«, antwortete Declan.

»Scheiße.«

»Da hast du recht. Sie lagen schon eine Weile auf der

Lauer. Conrad arbeitete über sechs Monate lang in Erins Gebäude. In seiner Bewerbung hatte er allerdings den Namen Connor Vicks angegeben«, fügte Garrett hinzu.

»Für wen arbeiten sie?«

»Henry Shultz. Conrad war nur allzu bereit, seinen Chef ans Messer zu liefern, sobald Zane und Leo Druck auf ihn ausgeübt haben«, berichtete Declan mit einem leisen Lachen.

Es wunderte mich nicht, dass der Kerl im Handumdrehen zusammengebrochen war. Ich hatte aus erster Hand erlebt, wie Zanes Vorstellung von Druck aussah. Er hätte das Arschloch so lange in die Mangel genommen, bis er ihn angefleht hätte, ihm sein Herz ausschütten zu dürfen.

»Abe sagte, dass die Jungs, die uns in Texas gerammt haben, verhaftet wurden.«

»Das stimmt. Sie haben jeder fünf Riesen bekommen, um euch in Gewahrsam zu nehmen. Ausgehend von der Beschreibung, die wir von Shultz haben, scheint er sowohl hinter dem Anschlag auf der Autobahn als auch hinter der Bespitzelung von Erin zu stecken.«

»Was zum Teufel? Warum können wir Shultz nicht ausfindig machen? Und wer hat unseren Standort verraten?«

»Tex und Garrett arbeiten daran«, versicherte Zane mir. »Du bleibst in der Hütte und sorgst dafür, dass ihr nichts zustößt.«

Es ärgerte mich, dass Zane glaubte, er müsse mir befehlen, Erin zu beschützen.

»Was du nicht sagst.«

»Oder wir machen dem Ganzen ein Ende, indem du sie nach Maryland zurückbringst, wo wir sie als …«

»Ich schwöre bei allem, was mir heilig ist, wenn du vorschlägst, sie als Köder zu benutzen, verliere ich den Verstand.« Das Team brach in Gelächter aus, aber ich fand Zanes Bemerkung alles andere als amüsant. »Glaubt ihr, ich mache Witze? Ich bin kurz davor, sie in einen unterirdischen Bunker zu sperren und selbst auf die Jagd zu gehen. Diese Wichser sind in ihre Wohnung eingedrungen und haben ihre Privatsphäre verletzt. Sie haben uns gerammt und auf sie geschossen. Vor allem haben sie sie zu Tode erschreckt. Erin versucht, tapfer zu sein, aber sie hat schreckliche Angst. Ich will, dass das aufhört, und zwar bald. Entweder ihr und Tex findet diese Typen oder ich tue es selbst. Und wenn ich mit ihnen fertig bin und verhaftet werde, ist sie zumindest sicher.«

»Ich wollte mich nur vergewissern«, sagte Zane vage.

»Was meinst du?«

»Ich wollte sicher sein, dass du mit dem Herzen dabei bist.«

»Ich bin mit dem Herzen dabei«, bestätigte ich, wobei mir klar wurde, dass die Bedeutung meiner Worte über die Mission hinausging.

»Gut zu wissen. Wir melden uns später wieder. Garrett hat das Grundstück im Blick, aber in der Hütte gibt es keine Kameras. Jemand wird rund um die Uhr die Monitore beobachten.«

»Verstanden.«

»Colin?«, meldete Leo sich zu Wort.

»Ja?«

»Die Dusche im großen Badezimmer ist geräumig genug, um …«

»Halt die Klappe«, fiel ich ihm ins Wort. Wieder hörte ich mein Team lachen, und zu meiner Überraschung musste ich selbst lächeln. »Arschlöcher. Ich melde mich später. Ich habe noch einiges zu erledigen.«

»Ja, zum Beispiel …« Ich unterbrach die Verbindung, bevor Jaxon den Satz beenden konnte.

Ich steckte mein Handy ein und nahm mir einen Moment Zeit, um meine Gedanken zu sammeln. Vor nicht allzu langer Zeit hatte es nur Jasmin, Zane, Jaxon, Leo, Drew, Eric und mich gegeben. Dann war Drew in den Ruhestand gegangen und Linc hatte seinen Platz im Team eingenommen. Glücklicherweise hatten er und Jasmin wieder zueinandergefunden und wir konnten Jasmin endlich die Wahrheit über ihre Gefangenschaft in Russland erzählen. Es war zwar notwendig gewesen, sie anzulügen, aber ich hatte damit gegen all meine Prinzipien verstoßen.

Dann war Olivia aufgetaucht und hatte Leo in die Knie gezwungen. Ich hatte noch nie einen Mann gesehen, der sich so schnell in eine Frau verliebt hatte. Kurz darauf trat Violet in Jaxons Leben und brachte ihren Zwillingsbruder Declan mit. Dann starb Eric. Dieser Moment würde mich bis in alle Ewigkeit verfolgen. Er hatte selbstlos sein Leben geopfert, um den Rest von uns zu retten. Ich vermisste ihn immer noch jeden Tag. Inzwischen hatte Zane Ivy. Irgendwie hatte sie das Unmögliche möglich gemacht und seine kantige, raue Schale geschliffen. Er war nach wie vor ein rücksichtsloser Mistkerl, aber in ihrer Gegenwart war er ein anderer Mensch. Er offenbarte ihr eine Seite von sich, die er uns nie gezeigt hatte.

War es möglich, dass Erin die Eine für mich war? Die Frau, die all die zerbrochenen und zersplitterten Fragmente meiner Seele wieder zusammensetzen konnte?

»So schlimm, hm?« Erins Stimme riss mich aus meinen Gedanken.

Ich öffnete die Augen und sah sie, nur mit einem Handtuch bekleidet, auf der Treppe sitzen. Mein Gott, sie war so schön. Selbst mit den Sorgenfalten auf ihrer Stirn und den verquollenen, geröteten Augen war sie hübscher als jede andere Frau, der ich je begegnet war. Es war mir zuwider, dass sie offensichtlich gewartet hatte, bis sie allein war, bevor sie ihren Tränen freien Lauf gelassen hatte. Ich wollte nicht, dass sie mir etwas verheimlichte. Nicht mehr. Ich wollte, dass sie zu mir kam, wenn sie Trost und Ermutigung brauchte. Sie war zu lange allein gewesen.

»Ich war schon in schlimmeren Situationen.«

»Dann will mich wirklich jemand umbringen?«

Ihre Worte versetzten mir einen Stich im Herzen. Ich hatte es ernst gemeint, als ich Zane gesagt hatte, dass er nur noch ein paar Tage Zeit hatte, um den Kerl dingfest zu machen. Falls er ihn dann immer noch nicht gefunden hatte, kannte ich einige Orte, wo ich Erin würde verstecken können, um mich selbst auf die Suche nach diesem Shultz zu machen. Es war mir völlig egal, was ich tun musste oder welche Konsequenzen die Sache nach sich ziehen würde, solange Erin in Sicherheit war.

»Nein, Sonnenschein. Es gibt keinen Hinweis darauf, dass jemand dich töten will.«

»Aber er will mich entführen.«

»Was machst du hier unten?«, fragte ich ausweichend.

»Ich habe keine sauberen Klamotten. Meine Tasche ist im Auto.«

»Verdammt. Das tut mir leid. Gib mir eine Sekunde.«

Ich lief zum Wagen und holte unsere Rucksäcke. Die

ganze Situation machte mich so wütend, dass ich ein paarmal tief durchatmen musste. Außerdem brauchte ich einen Moment, um meine Libido zu zügeln. Wir hatten gerade über einige unangenehme Dinge gesprochen, aber ich war immer noch ein Mann. Und sie war eine sinnliche Frau, die nur ein Handtuch um ihren, wie ich wusste, atemberaubenden Körper geschlungen hatte. Ich hätte tot sein müssen, um auf diesen Anblick nicht zu reagieren.

Als ich ins Haus zurückkehrte, saß sie immer noch auf der Treppe. »Komm schon. Du solltest dir etwas anziehen, bevor dir kalt wird.«

Sie nickte, stand auf und ging stillschweigend die Treppe hinauf. Ich bemühte mich vergeblich, nicht auf ihren Hintern zu starren. Ihr sexy Hüftschwung war zu verlockend. Mit jedem ihrer Schritte rutschte das Handtuch ein Stück höher und enthüllte mehr ihrer nackten Haut. Am liebsten hätte ich meine Zähne in ihrem straffen, gebräunten Fleisch versenkt.

»Danke«, sagte sie mit einem verängstigten Unterton in der Stimme.

Ich stellte die Taschen auf dem Bett ab und zog sie an mich. »Ich werde dich beschützen.«

»Bevor ich entführt werde, würde ich eher sterben.«

»Wie bitte?«

»Ich weiß, was sie mit mir machen würden. Dagegen ist das, was Olivia passiert ist, ein Sonntagsspaziergang. Wenn mich jemand will, dann nur, um meinen Vater zu quälen. Ich kann nicht ... Ich könnte das nicht ... Das würde ich nicht überleben.«

»Ich verspreche dir, dass ich alles in meiner Macht Stehende tun werde, um das zu verhindern. Und wenn ich mit meinem Leben bezahle«, gelobte ich.

»Was hat Zane gesagt?«, wollte sie wissen.

»Würdest du dich bitte erst anziehen? Dann essen wir zu Abend und ich erzähle dir, was ich weiß.«

»Versprochen?«

»Versprochen.«

Sie nickte, bevor sie das Handtuch fallen ließ und sich umdrehte, um ihre Tasche zu öffnen. Meine Hände zitterten vor Verlangen. Ich steckte sie in die Hosentaschen, bevor ich der Versuchung nachgab und Erin berührte. Wie angewurzelt stand ich da und sah zu, wie sie sich anzog. Als sie sich schließlich ein Hemd über den Kopf zog, das den letzten Rest ihrer nackten Haut bedeckte, streckte ich meine Hand nach ihr aus.

»Komm, wir machen uns was zu essen.«

Sie ließ sich von mir in die Küche führen. Wir sprachen kaum miteinander, während wir das Abendessen zubereiteten. Als wir endlich am Tisch saßen und ich ihr erzählte, was das Team herausgefunden hatte, zog sie sich noch mehr in ihr Schneckenhaus zurück. Irgendwann schlug ich vor, den Tag für heute zu beenden und ins Bett zu gehen, und sie stimmte bereitwillig zu. Es missfiel mir, dass sie nicht einmal etwas einzuwenden hatte. Ich wollte die selbstbewusste Erin zurück, die lachte und mir Widerworte gab. Ich wollte, dass sie inneren Frieden empfand.

Ich brachte Erin ins Bett und machte mir nicht die Mühe, das Zimmer zu verlassen, als ich mir eine Jogginghose anzog. Sie starrte ausdruckslos an die Decke, und ich schwor mir im Stillen, jeden auszuschalten, der für ihren momentanen Zustand verantwortlich war.

»Komm her, Erin«, sagte ich und legte mich zu ihr.

Sie rollte sich auf die Seite und flüsterte mit tränenüberströmten Augen: »Mach Liebe mit mir. Bitte, ich will alles um mich herum für eine Weile vergessen.«

»Nein, Sonnenschein. Aber ich werde dich halten.«

»Aber du hast gesagt …«

»Ich weiß, was ich gesagt habe. Und ich stehe zu meinem Wort. Aber wenn ich das erste Mal mit dir schlafe, dann nicht, weil du der Realität entfliehen willst, sondern weil du mich so sehr willst, dass du nicht mehr klar denken kannst.«

»Aber ich will dich. Ich begehre dich schon seit Monaten.«

Wieder einmal haderte ich mit mir selbst. Ich wusste, wie es war, den eigenen Gedanken entfliehen zu wollen, wenn auch nur für kurze Zeit. Aber ich konnte nicht mit ihr schlafen. Ich wollte nicht, dass sie mit Bedauern, oder schlimmer noch, mit Scham auf unsere gemeinsame Nacht zurückblickte. Ich konnte ihr jedoch etwas anderes geben.

»Küss mich, Erin.«

Sie beugte sich vor und ich kam ihr auf halbem Weg entgegen. Sofort übernahm ich die Kontrolle, umfasste mit beiden Händen ihr Gesicht und zog sie zu mir. In dem Moment, in dem unsere Lippen sich berührten und unsere Zungen miteinander verschmolzen, brannte in mir ein Feuer. Verdammt, diese Frau raubte mir den Atem. Plötzlich zog Erin sich zurück, riss sich das Hemd über den Kopf und warf es beiseite. Für einen Moment starrte ich sie sprachlos an. Ihre Brüste waren perfekt, nicht zu groß und nicht zu klein. Ich konnte es kaum erwarten, ihre steifen, rosaroten Nippel zu kosten.

Ich saugte an einer ihrer Brustwarzen. Erin schloss die Augen, während ihr Stöhnen die Stille durchbrach. Dann liebkoste ich auch ihren anderen Nippel, während sie sich bemühte, ihre Hose auszuziehen. Sie richtete sich auf, wobei sie ihre Brustwarze mit einem hörbaren Ploppen aus meinem Mund zog. Nur Sekunden später saß sie vollkommen nackt vor mir. Und diesmal würde ich sie berühren.

»Bist du sicher, dass du das willst?«, fragte ich.

»Ja«, antwortete sie wie aus der Pistole geschossen.

»Roll dich auf den Rücken.«

Sie tat wie geheißen und leckte sich über die Lippen, woraufhin mein Schwanz begierig zuckte. Sie war so schön. So unschuldig. Ich hätte es nicht so weit kommen lassen dürfen, aber jetzt gab es kein Zurück mehr. Ich würde keinem von uns beiden verwehren, was wir beide wollten.

Ich stützte mich auf die Ellbogen und blickte auf sie herab. »Falls ich dir wehtue oder du aufhören willst, musst du es mir sagen.«

Sie verzog langsam die Lippen zu einem sinnlichen Grinsen, bevor sie antwortete: »Das werde ich.«

Ihr Lächeln verriet mir, dass sie glaubte, endlich ihren Willen bekommen zu haben. Aber dem war nicht so. Sie würde bald merken, dass ich nicht mit ihr schlafen musste, um sie für eine Weile die Realität vergessen zu lassen. Das konnte ich auch mit meinen Fingern tun. Und beim nächsten Mal, und es würde ein nächstes Mal geben, würde sie feststellen, dass mein Mund noch besser war.

KAPITEL ELF

Ich konnte mich nicht erinnern, wann ich das letzte Mal so nervös gewesen war. Obwohl ich mir beherzt die Kleider vom Leib gerissen hatte, bebte ich innerlich vor Angst. Ich hatte noch nie Sex gehabt, aber das bedeutete nicht, dass es mir gänzlich an Erfahrung mangelte. Dennoch fühlte es sich mit Colin anders an als alles, was ich bisher erlebt hatte. Ich hatte ihn nicht gefragt, aber ich nahm an, dass er kein Kind von Traurigkeit war. Ich war so aufgeregt, dass ich nicht einmal wusste, was ich mit meinen Händen anstellen sollte.

»Entspann dich«, flüsterte er mir ins Ohr, bevor er sanft meinen Hals liebkoste. »Wir werden es ganz langsam angehen.« Er ließ seine Zunge hinunter über mein Schlüsselbein und über die Wölbung meiner Brust gleiten. »Ich will jeden Zentimeter von dir schmecken.«

Oh Gott.

Er erkundete meinen Körper und leckte erst über die eine und dann über die andere Brustwarze. Ich zuckte zusammen, als er mit der Hand über meine Hüfte wanderte und sie dann ein paar Zentimeter zwischen meine Schenkel gleiten ließ.

»Ganz ruhig, Sonnenschein. Wir gehen es langsam an, schon vergessen?«

»Hm-mm.«

Colin saugte und knabberte an meinen Brüsten und meinem Bauch. Als er seine Zunge in meinen Bauchnabel gleiten ließ, hob ich die Hüfte an, sodass seine Hand noch weiter zwischen meine Schenkel rutschte.

»Berühre mich.«

»Noch nicht.«

Scheinbar quälend langsam erkundete er weiter meinen Körper. Seine Hände und sein Mund waren überall, nur nicht dort, wo ich ihn am meisten brauchte. Schließlich hielt ich es nicht mehr aus und packte sein Handgelenk, um seine Hand an mein empfindsames Geschlecht zu führen.

»Spreiz die Beine noch weiter«, befahl er mir, hielt seine Hand jedoch an Ort und Stelle. »Und jetzt lege einen Schenkel über meine Hüfte, Sonnenschein. Ich will, dass du dich ganz für mich öffnest.«

Ich hatte meine Hemmungen längst über Bord geworfen und tat wie geheißen, um meine Weiblichkeit vor ihm zu entblößen.

Er ließ seine Hand langsam an meine Spalte gleiten und flüsterte: »Bist du dir wirklich sicher?«

»Ja.«

»Küss mich, Erin«, forderte er und seine heisere Stimme jagte mir einen erregenden Schauer über den Rücken.

Ich war so gebannt von dem magischen Gefühl seiner Lippen auf meinen, dass ich zunächst gar nicht bemerkte, wie er mit dem Finger über meine Spalte fuhr und schließlich in mich eindrang.

»Heilige …«

Er zog seinen Finger aus meinem Geschlecht und schob dann zwei hinein. Ich umklammerte sein Handgelenk fester und grub meine Fingernägel in seine Haut, denn ich musste mich irgendwo festhalten, während eine Flut von Empfindungen über mich hereinbrach. Ich hob den Kopf und presste meine Lippen an seinen Hals. Er neigte den Kopf zur Seite und ich liebkoste jeden Zentimeter, während er seine Finger immer schneller bewegte.

»Oh Gott«, stöhnte ich. »Mehr.« Ich hob den Hintern an, damit er noch tiefer in mich eindringen konnte.

Er massierte mich weiter und presste seinen Daumen auf meine Klitoris. Ich war so erregt, dass ich ihm in den Hals biss.

»Verdammt«, presste er hervor, machte aber keine Anstalten, meinen Mund von seinem Hals zu lösen.

Ich kämpfte gegen den Drang an, die Beine zusammenzupressen, als ein erregendes Kribbeln in meinem Unterleib aufwallte und die Hitze meinen ganzen Körper durchströmte.

»So ist es gut, Erin. Du bist gleich so weit.«

»Ich kann nicht.«

Ich spannte die Schenkel an, um gegen die aufwallende Woge der Ekstase anzukämpfen.

»Doch, du kannst, Baby. Du bist so weit. Ich kann es fühlen. Lass dich gehen.«

Er übte noch mehr Druck auf meine Klitoris aus und meine Hüfte begann zu zucken. Ich konnte es nicht mehr aufhalten. Ich schloss die Augen und ließ mich auf den Gipfel der Lust katapultieren.

»Verdammt. So wunderschön.« Er verlangsamte seine Bewegungen, während ich zurück auf die Erde schwebte. Schließlich zog er seine Hand zurück und steckte sich die Finger in den Mund. »Du schmeckst genauso gut, wie ich es mir vorgestellt habe.« Während ich ihn dabei beobachtete, wie er meinen Honig von seinen Fingern leckte, hatte ich offenbar einen schockierten Ausdruck im Gesicht, denn er stieß ein leises Lachen aus.

»Küss mich, Colin«, hauchte ich.

»Kleines Luder«, flüsterte er und presste seinen Mund auf meinen. »Du willst dich wohl selbst auf meiner Zunge schmecken.«

Statt ihm zu antworten, nahm ich mir, was ich wollte, und ließ meine Zunge über seine Lippen gleiten, bis er den Mund öffnete. Ich wäre glücklich damit gewesen, für den Rest meines Lebens in seinen Armen zu liegen und ihn zu küssen.

Moment mal. Woher kam das? Es war noch viel zu früh, um an die Zukunft zu denken. Aber der Gedanke ließ mich nicht los. Colin war alles, was ich mir von einem Mann erhoffte, mit dem ich den Rest meines Lebens verbringen wollte.

Viel zu schnell löste er sich von mir. Er küsste mich zuerst auf den Mundwinkel und dann auf die Stirn, bevor er mich an sich zog.

»Wir haben einen anstrengenden Tag hinter uns und sollten jetzt schlafen.«

»Was ist mit dir?«

»Was ist mit mir?«

»Du bist nicht …«

»Sonnenschein. Ich brauche nicht mehr. Es reicht mir

völlig, dich in meinen Armen zu spüren, solange du so entspannt und schläfrig bist.«

Ich kuschelte mich an ihn und unterdrückte meine Tränen. In meinem ganzen Leben hatte ich mich noch nie so sicher und geborgen gefühlt. Nicht einmal als Teenager, als ich noch hinter einem hohen Metalltor gelebt hatte, das von bewaffneten Männern bewacht wurde.

KAPITEL ZWÖLF

Ich war kurz davor, die Beherrschung zu verlieren. Wir waren bereits fünf Tage in der Hütte und hatten kaum Fortschritte gemacht. Erin und ich hatten gerade zu Mittag gegessen, als ich eine Nachricht von Zane erhielt. Darin teilte er mir mit, dass er mit mir reden müsse und in einer Stunde anrufen würde. Er wollte, dass Erin während des Gesprächs anwesend war, und würde ihr einige Bilder schicken, die sie sich ansehen sollte. Mir wäre es lieber gewesen, wenn wir sie so weit wie möglich aus der Sache herausgehalten hätten. Sie setzte nach wie vor eine tapfere Miene auf, aber jeden Abend, wenn wir zu Bett gingen, flehte sie mich an, sie zu halten. Sie musste mich nicht erst darum bitten, denn ich liebte es, sie ganz nahe bei mir zu haben. Obwohl wir erst seit etwas mehr als einer Woche ein Bett teilten, konnte ich mir nicht vorstellen, sie nicht an meiner Seite zu haben.

Gestern Abend hatte sie mich wieder gebeten, mit ihr zu schlafen, und ich hatte sie erneut mit meinen Fingern und meinem Mund befriedigt. Zum Leidwesen meines

Schaftes hatte ich ihr immer noch nicht erlaubt, mich zu berühren. Anfangs hatte ich ihre Verletzlichkeit nicht ausnutzen wollen, doch nun hielt ich mich zurück, weil ich mehr begehrte. Ich musste sicher sein, dass sie wirklich mich wollte und nicht einfach nur auf einen warmen Schwanz aus war. Es würde mich umbringen, wenn sie nur mit mir schlafen wollte, weil ich in ihren Augen ein Held war. Das war ich zwar nicht, aber sie sah in mir den Mann, der sie am Leben hielt.

Sie hatte mehr als einmal erwähnt, dass sie lieber sterben würde, als entführt zu werden. Ich verstand ihre Angst, aber allein der Gedanke, dass sie diese Wahl überhaupt in Erwägung zog, war erschreckend. Sie sollte ein glückliches und sorgloses Leben führen, statt über ihren möglichen Tod nachzugrübeln.

»Bist du bereit?«, fragte ich, als ich mich neben Erin auf die Couch setzte.

»Ja«, antwortete sie, während ihre zittrige Stimme mir jedoch verriet, dass das Gegenteil der Fall war.

Ich nahm das Gespräch an, doch bevor Zane loslegen konnte, bat ich ihn, einen Moment zu warten, und stellte das Telefon stumm.

»Du musst das nicht tun«, sagte ich an Erin gewandt.

»Doch, ich muss.«

»Nein, das stimmt nicht. Vor allem brauchst du mir nichts vorzumachen. Ich weiß, dass du Angst hast, und das ist völlig in Ordnung, Sonnenschein. Es tut mir weh, dich so besorgt zu sehen, aber noch mehr schmerzt es mich, wenn du glaubst, dich vor mir verstecken zu müssen.«

»Ich will es nur hinter mich bringen.«

»Einverstanden.«

Ich wusste, dass Erin sich mir nicht öffnen würde, solange ich Zane in der Warteschleife hatte. Außerdem wollte er ihr noch einige Bilder zeigen, also gab ich schließlich nach.

»Hier bin ich wieder«, sagte ich zu Zane.

»Bist du eingeloggt?«

»Ja.«

Nachdem ich bestätigt hatte, dass mein Computer online war und ich mich ins Netzwerk von Z Corps eingeloggt hatte, erschien ein Foto von Erin und einem Mann auf dem Bildschirm meines Laptops.

»Kennst du diesen Mann, Erin?«, fragte Zane.

»Ja. Das ist Hal Simpson. Er spendet oft für wohltätige Zwecke. Ich glaube, er ist Investmentbanker.«

»Wie lange kennst du ihn schon?«

Einen Moment lang schwieg Erin, rang die Hände in ihrem Schoß und wippte mit einem Knie auf und ab. Ihre Nervosität war ihr deutlich anzusehen.

»Ich würde sagen, etwa ein Jahr. Vielleicht auch weniger. Ich versuche, mich zu erinnern, auf welcher Veranstaltung ich ihm zum ersten Mal begegnet bin, aber ich war schon auf so vielen, dass es schwer zu sagen ist.«

»Hat er jemals Interesse an dir gezeigt?«

Zanes Frage machte mich wütend, denn mir gefiel nicht, worauf er damit hinauswollte.

»An mir persönlich? Nein, ich glaube nicht. Falls er an mir interessiert war, hat er sich nichts anmerken lassen. Zumindest hat er sich nicht ungewöhnlich verhalten, wenn du das meinst.«

»Genau das meine ich. Hat er dich jemals um eine Verabredung gebeten? Hat er versucht, mit dir allein zu sein? Hat er etwas gesagt oder getan, was dir unangenehm war? Oder hat er vielleicht auffällig viele Fragen über deinen Vater gestellt?«

»Nein. Er hat mich nie gefragt, ob ich mit ihm ausgehen will. Aber da du davon sprichst, er hat mich nie über meinen Vater ausgefragt. Seltsam.«

»Warum ist das seltsam?«, fragte ich.

»Weil mich eigentlich alle Menschen, denen ich begegne, nach ihm fragen. Und damit meine ich wirklich alle. Manche sind aufdringlicher als andere. Aber seit er Präsident ist, gibt es außer Liv niemanden, der mich nicht über ihn ausquetschen wollte.«

Das wunderte mich nicht. Die Menschen waren von Natur aus neugierig und konnten gar nicht anders. Selbst wenn es unbedeutend war, irgendein Detail würden sie immer wissen wollen.

»Eigentlich ist es gar nicht so seltsam«, meldete Garrett sich zu Wort. Auf dem Bildschirm erschienen zwei Fotos nebeneinander. Auf der rechten Seite war ein professionelles Porträt von Hal Simpson zu sehen und auf der linken Seite ein Bildausschnitt von ihm, auf dem er bei einer Wohltätigkeitsveranstaltung zu sehen war. »Hal Simpson ist Henry Shultz. Er ist der Kerl, der deine Wohnung überwacht und die Männer angeheuert hat, die dich entführen sollten.«

Plötzlich verwandelte sich Erins Unbehagen in blankes Entsetzen. Ich war froh, dass das Team uns nicht sehen konnte, aber es wäre mir auch egal gewesen, wenn meine Kameraden mitbekommen hätten, wie ich Erin auf meinen Schoß zog. Dieser verdammte Garrett hatte unbedingt erwähnen müssen, dass jemand sie entführen wollte. Davor hatte sie am meisten Angst.

»Allerdings heißt er nicht Hal Simpson, sondern

Michael Greenwold. Er arbeitet für die NSA«, fuhr Garrett fort.

»Warum sollte sich jemand von der Nationalen Sicherheitsbehörde als jemand anderes ausgeben? Und warum hat er es auf mich abgesehen?«

»Mein Gott«, murmelte ich. »Wie weit sind wir in den Kaninchenbau vorgedrungen?«, wollte ich von meinem Team wissen.

»So weit, dass ich überrascht wäre, wenn wir je wieder herausfänden«, erwiderte Garrett. »Greenwold ist der Leiter eines Spionageabwehrteams der Nationalen Sicherheitsbehörde. Der Präsident hat die Operation mit dem Codenamen Angel geschlossen, als er herausfand, dass ein Computerexperte ein Programm geschrieben hatte, dessen Aufgabe es war, die gesamte Bevölkerung der USA auszuspionieren. Damals wurden Millionen von E-Mails und Telefongesprächen abgefangen.«

»Er hat es herausgefunden? Wie?«, erkundigte ich mich.

»Tom will uns weder verraten, woher er seine Informationen hat, noch will er uns den vollen Umfang des Programms nennen. Er hat uns lediglich mitgeteilt, dass es ihm als Datenspeicher und Backup-System für alle im Ausland gesammelten Informationen vorgestellt wurde. Er hat immer gewusst, dass ein Geheimteam existiert, das weitgehend im Verborgenen arbeitet. Aber er ging davon aus, dass es sich auf Cyber-Spionageabwehr und Systemsicherheit konzentrierte. Die NSA beschäftigt einige der besten Hacker der Welt.«

»Ich nehme an, Greenwold ist nicht glücklich darüber, dass sein Informationsbeschaffungsservice aufgelöst wurde.«

»Da liegst du richtig. Er hat um mehrere Treffen mit Tom gebeten, die ihm jedoch verweigert wurden. Er hat sich zudem an den Vizepräsidenten gewandt, mit der Bitte, mit Anderson zu sprechen.«

Als Garrett schließlich mit seinem Bericht fertig war, dröhnte mir der Kopf. »Der Vizepräsident ist ein schleimiger Mistkerl. Hat er mit Tom gesprochen?«

»In der Tat. Vizepräsident Perkins hat mehrmals versucht, den Präsidenten dazu zu überreden, Angel wieder zum Leben zu erwecken, aber Tom will sich nicht darauf einlassen. Wir alle wissen, was er davon hält, sein eigenes Volk auszuspionieren. Die Jungs von der NSA wissen, dass sie keine Chance haben. Es sei denn …«

Zane mochte den Vizepräsidenten nicht sonderlich. Die Macht war Perkins zu Kopf gestiegen und er hatte im Laufe der Jahre fragwürdige Entscheidungen getroffen.

»Sie bekommen Erin in die Finger«, beendete ich den Satz für ihn.

»Richtig. Wir haben ein Team zusammengestellt, das Greenwold verhaften soll. Du hast vierundzwanzig Stunden, bis alles vorbei ist.« Zane hielt einen Moment inne, bevor er fortfuhr: »Das Red Team wird untertauchen. Kein Kontakt für mindestens achtundvierzig Stunden. Das Gold Team hält sich in Bereitschaft, Declan bleibt mit den Männern zurück. Sobald wir Greenwold außer Landes gebracht haben, wird Dec sich melden.«

Es überraschte mich nicht, dass Zane das Gold Team Declan anvertraute, denn Letzterer eignete sich bestens zum Teamleiter. Er hatte lange Zeit als verdeckter Ermittler gearbeitet und dabei unschätzbare Erfahrungen gesammelt. Vor allem verfügte er über etwas, was ihn weder das Militär noch die CIA oder die NSA hätte lehren können – gute Instinkte. Es war ein Jammer, ihn als Mitglied des Red Teams zu verlieren, aber er war rastlos und kämpfte immer noch gegen seine inneren Dämonen an, von denen er niemandem erzählte. Vielleicht würde er auf diese Weise die Erlösung finden, die er suchte.

»Verstanden.«

»Wolfs Team wurde informiert. Sie halten sich für alle Fälle bereit. Ist bei euch alles klar?«

Zu wissen, dass Wolf und die anderen SEALs uns den Rücken freihielten, war beruhigend und linderte meine Nervosität, die ich verspürte, weil mein Team außer Landes sein würde.

»Alles bestens.«

»Haltet durch. Bald könnt ihr nach Hause zurückkehren.«

»Verstanden.«

»Erin?«, rief Zane.

»Ja?«

»Ich soll dir von deinem Vater ausrichten, dass er stolz auf dich ist. Er bat mich auch, dir zu sagen, dass es ihm leidtut.«

Erin senkte den Kopf und schloss die Augen, wobei ihr eine Träne über die Wange kullerte.

»Bitte sag ihm, dass ich ihn liebe und auch stolz auf ihn bin. Er hat mich gelehrt, niemals jemandem nachzugeben, der mich von meinen Überzeugungen abbringen will. Ich bin stolz auf ihn, weil er immer zu seinen Überzeugungen steht.«

»Ich werde es ihm sagen. Passt auf euch beide auf. Ende.«

Ich klappte den Laptop zu, legte mein Handy auf den

Tisch und lehnte mich mit Erin auf meinem Schoß zurück. Ich konnte kaum in Worte fassen, wie beeindruckt ich war, wie sie die Situation meisterte. Ganz zu schweigen davon, wie sehr ich mich in ihr getäuscht hatte. Sie war bei Weitem nicht die verwöhnte Prinzessin, für die ich sie gehalten hatte. Sie war stark und fähig. Ihr Mut und ihre Gelassenheit waren bemerkenswert.

»Bald ist es vorbei.« Statt mir wie erwartet ein freudiges Lächeln zu schenken, runzelte sie die Stirn. »Was ist los?«

»Nichts. Alles. Ich weiß auch nicht.«

»Fang ganz von vorn an. Ein Problem nach dem anderen.«

»Ich habe Angst. Eine Heidenangst. Ich befürchte, dass ich sie nicht mehr loswerde, selbst wenn die Sache vorbei ist. Das macht mich zu einem Weichei, denn Olivia war …«

»Vergleiche dich nicht mit ihr. Eine drohende Gefahr kann genauso beängstigend sein wie die Tat selbst. Verstehst du, was ich damit sagen will?« Erin schüttelte den Kopf. »Olivia wurde als Geisel genommen, und das war eine schreckliche Erfahrung. Aber in ihrem Fall ging alles sehr schnell. Sie wusste nicht, wie ihr geschah. Aber wenn du weißt, dass jemand hinter dir her ist und nur darauf wartet, dich zu erwischen, ist es fast noch schlimmer. Jemand terrorisiert dich. Und du hast keine Möglichkeit, der Angst zu entkommen. Aber ich verspreche dir, wenn das alles vorbei ist, wirst du darüber hinwegkommen.«

»Was passiert, wenn das alles vorbei ist?«

»Was meinst du?«

»Mit uns?«

Gott sei Dank. Ich hatte darauf gewartet, diese Unterhaltung mit ihr zu führen, hatte sie aber nicht drängen wollen.

»Wir werden es weiter langsam angehen lassen und sehen, wohin die Sache zwischen uns führt.«

»Ich will es aber nicht langsam angehen lassen.«

Die Vehemenz in ihrer Stimme brachte mich zum Lächeln.

»Es ist wichtig, dass wir es langsam angehen lassen. Ich muss wissen, dass du mit ganzem Herzen dabei bist. Und du brauchst Zeit, um sicher zu sein, dass ich wirklich der Mann bin, den du willst. Ich will, dass du dich um meinetwillen für mich entscheidest, nicht weil ich angeheuert wurde, um dich zu beschützen.«

»Ich habe mich bereits entschieden.«

»Dann muss ich das auch für mich wissen.«

»Warum? Ich sage dir doch, dass ich mich entschieden habe.«

Während unserer Unterhaltung war sie nervös auf meinem Schoß hin und her gerutscht, also wartete ich, bis sie stillhielt und meinem Blick begegnete. Ich hatte eine Menge über Erin gelernt, vor allem hatte ich begriffen, dass ich mit meiner anfänglichen Einschätzung von ihr völlig falsch gelegen hatte. Sie war eigensinnig und klug, unabhängig und geistreich. Das alles waren wunderbare Eigenschaften, aber eine stach besonders hervor. Erin war unglaublich mutig. In einer brenzligen Situation, in der es um Leben und Tod ging, versteckte sie sich nicht. Obwohl sie Angst hatte, stand sie mir zur Seite und hielt mir den Rücken frei. Sie war bereit, alles in ihrer Macht Stehende zu tun, um mich und sich selbst zu schützen, selbst wenn sie dafür auf Reifen schießen musste. All diese Vorzüge machten sie zu der Frau, mit der ich mein Leben verbringen wollte.

»Weil ich auf dem besten Weg bin, mich in dich zu verlieben. Und bevor ich mich gänzlich verliebe, muss ich wissen, dass du auch mit dem Herzen dabei bist.«

»Das bin ich«, flüsterte sie. »Tatsächlich bin ich dir bereits einige Schritte voraus. Aber ich werde warten, bis du mich eingeholt hast.«

Während ich mitten in einem Einsatz auf der Couch in Abes Hütte saß, staunte ich über meine eigenen Worte. Vor allem hätte ich es nie für möglich gehalten, sie zum ersten Mal in meinem Leben an einem solchen Ort auszusprechen. Nichtsdestotrotz waren wir hier und ich hatte gerade das Wort Liebe zum ersten Mal einer Frau gegenüber in den Mund genommen. Ich konnte meine Gefühle nicht länger verleugnen.

Erin hatte ihre Haare mit einer Spange hochgesteckt, aus der eine Strähne gefallen war. Ich löste die Spange und warf sie auf den Tisch. Indem ich eine Hand in ihrer langen Mähne vergrub, zog ich sie an mich und küsste sie. Erin schob die Hüfte vor und zurück und rieb sich an meiner Erektion. Nach allem, was wir in den vergangenen Nächten miteinander getrieben hatten, würde es nicht viel brauchen, um mich in meiner Jeans kommen zu lassen. Ich versuchte, meine Erregung unter Kontrolle zu halten, doch der Druck wurde immer größer, bis er fast schmerzhaft wurde.

»Erin«, raunte ich.

»Ich will dich berühren.« Sie wartete nicht auf eine Antwort, sondern zerrte bereits am Saum meines Hemdes. Ich richtete mich auf und gestattete ihr, es mir über den Kopf zu ziehen. »Verdammt«, hauchte sie. Sie hörte auf, sich an mir zu reiben, und ließ ihre Hände über meine Brust und meinen Bauch gleiten. »Habe ich dir schon mal gesagt, wie sexy dein Oberkörper ist?«

Derartige Komplimente waren mir nicht fremd. Sowohl Männer als auch Frauen hatten mich im Fitnessstudio schon häufiger auf meinen durchtrainierten Körper angesprochen. Doch als ich die Worte aus ihrem Mund hörte, machte mein Herz einen Satz.

»Danke, Sonnenschein. Es freut mich, dass ich dir gefalle.«

»Du würdest mir noch viel mehr gefallen, wenn ich dir die Hose ausziehen dürfte.«

Mit der Bemerkung brachte sie meinen Schwanz zum Zucken.

»Ich denke, das ist keine gute Idee.«

»Und wenn ich meine anbehalte?«

»Willst du etwa mit mir verhandeln?« Sie verzog die Lippen zu einem Lächeln, das ich sofort erwiderte. »Mein Gott, du bist so schön.«

»Ich bin nicht nur schön, sondern auch eine ausgezeichnete Verhandlungspartnerin«, scherzte sie.

»Ach wirklich?«

»Ja. Ich glaube, jetzt bin ich an der Reihe. Ich war nun schon mehrmals deiner Gnade ausgeliefert und hatte bisher nicht das Vergnügen, dir an die Wäsche zu gehen. Das ist ungerecht.«

»Meiner Gnade ausgeliefert? So nennst du es also, wenn ich dich in Ekstase versetze, bis du schreist?«

»Ganz genau.«

»Nun, wir wollen doch nicht, dass du mich für ungerecht hältst.«

»Im Moment denke ich das aber. Aber du kannst

Abhilfe schaffen, indem du mir erlaubst, dir deine Hose auszuziehen.«

Ich musste unwillkürlich lachen. Humor war für mich nie Teil des Vorspiels gewesen, aber in Erins Fall waren ihre Schlagfertigkeit und ihr Esprit genauso anziehend wie der Rest von ihr. Zum ersten Mal in meinem Leben fühlte ich mich nicht nur von dem Körper einer Frau angezogen, sondern auch von ihrem Verstand. Sie vereinte alle Reize in einer Person.

»Unter einer Bedingung«, sagte ich.

»Und die wäre?«

»Dass du verstehst, dass ich keine Gegenleistung erwarte, nur weil ich dir mehrere fantastische, überirdische Orgasmen beschert habe.« Ich versuchte zwar, die Stimmung aufzulockern, aber ich meinte meine Worte dennoch ernst. »Es genügt mir, dich in meinen Armen zu halten.«

»Überirdisch, hm?«, fragte sie lächelnd. »Fantastisch, sagst du?« Sie begann, meine Jeans aufzuknöpfen. »Mal sehen, welche Adjektive dir einfallen, wenn ich mit dir fertig bin.«

Sie zog den Reißverschluss herunter, und mein Schwanz drohte den Baumwollstoff meiner Boxershorts zu zerreißen. Mit einem Finger strich sie über die feuchte Stelle, wo die ersten Tropfen meines Spermas in den Stoff gesickert waren, dann kletterte sie von meinem Schoß und stellte sich neben die Couch.

»Zieh sie aus.«

Verdammt. Ich konnte nicht glauben, dass das wirklich passierte. Ich hob den Hintern an und schob mir Jeans und Boxershorts über die Hüfte. Auf halbem Weg kam Erin mir entgegen und riss sie mir ungeduldig von den

Beinen. Im nächsten Moment stellte sie sich zwischen meine Schenkel und ließ sich auf den Boden sinken. Gerade wollte ich protestieren, dass sie sich nicht auf das harte Holz knien sollte, doch dann schlang sie eine Hand um meinen Schaft und drückte zu. Der Einwand erstarb mir auf den Lippen, denn nun hatte ich größere Sorgen. Ich musste mich zusammenreißen, um nicht innerhalb von drei Sekunden zum Höhepunkt zu kommen.

»Ganz ruhig, Baby«, flehte ich.

Sie zog ihre Hand zurück. Einerseits war ich dankbar für die Verschnaufpause, aber andererseits sehnte ich mich sofort wieder nach ihrer Berührung.

»Oh nein, das wirst du nicht tun.« Sie machte Anstalten, sich das Oberteil über den Kopf zu ziehen, und ich versuchte, sie aufzuhalten. »Deine Sachen bleiben an.« Aber es war zu spät. Im nächsten Moment entledigte sie sich auch ihres BHs.

»Ich behalte meine Hose an.«

Das alles war wirklich keine gute Idee. Ich wollte es langsam angehen und nicht während einer Mission mit ihr schlafen, wenn die Emotionen hochkochten. Obwohl ich genau wusste, was ich für sie empfand, musste sie sich ebenfalls sicher sein. Und im Moment bräuchte es nicht mehr viel und ich würde sie anflehen, sich von mir ficken zu lassen. Als Erin wieder ihre zierliche Hand um meinen Schwanz schlang und begann, ihn zu massieren, vergaß ich alles: die Operation und sämtliche Gründe, warum ich noch warten wollte und warum ich mich nicht hatte von ihr berühren lassen. Plötzlich schob ich alle guten Vorsätze beiseite und genoss nur noch das Gefühl ihrer Hand auf meiner Männlichkeit.

»Ist das gut?«

»Ja«, presste ich heiser hervor.

Sie beschleunigte die Bewegungen ihrer Hand und hielt an meiner Eichel inne, um ihre Finger mit meinem Sperma zu benetzen, das mittlerweile ungehindert heraustropfte. Wie berauscht ließ ich den Kopf in den Nacken fallen, während sie mich mit jedem Streich ihrer Hand weiter auf den Gipfel der Ekstase zutrieb.

»Das ist so gut, Erin. Schneller.«

Erneut beschleunigte sie das Tempo und meine Hoden zogen sich zusammen. Mir war zuvor bereits klar gewesen, dass ich nicht lange brauchen würde, um zu explodieren, doch ich hätte nicht gedacht, dass es *so* schnell gehen würde.

»Ich komme gleich. Hör nicht auf.«

Im nächsten Moment spürte ich ihre Zunge an meiner Eichel und riss die Augen auf, um zu sehen, wie sie meinen Schaft mit den Lippen umschloss, während sie den Ansatz weiter mit ihrer Hand bearbeitete.

»Heilige Scheiße! Ich komme. Zieh den Kopf zurück, wenn du nicht willst, dass ich in deinem Mund abspritze.«

Ich kam nicht dazu, sie ein zweites Mal zu warnen, denn die Hitze in meinem Unterleib wallte auf und entlud sich explosionsartig in ihrem Mund. »Erin!«, schrie ich und ließ mich von der Woge der Ekstase mitreißen, die irgendwann langsam wieder verebbte.

Mein Gott, ich konnte den Kopf kaum noch aufrecht halten. Es fühlte sich an, als sei all meine Energie aus meinem Schwanz herausgeschossen, bis ich vollkommen erschöpft war.

Erin richtete sich auf und setzte sich auf ihre Fersen.

Sie begegnete meinem Blick und ich sah ein Funkeln in ihren großen braunen Augen.

»Überirdisch?«, fragte sie, während sie immer noch meinen langsam erschlaffenden Schwanz streichelte.

»Ja.«

»Fantastisch?«

»Verdammt, ja.«

»Hast du Lust auf eine weitere Runde?«

Ich betrachtete ihr verspieltes Lächeln und dachte, dass ich es ihr für den Rest ihres Lebens in ihr schönes Gesicht zaubern wollte.

»Ich glaube, jetzt bist du an der Reihe.«

»Vielleicht könntest du mir alles über diese Stellung neunundsechzig beibringen, von der ich gehört habe.«

Bei dem Gedanken, sie zu vernaschen, während sie mir einen blies, wurde mein Schwanz sofort wieder hart.

»Liebend gern.«

Keiner von uns machte jedoch Anstalten, sich zu bewegen. Wir starrten einander in die Augen und brachten mit unseren Blicken mehr Emotionen zum Ausdruck, als Worte es je vermocht hätten. Ja, ich war dabei, mich bis über beide Ohren in Erin zu verlieben. Es würde mir das Herz brechen, falls sie meine Gefühle nicht erwiderte, wenn diese ganze Sache hier vorbei war. Ach, wem machte ich eigentlich etwas vor. Ich hatte mich längst in sie verliebt.

KAPITEL DREIZEHN

Ich war erschöpft und durch und durch befriedigt. Irgendwann hatte ich aufgehört zu zählen, wie oft wir uns gegenseitig bis tief in die Nacht hinein auf den Gipfel der Lust katapultiert hatten. Jedes Mal wenn ich Colin gesagt hatte, dass ich nicht mehr konnte, bewies er mir das Gegenteil und rang meinem ermatteten Körper einen weiteren Orgasmus ab. Er war … eigentlich gab es keine Worte, um ihn zu beschreiben. *Großartig* wurde ihm nicht einmal annähernd gerecht. Zweifellos war er unglaublich geschickt, aber da war noch etwas anderes. Ich konnte die Ehrfurcht in seiner Berührung förmlich spüren. Er weigerte sich immer noch, mit mir zu schlafen, und ich hatte es aufgegeben, ihn darum zu bitten. Er würde sich nicht umstimmen lassen, doch das bestätigte mir nur, dass er der ehrenhafte Mann war, für den ich ihn hielt.

»Hast du etwas von Zane gehört?«, fragte ich, als Colin in die Küche kam.

»Nein. Ich erwarte nicht, dass er sich in den nächsten

zwei Tagen melden wird. Declan hat bestätigt, dass sie Greenwold geschnappt haben.«

»Wohin werden sie ihn bringen?«

»An einen unbekannten Ort in Übersee.«

Ich hielt fragend eine Kaffeetasse in die Höhe. Als er nickte, schenkte ich ihm ein und dachte darüber nach, wie sich die Dinge verändert hatten. Inzwischen verschwieg er mir nichts mehr. Ich war mir sicher, dass er einiges beschönigte, aber dagegen hatte ich nichts einzuwenden. Die grausamen Details wollte ich gar nicht wissen, mir genügte es, wenn er mich auf dem Laufenden hielt. Und er hatte mehr als bewiesen, dass er kein Problem damit hatte, mir die Informationen anzuvertrauen.

»Was werden sie mit ihm machen?«

Colin nahm seine Tasse entgegen und lehnte sich gegen die Anrichte. Er war so verdammt sexy. Bei dem Anblick hätte ich mich fast verschluckt. *Lektion gelernt: Du solltest Colin nicht anstarren, während du versuchst, an deinem Morgenkaffee zu nippen.*

»Sie werden ihn in ein Gefängnis bringen. Zane und das Team werden versuchen, so viele Informationen wie möglich aus ihm herauszupressen. Sobald sie der Meinung sind, dass sie alles Nötige in Erfahrung gebracht haben, werden sie ihn dort in eine Zelle sperren und nach Hause zurückkehren.«

»Wie lange wird er dort bleiben?«

»Auf unbestimmte Zeit.«

»Für immer?«

»Ja.«

Die ganze Zeit über hatte Colin keine Miene verzogen. Er trank seinen Kaffee, als hätten wir uns über das

Wetter unterhalten statt über einen Mann, der für den Rest seines Lebens in einer Zelle verrotten würde.

»Er hat eine Frau und Kinder.«

»Das ist richtig.«

»Er wird sie nie wiedersehen.«

»Das stimmt ebenfalls.«

»Colin!«

»Was?«

»Wir reden hier über einen Mann, der seine Familie nie wiedersehen wird. Ist dir das völlig egal?«

Colin stellte seine Tasse auf die Anrichte, nahm mir meine aus der Hand und platzierte sie neben seiner. Er hob mich hoch, als wöge ich nichts, setzte mich auf die Granitarbeitsplatte und trat zwischen meine Beine.

»Ich bin vor allem erleichtert.«

»Erleichtert?«

»Du solltest etwas über mich wissen, Erin. Ich bin kein netter Mensch. Vor allem nicht, wenn es um die Sicherheit und das Wohlergehen meiner Lieben geht. Es ist mir scheißegal, was mit ihm passiert. Wenn es nach mir ginge, hätte er schon längst eine Kugel im Kopf, damit niemand ihn für den Rest seines erbärmlichen Lebens ernähren müsste. Und wenn seine Frau und seine Kinder ihm wirklich am Herzen lägen, dann hätte er es sich noch einmal überlegt, bevor er seine Pläne in die Tat umsetzte. Er kannte die Konsequenzen und wusste, was ihn erwartet, wenn er die Familie des Präsidenten bedroht. Trotzdem hat er dich verfolgt, dir Angst eingejagt und wollte dich entführen. Und als das nicht geklappt hat, haben seine Lakaien versucht, dich zu töten. Also, Sonnenschein, es tut mir nur leid, dass ich nicht derjenige bin, der ihm im Moment gegenübersteht und Informationen entlockt.

Stattdessen hat mein Team das Vergnügen. Du darfst nicht vergessen, dass Greenwold ein Verräter ist.«

»Ich weiß nicht, was ich sagen soll.«

Ich war wirklich sprachlos. Eigentlich hätte ich vor Colins finsterer Miene zurückschrecken sollen, schließlich hatte er mir gerade erklärt, dass er ohne Weiteres einen anderen Menschen töten würde. Seltsamerweise hatte ich jedoch keine Angst, sondern fühlte mich sicher.

»Du musst nichts sagen. Aber du musst eine Entscheidung treffen. Das ist nun einmal mein Leben. Ich werde von der Regierung angeheuert, um Terroristen, Menschenhändler und anderen Abschaum auszuschalten, von denen die Bürger und Bürgerinnen unseres Landes nichts wissen sollen. Ich bin ein Auftragskiller, Erin. Du musst dir gut überlegen, ob du damit leben kannst, denn ich kann mich weder ändern noch kann ich meine Taten ungeschehen machen.«

»Ich will nicht, dass du dich änderst.«

»Es ist leicht, das zu sagen, solange ich hier vor dir stehe. Aber du wirst vielleicht anders darüber denken, wenn ich mitten in der Nacht aus deinem Bett geholt und an einen unbekannten Ort geschickt werde. Vieles werde ich dir nicht sagen können, und ich werde vielleicht einen Tag, eine Woche oder einen Monat weg sein. Du wirst nie die Einzelheiten erfahren, aber du kannst sicher sein, dass bei meiner Rückkehr Blut an meinen Händen kleben wird.«

»Deine Arbeit ist wichtig. Du beschützt Menschen. Ich weiß, dass du mir nichts über die Details deines Jobs erzählen kannst. Schließlich lebe ich seit sieben Jahren im Weißen Haus und kenne die Sicherheitsvorkehrungen. Ich würde nie von dir verlangen, eine Mission zu gefährden. Aber du musst verstehen, dass ich stärker bin, als du denkst. Und damit das klar ist: Du kommst nicht mit Blut an den Händen nach Hause. Du kommst als Held nach Hause.«

»Mach mich nicht zu jemandem, der ich nicht bin.«

Ich legte meine Hände an seine Wangen. »Ich weiß, dass du dich nicht für einen Helden hältst. Weniger als ein Prozent der amerikanischen Bevölkerung hat in der Armee gedient. Von diesem einen Prozent haben weniger als dreißig Prozent an Kampfhandlungen teilgenommen. Du gehörst zu einer ganz besonderen Gruppe von Männern und Frauen, die ihr Leben für dieses Land riskiert haben. Ich vermute, dass von diesen dreißig Prozent nur eine Handvoll bereitwillig und mit Freude ihren Dienst fortsetzen, weil sie einfach gebraucht werden. Dein Job ist nicht ruhmreich. Du bekommst weder Auszeichnungen noch Anerkennung dafür. Er ist undankbar und gefährlich, aber du machst ihn, weil jemand ihn machen muss. Nur wenige Menschen wären mutig genug, diesem Ruf zu folgen. Deshalb bist du ein Held. Ich will nicht lügen, deine Arbeit macht mir Angst. Letzte Woche habe ich einen Bruchteil von dem gesehen, was du tust, als die Kerle uns auf der Autobahn verfolgten. Als sie auf uns geschossen haben, hatte ich solche Angst, dass ich nicht mehr klar denken konnte, aber du warst ganz ruhig. Du hast so getan, als sei es nichts Besonderes und ein ganz normaler Tag für dich. Ich verstehe, dass es Geheimnisse zwischen uns geben wird. Wir werden uns manchmal tagelang nicht sehen und die Gefahr wird immer eine Rolle in unserem Leben spielen. Aber ich werde das alles liebend gern in Kauf nehmen, wenn es bedeutet, dass ich dann mit dir zusammen sein kann.«

Er schien mir nicht zu glauben und starrte mich mit durchdringendem Blick an. Wahrscheinlich suchte er in meinen Augen nach einem Hinweis darauf, dass ich meine Worte nicht ernst meinte oder unentschlossen war, aber er würde nichts finden. Ich hatte mich entschieden und würde mit seiner Arbeit leben können. Er musste mir nur die Chance geben, es ihm zu beweisen.

»Du musst mir versprechen, dass du es mir sagst, wenn es dir zu viel wird. Ich könnte nicht damit leben, dass du wegen meines Jobs unglücklich bist oder …«

»Ich verspreche es. Wann habe ich mich mit meiner Meinung jemals zurückgehalten?«

Ich spürte, wie seine Wangen sich unter meinen Händen bewegten, als er die Lippen zu einem Lächeln verzog.

»In Ordnung. Hast du Hunger?«, fragte er.

»Nein, aber ich kann dir gern etwas zu essen machen.«

»Nicht doch. Rühr dich nicht von der Stelle, ich kann mir selbst etwas zubereiten«, erwiderte Colin.

Ich tat wie geheißen und blieb auf der Anrichte sitzen, während er sich ein Sandwich machte.

»Wie geht es Olivia?«, fragte ich.

Colin hob abrupt den Kopf und sah mich mit großen Augen an. Sein schockierter Gesichtsausdruck hätte mich nicht überraschen dürfen, schließlich hatte ich monatelang nicht über Olivia sprechen wollen und alles in meiner Macht Stehende getan, um ihr aus dem Weg zu gehen.

»Es geht ihr sehr gut. Sie und Leo sind überglücklich und freuen sich auf das Baby.«

»Sie bekommen ein Mädchen, nicht wahr?«

»Ja, ich kann es kaum erwarten, bis sie ein Teenager

ist. Wir haben schon eine Wette laufen, wie alt sie sein wird, wenn der erste Junge an die Tür klopft. Wir haben sogar gewettet, ob Leo mit einer Pistole oder einem Gewehr in der Hand öffnet. Im Moment steht es zwei zu eins für das Gewehr.«

»Oh je«, lachte ich. »Die arme Livie. Sie wird ihre Tochter aus dem Haus schmuggeln müssen, wenn sie zum ersten Mal mit einem Jungen ausgeht.«

»Gut möglich. Leo kann nicht klar denken, wenn es um Olivia geht. Als wir sie gefunden haben, war sie in schlechter Verfassung. An jenem Tag hat es bei ihm klick gemacht. Er hat sie aus dem schmutzigen Zimmer getragen und würde sie am liebsten nie wieder aus den Augen lassen.«

»Das freut mich für sie. Sie hat ihr Glück verdient.«

»Wusstest du, dass er gedroht hat, seinen Job zu kündigen und mit ihr durchzubrennen?«

»Nein.«

»Nimm deinen Kaffee und lass uns auf die Veranda gehen. Dort erzähle ich dir die ganze Geschichte.«

Ich sprang von der Anrichte und trat mit Colin hinaus in die kühle Morgenluft. Nach weniger als einer Woche war ich bereits überzeugt, dass ich in diesem Haus für immer glücklich sein könnte. Ich liebte den frischen Duft der Kiefern und das beruhigende Rauschen der Bäume.

Colin wischte ein paar Blätter von einem Stuhl und bedeutete mir mit einer Geste, mich zu setzen. Er nahm neben mir Platz, aß sein Sandwich und erzählte mir die Geschichte von Leo und Olivia. Wie sie quer durch das Land gereist waren. Wie sie ihren leiblichen Vater kennengelernt hatte. Und wie ihre Mutter Pam ihnen eine Szene gemacht hatte, woraufhin Leo zu drastischen

Maßnahmen greifen musste, um Olivia vor ihr zu schützen. Es war so traurig. Mutter und Tochter hatten sich immer so nahegestanden, und Olivia war sicher am Boden zerstört, als sie erfuhr, dass ihre Mutter an einem Gehirntumor litt. Meine Mutter und Olivias Mutter waren eng befreundet, und so wusste ich über den Verlauf ihrer Krankheit Bescheid. Glücklicherweise hatte sie sich einer neuen Operationsmethode unterzogen und sich vollständig erholt.

»Warum hat Leo mit seiner Kündigung gedroht?«

»Zane hat ihm erzählt, dass wir Olivia als Köder benutzen wollten, um die Bösewichte aus ihrem Versteck zu locken.«

»Wie bitte? Hätte er das wirklich getan?«

»Auf keinen Fall. Er wollte, dass Leo sich endlich seine Gefühle für Olivia eingesteht. Wir haben es alle gesehen. Als Leo mit Olivia im Arm aus dem Haus lief und das Gebäude hinter ihm explodierte, schützte er sie mit seinem Körper. Er hat nicht darüber nachgedacht, sondern sich einfach auf sie geworfen. Während des Hubschrauberflugs hielt er sie auf seinem Schoß, als sei sie das wertvollste Gut der Welt. Und als Pam sie mit nach Hause nehmen wollte, obwohl Olivia immer noch in Gefahr war, bot er ihrer Mutter die Stirn und gab ihr zu verstehen, dass ihre Tochter bei ihm bleiben würde.«

»Ich mag Leo. Ich bin ihm begegnet, als er mit dir am Gouverneursball in Washington teilgenommen hat. Er war sehr nett.«

»Ich werde ihm ausrichten, dass du ihn *nett* findest«, sagte Colin mit einem leisen Lachen. »Es gibt nicht viele Leute, die ihn so nennen würden.«

»Ich würde Olivia gern sehen. Denkst du ... ich meine ... wäre sie bereit, sich mit mir zu treffen?«

»Ja.«

»Das sagst du doch nicht nur so, weil du nett sein willst, oder?«

»Da ist es ja wieder, dieses Wort. Sonnenschein, ich bin kein netter Mensch. Ich beschönige nichts, nur um jemandes Gefühle zu schonen. Dafür bin ich viel zu ehrlich. Olivia will dich sehen. Sie hat schon häufiger nach dir gefragt.«

»Ich muss ihr erklären, warum ich auf Abstand gegangen bin.«

»Ja, das solltest du. Sie vermisst dich und denkt, du bist wütend auf sie.«

»Ich weiß. Ich habe mich geirrt. Wenn wir wieder zu Hause sind, können wir sie vielleicht besuchen.« Plötzlich huschte ein finsterer Ausdruck über Leos Gesicht, den ich nicht recht deuten konnte. »Habe ich etwas Falsches gesagt?«

»Nein, Sonnenschein, ganz und gar nicht.«

Ich war verwirrt und immer noch besorgt, doch statt nachzuhaken wechselte ich das Thema. »Erzähl mir mehr über dein Team.«

»Linc und Jasmin haben erst vor ein paar Monaten Zwillinge bekommen. Zwei Jungs. Jaxon und Violet haben sich bei einem Einsatz kennengelernt. Sie ist eine interessante Frau, die in eine schwierige Lage geraten war. Es hat eine Weile gedauert, bis das Team sich für sie erwärmt hatte, aber inzwischen mögen wir sie alle. Wir verstehen, was sie zu ihren Taten bewogen hat. Violet hatte eine Unterredung mit deinem Vater im Keller einer alten Scheune, die heute nicht mehr steht. Er hat sie ziemlich in die Mangel genommen, aber am Ende hat sie auch ihn überzeugt. Jax hat mir vor unserer Abreise erzählt, dass sie ein Baby erwarten, sie es dem Team aber noch nicht gesagt haben.

Mit Violet kam ihr Zwillingsbruder Declan ins Team. Er ist ein guter Kerl. Zane und Ivy leben glücklich in ihrem Penthouse, hoch oben, abgeschieden vom Rest der Welt. Wenn es nach Zane ginge, würden sie die Wohnung nie mehr verlassen, denn er liebt seine Privatsphäre. Aber Ivy hat wahre Wunder bewirkt. Dank ihr geht er mittlerweile viel mehr unter Leute. Vor nicht allzu langer Zeit trug er noch eine schwere Last mit sich herum, die ihn fast erdrückt hätte. Ivy hat das geändert. Sie hat ihn verändert. Wir sind alle dankbar, dass sie in sein Leben getreten ist.«

Ich fragte mich, ob Colin wusste, wie sein Gesicht aufleuchtete, wenn er von seinen Freunden sprach. Er stand ihnen offensichtlich sehr nahe. Es schien, als hätte er eine engere Beziehung zu ihnen als zu seiner Familie. Der Gedanke war irgendwie traurig.

Wir verfielen in angenehmes Schweigen, während Colin frühstückte. Ich ließ den Blick über den Garten schweifen und entdeckte unweit eines alten Holzschuppens einen Fußball.

»Wusstest du, dass ich in der Highschool Fußball gespielt habe? Ich war Mittelfeldspielerin«, sagte ich.

»Das kann ich mir vorstellen. Ich wette, du warst gut.«

Ich stand auf und ging die zwei Stufen zum Rasen hinunter, bevor ich zu Colin zurückblickte. »Ich war sogar sehr gut. Hast du Lust auf ein Spielchen? Wir könnten eine Wette abschließen. Wer das erste Tor schießt, gewinnt.«

Er verzog die Lippen zu einem breiten Grinsen, und ich hatte sofort Schmetterlinge im Bauch. Vielleicht würde ich ihn davon überzeugen können, dass heute die Nacht der Nächte war. Ich war mehr als bereit, mit ihm zu schlafen.

Bevor er etwas erwidern konnte, klingelte sein Handy und er fischte es aus der Tasche.

Ja, heute Nacht würde es passieren. Wenn es sein müsste, würde ich sogar betteln. Ich wollte Colin so sehr, dass ich es kaum ertragen konnte.

KAPITEL VIERZEHN

Ich hielt mir das Telefon ans Ohr und folgte Erin mit den Augen. Verdammt, sie war süß. Ich hörte kaum, was Declan sagte, als ich sah, worauf sie zusteuerte. Einen Fußball. Der war gestern noch nicht da gewesen.

»Stopp!«, rief ich.

Gleichzeitig schrie Declan am anderen Ende der Leitung: »Sie haben euch gefunden! Verschwindet!«

Ich ließ das Handy fallen und sprang über das Geländer, um mich auf Erin zu stürzen. Mit einem dumpfen Aufprall fielen wir zu Boden und ich rollte mich auf sie. Zuerst explodierte der unscheinbare Fußball, dann rauschte das unverkennbare Zischen einer Panzerfaust über uns hinweg und schlug in Abes Hütte ein. Alles um uns herum zerbarst. Wir mussten so schnell wie möglich von hier weg.

»Wir laufen zum Wagen. Bleib hinter mir.« Ich zog meine Sig aus dem Holster und zerrte Erin auf die Füße. Wir erreichten den Wagen auf der Fahrerseite und ich drückte sie zu Boden.

»Rühr dich nicht von der Stelle.«

Ich spürte ihre Hand an meinem Knöchel, als sie meine Ersatz-Glock hervorzog.

»Wo sind sie?« Wegen des Klingelns in meinen Ohren konnte ich Erins Worte kaum verstehen.

Ich suchte die Umgebung ab, konnte aber wegen des dichten Rauches, der aus der Hütte aufstieg, nichts erkennen. Erneut ertönte das schrille Geräusch einer Panzerfaust, dann erschütterte eine zweite Explosion das Haus.

»Mein Gott!«

Abes Hütte lag in Schutt und Asche. Trümmer flogen umher und das Feuer griff schnell auf die umliegenden Kiefern über.

»Was ist das?« Erin blickte auf und richtete ihre Waffe auf ein Zischen über uns.

Ich hörte das unverwechselbare Geräusch der Hubschrauberrotoren, doch der Rauch war zu dicht, um die genaue Position der Maschine auszumachen.

»Wir müssen in den Wald fliehen. Bist du bereit?«

Ich streckte die Hand aus und zog Erin auf die Füße, als sie den Kopf schüttelte. »Bist du sicher, dass das nicht dein Team ist?«

»Hundertprozentig, Sonnenschein. Du musst jeden erschießen, der in Sichtweite kommt. Glaubst du, du schaffst das?«

»Ja.«

Ihre Hand, in der sie die Glock hielt, zitterte sichtlich. Um sie zu beruhigen, legte ich meine Hand auf ihre. »Genau wie auf dem Schießstand. Du schaffst das.«

»Ja. Genau wie auf dem Schießstand. Ich schaffe das.«

»Ich bin verdammt stolz auf dich. Du gehst voran. Ich bleibe dicht hinter dir. Lauf direkt auf den Wald zu.«

Sie sprintete in die Richtung, die ich angedeutet hatte, als die ersten Stiefel den Boden berührten. Zwei schwarz gekleidete Männer nahmen die Verfolgung auf, während zwei weitere sich noch aus dem Hubschrauber abseilten. Erin zielte mit ihrer Waffe auf einen der Männer und drückte ab. Sie traf ihn in die Brust, er taumelte, kam aber schnell wieder auf die Beine. Ich hatte keine Zeit, ihr zu sagen, dass sie nicht auf die Brust zielen sollte. Die Schutzweste würde eine 9-mm-Kugel mühelos aufhalten.

Ich schoss dem zweiten Mann in den Kopf und er sackte zu Boden. Drei weitere Männer kamen auf uns zu, während andere sich noch abseilten.

»Schieß einfach!«, rief ich Erin zu, während wir weiter sprinteten.

Wir würden es nicht in den Wald schaffen. Es waren einfach zu viele und wir waren in der Unterzahl. Ich hatte nur noch ein Magazin mit fünfzehn Schuss. Das würde nicht reichen.

»Scheiße!«, brüllte ich, als ich sah, wie einer der Kerle ein schwarzes Gewehr auf Erin richtete.

Ich hatte keine Zeit zum Nachdenken, keine Zeit, den Schützen zu entwaffnen oder auszuschalten. Also tat ich das Einzige, was ich tun konnte: Ich riss Erin zu Boden und schützte sie so gut es ging mit meinem Körper. Wir trugen keine Schutzwesten, aber die Kugeln würden zuerst mich durchdringen, bevor sie sie treffen konnten.

»Es tut mir ...« Ich verstummte, als ein stechender Schmerz mich durchfuhr. Erin zog die Hand, in der sie die Glock hielt, unter mir hervor und schoss.

Meine Sicht verschwamm und das Letzte, was ich hörte, bevor mir schwarz vor Augen wurde, waren Erins Schreie.

Mission gescheitert.

* * *

MEIN MAGEN KRAMPFTE SICH ZUSAMMEN UND MEIN Schädel pochte. Erins wütende Stimme und ihre Hilferufe hallten durch den Raum, als ich langsam zu mir kam. Warum zum Teufel war ich nicht tot? Ich hatte gespürt, wie die Kugel meinen Rücken getroffen und eine zweite mich seitlich am Hals erwischt hatte. Mir wurde klar, dass sie mit nicht tödlicher Munition auf mich geschossen hatten. Und da mein Magen rebellierte und mein Verstand noch völlig benebelt war, hatten sie sicher auch ein Betäubungsmittel verwendet. Wo zum Teufel war ich? Und wo war Erin?

»Oh gut, du bist wach. Du kommst gerade rechtzeitig zur Party.« Vage erkannte ich die Stimme des Mannes, aber in meinem jetzigen Zustand konnte ich sie nicht einordnen. »Erin wollte gerade ihren Dad um Hilfe bitten.«

Ich öffnete die Augen und sah Erin auf einem Stuhl sitzen. Ihre Arme waren an den Seiten gefesselt. Dann fiel mir das Blut auf, das seitlich über ihr Gesicht rann, und ich sah rot. »Dafür werde ich euch töten«, schrie ich. »Jeder Einzelne von euch wird sterben.«

»Du warst schon immer ein überheblicher Mistkerl. Ich glaube, Zane hat euch alle zu arroganten, selbstgerechten Arschlöchern gemacht. Falls du es noch nicht bemerkt hast, du befindest dich nicht gerade in einer Position, in der du Drohungen aussprechen solltest«, sagte der Mann lachend, und andere Männer im Raum stimmten mit ein. Alle trugen Sturmhauben, um ihre Identität zu verbergen.

»Da du Zane zu kennen scheinst, wirst du auch wissen, dass diese Sache für dich und deine Bande von Weicheiern nicht gut ausgehen wird. Er wird ein Höllenfeuer auf euch herabregnen lassen. Ihr könnt euch nirgendwo mehr verstecken. Eure einzige Chance ist, uns gehen zu lassen.«

Der Mann nickte den Kerlen, die neben mir standen, zu und gab ihnen stillschweigend einen Befehl. Da meine Hände gefesselt waren, hatte ich keine Möglichkeit, mich vor den Schlägen zu schützen, die auf mich niederprasselten. Einer der Männer rammte mir wiederholt seine Faust ins Gesicht, während der andere meine Rippen als Sandsack benutzte. Verdammt, das tat weh. Ich biss die Zähne zusammen, als der Schmerz meinen Körper durchzuckte.

»Fick dich!«, schrie einer der Wichser mir ins Ohr.

»Das reicht!«, befahl der Mann, der das Sagen zu haben schien, woraufhin seine beiden Lakaien zurücktraten. »Ich habe das alles schon einmal gehört. Soweit ich mich erinnere, aus dem Mund deines Chefs. Aber wie du siehst, atme ich noch. Ich glaube, ihr Vater hat sogar mit Gefängnis gedroht. Und dennoch bin ich noch hier.« Er breitete die Arme aus und drehte sich zu Erin um. »Weißt du noch, was du zu sagen hast?«

»Ich werde gar nichts sagen«, blaffte Erin trotzig. Ich wäre stolz auf ihren Mut gewesen, wenn der Mann ihr nicht eine schallende Ohrfeige verpasst hätte, woraufhin sie laut aufschrie.

»Du könntest dir die Sache um einiges leichter machen, wenn du kooperierst. Du musst deinem Vater nur sagen, dass er ein bestimmtes Dokument unterschreiben soll, und schon kannst du nach Hause gehen. Das ist alles, Erin.«

»Und Colin?«, fragte sie.

»Er ist so gut wie tot. Ich habe noch ein Hühnchen mit ihm zu rupfen. Aber du kannst dich selbst retten und in ein paar Stunden hier rausspazieren. Sobald dein Vater die Papiere unterschrieben hat.«

Ich wollte ihr gerade sagen, dass sie auf den Mann hören sollte, um sich selbst zu retten. Zane würde nicht lange brauchen, um herauszufinden, was der Mann vorhatte, und es rückgängig machen.

Aber im nächsten Moment ergriff sie das Wort. »Vergessen Sie es. Sie werden mich schon töten müssen.«

»Erin!«, rief ich.

»Bring ihn zum Schweigen«, befahl der Mann einem seiner Handlanger.

Ich presste die Lippen fest zusammen, als einer der Männer versuchte, mir ein Stück Stoff in den Mund zu stopfen. Aber ein zweiter Mann schlug mir mit der Faust gegen den Solarplexus, und ich schnappte unwillkürlich nach Luft. Ich war im Eimer. Meine Hände waren über meinem Kopf gefesselt und im Raum befanden sich vier Männer. Wäre Erin nicht bei mir gewesen, hätten meine Chancen besser gestanden, aber so musste ich mich fügen. Eine Bewegung von mir, und sie würden damit drohen, ihr etwas anzutun. Sie selbst konnte sich nicht wehren. Sie war an einen Stuhl gefesselt, der vor einem Tisch stand, auf dem ein aufgeklappter Laptop platziert war.

»Wie du willst. Dann fragst du ihn eben nicht. Dein Vater wird die Dokumente auf jeden Fall unterschreiben. Entweder auf die leichte oder auf die harte Tour.«

»Fick dich!«, schrie sie. »Er wird sie nicht unterschreiben. Das weißt du genau. Er lässt sich nicht auf Männer wie dich ein. Nicht einmal meinetwegen. Du kannst mich auch gleich töten. Mach schon.«

Scheiße. Ich wusste, was sie vorhatte. Ihre größte Angst war wahr geworden. Wir waren wirklich entführt worden. Mehr als einmal hatte Erin mir gestanden, dass sie lieber tot wäre, weil sie panische Angst davor hatte, gefoltert zu werden. Also wollte sie die Männer dazu bringen, sie auf der Stelle zu erschießen, und ich hatte keine Möglichkeit, sie aufzuhalten.

Mein einziger Trost war, dass der Mann, der uns gefangen hielt, nicht dumm war. Ganz im Gegenteil. Er würde Erin nicht töten. Ich hatte einige Minuten gebraucht, um mir darüber klar zu werden, wer er war, doch mittlerweile wusste ich genau, warum er mich tot sehen wollte.

»Oh nein, Prinzessin, du musst zuerst noch etwas erledigen.«

Charles Warren, der ehemalige Direktor der CIA, trat zur Seite und überließ einem seiner Männer das Kommando. Clever. Wenn der Präsident oder jemand anderes seine Stimme hörte, würde derjenige sofort wissen, mit wem er es zu tun hatte. Ich war überrascht, dass ich so lange gebraucht hatte, um darauf zu kommen. Aber nachdem Warren Zane und seine Drohungen erwähnt hatte, hatte ich problemlos eins und eins zusammengezählt.

Vor einiger Zeit war uns Warren schon einmal in die Quere gekommen. Er hatte uns Informationen über die Entführung des stellvertretenden CIA-Direktors vorenthalten. Seine extreme Abneigung gegen Zane Lewis hatte unsere Mission gefährdet und dazu geführt, dass mein

Teamkamerad Lincoln Parker länger als nötig als Geisel festgehalten wurde. Der Präsident war empört über Warrens Dummheit. Er hatte sogar gedroht, ihn verhaften zu lassen, bis er kooperierte. Schließlich gab er nach und lieferte uns die Informationen, die wir brauchten. Dennoch hatte sein Verhalten dazu geführt, dass Tom ihn von seinem Posten entlassen hatte.

Ein rotes Licht blinkte an der kleinen Kamera, die am oberen Rand des Computerbildschirms angebracht war. Ich konnte sehen, dass nicht nur Erin, sondern auch ich mit im Bild war.

Scheißkerle!

Plötzlich erschien das wütende Gesicht von Tom Anderson auf dem Bildschirm. »Mein Gott, Erin! Geht es dir gut?«, fragte er mit ungewöhnlich schroffer Stimme.

»Es geht mir gut.« Ich konnte ihr Gesicht nicht sehen, aber ich wusste, dass sie die Tränen zurückhielt. »Lass dich von ihnen nicht erpressen, Daddy. Tu nichts ...«

»Sie haben vierundzwanzig Stunden Zeit, um Angel zu reaktivieren, andernfalls werden Sie Ihre Tochter nie wiedersehen.« Der Mann neben Erin riss ihren Kopf zurück, und sie schrie vor Schmerz auf. »Je eher Sie unterschreiben, desto weniger muss Ihre Tochter leiden.«

Was zum Teufel? Er sprach von diesem verdammten Programm. Was war so wichtig an Angel, dass die Männer in diesem Raum bereit waren zu sterben, um es zum Laufen zu bringen? Und was hatte der in Ungnade gefallene ehemalige Direktor der CIA mit einem Spionageabwehrprogramm der NSA zu tun?

»Tu es nicht, Dad. Sie werden uns so oder so töten.«

»Erin. Hör mir zu, mein Schatz. Du wirst das durchstehen. Ich hole dich bald da raus.«

»Töte mich einfach!«, schrie Erin und spuckte den Mann neben sich an. »Na los. Dad, du darfst nichts unterschreiben. Ohne Colin gehe ich nirgendwo hin.«

Ich rüttelte an den Ketten und versuchte, den Knebel in meinem Mund auszuspucken. Erin durfte diese Männer nicht in Rage bringen. Dies waren keine Agenten vom Secret Service, die sie herumschubsen konnte, bis sie irgendwann einlenkten. Diese Männer würden ihr ohne Gewissensbisse die Kehle aufschlitzen. Für sie war Erin nur ein Mittel zum Zweck. Nichts weiter.

»In weniger als vierundzwanzig Stunden haben Sie meine Unterschrift. Wenn Sie meiner Tochter auch nur ein Haar krümmen, werde ich, wenn nötig, das ganze Land niederbrennen, bis ich Sie gefunden habe«, sagte der Präsident voller Zorn.

Dann wurde die Verbindung unterbrochen und Warren klappte den Laptop zu.

»Das war doch gar nicht so schwer, oder?«

»Verpiss dich!«

»So ein schmutziges Mundwerk. Was würde deine Mutter dazu sagen?«

»Meine Mutter wäre stolz auf mich. Sie hat mir beigebracht, niemals einem Tyrannen nachzugeben.«

Warren band ihre Hände los und zog sie auf die Füße, um ihr direkt in die Augen zu blicken. »Du hältst mich also für einen Tyrannen? Prinzessin, ich bin dein schlimmster Albtraum. Und wenn du nicht artig bist, werde ich dich Stück für Stück aufschlitzen, während Colin da drüben zusehen muss. Willst du das etwa? Bevor er stirbt, wird sein letzter Anblick der verstümmelte Körper der Frau sein, die er zu beschützen geschworen hat. Denn das kann ich durchaus arrangieren. Er weiß, dass er versagt hat und sterben wird. Aber er hofft, dass du das hier lebend überstehst, damit er einen ehrenvollen Tod sterben kann.«

Erin sah mich an und zuckte bei meinem Anblick zusammen. Ich flehte sie mit jeder Faser meiner Seele an, diese Männer nicht noch weiter zu provozieren. Ich brauchte nur etwas Zeit, um eine Möglichkeit zu finden, uns aus diesem Schlamassel zu befreien. Aber diese Zeit würde ich nicht haben, wenn sie sich weiter gegen unsere Entführer auflehnte.

»Also schön.«

Gott sei Dank!

»Lass uns gehen, Prinzessin. Ich zeige dir jetzt deine Unterkunft.«

Erin hielt meinen Blick fest, während Warren sie aus dem Raum zerrte. Ich war zwar nicht glücklich darüber, dass sie nun nicht mehr in Sichtweite war, aber ich war froh, dass sie nicht mit ansehen musste, wie ich verprügelt wurde. Denn das würde mit Sicherheit passieren. Kaum war die Tür hinter ihr zugefallen, schlugen die Typen auf mich ein. Ich versuchte, meine Schreie zu unterdrücken, damit sie nicht hörte, welche Schmerzen ich erlitt. Sie hatte schon genug Angst. Ich würde alles tun, um sie nicht noch mehr in Panik zu versetzen. Für sie würde ich alles ertragen.

KAPITEL FÜNFZEHN

Ich saß nun schon eine ganze Weile in diesem Raum fest. Die Kerle hatten mir befohlen, mich zu setzen und den Mund zu halten. Ich befolgte ihre Anweisungen nur, weil ich Colins Gesichtsausdruck gesehen hatte. Er hatte nichts sagen müssen, um mir verständlich zu machen, dass ich kooperieren sollte. Es kostete mich einige Überwindung, die Männer nicht weiter zu provozieren, denn mir wäre es lieber gewesen, dass sie mich auf der Stelle erschießen. Ich versuchte, stark zu bleiben, aber die Panik gewann langsam die Oberhand. Mein schlimmster Albtraum war wahr geworden. Und nicht nur das, ich hatte eine Heidenangst, dass sie Colin töten würden. Ich hatte dem Mann geglaubt, dass er mich vor Colins Augen aufschlitzen würde, bevor er ihn umbringen würde. Das konnte ich ihm nicht antun.

Ich saß auf dem Betonboden und hoffte auf einen schnellen Tod, als die Tür aufgerissen wurde und zwei Männer Colin hereinschleppten. Sie hatten ihn grün und blau geschlagen. Ich wollte aufstehen, hielt aber inne, als einer der Männer mir befahl, mich nicht zu bewegen.

»Hier.« Ein dritter Mann stellte einen Eimer auf den Boden und warf eine Handvoll Lumpen daneben.

Nachdem sie die Handschellen um Colins Handgelenke an einer Kette befestigt hatten, verließen die Männer den Raum. Ich kroch zu ihm hinüber.

»Colin? Kannst du mich hören?«, flüsterte ich.

Ich war so dankbar, als ich ein leises Grunzen hörte.

»Es tut mir so leid.« Ich wusste nicht, wofür ich mich entschuldigte, aber ich hatte keine Ahnung, was ich sonst hätte sagen sollen.

Ich tauchte einen Lappen in den Wassereimer und begann, ihm das Blut vom Gesicht zu wischen. Es war so viel, dass ich den Lappen nach jedem Durchgang auswaschen musste. Ich brauchte mehrere Versuche, um herauszufinden, woher das ganze Blut kam. Ich drückte auf die größte Wunde und versuchte, die Blutung zu stoppen. Sein Stöhnen ließ mich zusammenzucken. Es fiel mir schwer, sein zerschlagenes Gesicht anzusehen. Ich wagte nicht einmal, sein Hemd anzuheben, aus Angst, welche Wunden ich darunter finden würde. Der Anblick wäre mehr, als ich ertragen könnte.

Ich spürte seine Hand auf meiner, als er die Augen zu winzigen Schlitzen öffnete. »Du hältst dich großartig.«

»Nein, das stimmt nicht.«

»Doch, es ist wahr. Ich weiß, wie schwer das alles ist. Ich bin stolz auf dich.«

»Schhh. Sag lieber nichts. Du musst dich ausruhen.«

Er schloss die Augen und ich wusch den blutgetränkten Lappen wieder aus. Wir befanden uns in einer ausweglosen Situation. Da Colin schwer verletzt war, hatte ich keine Chance gegen diese Männer. Für eine Weile herrschte Schweigen und ich glaubte schon, Colin sei eingeschlafen oder ohnmächtig. Erschrocken zuckte ich zusammen, als er plötzlich die Stille durchbrach.

»Du musst mir etwas versprechen«, krächzte er.

»Was denn?«

»Egal was mit mir passiert, du musst ruhig bleiben.«

»Ich kann doch nicht …«

»Doch, du kannst. Jemand wird dich hier rausholen, und ich will, dass du gesund und unverletzt bist, wenn derjenige kommt.«

»Ich werde nicht zulassen, dass sie dir das noch einmal antun.«

»Mach dir keine Sorgen um mich. Versprich es mir. Im Moment haben Warren und seine Männer keine Ahnung, wie viel du mir bedeutest. Wenn sie es wüssten, würden sie es ausnutzen. Ich will sie in dem Glauben lassen, dass ich nicht mehr als ein Leibwächter für dich bin. Wenn ich eine Möglichkeit sehe, dich vor ihnen zu schützen, werde ich zuschlagen. Aber falls es dazu kommt, musst du dich ducken und aus dem Weg gehen. Und, Erin, spiele nicht die Heldin oder versuche zu helfen. Wenn dein Vater ein Team schickt, um dich zu retten, dann geh in Deckung und lass die Männer ihre Arbeit machen. Halte dich zurück.«

Ich verstand, was er sagte, aber ich würde nicht stillschweigend mit ansehen können, wie er vor meinen Augen gefoltert wurde. Unmöglich. Ich kannte mich viel zu gut, um zu wissen, dass ich den Mund nicht halten würde. Ich stand auch so schon am Rande eines Zusammenbruchs. Wenn ich sehen müsste, wie sie Colin zu Tode prügelten, würde ich versuchen, sie aufzuhalten.

Doch das sagte ich ihm nicht, sondern gab ihm die Antwort, die er hören wollte.

»Okay.«

»Ich meine es ernst. Ich muss wissen, dass du das hier überstehst, selbst wenn ich es nicht überlebe. Es ist mein letzter Wunsch, Erin.«

Sein letzter Wunsch. Vor Verzweiflung hätte ich am liebsten laut geschrien. Es war so ungerecht. Er durfte nicht sterben. Wir hatten einander doch gerade erst gefunden.

»In Ordnung. Aber du wirst nicht sterben, Colin.«

»Das hoffe ich auch, Sonnenschein. Wenn sie uns das nächste Mal holen, bleibst du ruhig. Ich werde einen Weg finden, uns zu befreien.«

Das konnte ich tun.

»Okay.« Ich führte meine Lippen an sein Ohr und flüsterte: »Ich liebe dich.«

»Ich dich auch, Erin. So sehr.«

Ich hob vorsichtig sein Hemd an und entblößte seinen Oberkörper, der mit roten Striemen übersät war.

»Es sieht sicher schlimmer aus, als es ist.« Das bezweifelte ich sehr, aber ich behielt den Gedanken für mich. »Hast du gesehen, wie wir hierhergekommen sind? Weißt du, wo wir sind?«

»Nein. Du hast das Bewusstsein verloren, und als sie dich von mir heruntergezogen haben, hat einer der Kerle mir eine Nadel in den Arm gejagt. Als ich aufwachte, war ich im anderen Raum an einen Stuhl gefesselt und deine Hände waren mit Ketten über deinem Kopf fixiert. Dieser Mann befahl mir, meinem Vater zu sagen, dass er ein paar Dokumente unterschreiben soll. Dann würde er mich freilassen. Weißt du, wer er ist?«

»Ja. Der ehemalige Direktor der CIA. Dein Vater hat ihn vor etwa einem Jahr gefeuert. Aber Zane hat schon seit Jahren Probleme mit ihm. Der Kerl ist ein verlogener Drecksack, aber ich hätte nie gedacht, dass er so weit gehen würde. Ich kann mir nicht erklären, wie er bei der NSA gelandet ist. Dein Vater hätte das auf keinen Fall zugelassen.«

»Was, wenn mein Vater nichts davon wusste?«

»Dein Vater weiß alles. Und ich meine alles.«

»Wäre es möglich, dass er als unabhängiger Vertragspartner für sie arbeitet? Würde mein Vater es dann wissen?«

Ich kannte mich mit staatlichen Aufträgen nicht sonderlich gut aus, aber ein Freund aus dem College arbeitete mittlerweile für eine Computerfirma, die häufig für die Regierung tätig war.

»Da bin ich mir nicht sicher. Aber ich weiß, dass der Mann, der dich in diesen Raum gebracht hat, Charles Warren ist.«

»Hasst er Zane so sehr, dass er dich wirklich umbringen will?«

»Scheiße, ja.« Bei diesen unverblümten Worten zuckte ich zusammen. Vielleicht hatte er die ganze Zeit recht gehabt und es wäre besser gewesen, wenn ich nicht alles gewusst hätte. Die Wahrheit war viel erschreckender. »Die gute Nachricht ist, dass Warren im Vergleich zu Zane Lewis wie ein flauschiges Kätzchen wirkt.«

»Ich bin mir nicht sicher, ob ich mich dadurch besser fühle«, gab ich zu.

»Das solltest du aber, denn es bedeutet, dass uns niemand hier drin verrotten lassen wird.«

»In Ordnung.«

»Danke, dass du dich um mich kümmerst, Sonnen-schein«, presste Colin hervor.

»Es tut mir leid, dass du so schwer verletzt bist.«

Selbst in meinen Ohren klangen meine Worte lächer-lich, aber ich wusste nicht, was ich sonst hätte sagen sollen. Meine Furcht wuchs stetig. Ich versuchte, die tapfere, starke Frau zu sein, für die Colin mich hielt. Ich wollte ihm beweisen, dass er allen Grund hatte, stolz auf mich zu sein. Aber mein Mut sank von Sekunde zu Sekunde. Ihn so blutüberströmt vor mir liegen zu sehen machte mir mehr Angst als die Männer vor der Tür. Ich wollte gar nicht daran denken, was sie mir antun könnten, wenn sie einen großen, starken Krieger so verletzen konnten.

»Das hier ist ein Kinderspiel. Glaub mir, ich habe schon Schlimmeres erlebt.«

»Dadurch fühle ich mich nicht unbedingt besser«, schnaubte ich.

»Küss mich«, bat Colin.

»Ich will dir nicht wehtun.«

»Küss mich!«, wiederholte er.

»Also gut.«

Ich beugte mich vor und drückte ihm so sanft wie möglich einen Kuss auf seine aufgeplatzten Lippen. Es war mir egal, ob ich Blut schmeckte, ich wollte ihn spüren. Nur seine Liebe half mir, diese Situation zu ertragen.

»Du schmeckst nach Sonnenschein und einer frischen Sommerbrise.«

»Nennst du mich deshalb Sonnenschein?«

Ich hatte ihn nie nach einer Erklärung für den albernen Spitznamen gefragt.

»Nein. Ich nenne dich so, weil du die Sonne in meinem sonst so dunklen Leben bist.«

Dies war nicht der richtige Zeitpunkt, doch falls wir lebend hier herauskamen, würde ich ihn fragen, warum er sein Leben als dunkel betrachtete. In meinen Augen war es das nicht. Er war ein guter Mann mit einem großen Herzen.

»Was passiert jetzt?«

»Wir warten.«

»Okay.«

Warten war das Letzte, was ich tun wollte, aber wir hatten wohl keine andere Wahl.

* * *

Ich schreckte aus dem Schlaf, als ich einen lauten Knall hörte. Jemand hatte die Tür aufgestoßen und sie war gegen die Trockenbauwand geknallt. Ich konnte nicht glauben, dass ich eingenickt war.

»Die Zeit ist um, Prinzessin. Mal sehen, ob Daddy die Papiere unterschrieben hat.«

»Die Zeit ist um? Sind schon vierundzwanzig Stunden vergangen?«

Colin zuckte mit dem Arm, um mich daran zu erinnern, dass ich den Mund halten sollte.

»Nein. Ich wusste, es würde nur ein paar Stunden dauern. Aber er wird die Dokumente dem Kurier erst aushändigen, nachdem er dein Gesicht noch einmal gesehen hat. Steh auf.«

Scheiße! Ohne Colin wollte ich nirgendwo hingehen, aber ich wollte auch keine Aufmerksamkeit auf ihn lenken.

»In Ordnung.« Ich stand auf wackeligen Beinen auf und versuchte, mich zu orientieren.

»Du auch, Arschloch. Das wird ein Spaß.«

Colin stöhnte, machte aber keine Anstalten, Folge zu leisten. Er war verletzt, aber bevor ich eingeschlafen war, hatte er noch sprechen können.

»Hebt ihn hoch«, befahl der Mann, der offensichtlich Warren war, den beiden Männern, die hinter ihm durch die Tür kamen.

Ja, das musste Warren sein. Er packte mich nicht besonders sanft am Arm und festigte seinen Griff, sodass ich gezwungen war, mich auf die Zehenspitzen zu erheben. »Du wirst doch ein braves Mädchen sein, nicht wahr? Setze dich einfach vor die Kamera und lächle für Daddy. Aber ich warne dich, ein falsches Wort, und Colin wird dich bluten sehen.«

»Ja. Ich werde still sein.« Ich sprach die Worte zwar laut aus, aber innerlich schrie ich ihn an, dass er sich verpissen solle, und wünschte ihm einen langsamen Tod. Das rückgratlose Arschloch hatte seine schwarze Maske immer noch nicht abgenommen.

Seine beiden Lakaien zogen Colin auf die Füße, nachdem sie seine immer noch gefesselten Hände von der Kette an der Wand gelöst hatten. Kurz darauf saßen wir wieder in dem hell erleuchteten Raum, in dem sich auch der Computer befand, und ich konnte die blauen Flecke auf Colins Gesicht sehen. Ich presste die Lippen zusammen und tat mein Bestes, um die Tränen zu unterdrücken. Er hatte recht. Wenn sie wüssten, wie sehr ich ihn liebte, würden sie ihn noch brutaler zusammenschlagen. Ich musste ruhig bleiben, um seinetwillen.

Diesmal war ich nicht an den Stuhl gefesselt. Warren

drückte mich einfach auf den Sitz und klappte den Laptop auf. Ich warf einen Blick über die Schulter und sah, wie Colins Hände über seinem Kopf gefesselt wurden. Er hatte die Augen fast geschlossen und schien äußerst gefügig. War es möglich, dass er schwerer verletzt war, als ich gedacht hatte? Ich versuchte, mir einen Plan zurechtzulegen, um Colins Freilassung auszuhandeln, doch ich hatte ihm versprochen, dass ich unser Geheimnis nicht preisgeben würde. Wenn ich jetzt um sein Leben bettelte, würde ich alles nur noch schlimmer machen. Colin hatte gesagt, dass unser Entführer der ehemalige Direktor der CIA war. Der Mann war also nicht dumm. Um Colin nicht zu gefährden, schwieg ich und starrte wie ein Feigling auf den schwarzen Bildschirm. Ich wusste nicht, wie viel ich noch würde ertragen können. Wie weit würden sich mich noch treiben können, bevor ich zerbrach und sie anflehte, Colin nicht noch mehr wehzutun?

»Du musst nichts sagen. Bleib einfach hier sitzen und halte den Mund. Sobald dein Vater die Dokumente ausgehändigt hat, kannst du gehen«, teilte Warren mir mit.

Ich nickte schweigend, hasste ihn aus tiefstem Herzen und wünschte mir, er möge in der Hölle verrotten. Niemals hätte ich es für möglich gehalten, ein Leben zu nehmen, doch nun wusste ich, dass ich diesen Scheißkerl töten würde, wenn ich die Gelegenheit dazu hätte. Der Abscheu, den ich für ihn empfand, überwog bei Weitem meine moralischen Werte. Plötzlich verstand ich, wie und warum Colin in der Lage war, seinen Beruf auszuüben. Wie einfach wäre es doch, einen so abscheulichen Mann wie Warren zur Strecke zu bringen, ohne dabei einen Funken Reue zu empfinden.

Warren trat beiseite und ein anderer in Schwarz

gekleideter Mann drückte ein paar Tasten am Computer. Sobald die Kamera eingeschaltet war, richtete er sich auf und blieb neben mir stehen.

Das zornige Gesicht meines Vaters erschien auf dem Bildschirm. Ich war fassungslos. So wütend hatte ich ihn noch nie gesehen. Es kam mir vor, als hätte ich ihn seit Jahren nicht gesehen. Plötzlich überkam mich der unbändige Drang, ihm zu sagen, wie leid mir mein Verhalten in letzter Zeit tat. Ich hatte mich so oft mit ihm gestritten, weil ich mich gegen seine übertriebene Fürsorge gewehrt hatte. Offensichtlich hatte er einen guten Grund, sich Sorgen zu machen.

»Wo ist die Zulassung für die Reaktivierung?«, fragte der Mann neben mir.

Mein Vater hielt ein Papier in die Höhe, auf dem das Siegel des Präsidenten deutlich zu sehen war. Am unteren Rand prangte seine Unterschrift, aber ich konnte den Inhalt des Dokuments nicht erkennen. Die ganze Zeit über starrte er mich an. Er blickte weder über meine Schulter zu der Stelle, an der Colin hinter mir angekettet war, noch zu den beiden anderen schwarz gekleideten Männern im Raum. Mit versteinerter Miene und kaltem Blick fixierte er mich. Ich erkannte ihn nicht wieder. Er hatte nichts gemein mit dem Mann, der mich abends zugedeckt und mir Geschichten vorgelesen hatte, der mir das Fahrradfahren beigebracht und mich im Arm gehalten hatte, wenn ich gestürzt war. Der Mann vor mir war ein Fremder.

»Erin, ich möchte, dass du auf die Knie gehst und betest, dass Gott mir für meine Taten vergibt.«

Wie bitte? Mein Vater war kein religiöser Mensch. Er

glaubte an eine höhere Macht und war spirituell, aber er hatte noch nie von mir verlangt, dass ich bete.

»Das mache ich, Daddy.« Ich konnte meine Tränen nicht länger zurückhalten. Obwohl ich hätte schweigen sollen, brachen die Worte aus mir heraus. »Es tut mir so leid.«

»Es muss dir nicht leidtun, mein Schatz. Tu einfach, was ich sage, und knie nieder, um zu beten.«

»Jetzt reicht es aber mit dem religiösen Gefasel!«, rief der Mann neben mir. »Wir haben es kapiert. Ihre scheinheilige Seele hat einen Fleck abbekommen. Wir werden Sie in einer Stunde anrufen und Ihnen mitteilen, wo Sie Ihre Tochter abholen können.«

Er knallte den Deckel des Laptops zu, riss ihn an sich und schmetterte ihn auf den Zementboden. Die Computerteile spritzten durch den Raum. »Wie lange dauert es, bis das Programm läuft?«, fragte der Mann Warren.

»Es ist alles vorbereitet. Innerhalb weniger Minuten sollte der SAP-Befehl die NSA erreicht haben. Angel wird schon bald wieder online sein.«

»Gut. Mein Team wird das Mädchen an den Übergabeort bringen und du kannst dich hier um deine Angelegenheiten kümmern. Wir sind jetzt quitt, Warren. Keine Gefallen mehr.«

»Gefallen? So nennst du das also? Ich habe getan, wozu dein Chef zu feige war. Tom Anderson hat zwei Schwachpunkte. Seine Frau und seine hübsche kleine Tochter. Er hätte niemals nachgegeben, wenn er irgendwelche albernen Bilder und eine handgeschriebene Drohung erhalten hätte. Weißt du, wie viele Drohungen täglich im Weißen Haus eingehen? Hunderte. Niemand nimmt sie ernst. Beim FBI kursieren Abertausende Fotos von Erin und Clarissa Anderson. Jeder Verrückte, der ein Handy hat, macht ein Foto von einem der beiden und droht mit den verrücktesten Dingen. Das war kein Gefallen. Dein Chef schuldet mir etwas. Und die Tatsache, dass ich einen von Zanes Agenten ausschalte, ist ein Bonus. Ein Arschloch weniger, das dich jagen wird. Ich bleibe in Kontakt und erwarte eine Entschädigung.«

Ich hoffte, dass Colin bei Bewusstsein war und Warrens Worte gehört hatte. Vielleicht konnte er sich einen Reim darauf machen. Als Warren erwähnte, dass es Tausende von Drohungen gegen meine Mutter und mich gegeben hatte, wurde ich nachdenklich. Das hatte mir niemand gesagt. Ich war nicht so dumm zu glauben, dass Politiker und ihre Familien nie bedroht würden, aber niemand hatte mir von den Fotos erzählt, die offenbar täglich von mir geschossen wurden. Wusste meine Mutter davon? Oder mein Vater? Oder gehörte das zu den Dingen, um die seine *Leute* sich kümmerten, damit er sich darauf konzentrieren konnte, das Land zu regieren? Was zum Teufel?

Warren und der andere Mann stritten miteinander, als eine Bewegung von Colin meine Aufmerksamkeit erregte. Er hielt sich an der Kette fest, mit der seine Arme über dem Kopf gefesselt waren. Ich war mir ziemlich sicher, dass er seine Hände vor Kurzem noch locker hatte baumeln lassen. Er hatte die Augen einen Spalt geöffnet und beobachtete aufmerksam die drei Männer im Raum. Warren und ein Mann standen neben mir, während der dritte ganz in Colins Nähe war.

Plötzlich bebte der ganze Raum so heftig, dass einige Deckenplatten herunterfielen. Kämpfen, fliehen oder erstarren. Diese Worte hatte ich schon einmal gehört, aber ich war noch nie in einer Situation gewesen, in der ich mich für eine dieser Optionen entscheiden musste. Wie erstarrt stand ich da und beobachtete fasziniert, wie Colin seine Beine anhob und sie um den Hals des Mannes neben sich schlang. Mit einem Ruck seiner Oberschenkel brach das Genick des Mannes mit einem hörbaren Knacken. Die beiden anderen Männer stürzten sich auf Colin, und ich erinnerte mich an die Bitte meines Vaters, auf die Knie zu fallen und zu beten. Mit einem Mal ergaben seine Worte einen Sinn. Er hatte gewusst, dass Hilfe eingetroffen war.

Ich kroch unter den Tisch und harrte dort aus, aber als niemand durch die Tür stürmte und Colins Knurren immer lauter wurde, konnte ich nicht ruhig dort sitzen bleiben. Ich suchte auf dem Boden nach etwas, das ich als Waffe benutzen konnte. Ein Stück des Laptopgehäuses lag in Reichweite. Ich hob es auf und sprintete, ohne nachzudenken, auf den Mann zu, der nun eine Waffe auf Colin richtete. Der Mann drehte sich um, aber bevor er etwas tun konnte, rammte ich ihm den Plastikspieß so fest ich konnte seitlich in den Hals. Er taumelte und riss mich mit sich zu Boden. Dabei schlug mein Kopf so hart auf den Beton, dass er abprallte. Ich versuchte aufzustehen, um nach der Waffe zu greifen, konnte mich aber vor Schwindel nicht bewegen.

Mit einem Brüllen, das der Explosion in Abes Hütte in nichts nachstand, riss Colin die Kette von dem Haken in der Wand und legte sie Warren um den Hals.

»Ich habe dir gesagt, dass ich dich umbringe, du Wichser«, schrie er.

Warren wehrte sich und trat nach Colin, aber dieser zog die Ketter immer fester zu.

»Wir sehen uns in der Hölle.«

Colin machte einen Satz zurück, wobei er Warren von den Füßen riss. Ein grausiges Knacken hallte durch den Raum, dann erschlaffte Warren und Colin ließ ihn kurzerhand auf den Boden fallen. Die Tür wurde aufgestoßen und zwei Schüsse ertönten. Ich drehte mich um und sah gerade noch, wie der Mann, den ich niedergestochen hatte, die Waffe fallen ließ, die er auf mich gerichtet hatte.

Mit gefesselten Händen und einer Kette im Schlepptau kam Colin auf mich zu.

»Sauber!«, rief jemand.

Da Colin von den Neuankömmlingen nicht sonderlich beeindruckt schien, blieb ich am Boden liegen. Ich war ohnehin noch viel zu benommen, um mich zu bewegen, und das Klingeln in meinen Ohren machte es mir fast unmöglich aufzustehen. Er trat an meine Seite und streckte die Hände von sich.

»Nehmt mir diese verdammten Dinger ab«, knurrte Colin.

Kaum hatte einer der schwarz gekleideten Männer die Handschellen gelöst, ging er neben mir in die Hocke. Dann hob er mich mühelos hoch, als sei er in den letzten Stunden nicht zweimal heftig verprügelt worden.

Er senkte den Kopf und unsere Blicke trafen sich. »Ist es vorbei?«

»Ja, Sonnenschein, es ist vorbei.«

Vor Erleichterung zitterte ich am ganzen Leib. Ich vergrub mein Gesicht an seiner Brust und schluchzte, als ich von meinen Emotionen übermannt wurde. Er war am Leben. Wir hatten beide überlebt.

Es war vorbei.

KAPITEL SECHZEHN

»Sechs Feinde ausgeschaltet«, meldete Brooks, als er den Raum betrat. »Wie viele hast du gezählt?«

»Ich habe nur vier gesehen. Warren und drei andere«, antwortete ich.

»Warren? Charles-Arschloch-Warren? Dieses Stück Scheiße?«, fragte Declan.

»Genau der.«

Ich hielt die zitternde Erin in meinen Armen und sah zu, wie Declan den Männern im Raum die Masken vom Gesicht riss. Den Kerl, den Erin niedergestochen hatte, kannte ich nicht, aber der andere Mann war mir vertraut. Vor Jahren hatten wir mit ihm zusammen an einem Auftrag von der CIA gearbeitet. Einige Zeit später hatte er die Behörde verlassen und sich angeblich als Söldner verdingt. Offenbar war Warren mit seinem ehemaligen Agenten in Kontakt geblieben. Nicht gut.

»Alles sauber«, verkündete Max, als er zu uns stieß. »Das Team wartet draußen. Der Hubschrauber ist da.«

»Wo zum Teufel sind wir?«

»Im Joshua Tree National Park. Etwa zweihundert-sechzig Kilometer nordöstlich von San Diego.«

»Erin braucht einen Sanitäter.«

»Wir fliegen nach Twentynine Palms. Z und der Rest der Jungs warten dort auf uns. Voraussichtliche Ankunft in zehn Minuten«, informierte mich Dec.

Ich würdigte Charles Warrens Leiche keines weiteren Blickes. Meine Frau brauchte ärztliche Hilfe. Ich war tausend Tode gestorben, als ich gesehen hatte, wie Erin dem Drecksack in den Hals stach. Er hatte seine Waffe direkt auf ihre Brust gerichtet, und sie war nur Sekunden davon entfernt gewesen, erschossen zu werden. Wie durch ein Wunder konnte sie ihn überwältigen. Doch als ihr Kopf mit einem lauten Knall auf den Betonboden traf, glaubte ich schon, sie hätte sich den Schädel aufgeschla-gen. Glücklicherweise war das nicht der Fall, aber sie hatte zweifellos eine Gehirnerschütterung. Ich wusste nicht, ob sie die mutigste oder die dümmste Frau der Welt war. Sie hätte sterben können. Eigentlich hätte sie tot sein müssen, denn das Arschloch hatte freie Schussbahn. Aber ich wollte einem geschenkten Gaul nicht ins Maul schauen. Trotzdem würde ich mit ihr ein erstes Gespräch darüber führen müssen, dass sie von nun an Anweisungen befolgen und sich nie wieder in Gefahr begeben würde.

Ich folgte Declan durch ein Labyrinth aus Gängen und blinzelte, als das grelle Sonnenlicht auf mein Gesicht traf.

»Schließe die Augen, Erin«, sagte ich.

»Ich glaube, ich muss mich übergeben.«

»Dann tu dir keinen Zwang an.«

»Wie bitte?«, murmelte sie, wobei sie ihr Gesicht weiterhin an meinen Oberkörper gepresst hatte.

»Übergib dich ruhig.«

»Ich will dich nicht vollkotzen.«

»Und ich werde dich nicht absetzen. Wenn du dich also übergeben musst, dann tu es.«

Ich ging weiter. Mit jedem Schritt protestierten meine gebrochenen Rippen vor Schmerzen, während ich Erins Körper dicht an mich drückte. Thad drehte sich zu mir um und wollte gerade etwas sagen, als er sah, wie ich zusammenzuckte. »Soll ich sie dir abnehmen?«

»Nein.«

»Wenn du dir mit einer Rippe die Lunge verletzt …«

»Dann kann der Arzt mich zusammenflicken. Sie bleibt bei mir.«

»Verstanden.«

Er lief vor uns her und kletterte in den Hubschrauber. Declan und Max halfen mir in die Kabine. Sobald ich in der Maschine war, wäre ich fast in meinem Sitz zusammengebrochen.

Jeder verdammte Knochen in meinem Oberkörper fühlte sich an, als sei er entweder gebrochen oder geprellt. Der Schmerz strahlte überall hin. Ich versuchte, mein Stöhnen durch Husten zu überspielen, aber auch das tat weh.

»Ich kann mich woanders hinsetzen«, bot Erin an.

»Nein, Sonnenschein.«

»Aber ich tue dir weh.«

»Nein«, wiederholte ich.

»Aber …«

»Erin, ich muss dich in meinen Armen spüren, ganz gleich wie schmerzhaft es ist. Ich will dich in meiner Nähe haben, denn ich muss mich vergewissern, dass du lebst. Bitte, nimm mir das nicht weg.«

Der Schmerz war nichts im Vergleich zu der Erleichterung, die ich verspürte.

»In Ordnung.« Sie kuschelte sich wieder an mich und schlang ihre Arme um mich.

»Weißt du«, begann Kyle, »wir hatten schon gewettet, ob das eine Rettungsmission sein würde oder ob wir den Tatort würden reinigen müssen. Ich hatte auf Letzteres getippt. Es ist wirklich schön, dich zu sehen, Bruder.«

»Verdammt, es ist auch schön, euch zu sehen, Mann. Ich dachte, wir hätten noch ein paar Stunden Zeit, bevor ihr eintrefft.«

Nachdem die Jungs ihre Masken abgenommen hatten, konnte ich die Sorge in ihren Gesichtern erkennen. Ich hatte noch nie mit Thad, Max, Kyle oder Brooks gearbeitet, aber wir hatten zuvor schon mit dem Gold Team trainiert. Sie waren eine gute Truppe. Offenbar passte Declan perfekt zu ihnen.

»Wir hielten uns schon in San Diego in Bereitschaft. Irgendwas schien seltsam. Greenwold hatte sich viel zu leicht erwischen lassen«, erklärte Declan. Ich war gespannt, die ganze Geschichte zu hören, aber im Moment tat mir alles weh und ich konnte mich nicht auf seine Worte konzentrieren. Ich wollte nur Erin in meinen Armen halten.

Gott sei Dank war sie am Leben.

* * *

Zu meinem Verdruss wurden Erin und ich gleich nach der Landung im Twentynine Palms Air Ground Combat Center des Marine Corps getrennt. Die Jungs vom Siebenten Marineregiment machten keine halben Sachen. Sie empfingen uns mit gezogenen automatischen Waffen auf dem Dach des Robert E. Bush Naval Hospitals und eskortierten uns ins Gebäude. Declan versprach, dass er und sein Team nicht von Erins Seite weichen würden, als sie auf einer Trage weggeschoben wurde.

Ich war fest entschlossen, allein in den Untersuchungsraum zu gehen, und drohte dem Pfleger, ihm den Rollstuhl in den Arsch zu schieben, wenn er noch einmal versuchen würde, mich hineinzusetzen. Ich wollte nicht den harten Kerl spielen, aber das Sitzen tat verdammt weh, auch wenn ich es nicht zugeben wollte. Ich wollte nur, dass jemand mir den Brustkorb verband, damit ich wieder bei Erin sein konnte.

»Mein Gott, Mann. Sie wird nirgendwohin gehen«, sagte Leo, als wir auf den Arzt warteten. »Hör auf, wie ein unruhiges Tier auf und ab zu laufen.«

Mein Team hatte bereits im Krankenhaus auf uns gewartet. Zane war wütend und ich fragte mich, wie er reagieren würde, wenn ich ihm erzählte, wer hinter der Entführung steckte.

»Wirklich? Hast du deshalb wie ein Tier im Käfig darauf gelauert, jeden zu töten, der es wagte, sich Olivia zu nähern, als sie im Keller der Scheune lag und ärztlich versorgt wurde?«, erinnerte ich ihn.

»So liegen die Dinge also, hm?« Das Arschloch hatte die Frechheit zu lachen.

»Ja, genau so. Ich will nur einen verdammten Verband, damit ich mich selbst davon überzeugen kann, dass es ihr gut geht. Ist das wirklich zu viel verlangt?«

Noch bevor ich den Satz beendet hatte, wurde die Tür

geöffnet und Tom Anderson betrat mit finsterer Miene den Raum.

»Sag mir, dass du den Mistkerl zur Strecke gebracht hast, der meine Tochter geschlagen hat.«

»Das habe ich«, bestätigte ich.

»Ich will innerhalb der nächsten Stunde einen vollständigen Bericht.«

»Tut mir leid, Sir, aber der Bericht wird warten müssen.«

»Wie bitte?«

»Bei allem Respekt, Sir, sobald der verdammte Arzt mich zusammengeflickt hat, gehe ich zurück zu Erin. Der Bericht ist mir scheißegal. Sie alle müssen nur wissen, dass Warren tot ist und dass meine Frau verrückt vor Angst ist und mich braucht. Alles andere ist zweitrangig und kann warten.«

»Deine Frau?«, fragte er.

»Mr. President.« Mit einem Knurren erinnerte er mich daran, dass er die förmliche Anrede missbilligte, wenn wir unter uns waren. »Sir. Tom. Ich weiß, der Zeitpunkt ist denkbar ungünstig, aber ich muss Sie wissen lassen, dass ich Ihre Tochter heiraten werde.«

Das war zwar nicht die beste Art, einem Vater zu sagen, dass man seine Tochter heiraten wollte, aber ich hatte weder Zeit noch Lust herumzualbern.

»Ach wirklich?«, fragte er lachend. »Leo, könntest du uns eine Minute allein lassen?«

Mit einem Kopfschütteln und einem Lächeln verließ Leo den Raum.

»Willst du mich etwa um die Hand meiner Tochter bitten?«

»Nein, Sir, ich sage Ihnen nur, dass ich Ihre Tochter liebe und alles in meiner Macht Stehende tun werde, um für den Rest meines Lebens für sie zu sorgen. Ich werde sie zu meiner Frau machen. Und zwar schon bald.«

Der Präsident legte den Kopf in den Nacken und lachte schallend. »Ich verstehe. Zane hat mir bereits erzählt, dass deine Beziehung zu Erin sich verändert hat. Das überrascht mich jedoch nicht. Ich habe es schon in Washington gesehen, als du zum ersten Mal zu ihrem Schutz abgestellt wurdest. Ich wusste, dass ich mit meiner Vermutung richtiglag, denn du hast wie ein begossener Pudel ausgesehen, als sie dir das Leben schwer machte. Es gibt keinen Mann, den ich lieber an ihrer Seite hätte. Wenn sie Ja sagt, hast du unseren Segen.«

Ich starrte Tom schockiert an. Mir war gar nicht klar, wie sehr ich mir seine Zustimmung gewünscht hatte.

»Danke«, stammelte ich.

»Nein. Ich danke *dir* dafür, dass du sie beschützt hast.«

»Das hat sie ganz allein geschafft. Nichts für ungut, aber Ihre Tochter hat Schwierigkeiten, Anweisungen zu befolgen. Sie ist nicht in Deckung gegangen, wie wir beide ihr befohlen hatten. Stattdessen hat sie ihr Leben riskiert und ist wie ein wildes Tier auf einen Mann zugestürmt, der eine Waffe auf sie gerichtet hatte. Sie hat ihn schneller außer Gefecht gesetzt als so mancher trainierte Soldat.«

»Klingt ganz nach meiner Tochter.«

»Ich liebe sie«, platzte ich unnötigerweise heraus.

»Mehr kann sich ein Vater nicht wünschen.«

Die Tür wurde geöffnet und ein junger Arzt trat ein, der aussah, als käme er gerade von der Uni. Er warf einen

Blick auf den Präsidenten der Vereinigten Staaten und stammelte wie ein Groupie, das seinem Star gegenübersteht.

Allmächtiger Gott, was muss ich tun, um hier endlich medizinisch versorgt zu werden?

KAPITEL SIEBZEHN

»Was hat der Arzt gesagt?«, fragte Colin, als er an mein Krankenhausbett trat.

Es war fast eine Stunde vergangen, seit ich ihn zuletzt gesehen hatte, und nach seinen noch feuchten Haaren und seiner frischen Kleidung zu urteilen hatte er geduscht. Jetzt, da er sich das Blut abgewaschen hatte, waren die Blutergüsse in seinem Gesicht deutlich zu sehen.

»Ich habe eine Gehirnerschütterung.«

Ich hatte gehofft, dass er nicht weiter nachhaken würde, aber Colin wollte alle Fakten wissen.

»Wie schlimm?«

»Ziemlich schlimm. Erzähl mir von deinen Rippen«, erwiderte ich.

»Sie sind gebrochen.« Er ging nicht weiter darauf ein und wollte stattdessen mehr über meine Verletzung wissen. »Wie schlimm ist es, Erin? Wurde ein CT gemacht? Ein MRT?«

»Ja, ein CT wurde gemacht. Ich muss über Nacht hierbleiben. Morgen früh wird eine Kernspintomographie durchgeführt.«

»Wo ist der Arzt? Ich will mit ihm reden.«

»Colin, warte.« Ich hielt ihn auf, bevor er zur Tür gehen konnte. »Es geht mir gut.«

»Die Beule auf deiner Stirn, die Platzwunde über deinem Auge und die Gehirnerschütterung sagen etwas anderes.«

»Und ... wie geht es dir?«, fragte ich.

»Mir geht es gut«, erklärte er abwinkend.

»Sicher. Mit den gebrochenen Rippen und den blauen Augen geht es dir also gut. Aber weil ich eine Beule an meinem Kopf habe, bin ich sterbenskrank?«

»Das ist keine Beule, Erin. Ich habe gehört, wie dein Kopf auf dem Boden aufgeschlagen ist. Ich habe es *gehört*. Du warst so benommen, dass du dich nicht bewegen konntest. Baby, das ist keine Beule, sondern ein Schädelhirntrauma. Und wir dürfen nicht vergessen, was vorher passiert ist.«

»Glaub mir, Colin, ich habe es auf keinen Fall vergessen. Weder die Explosion noch die Schießerei noch die Männer, die sich aus dem Hubschrauber abgeseilt haben, noch dass du angeschossen und zu Brei geschlagen wurdest. Ich erinnere mich an alles. Und zwar ganz genau.«

Ich hatte ihn nicht so anfahren wollen, aber ich war nicht dumm. Nach allem, was wir durchgemacht hatten, wollte ich bestimmt nicht an einer Hirnverletzung sterben.

»Erin ...«, sagte er mit sanfter Stimme und legte eine Hand an meine Wange. »Es tut mir leid.«

»Nein, mir tut es leid. Ich hätte dich nicht so

anschnauzen sollen. Aber ich will jetzt nicht über meinen Schädel reden. Ich will einfach nur, dass du bei mir bleibst.«

Das Scharren des Stuhls auf dem Linoleumboden ließ mich zusammenzucken. Obwohl ich hoffte, dass Colin es nicht bemerken würde, war es ihm natürlich nicht entgangen. Er hob den Stuhl hoch und trug ihn zum Bett. Mit verkniffener Miene setzte er sich zu mir.

»Ich gehe nirgendwo hin.« Er legte seine warmen Hände um meine und untersuchte den Verband. »Was ist hier passiert?«

»Ich glaube, ich habe mir mit dem Stück Plastik in die Handfläche geschnitten, als ich den Kerl … du weißt schon.« Er führte meine bandagierte Hand an seine Lippen und küsste sie sanft. »Die Wunde musste nicht genäht werden. Ein Pflaster hätte wahrscheinlich gereicht.«

»Willst du darüber reden?«

»Ja und nein. Scheiße, ich weiß nicht, was ich sagen soll. Wahrscheinlich will ich einfach damit abschließen. Ergibt das Sinn?«

»Natürlich. Wir können über alles reden, was du willst. So lange du willst.«

Ich versuchte, meine Gedanken zu sammeln. Aber je länger ich schwieg, desto schwerer fiel es mir, die Worte zu formulieren. Ich wollte alles auf einmal ausspucken und dann nie wieder darüber nachdenken müssen. Es war, als hätte ich einen Dämon in meinem Bauch, und je länger er dort saß, desto mehr Gift sickerte in meine Seele. Ich musste ihn austreiben, aber ich wusste nicht wie. Ich wusste nicht, ob es besser oder schlimmer werden würde, wenn ich darüber sprach.

Colin war nicht so sprachlos wie ich. »Ich hatte große Angst, als die erste Explosion das Haus erschütterte. Mir ging immer wieder durch den Kopf, dass wir ganz allein da draußen waren und keine Verstärkung hatten. Wenn mir etwas passiert wäre, wärst du auf dich allein gestellt gewesen.« Er begegnete meinem Blick. »Der Gedanke war unerträglich. Aber für mich war es noch schlimmer zu wissen, wie viel Angst du im Falle einer Entführung haben würdest. Bevor ich das Bewusstsein verlor, konnte ich nur daran denken, dass ich den einzigen Menschen im Stich gelassen hatte, den ich um jeden Preis hatte beschützen wollen.«

»Du hast mich nicht im Stich gelassen, sondern hast dich auf mich geworfen und mit deinem Körper abgeschirmt. Du warst bereit, für mich zu sterben. Ich dachte, du … Ich dachte, du seist tot«, stieß ich mit erstickter Stimme hervor. Als er über mir zusammengesunken war, hatte ich wirklich geglaubt, er hätte das Zeitliche gesegnet. Während ich unter ihm lag, wünschte ich mir nur, ihm in die ewigen Jagdgründe folgen zu können. Der Gedanke, mit dem Wissen leben zu müssen, dass Colin meinetwegen gestorben war, war unerträglich. »Dann bin ich in diesem Zimmer aufgewacht und du warst an die Decke gekettet. Ich dachte, sie hätten dich aufgehängt.«

»Haben sie dir wehgetan, während ich ohnmächtig war?«

»Nein. Ich versuchte, mich zu wehren, aber einer von ihnen hat mir eine Injektion verabreicht und ich verlor das Bewusstsein. Ich weiß nicht, wie ich mir die Wunde an der Stirn zugezogen habe, aber ich glaube nicht, dass sie mich geschlagen haben.«

»Es tut mir so verdammt leid, Erin«, sagte er mit

emotionsgeschwängerter Stimme, die mir einen Stich im Herzen versetzte.

»Wie haben sie uns gefunden?«

»Ich hatte noch keine Gelegenheit, mit meinem Team darüber zu sprechen. Zuerst habe ich ewig auf den Arzt gewartet. Nachdem er mich endlich untersucht hatte, habe ich geduscht und mir von einer Krankenschwester die Brust verbinden lassen. Dann bin ich direkt hierhergekommen. Alles andere kann warten«, berichtete er.

»Danke. Mein Vater war hier«, sagte ich.

»Ich habe auch mit ihm gesprochen. Wie war er, als er dich besuchte?«

Bisher hatte ich mich gut unter Kontrolle und hatte meine Tränen unterdrücken können, aber als ich mich an den Gesichtsausdruck meines Vaters erinnerte, verlor ich die Fassung.

»Er sah schrecklich aus. Ich habe ihn noch nie so wütend, traurig und entsetzt gesehen. Er hatte einen so gequälten Ausdruck im Gesicht, während er mich einfach nur anstarrte. Der Anblick tat so weh. Er sagte kaum ein Wort.«

»Du weißt, dass er nicht wütend auf dich ist, nicht wahr?«

»Er wirkte enttäuscht.«

»Das ist er. Von sich selbst. Von mir. Von den Männern, denen er glaubte vertrauen zu können. Er ist wütend auf die Welt und auf die Kerle, die es gewagt haben, dir wehzutun. Aber auf dich ist er weder wütend, noch ist er von dir enttäuscht.«

»Aber ...«

»Kein Aber. Er ist ein Mann, dessen Tochter entführt, bedroht und verletzt wurde. Jemand wird dafür bezahlen.

Und dieser Jemand muss weniger Angst vor Zane oder mir haben. Wenn dein Vater die Verantwortlichen gefunden hat, wird er ein Höllenfeuer auf sie herabregnen lassen, wie es diese Welt noch nie gesehen hat.«

»Ich dachte, die Männer, die uns entführt haben, seien tot. Dieser Warren …«

»Hey. Du bist in Sicherheit.« Colin stand auf und setzte sich neben mich aufs Bett, sodass ich ein Stück zur Seite rutschte. Er ergriff meine zitternden Hände und drückte sie fest.

»Aber wenn da noch mehr von ihnen …«

»Erin. Ich verspreche dir, du bist in Sicherheit.«

Ich glaubte ihm nicht. Es war noch nicht vorbei. Ich hatte geglaubt, das alles läge hinter uns, aber das tat es nicht. Und plötzlich war meine Angst größer als damals, als ich in dem Zimmer eingesperrt war und Colin blutend neben mir lag.

»Entschuldige die Störung, aber Tex wird gleich anrufen. Wir brauchen dich«, sagte Zane, als er in der Tür erschien.

»Dann müsst ihr hier hereinkommen«, antwortete Colin.

»Der Raum ist nicht gesichert«, erwiderte Zane.

»Dann braucht ihr mich nicht. Ich werde Erin nicht von der Seite weichen. Und bevor du fragst, es ist genau so, wie du denkst. Nichts wird mich dazu bringen, diesen Raum zu verlassen. Meine Frau hat Angst, und nichts und niemand wird mich davon abhalten können, sie zu trösten.«

»Mein Gott. Kann denn keiner von euch seinen …«

»Vorsicht, Z.«

»Ich wollte sagen, seine Gefühle im Zaum halten.«

Zane grinste, wobei seine Grübchen zum Vorschein kamen. Ich wusste, dass er log. Zweifellos hätte er etwas Unanständiges gesagt, wenn Colin ihn nicht unterbrochen hätte. »Und ich dachte schon, Jaxon und Leo seien verrückt. Aber du musstest dich ausgerechnet in die Tochter des Präsidenten verlieben. Bitte sag mir, dass du mit ihrem Vater gesprochen hast. Ich habe keine Lust, einen meiner besten Agenten zu verlieren.«

»Ja, ich habe mit ihm gesprochen. Er hat mir seinen Segen gegeben«, erklärte Colin.

»Sieh mal einer an«, erwiderte Zane.

Mir wurde schwindelig, als ich versuchte, der Unterhaltung der beiden zu folgen. »Wie bitte? Du hast mit meinem Vater gesprochen?«

»Ganz richtig.«

»Und du hast ihm von uns erzählt?«

»Allerdings. Ich habe ihm mitgeteilt, dass ich dich heiraten werde.«

»Mich heiraten?« Ich sog fast den ganzen Sauerstoff im Raum ein und atmete erst wieder aus, als alles um mich herum sich drehte.

Colin wandte sich Zane zu und fragte: »Kannst du uns eine Minute allein lassen?«

Zane verließ den Raum. Sobald die Tür hinter ihm ins Schloss gefallen war, drehte Colin sich wieder zu mir um, ergriff meine linke Hand und spielte mit meinem Ringfinger. »Ja, Sonnenschein, ich will dich heiraten. So hatte ich mir den Antrag zwar nicht vorgestellt, aber ich kann es kaum erwarten. Wenn ich wieder auf die Knie gehen kann, ohne Angst haben zu müssen, dass eine Rippe mir die Lunge durchbohrt, werde ich dich noch einmal um deine Hand bitten. Ich will dich zu meiner Frau machen und dich an meiner Seite haben. Ich brauche dich. Als ich glaubte, sterben zu müssen, galt mein letzter Gedanke dir. In diesem Augenblick bedauerte ich am meisten, dass ich nie die Gelegenheit hatte, dir zu sagen, wie sehr ich dich liebe. Wie sehr ich mir gewünscht habe, mehr Zeit mit dir verbringen zu können. Du hast mir den Glauben an die Liebe geschenkt, an die Art von Liebe, die tief in deiner Seele verankert ist und durch deine Adern fließt. Eine ewige Liebe. Ich bin kein einfacher Mensch, Sonnenschein, aber ich verspreche dir, dass ich alles in meiner Macht Stehende tun werde, um dich für den Rest deines Lebens glücklich zu machen. Ich werde dich nach besten Kräften unterstützen und hinter dir stehen. Ich werde dich trösten, mit dir feiern und mit dir trauern. Alles, was du willst. Ich brauche nur dich.«

Unwillkürlich entfuhr mir ein Kichern, das Colin sichtlich verblüffte. Aber ich konnte nichts dagegen tun, auch nicht, als Colin mich anstarrte, als seien mir drei Köpfe gewachsen. Glücklicherweise verebbte es schließlich, doch dann kullerten mir die Tränen über die Wangen, sodass ich immer noch nicht in der Lage war, ihm zu antworten. Ich befürchtete schon, er könnte seinen Antrag zurückziehen, wenn ich mich nicht bald wieder unter Kontrolle hätte.

»Ja«, schluchzte ich schließlich. »Es tut mir leid. Ich weiß nicht, ob ich vor Freude weinen oder lachen soll. Ich bin so verdammt glücklich, obwohl das nach den letzten Ereignissen eigentlich nicht möglich sein sollte. Meine Antwort ist ja. Ja! Ich will deine Frau werden. Ja, ich will dich an meiner Seite. Ein hundertprozentiges Ja. Aber ich möchte auch für dich da sein. Ich liebe dich, Colin. Ich glaube, ich habe mich in dem Moment in dich verliebt, in dem du das erste Mal ins Weiße Haus kamst und mir auf deine rechthaberische Art erklärt hast, dass du den Job meines persönlichen Leibwächters übernimmst.«

»Meine rechthaberische Art, hm?«, fragte Colin lächelnd.

»Nun, du hast doch gerade zugegeben, dass du kein einfacher Mensch bist.«

»Ich liebe dich, Sonnenschein.«

»Ich liebe dich, Colin. Was hat mein Vater gesagt?«

»Er hat mir seinen Segen gegeben. Er ist ein intelligenter Mann, Erin. Wenn ich es mir recht überlege, denke ich, dass er genau wusste, was er tat.«

»Was meinst du damit?«

»Er hätte dich überall auf der Welt verstecken können, aber er hat uns zusammen nach Texas geschickt. Ich glaube, er wusste, dass du mich irgendwann kleinkriegen würdest, wenn ich nur lange genug in deiner Nähe wäre.«

»Dich kleinkriegen?«

»Ja, du weißt schon, mich dazu bringen, deinem Charme zu verfallen«, neckte er.

»Colin!«

»Das war nur ein Scherz, Sonnenschein. Offenbar habe ich meine Gefühle nicht so gut verborgen, wie ich dachte.«

Ich wusste nicht, was ich erwidern sollte, also schwieg ich und war einfach nur glücklich. Ein Klopfen an der Tür unterbrach den innigen Moment. Kurz darauf betraten Zane, mein Vater und der Rest von Colins Team den Raum.

Ich wollte es nicht zugeben, aber ich war dankbar, dass Colin den Raum nicht verlassen wollte. Ich war noch nicht bereit, allein zu sein.

KAPITEL ACHTZEHN

»Gehackt?«, fragte ich Tex und starrte auf das Handy, das neben Erins Bett auf dem Tisch lag.

Der kleine Raum platzte aus allen Nähten, als Zane, Leo, Jaxon, Linc, der Präsident und Declan sich ebenfalls um das Telefon drängten.

»Ja«, antwortete Tex. »Ich habe die anderen gebeten, alle Peilsender loszuwerden.«

»So haben sie uns also gefunden. Durch Erins Schmuck«, murmelte ich. »Verdammte Scheiße! Wie ist das überhaupt möglich?«

»Ich bin gut – verdammt gut sogar«, begann Tex. »Wer auch immer in mein System eingedrungen ist, hat es nicht geschafft, meine Schutzmechanismen zu durchbrechen. Aber er hat meine Passwörter geknackt. Habt ihr eine Ahnung, wie schwer das ist? Es ist fast unmöglich. Der Mistkerl, der sich Zugang zu meinem Computer verschafft hat, hatte auf jeden Fall Hilfe.«

»Von der NSA zum Beispiel«, mutmaßte Jaxon.

»Richtig«, erwiderte Tex. Ich kannte ihn mittlerweile seit Jahren, aber ich hatte ihn noch nie so wütend erlebt.

»Hast du alles gesichert?« erkundigte Zane sich. »Was ist mit Beth?«

»Beth scheint nicht betroffen zu sein. Sie fliegt sozusagen unter dem Radar. Ich allerdings weniger. Wenn du mit gesichert meinst, dass ich die Passwörter geändert, die Verbindung umgeleitet und weitere Schutzmaßnahmen ergriffen habe, dann kann ich deine Frage mit ja beantworten. Wenn du wissen willst, ob nicht wieder jemand in das System eindringen kann, dann kann ich das leider nicht mit Sicherheit sagen.«

»Großartig.« Zane warf einen Blick an die Decke, bevor er fortfuhr: »Wie zum Teufel konnte das passieren?«

»Angel«, warf der Präsident ein.

»Sind Sie bereit, uns zu erklären, was das für ein Programm ist und warum die NSA so versessen darauf ist, es zum Laufen zu bringen? Ganz zu schweigen davon, dass wir immer noch herausfinden müssen, wie dieser Mistkerl Warren darin verwickelt ist.« Nur Zane Lewis konnte es sich erlauben, in diesem Ton mit dem Präsidenten der Vereinigten Staaten zu sprechen.

»Darüber kann ich hier nicht reden.«

»Und warum nicht?«, hakte Zane nach.

»Weil sie mithören.«

»Wie zum Teufel ist das möglich?«

»Habt ihr ein Handy im Raum?«, fragte der Präsident.

»Das wissen Sie doch ganz genau. Wir telefonieren gerade mit Tex.«

»So hören sie uns ab.«

Plötzlich herrschte Stille im Raum. Keiner von uns

glaubte an die Verschwörungstheorien über die Regierung, aber wir wussten alle, wie einfach es war, ein Handy als Abhörgerät zu benutzen. Es war zwar illegal, aber wir hatten uns die Methode selbst schon ein- oder zweimal zunutze gemacht. Nicht nur die NSA und die CIA verfügten über diese Möglichkeit. Allerdings durften sie die Technik nicht ohne eine richterliche Befugnis anwenden.

»Nun, da habt ihr es.« Zane schüttelte angewidert den Kopf. »Wir brechen in dreißig Minuten auf und setzen das Gespräch fort, wenn die Idioten von der NSA nicht mithören können. Und da ihr uns gerade belauscht: Ich werde euch jagen, und zwar euch alle. Euer Handlanger Warren hat für seine Vergehen mit dem Leben bezahlt. Niemand legt sich mit meinem Team an und kommt ungeschoren davon. Tex, wir melden uns wieder, sobald wir können.«

»Verstanden. Viel Glück!«

Zane drückte wütend auf das Display seines Handys, um das Gespräch zu beenden, und ließ es auf dem Tisch liegen.

»Wir sehen uns morgen«, sagte ich an Zane gewandt. Als er mit einem verwirrten Gesichtsausdruck die Augen zu dünnen Schlitzen zusammenkniff, fuhr ich fort: »Erin hat eine Gehirnerschütterung und muss morgen zum MRT.«

»Ich komme schon klar, Colin. Du solltest sie begleiten.«

»Auf keinen Fall.« Hatte sie den Verstand verloren? Ich würde sie auf keinen Fall mit einer schweren Kopfverletzung in Kalifornien zurücklassen.

»Aber …«

»Kein Aber, Sonnenschein. Ich habe dir gesagt, dass ich nicht von deiner Seite weichen werde.«

»Ich bin mir sicher, dass Gerald bei mir bleiben würde«, fuhr sie fort.

Ich setzte mich vorsichtig auf die Bettkante, um sie nicht aufzurütteln, und betrachtete die Platzwunde an ihrer Stirn. Gott sei Dank ging es ihr gut. Ich hätte tausend Schläge eingesteckt, wenn sie dadurch unversehrt geblieben wäre. Sie war wahrscheinlich die verrückteste, mutigste und zäheste Frau, die ich je getroffen hatte. Ich konnte immer noch nicht glauben, dass ihr leichtsinniger Plan, mich zu retten, funktioniert hatte. Es war der riskanteste Angriff, den ich je erlebt hatte, und das will schon etwas heißen.

»Offenbar hast du mich nicht richtig verstanden. Vor nicht allzu langer Zeit saßen wir noch gemütlich in einer Hütte, doch dann brach die Hölle los. Innerhalb von vierundzwanzig Stunden wurdest du von einem Sturmtrupp entführt, unter Drogen gesetzt und hättest beinahe einen Mann getötet. Wenn all diese Ereignisse wieder über dich hereinbrechen, dann werde ich da sein. Wenn jemand dich wegen deiner Gehirnerschütterung nachts regelmäßig wecken muss, dann werde ich das tun. Und wenn du dich der Kernspintomographie unterziehst, werde ich bei dir sein. Nichts ist wichtiger. Ich bin sicher, dass an einem Tag nichts Weltbewegendes passiert, das nicht warten kann.«

»Und wenn doch etwas passiert, Colin? Mein Vater hat dieses Dokument unterschrieben …«

»Sonnenschein, das war nur zum Schein. Und falls etwas passiert, wird jemand anderes sich darum kümmern. Ich bleibe bei dir.«

»Er hat recht, Erin. Ich habe nicht nachgedacht, als ich vorgeschlagen habe, noch heute abzureisen. Wenn Ivy in diesem Bett läge, würde ich nicht von ihrer Seite weichen. Selbst wenn eine Atombombe die ganze Ostküste in Schutt und Asche legen würde, würde ich bei ihr bleiben. Wir fliegen morgen nach deinem MRT, vorausgesetzt der Arzt erlaubt es.«

»Nicht weinen, Sonnenschein. Alles wird gut werden.« Ich wischte ihr eine Träne von der Wange und genoss das Gefühl ihrer warmen, geschmeidigen Haut. Wir hatten Glück, dass wir noch am Leben waren.

»Ich habe das Gefühl, dass ich alle nur aufhalte.«

»Das tust du nicht.« Toms dröhnende Stimme übertönte die gedämpfte Unterhaltung, die Zane mit dem Rest des Teams führte. »Kann ich einen Moment mit meiner Tochter allein sein?«

Ich warf Erin einen fragenden Blick zu und wartete auf ihr Einverständnis. Wenn sie nicht wollte, dass ich den Raum verließ, würde ich, wenn nötig, auch Tom die Stirn bieten. Er war zwar der Präsident, aber in diesem Moment war er lediglich ihr Vater. Und wenn meine Frau nicht wollte, dass ich ging, würde ich nicht von ihrer Seite weichen.

Als sie die Lippen zu einem Lächeln verzog und mir zunickte, beugte ich mich vor und drückte ihr einen Kuss auf die Stirn, wobei ich darauf achtete, die Wunde nicht zu berühren.

»Ich warte direkt vor der Tür«, sagte ich.

Ich stand auf, aber bevor ich das Zimmer verlassen konnte, hielt Tom mich zurück, indem er mir eine Hand auf die Schulter legte.

»Danke«, sagte er.

»Sie müssen sich nicht bei mir bedanken.«

»Wenn du eines Tages selbst Kinder hast, wirst du mich verstehen. Ich bin dir dankbar für alles, was du für meine Tochter getan hast.«

»Gern geschehen.«

Ich und der Rest meines Teams traten hinaus in den Flur.

»Ma'am, könnten wir die hier bei Ihnen deponieren?« Zane streckte der Krankenschwester, die hinter einem großen, geschwungenen Schreibtisch saß, sein Handy entgegen.

»Natürlich.«

Wir alle legten unsere Handys auf einen Stapel und folgten Zane bis zum Ende des Flurs nicht allzu weit von Erins Zimmer entfernt.

»Was zum Teufel?«, bellte er. »Erzähl mir, was passiert ist.«

Ich schilderte meinem Team minutengenau den Ablauf der Ereignisse, wobei ich mit dem Überfall auf die Hütte begann und mit dem Eintreffen des Gold Teams endete.

»Sie hat was getan?«, fragte Declan.

»Bruder, es war, als würde man einen Film in Zeitlupe schauen. Ich habe sie aus dem Augenwinkel gesehen, als Warren und einer seiner Männer auf mich einschlugen. Ich hatte ihr befohlen, keine Aufmerksamkeit zu erregen und nichts Unüberlegtes zu tun. Sie hatte es verdammt noch mal versprochen.« Es würde lange dauern, bevor ich die Bilder von ihr, wie sie ihr Leben aufs Spiel setzte, aus meinem Kopf würde verdrängen können. »Er hätte sie töten können. Und er hätte es getan, wenn du und dein Team nicht gekommen wärt.« Während ich versucht hatte, Warren außer Gefecht zu setzen, hatte der Mann neben Erin nach der Waffe gegriffen, die sie ihm aus der Hand geschlagen hatte, und sie auf ihren Kopf gerichtet. Der Lauf der Pistole war nur einen Meter von ihr entfernt gewesen. Er hätte sie nicht verfehlt, und sie hätte nicht überlebt. »Ich weiß nicht, wer von den Jungs geschossen hat, aber ich stehe für den Rest meines Lebens in seiner Schuld.«

Wie erwartet, schwieg Declan. Ich wusste, dass er mir nie verraten würde, welcher Mann aus seinem Team den Schuss abgefeuert hatte, der Erin das Leben gerettet hatte. Der Mann wollte weder Anerkennung dafür, noch wollte er meinen Dank.

»Hat Warren etwas gesagt?«, wollte Leo wissen.

»Er hat nicht verraten, warum er in die Sache verwickelt war. Aber er hat zugegeben, dass er Erin entführt hat, um Tom zu zwingen, den Reaktivierungsbefehl für Angel zu unterschreiben. Außerdem war er viel zu sehr damit beschäftigt, seinen Hass auf Zane zum Ausdruck zu bringen.«

»Mein Gott!«, murmelte Zane und rieb sich mit der Hand übers Gesicht.

»Das hat alles mit diesem Angel-Programm zu tun.«

»Ohne Garrett und Tex sind wir aufgeschmissen. Nachdem Garrett gehört hatte, dass jemand Tex' System gehackt hatte, hat er sofort sämtliche Maschinen im Gebäude vom Netz genommen. Jasmin war gerade mit den Zwillingen im Büro eingetroffen, weil sie noch einiges an Papierkram zu erledigen hatte, als sie hörte, wie Garrett alle anschrie, sie sollen ihren Festnetzanschluss unterbrechen. In der Zentrale herrscht das reinste Chaos«, berichtete Linc.

»Wir werden uns schon wieder berappeln und sind nur vorübergehend angeschlagen. So ähnlich wie Colins Gesicht. Es ist ziemlich lädiert, aber das hat ihn nicht davon abgehalten, um die Hand seiner Angebeteten anzuhalten.« Zane lachte, obwohl seine Worte kaum einen Sinn ergaben. »Ich nehme an, sie hat Ja gesagt.«

»Das hat sie.«

»Sie liebt dich offenbar wirklich, mein Freund. Denn ich muss gestehen, du siehst aus, als hätte jemand dein Gesicht für Nahkampfübungen benutzt«, warf Leo ein.

»Dann ist sie wohl nicht mehr so eine Nervensäge wie zuvor, hm?« Zane genoss es, wenn er jemandem seine eigenen Worte ins Gesicht schleudern konnte.

»Oh, sie ist immer noch eine Nervensäge.«

»Sicher. Keiner von uns könnte je mit einem zarten Pflänzchen glücklich werden. Wir brauchen etwas feurige Würze in unserem Leben«, bemerkte Jaxon.

Er hatte nicht unrecht, denn wir waren alle ziemlich starke Persönlichkeiten.

»Sprecht für euch selbst«, warf Declan ein. Er war der einzige Junggeselle in unserer Gruppe. »Ich glaube, ihr seid alle verrückt. Eines Tages werde ich ein zartes Pflänzchen für mich finden.«

»Und du wirst dich zu Tode langweilen«, erwiderte ich. »Männer wie wir haben nichts übrig für Langeweile. Natürlich brauchen wir eine Frau, in deren Arme wir uns nach einem harten Einsatz fallen lassen können, aber wir brauchen auch eine Partnerin, die uns die Stirn bietet, wenn wir zu weit gehen. Sieh dir zum Beispiel Leo an. Olivia erträgt sein Gehabe bis zu einem gewissen Punkt. Sobald er den Bogen überspannt, hat sie kein Problem damit, es ihm direkt ins Gesicht zu sagen.«

»Das ist wahr«, lachte Jaxon leise.

»Ja, lach du nur, Jax«, erwiderte Leo. »Ich habe schon erlebt, wie Violet dir die Leviten gelesen hat. Und vergiss nicht, sie hat die gleiche Nummer abgezogen wie Erin, weil sie sich genauso wenig an die Anweisungen gehalten hat.« Leo verschränkte die Arme über seiner breiten Brust und grinste.

»Da hat er durchaus recht. Die Plaudertasche hat sich freiwillig in die Hände des Feindes begeben«, fügte Zane hinzu.

»Um das Leben meiner Frau und meiner Kinder zu retten«, warf Linc ein.

»Ich habe nicht gesagt, dass sie keine guten Gründe hatte. Nur, dass sie und Erin ihr Leben für uns aufs Spiel gesetzt haben.«

»Ach, und Ivy ist eine brave Hausfrau? Sie lässt sich doch auch nichts gefallen«, konterte Jax. Ivy brachte so schnell nichts aus der Ruhe, aber wenn es ihr zu weit ging, dann herrschte der Dritte Weltkrieg.

»Natürlich nicht. Das macht sie zu einer perfekten Partnerin. Bei ihr weiß ich immer, woran ich bin. Wenn ich mich wie ein Arschloch benehme, weist sie mich zurecht. Und wenn ich es beim ersten Mal nicht verstehe, dann sagt sie es mir freundlicherweise ein zweites Mal, nur etwas lauter. Aber wenn etwas schiefgeht oder eine Situation brenzlig wird, beschwert sie sich nie. Wenn ich mich in mich verschließe und die Schuldgefühle mich zu erdrücken drohen, ist sie für mich da. Es vergeht kein Tag, an dem ich nicht dankbar bin, weil sie ein Teil meines Lebens ist. Wir können uns alle glücklich schätzen.«

»Lasst ihr euch nur zähmen. Ich habe jahrelang als verdeckter Ermittler mit dem Abschaum der Welt gelebt.

Da ihr nun alle unter der Haube seid, gibt es mehr willige Frauen für mich. Und ich habe vor, mein Junggesellenleben eine Weile zu genießen«, erklärte Declan augenzwinkernd.

Er konnte uns nichts vormachen. Wir waren alle schon in seiner Situation gewesen. Einsamkeit war für Männer wie uns eine Selbstverständlichkeit.

»Wie auch immer, Dec«, begann Lincoln. »Vor einiger Zeit habe ich noch genauso gedacht wie du. Wir führten ein aufregendes Leben, feuerten unsere Waffen ab, töteten Bösewichte und waren aufgeputscht von all dem Adrenalin in unseren Adern. Dann trat ein zierliches Teufelsweib in mein Leben und hob meine Welt aus den Angeln. Jasmin hat alles verändert. Wenn du eines Tages der Frau begegnest, die für dich bestimmt ist, und sie dich fast um den Verstand bringt, dann wirst du es mit Freuden zulassen. Es sei denn, du bist wie Colin. Dann wehrst du dich dagegen und tust so, als würdest du nicht erkennen, was sich direkt vor deiner Nase abspielt.«

Mit einem Grinsen zeigte ich Lincoln den Mittelfinger.

Ein trauriger Ausdruck huschte über Declans Gesicht, bevor er sich schnell wieder fing.

»Ich kann immer noch nicht glauben, dass du um ihre Hand angehalten hast, Mann. Glückwunsch!«, sagte Leo. »Vielleicht würde sie jetzt gern meine Frau besuchen. Olivia hat sich schon Sorgen um sie gemacht.«

»Wir haben schon darüber gesprochen. Sie hat ein schlechtes Gewissen wegen allem, was im letzten Jahr passiert ist, und will es wiedergutmachen.«

»Da gibt es nichts wiedergutzumachen. Solange sie

wieder ein Teil von Olivias Leben ist, ist alles andere vergessen.«

»In Ordnung.«

Die Tür zu Erins Zimmer öffnete sich und ihr Vater kam heraus. So gern ich auch mit meinem Team herumalberte, ich wollte lieber bei meiner Frau sein.

»Sie gehört ganz dir. Kümmere dich um sie«, sagte Tom.

Plötzlich wurde mir die Bedeutung seiner Worte bewusst. Sie gehörte ganz mir. In jeder Hinsicht. Für immer.

KAPITEL NEUNZEHN

»Bist du sicher, dass du das willst?«, fragte Colin zum vierten Mal, seit wir sein Haus verlassen hatten.

In den letzten zwei Tagen hatte ich im Grunde nur geschlafen, zumindest hatte ich es versucht. Nachdem die Kernspintomographie ergeben hatte, dass mein Gehirn weder Schwellungen noch Blutungen aufwies, konnte ich nach Hause fliegen. Wir landeten in Andrews und fuhren direkt zu Colins Haus in Annapolis. Er hatte Wort gehalten und war nicht von meiner Seite gewichen. Er befolgte sogar die Anweisung des Arztes, mich einmal pro Stunde zu wecken – und zwar auf die Sekunde genau. Ich hatte keine Ahnung, wie er es schaffte, die Augen offen zu halten. Er musste völlig erschöpft sein.

Zane hatte gestern angerufen und gefragt, ob Colin heute ins Büro kommen könne, und er hatte unter der Bedingung zugestimmt, dass ich ihn begleite. Da ich mir die Zeit irgendwie vertreiben musste und Leo auch an ihrer Besprechung teilnehmen würde, dachte ich, ich könnte Olivia bitten, mich in der Zentrale zu treffen.

Zuerst hielt ich das für eine gute Idee, aber je näher wir dem Büro in der Innenstadt kamen, desto nervöser wurde ich.

»Sonnenschein?«

»Tut mir leid. Ja, es ist alles bestens.«

»Bist du sicher? Du schienst für einen Moment mit den Gedanken woanders zu sein.«

»Ich musste an Olivia denken. Was ist, wenn sie mir nicht verzeiht?«

»Da musst du dir keine Sorgen machen. Ich habe mit Leo gesprochen und sie hat sich riesig gefreut, als sie deine Nachricht bekommen hat.«

»Aber was ist, wenn …«

»Uns der Himmel auf den Kopf fällt? Wir vom Bus überfahren werden? Die Welt explodiert?«, scherzte er.

»Hör auf damit. Ich meine es ernst.«

»Ich weiß. Aber du zerbrichst dir umsonst den Kopf. Ich mache mir mehr Sorgen um deine Gesundheit. Der Arzt hat gesagt …«

»Ja, ich weiß, was er gesagt hat. Entspann dich. Kein Sport und keine anstrengenden Aktivitäten. Ich werde in deinem Büro sitzen und reden, nicht trainieren.«

»Er hat auch gesagt, dass du Stress vermeiden sollst.«

»Gestern Abend habe ich dir eine vernünftige Möglichkeit zum Stressabbau angeboten, aber du hast abgelehnt.«

»Vernünftig? Süße, ich werde dir in deinem Zustand keine Orgasmen bescheren.«

»Warum nicht? Ich muss doch nur ruhig daliegen.«

»Ganz genau, aber du liegst nicht einfach nur da. Du wirfst den Kopf hin und her, zuckst mit der Hüfte und schreist vor Erregung. Das hat nichts mit Entspannung zu tun.«

»Also schön«, schnaubte ich.

»Ich glaube, ich habe ein Monster erschaffen«, sagte er und lachte leise. »Im Moment will ich dich einfach nur festhalten, deinen Atem an meinem Hals und deinen Herzschlag an meiner Brust spüren, während du dich an mich schmiegst.«

Ach herrje. Ich sehnte mich danach, mit ihm zu schlafen, und wollte schmollen, weil er mir den Sex verweigerte. Aber wenn er solche Dinge zu mir sagte, fiel es mir schwer, ihm die kalte Schulter zu zeigen.

»Ich glaube nicht, dass du verstehst, wie schwer es für mich ist, mir mit dir ein Bett zu teilen, während du praktisch nackt bist und dich nicht bespringen lässt.«

Colin fuhr ins Parkhaus der Zentrale, lenkte den Wagen in eine Parklücke, schaltete den Motor aus, schnallte sich ab und wandte sich mir zu. »Mich bespringen?« Ich konnte die Belustigung in seiner Stimme hören, und obwohl das Parkhaus im Halbdunkel lag, sah ich das verschmitzte Funkeln in seinen Augen.

»Stimmt etwas nicht mit meiner Ausdrucksweise?« Er schüttelte den Kopf und grinste. »Ich dachte, jemand mit deiner Leistungsfähigkeit und deiner Erfahrung würde verstehen, wie verführerisch dein nackter Körper auf eine Frau wirken kann.«

Colin brach in schallendes Gelächter aus. Als es endlich verklungen war und er mich durchdringend ansah, musste ich die Schenkel zusammenpressen, um den lustvollen Schmerz in meinem Unterleib zu lindern.

»Sonnenschein, ich kann es kaum erwarten zu sehen,

wie du dich windest, während ich dich verschlinge und mit deinem Geschmack auf der Zunge einschlafe. Ich zähle die Tage, bis ich endlich in dich eindringen und dich endgültig zu der Meinen machen kann. Aber ich werde dich nicht in Gefahr bringen. Zuerst musst du gesund werden.«

»Das klingt alles hervorragend, außer der Tatsache, dass du dir offenbar nicht die Zähne putzen willst, nachdem du mich mit dem Mund befriedigt hast. Ich meine ja nur.«

Er warf erneut den Kopf in den Nacken und brüllte vor Lachen. »Verdammt, ich liebe dich. Ich werde es mir merken und mir die Zähne putzen, nachdem ich dich geleckt habe.« Er ergriff meine Hand und spielte mit dem Ring, den er mir an den Finger gesteckt hatte. Ich liebte die Geste. »Bist du bereit?«

Gestern brachte ein Kurier ein kleines Päckchen zu Colin nach Hause. Er verschwand in seinem Arbeitszimmer, und als er wieder herauskam, fiel er auf ein Knie und hielt erneut um meine Hand an. Während er mich mit seinen strahlend blauen Augen ansah, willigte ich ein zweites Mal ein, seine Frau zu werden. Er steckte mir einen Diamantring an den Finger, der mir bekannt vorkam. Ich war sprachlos, als ich das funkelnde Familienerbstück musterte. Er erklärte mir, dass meine Eltern ihn zusammen mit einem Brief geschickt hätten. Er hatte mir nicht verraten wollen, was genau darin stand, aber er hatte mir erzählt, dass meine Mutter uns ebenfalls ihren Segen gegeben hatte. Da ich nun den Ring meiner Groß-mutter am Finger trug, den mein Vater bereits meiner Mutter zur Verlobung geschenkt hatte, ging ich davon aus, dass sie mit meinem Vater einer Meinung war.

»Ja«, antwortete ich schließlich.

»Sag mir Bescheid, wenn du bereit bist, wieder nach Hause zu fahren. Ich möchte nicht, dass du es übertreibst.«

»Werde ich nicht. Versprochen.«

»Natürlich. Genau wie beim letzten Mal, als du versprochen hast …«

»Müssen wir das schon wieder durchkauen? Diese Männer wollten dich töten, Colin. Ich wollte nicht mit ansehen, wie der Mann, den ich liebe, zu Brei geschlagen wird.«

»Ich weiß. Es tut mir leid, ich sollte darüber keine Witze machen.«

Ich blieb im Wagen sitzen und wartete darauf, dass er mir die Tür öffnete. Nach all den Jahren, in denen ich ständig von Leibwächtern umgeben war, hatte ich mich daran gewöhnt. »Tut mir leid. Das ist eine alte Gewohnheit. Ich kann meine Tür auch selbst öffnen.«

»Nein. Ich halte dir immer die Tür auf.«

Ich ließ den Blick durch das Parkhaus schweifen, konnte jedoch nirgendwo einen Agenten des Secret Service entdecken. »Sind denn gar keine Leibwächter hier?«

»Doch«, antwortete Colin.

»Hm. Ich sehe keine.«

»Ich habe sie gebeten, im Hintergrund zu bleiben. Ich wollte nicht, dass du das Gefühl hast, eingesperrt zu sein. Außerdem werde ich von jetzt an immer bei dir sein.«

»Danke.«

»Gern geschehen.«

Colin verriegelte den Wagen, schlang einen Arm um meine Schultern und zog mich an sich, während wir in die Zentrale von Z Corps gingen.

»Hey, was ist eigentlich mit dem Mietwagen passiert?«

Vor lauter Aufregung hatte ich den Wagen ganz vergessen, mit dem wir von Texas nach Kalifornien gefahren waren.

»Totalschaden, genau wie Abes Hütte.«

»Scheiße. Wie wütend ist Abe?«

Ich fühlte mich schrecklich, weil Abes Haus nun in Schutt und Asche lag. Natürlich hatten wir es nicht absichtlich getan, aber unseretwegen waren die Kerle auf das Grundstück vorgedrungen und hatten die Hütte in Brand gesteckt, indem sie zwei Raketen oder Bomben oder was auch immer darauf geschossen hatten.

»Er ist nicht wütend. Seine Frau und er hatten dort keine persönlichen Gegenstände aufbewahrt. Außerdem weiß er, dass Zane die Hütte wiederaufbauen wird.«

»Ich habe wirklich ein schlechtes Gewissen.«

»Nicht doch. Solche Dinge passieren nun einmal.«

»Ernsthaft?«

»Habe ich dir nie erzählt, warum Fletch sein Haus verkauft hat?«

»Du meinst das Haus, das du gekauft hast?«

»Ja.«

»Nein, ich glaube nicht.«

»Alles begann, als Sadie, die Nichte eines erfolgreichen Privatdetektivs aus Dallas, von ihrem jetzigen Ehemann beschützt wurde. Sie hatten sich alle in der Hütte von Fletch und Emily getroffen und einen schönen Abend miteinander verbracht, bis ...«

Colin erzählte weiter, während wir durch die Eingangshalle von Z Corps gingen. Er blieb stehen, um einen Zahlencode einzugeben und seine Hand auf einen

Scanner zu legen, woraufhin sich eine Sicherheitstür öffnete, die zu einem langen Gang führte.

»Eine Panzerfaust?«, fragte ich ungläubig, als er zu dem Teil kam, in dem das Haus explodierte.

»Nicht eine, sondern zwei.« Er machte erneut halt und führte sein Gesicht dicht an einen Netzhautscanner. »Das war ein furchtbarer Abend.«

Die Fahrstuhltür öffnete sich und Colin bedeutete mir mit einer Geste, in die Kabine zu treten. »Das kann man wohl sagen. Wurde jemand verletzt?«

»Ja. Fletch hat es ziemlich übel erwischt. Und Chase Jackson hat auch etwas abbekommen.«

»Verdammt. Aber heute sind beide wohlauf, nicht wahr?«

»Ja, Sonnenschein, es geht ihnen gut. Fletch und Emily haben das Haus zwar wiederaufgebaut, aber nach allem, was passiert war, wollten sie es verkaufen.«

»Es ist ein wunderschönes Haus. Können wir irgendwann dorthin zurückkehren?«

»Wann immer du willst.«

»Wenn es möglich ist, bald.«

»In Ordnung.«

Er beugte sich vor und drückte mir einen Kuss auf den Kopf, als die Türen sich langsam öffneten. Zum Glück hatte Colin immer noch seinen Arm um mich gelegt, denn Olivia stieß einen schrillen Schrei aus, der mir fast einen Herzinfarkt bescherte.

Als mein Herz sich wieder beruhigt hatte und ich meine beste Freundin ansah, brach ihr Anblick mir das Herz. Ich war so ein Miststück gewesen, weil ich mich von ihr abgewandt hatte. Tränen schossen mir in die Augen und ich vergrub mein Gesicht an Colins Seite.

Olivia war hochschwanger und ich hatte alles verpasst. Fast alles. Warum nur? Warum war ich nicht zu ihr gegangen, nachdem sie gerettet worden war? Warum hatte ich sie nicht besucht, nachdem sie Leo geheiratet hatte? Warum war ich so dumm gewesen und hatte so viel Zeit verstreichen lassen? Jetzt war eine Kluft zwischen uns entstanden, die ich erst einmal überbrücken musste.

»Baby, was ist los?« Colin versuchte, meinen Kopf anzuheben, aber ich war noch nicht bereit, Olivia in die Augen zu schauen.

»Erin?«, rief Olivia. »Schwing sofort deinen Arsch aus dem Aufzug und lass uns essen gehen. Ich bin am Verhungern. Außerdem erlaubt mein starrköpfiger Ehemann mir nur einen Softdrink am Tag, und ich habe extra auf dich gewartet. Ich will meine Cola, und ich werde nicht den ganzen Tag hier stehen, bis du endlich rauskommst.«

»Äh?«, räusperte Colin sich. Ich konnte die Unsicherheit in seiner Stimme hören. Wahrscheinlich dachte er, ich hätte den Verstand verloren. »Lachst du etwa?«

Ich nickte.

Ja. Gerade hatte ich mir noch die Augen ausgeweint, doch nun lachte ich schallend. Olivia hatte es auf ihre Art geschafft, mich von einem Moment auf den anderen aus meinem Selbstmitleid zu reißen.

»Du siehst aus, als hättest du einen Strandball gegessen, Livie. Bist du sicher, dass du da drin noch Platz für eine Mahlzeit hast?«

Langsam löste ich mich von Colin und betrachtete meine wunderschöne Freundin. Sie strahlte förmlich. Die Ehe und die Schwangerschaft standen ihr ausgezeichnet.

»Da hast du wohl recht. Das liegt an den vielen Speisen, mit denen Leos Mutter mich zwangsernährt. Sie alle glauben, ich bringe einen Footballspieler zur Welt.«

»Ich habe deinen Mann gesehen. Das ist gut möglich.«

Olivia lächelte und reichte mir ihre Hand. »Verdammt, ich habe dich vermisst. Und ich habe unser Geplänkel vermisst. Ohne dich ist das Leben nicht dasselbe. Jetzt lass uns schnell eine Cola holen, bevor Leo kommt.«

»Das habe ich gehört, *tesorino*.«

Olivia verdrehte die Augen, obwohl ihr Mann sie sehen konnte. »Das bezweifle ich nicht.«

»Bis zur Geburt sind es noch zwei Wochen.«

»Das ist mir bewusst.« Olivia rieb sich den Bauch. »Ihre ganzen fünf Kilo drücken derzeit auf meine Blase.«

»Fünf Kilo?«, keuchte ich. »Ist das überhaupt möglich?«

»Das war ein Scherz. Zumindest hoffe ich das«, erwiderte Olivia.

»Mein Gott, ich war schon drauf und dran, für deine Vagina zu beten.«

»Äh. Was war das gerade?«, fragte Jaxon lachend, als er sich zu uns gesellte. »Violet, Ivy und Jas sind oben in Zanes Büro. Ich soll euch ausrichten, dass sie ohne euch essen werden, wenn ihr nicht bald dort auftaucht.«

»Verdammt. Ihr nehmt das mit dem Essen wirklich ernst«, bemerkte ich.

Liv ergriff meine linke Hand und starrte auf den Ring an meinem Finger. »Ich wollte dir gerade sagen, dass du dich beeilen sollst, damit wir dir den neuesten Klatsch erzählen können, aber du hast wohl selbst einiges zu berichten.«

Colin wandte sich mir zu. »Ich bin im Konferenzraum, falls du mich brauchst.«

»Okay. Ich liebe dich«, erwiderte ich.

»Ich dich auch, Sonnenschein. Sei bitte vorsichtig.«

»Ich werde ein Auge auf sie haben«, sagte Olivia, woraufhin sowohl Leo als auch Colin aufstöhnten. Liv bemühte sich sichtlich, ein Lächeln zu unterdrücken. »Was habt ihr denn? Wir können hier unmöglich in Schwierigkeiten geraten. Dieses Gebäude ist so sicher wie Fort Knox.«

Liv und ich ließen die Männer in der Nähe des Fahrstuhls zurück und machten uns lachend auf den Weg in Zanes Büro. Und einfach so knüpften wir wieder dort an, wo wir aufgehört hatten. Als wäre es gestern gewesen. Wahre Freundschaft überdauerte die Zeit, verletzte Gefühle und unausgesprochene Worte. Ich wusste, dass Liv mich liebte, und sie wusste, dass ich sie liebte. Letztendlich war sie meine beste Freundin – meine Schwester. Egal was passierte.

»Wo wart ihr denn so lange? Ivy wollte uns ihr Geheimnis nicht verraten, bevor du zurück bist«, begrüßte uns eine schöne Brünette.

»Mach dir nicht in die Hose. Vi, Ivy, das ist meine allerbeste Freundin, Erin Anderson, und bald Mrs. Colin Doyle. Erin, das ist Ivy, Zanes Frau. Violet ist mit Jaxon verheiratet«, sagte Liv.

Das liebte ich so an Olivia. Für sie war ich einfach ich und nicht die Tochter des Präsidenten. Wenn sie mich vorstellte, dann immer als Erin.

»Willkommen zu Hause, Cousine«, sagte Jasmin von der Couch aus, auf der sie mit den Zwillingen auf ihrem Schoß saß.

Dafür, dass sie vor nicht allzu langer Zeit zwei Kinder zur Welt gebracht hatte, sah sie verdammt gut aus. Ich war nicht mit Jasmin aufgewachsen. Tatsächlich wusste ich bis vor Kurzem nichts von ihrer Existenz. Bevor ihre Eltern – meine Tante Erin und mein Onkel Robert – starben, hatten sie ein Testament gemacht. Darin hatten sie festgelegt, dass Jasmin, falls ihnen etwas zustoßen sollte, bei ihrem engen Freund Noah aufwachsen sollte. Mein Vater war im Begriff, politisch Karriere zu machen, und ironischerweise wollten sie vermeiden, dass Jasmins Kindheit ähnlich verlief wie meine. Nämlich mit Leibwächtern hinter einem hohen Zaun. Mein Vater hatte widerwillig zugestimmt und sein Versprechen gegenüber seiner Schwester gehalten, Jasmin nie zu kontaktieren. Ich wusste nicht, dass Erin und Robert ein Kind hatten, und Jasmin hatte ihre Eltern nie richtig kennengelernt. Nun, da das Geheimnis gelüftet war, waren sie und Lincoln häufig zu Gast im Weißen Haus. Mein Vater war begeistert, dass sie nun ein Teil unseres Lebens war, und ich ebenfalls.

»Hey, Jas. Wie geht es meinen kleinen Cousins?« Ich schenkte ihr ein Lächeln und wandte mich dann Violet und Ivy zu. »Hallo. Schön, euch kennenzulernen.«

»Sie werden immer größer«, antwortete Jasmin. »Komm her und nimm einen von ihnen.« Jasmin streckte mir ein nicht mehr ganz so kleines Bündel entgegen.

Ich nahm den Jungen auf den Arm und blickte auf ihn herab. Er hatte die grünen Augen seines Vaters Linc. Plötzlich überkam mich ein Anflug von Neid. Ich wollte Kinder. Der Wunsch war nicht neu. Schon auf dem College, während meine Freundinnen von Studium, Politik und Karriere sprachen, hatte ich von einer Familie geträumt. Um mich wichtig zu fühlen, brauchte ich keinen Job mit einem tollen Gehalt oder ein Kürzel hinter meinem Namen. Ich wollte Mutter werden. Mir war bewusst, dass der Wunsch heutzutage nicht sehr zeitgemäß war, aber ich wollte es dennoch.

»Welchen von beiden habe ich?«

»Asher«, antwortete Jas. »Also, du und Colin, hm? Als ich euch das letzte Mal zusammen gesehen habe, hat er nur den Kopf über dich geschüttelt und du hast ihn als Arsch beschimpft.« Das breite Lächeln in ihrem Gesicht milderte ihre Worte ab.

»Ja, aber er hat sich als liebenswerter Arsch entpuppt.«

»Ich bin froh, dass du wieder da bist. Linc sagte, es war ein ziemliches Chaos. Schade, dass ich es verpasst habe. Ich muss noch einen Monat warten, bis ich wieder arbeiten kann. Aber mir ist zu Ohren gekommen, dass meine Cousine knallhart ist und sich zu wehren weiß.«

»Colin ist nicht allzu glücklich darüber. Wenn es nach ihm gegangen wäre, hätte ich mich in eine Ecke verkriechen und außer Sichtweite bleiben sollen.«

»Ha! Das denken sie alle. Der Beschützerinstinkt ist ihnen in die Wiege gelegt. Ich passe auf dich auf, du musst nur hübsch aussehen.« Jasmin lachte leise. »Von wegen. Ich kann anderen die Hölle heißmachen und dabei gut aussehen. Ich bin stolz auf dich und ich weiß, dass es Colin genauso geht. Du hast dich gut geschlagen.«

»Danke.«

»Mein ganzes Team fällt um wie die Fliegen. Jetzt müssen wir nur noch Dec verheiraten, dann ist die Familie komplett.«

»Ich würde nicht darauf wetten, dass mein Bruder in nächster Zeit sesshaft wird. Er ist eher dabei, die verlorene Zeit aufzuholen«, warf Violet ein. »Und herzlichen Glückwunsch. Colin ist großartig.«

»Ach ja, richtig. Declan ist dein Bruder.«

Ich erinnerte mich, dass Colin mir von Declan und dem Rest des Teams erzählt hatte. Wir hatten gerade auf der Veranda vor Abes Hütte gesessen, als … Ich schüttelte den Kopf und versuchte, den Gedanken zu verdrängen. Schließlich war ich hier, um die Zeit mit Livie und den anderen Frauen zu genießen, und nicht, um über meine Entführung nachzugrübeln. Zum Glück meldete sich Violet zu Wort, bevor die Erinnerungen mich überwältigen konnten.

»Ja, er ist mein Zwillingsbruder.« Ein trauriger Ausdruck huschte über ihr Gesicht, aber ich beschloss, nicht nachzuhaken. »Unsere Eltern starben, als wir noch klein waren, und wir wurden getrennt. Ich habe ihn sehr lange nicht gesehen.«

»Das ist …«, begann ich, doch mir fehlten die Worte.

»Scheiße?«, beendete sie den Satz. »Das stimmt wohl. Aber wir haben uns wiedergefunden. Am Ende hat sich alles zum Guten gewendet.«

»Also, was ist das große Geheimnis?«, fragte Jasmin und wechselte das Thema.

Alle Augen waren auf Ivy gerichtet. »Nun … Zane und ich haben etwas getan.« Sie lächelte so breit, dass ich nicht anders konnte, als es ihr gleichzutun. »Wir, äh, wir haben geheiratet.«

»Wie bitte?«, fragten die anderen Frauen im Chor.

»Wann?«, wollte Liv wissen.

»Gestern auf dem Standesamt. Wir werden trotzdem noch eine große Hochzeit feiern. Aber erst in etwa neun oder zehn Monaten, je nachdem, wie schnell ich wieder in ein Kleid passe.«

»Heilige Scheiße!«, rief Jasmin lachend. »Willst du uns damit sagen, dass hier bald ein kleiner Zane herumläuft?«

Ivy nickte.

»Du bist schwanger?«, fragte Violet.

»Ja. In der neunten Woche. Ich weiß, es ist noch früh, und man sollte es bis zur zwölften Woche für sich behalten, aber ihr seid meine Familie.«

Violet brach in Gelächter aus, und schon bald stimmten die anderen Frauen mit ein, während sie mit einer Hand vor ihrem Gesicht herumfuchtelte, um die Fassung wiederzugewinnen. »Ich … ich … ich auch.«

»Einen Moment mal, wie bitte? Hast du gerade gesagt, dass du ebenfalls schwanger bist?«, fragte Ivy.

»Ja. In der zehnten Woche.«

Ich stand etwas abseits und wiegte Asher in meinen Armen, während die Frauen einander umarmten. Ich freute mich riesig für sie, fühlte mich aber auch etwas fehl am Platz.

»Heilige Scheiße. Ich kann nicht glauben, dass ihr beide gleichzeitig schwanger seid«, sagte Jasmin. »Das wird ein Heidenspaß, Jaxon und Zane als werdende Väter zu beobachten. Jetzt muss nur noch Erin schwanger werden, dann ist alles perfekt.«

»Ja. Das wird nicht so schnell passieren.«

»Warum nicht? Colin hat dir im Handumdrehen einen Ring an den Finger gesteckt. Und du kannst darauf wetten, dass ich wissen will, wie das passiert ist«, sagte Liv. »Will er denn keine Kinder?«

»Doch. Soweit ich weiß erwartet seine Mutter, dass er ihr zehn Enkelkinder schenkt.«

»Meine Güte«, lachte Jasmin. »Du fängst besser bald

damit an. Ich habe Colins Mutter kennengelernt. Sie meint es sicher ernst.«

»Was ist los?« Violets fröhlicher Gesichtsausdruck wich einer ernsten Miene.

»Nichts«, winkte ich schnell ab. »Meinen Glückwunsch an euch beide. Das ist wirklich aufregend. Ihr werdet alle vier junge Mütter sein.«

»Erin …«, begann Liv. »Was ist los?«

»Nichts. Vielleicht liegt es an meiner Gehirnerschütterung.«

Jasmin lachte schnaubend. »Du bist eine schlechte Lügnerin. Irgendetwas stimmt nicht. Raus mit der Sprache, sonst wird Olivia noch ganz rührselig.«

»Ich werde nicht rührselig.« Olivia verschränkte die Arme vor ihren großen Brüsten.

»Doch, das wirst du, Liv. Und pass auf, dass dir nicht noch eine Brust aus dem Ausschnitt rutscht«, erwiderte ich.

»Mein Gott, ich werde froh sein, wenn die Dinger wieder abschwellen.«

»Äh. Füllen die sich nicht mit Milch? Ich sage es dir nur ungern, meine Liebe, aber sie werden noch größer.« Ich deutete auf ihre Brüste.

»Erinnere mich nicht daran. Leo sagte … Hey, wechsle nicht das Thema.«

Mist. Fast wäre ich damit davongekommen. Für gewöhnlich schaffte ich es immer, Olivia von einem Thema abzulenken, über das ich nicht reden wollte.

Die Frauen fixierten mich mit ihren Blicken. Unter Einsatz all meiner telepathischen Fähigkeiten flehte ich Olivia im Stillen an, das Thema zu wechseln. Ich zog sogar eine Augenbraue in die Höhe, aber sie reagierte nicht darauf, sondern wippte ungeduldig mit dem Fuß und wartete auf eine Antwort.

»Wir haben noch nicht ... wir hatten noch nie ... wir waren einfach nicht am richtigen Ort ... Ach, verdammt, ich bin noch Jungfrau. Wir haben noch nie miteinander geschlafen.«

Allen vier stand der Mund offen. Im Raum war es plötzlich so still, dass man eine Stecknadel hätte fallen hören können.

»Wie zum Teufel ist das möglich?«, fragte meine Cousine.

»Äh, hallo, ich bin die Tochter des Präsidenten und ständig von Secret Service Agenten und Leibwächtern umringt. Es ist ziemlich schwierig, Sex zu haben, wenn ein bis an die Zähne bewaffneter Mann in einem schwarzen Anzug neben dir steht.«

»Ich habe einfach angenommen, dass du und Colin miteinander intim wart. Ich meine, dass er ... Ihr habt wirklich noch nicht miteinander geschlafen?«, stammelte Liv.

»Nein! Zuerst waren wir in einem schäbigen Motelzimmer und er hat sich geweigert, Sex zu haben, weil ich seiner Meinung nach zu wertvoll bin, um mein erstes Mal in einem Motelzimmer für dreißig Dollar die Nacht zu erleben. Dann waren wir in der Hütte und er stellte all diese wunderbaren Dinge mit mir an. Aber er sagte, er würde erst mit mir schlafen, wenn wir wieder zu Hause seien, damit ich es mir in Ruhe überlegen könne. Er wollte sicher sein, dass ich es nicht bereue. Ich flehte ihn sogar an, aber er wollte mir einfach nicht nachgeben. Dann flog das verdammte Haus in die Luft, er wurde angeschossen und fast zu Tode geprügelt, ich wurde unter

Drogen gesetzt, hatte furchtbare Angst und habe jemanden niedergestochen. Jetzt habe ich eine Gehirnerschütterung und er will warten, bis ich wieder ganz gesund bin.« Nach meiner Schimpftirade atmete ich tief durch und bemerkte, dass die Frauen mich mit einem seltsamen Ausdruck im Gesicht anstarrten. Alle bis auf meine Cousine. Jasmin grinste. »Was ist denn?«

»Er sagte, du seist zu wertvoll, um dein erstes Mal in einem schäbigen Motelzimmer zu erleben?«, fragte Liv.

»Ja.«

»Er wollte warten, damit du Zeit zum Nachdenken hast?«, wiederholte Violet.

»Das ist richtig.«

»Und er hat wunderbare Dinge mit dir angestellt?« Ivy kicherte.

Ich nickte.

»Wer hätte gedacht, dass Colin so romantisch sein kann?«, fügte Jasmin hinzu.

»Habt ihr mir überhaupt zugehört? Ich bin Mitte zwanzig und noch Jungfrau. Aber ich will keine Jungfrau mehr sein. Ich habe versucht, das zu ändern. Doch ich kann Colin einfach nicht dazu bringen, mit mir zu schlafen. Wahrscheinlich bin ich ein Unikum. Außer mir ist in meinem Alter doch niemand mehr Jungfrau.«

Liv brach in schallendes Gelächter aus und die anderen stimmten mit ein. Ich verstand nicht, was an meiner Situation so lustig war, aber sie fanden sie offensichtlich urkomisch.

Als das Gelächter schließlich abebbte, ergriff Ivy das Wort. »Ich hätte nie gedacht, dass ich einmal mit der Nichte und der Tochter des Präsidenten der Vereinigten Staaten zusammen in einem Raum sitzen und lachen würde. Ich hätte es auch nie für möglich gehalten, dass ich je einen Mann wie Zane und Freundinnen wie euch finden würde. Und ich hätte mir nie träumen lassen, Mutter zu werden. Ich bin dankbar für alles, was ich habe, und eure Freundschaft ist das Sahnehäubchen auf meinem wirklich tollen Eisbecher. Und, Erin, das schließt dich mit ein. Willkommen in unserer verrückten Familie.«

Ich begegnete ihrem Blick und der Sex, oder vielmehr der Mangel daran, war schlagartig vergessen. Mir wurde bewusst, dass Olivia bis zu diesem Tag meine einzige Freundin gewesen war. Ihr Freundeskreis hatte sich erweitert, und meiner nun auch.

Wir verbrachten den Nachmittag damit, einander kennenzulernen. Wir aßen, lachten und zogen uns gegenseitig auf. Wir unterhielten uns über Babys und die Ehe. Nichts Wichtiges oder Weltbewegendes, aber tief in meinem Inneren wusste ich, dass wir eine Freundschaft für die Ewigkeit geschlossen hatten.

KAPITEL ZWANZIG

Die Luft im Raum brodelte förmlich vor aufgestauter Aggression. Leo, Jax, Linc und Dec hatten einen mörderischen Ausdruck im Gesicht, während wir auf die Ankunft von Zane und dem Präsidenten warteten.

»Findet ihr nicht auch, dass das zum Himmel stinkt?«, fragte Jax.

»Doch, du hast verdammt recht. Wir stecken mal wieder mitten in einem politischen Machtkampf, in dem ein Haufen Arschlöcher sich wegen irgendeines Postens bekriegt«, antwortete Leo. »Wir wissen doch alle, wie das läuft: Erpressung, Geheimnisse und verdeckte Missionen, aber ich will wissen, warum das Angel-Programm so verdammt wichtig für die NSA ist. Es ist nicht das erste Abhörprogramm, mit dem wir es zu tun haben. Was unterscheidet Angel von den anderen?«

»Es ist das ultimative Spionageprogramm«, sagte Tom, als er und Zane durch die Tür traten. »In diesem Raum befinden sich keine elektronischen Geräte, richtig?«

Wir alle bejahten die Frage. Aber selbst wenn wir unsere Handys dabeigehabt hätten, hätte es keinen Unterschied gemacht. Der Raum war nicht nur kugelsicher und schalldicht, sondern auch mit Störsendern ausgestattet. Keine elektronische Übertragung konnte ein- oder ausgehen. Zudem waren die Verdunkelungsrollos vor den dicken, kugelsicheren Polycarbonatfenstern heruntergelassen. Alle Vorkehrungen waren getroffen, um ein Eindringen der Außenwelt zu verhindern.

»Ich komme gleich zur Sache«, begann er. Zane ließ einen Stapel Aktenordner auf den Tisch fallen, und wir alle schnappten uns einen. »Angel wurde ursprünglich von einem Programmierer der NSA als Datensicherungssystem für im Ausland gesammelte Informationen entwickelt. Ich habe dem Programm zugestimmt, da es mir als Kommunikationsbrücke zwischen den Behörden vorgestellt wurde. Die Geheimdienste sollten eine zentrale Datenbank haben, die sie alle nutzen konnten.«

»Lassen Sie mich raten: Diese Kerle haben einen Weg gefunden, es zu missbrauchen?«, warf Jaxon ein.

»Das wäre eine Untertreibung. Es wurde fast sofort eingesetzt, um das amerikanische Volk auszuspionieren. Als ich davon erfuhr, habe ich es umgehend abgeschaltet.«

»Wie haben sie das Volk ausspioniert? Indem sie wie üblich die Telekommunikation angezapft haben?«, fragte Leo.

Die meisten Menschen in den USA wussten, dass die Regierung ihre Gespräche aufzeichnete und analysierte, wenn sie beim Telefonieren bestimmte Wörter oder Wortgruppen benutzten.

»Nein.« Der Präsident wirkte sichtlich erschöpft. »Das Programm ist ein absoluter Eingriff in die Privatsphäre.

Angel kann auf die Kamera und das Mikrofon eines Handys zugreifen. Das Gleiche gilt für Tablets und Computer. Jeder Durchschnittsamerikaner, der gerade im Supermarkt einkauft, kann geortet werden und alle seine Telefongespräche können ohne sein Wissen aufgezeichnet, analysiert und gespeichert werden.«

»Das ist nichts Neues«, murmelte Linc.

»Ich muss euch wohl erklären, wie schwerwiegend der Machtmissbrauch der NSA ist. Stellt euch die ahnungslosen Bürger vor, die in ihren eigenen vier Wänden sitzen und sich miteinander unterhalten. Sie wissen nicht, dass diese allseits beliebten Smartgeräte und virtuellen Assistenten jedes ihrer Worte aufzeichnen. Während sie ihr Lieblingslied oder die Nachrichten hören oder einfach nur Waschmittel bestellen, werden sie von einem verdammten Lautsprecher bespitzelt. Damit haben die Menschen wahrscheinlich nicht gerechnet. Selbst die Kühlschränke haben heutzutage Chips mit Abhörfunktion.«

»Abgesehen von dem offensichtlichen Verstoß gegen die Privatsphäre, was hat die NSA davon? Ich kann verstehen, wenn sie bestimmte verdächtige Personen abhört, die als mögliche Terroristen auf einer Beobachtungsliste stehen. Aber der Durchschnittsbürger? Was soll das bringen?«, fragte ich.

»Macht. Es gibt unendlich viele Möglichkeiten, die gesammelten Informationen zu nutzen. Wahlbetrug, Überwachung ohne richterlichen Beschluss, Kontrolle, Vorhersage von Verbrechen und illegale Inhaftierungen. Und nicht zu vergessen die Gier. Auch private Unternehmen haben ihre Finger im Spiel. Sie finanzieren das Programm nicht nur, sie lassen auch ihre eigenen

Programmierer daran arbeiten. Unabhängige Auftragnehmer wie Warren arbeiten Seite an Seite mit der NSA und erkaufen sich so den Zugang zu einer Goldgrube an Informationen.«

»Das goldene Zeitalter der Überwachung. Sogar auf unseren verdammten Fernsehern wird davor gewarnt, über sensible Informationen zu sprechen, weil man aufgezeichnet werden könnte«, knurrte Declan. »Das ist absoluter Schwachsinn. Wir tragen ständig Peilsender mit uns herum: Uhren, Handys und kleine versteckte Kameras, mit denen wir unsere Babysitter überwachen. Alles wird benutzt, um in unsere Privatsphäre einzudringen.«

»Wie haben Sie davon erfahren?«, wollte ich wissen.

»Ein barmherziger Samariter, der fest an die Verfassung und den vierten Zusatzartikel glaubt, hat mich kontaktiert. Er sah, was vor sich ging, und hielt es für seine moralische Pflicht, etwas dagegen zu unternehmen. Nachdem ich die Informationen erhalten hatte, wartete ich ein paar Wochen und kontaktierte Greenwold. Ich stattete der NSA einen überraschenden Besuch ab und forderte ihn auf, das Programm abzuschalten.«

»Aber Sie haben Greenwold nicht entlassen«, sagte Zane.

»Zuerst wollte ich wissen, wer sonst noch in die Sache verwickelt war. Wer in meiner Administration wusste davon? Wusste es mein Nationaler Sicherheitsberater? Wusste es der Vizepräsident? Irgendjemand in einem Kontrollausschuss des Kongresses muss gewusst haben, wohin Millionen von Dollar geflossen sind. Irgendjemand weiß verdammt noch mal immer Bescheid. Wer hat Schmiergelder erhalten, weil er die Augen davor verschlossen hat?«

»Was nun?«, fragte ich.

»Jetzt werden wir sie beobachten«, antwortete Zane.

»Und wie stellen wir das an?«

»Tex.« Zane verzog die Lippen zu einem Lächeln, wobei seine Grübchen zum Vorschein kamen.

Es war nie ein gutes Zeichen, wenn Zane Lewis übermütig wurde. Für gewöhnlich bedeutete es, dass er einen Plan hatte, der damit endete, dass die Bösewichte unter der Erde landeten.

»Sein System wurde gehackt. Wie wird er uns helfen können?«, fragte Linc.

»Tex ist im Weißen Haus. Ich habe Garrett und das Gold Team nach Pennsylvania geschickt, um Melody und die Kinder zu beschützen, während er hier ist.«

»Sie haben Tex ins Weiße Haus verfrachtet?« Leo stieß einen Pfiff aus. »Er muss stinksauer sein.«

Es gab nur wenige Dinge, die Tex dazu veranlassten, seine Frau und seine Kinder in Pennsylvania zu verlassen, ganz zu schweigen von seinem Arsenal an elektronischen Geräten. Der Mann könnte eine feindliche Übernahme der Welt anzetteln und müsste sein Haus nicht einmal verlassen. Er war ein Meister seines Fachs.

»Stinksauer beschreibt nicht einmal annähernd, wie wütend er ist«, sagte Zane. »Jede Frau, die er mit Peilsendern ausgestattet hat, wurde in Gefahr gebracht. Die Ehefrauen seiner engsten Freunde, Missbrauchsopfer, denen er geholfen hat, sich zu verstecken, und paramilitärische Auftragnehmer sind jetzt einem großen Risiko ausgesetzt. Und dann sind da noch die jüngsten Ereignisse, in die Colin und Erin verwickelt waren. Er ist außer sich vor Wut. Ich dachte immer, bei mir brennen leicht die Sicherungen durch, aber Tex ist explodiert wie ein

Vulkan. Als wir ihn im Weißen Haus einquartiert haben, hatte ich sogar ein bisschen Angst vor ihm«, gestand er.

»Ich habe Tex mit allem versorgt, damit er der Sache endlich den Garaus machen kann«, erklärte der Präsident mit eisigem Tonfall. Dabei bedachte er uns mit einem kühlen und berechnenden Blick, den er zweifellos während seiner Dienstzeit beim Kampfmittelräumdienst perfektioniert hatte. Mit dem Mann war nicht zu spaßen. »Ich bin zuversichtlich, dass Tex in ein paar Tagen alle nötigen Informationen haben wird. Sobald seine Ermittlungen abgeschlossen sind, bekommt ihr grünes Licht, einzugreifen. Zane, ich habe dir noch nie gesagt, wie du dein Team leiten oder deinen Job machen sollst, aber ich will dir folgende Worte mit auf den Weg geben: ›Mit allen Mitteln.‹«

»Verstanden. Laut und deutlich«, erwiderte Zane.

»Ich werde jetzt nach Washington zurückfliegen. In fünf Tagen habe ich ein Treffen in Camp David. Ich hoffe, dass die Sache bis dahin geklärt ist.« Er wandte sich mir zu und fragte: »Wie geht es Erin?«

»Wie erwartet. Sie hatte letzte Nacht einen Albtraum, aber als sie aufwachte, konnte sie sich nicht mehr daran erinnern. Die Gehirnerschütterung bereitet ihr keine Probleme. Morgen hat sie einen Termin beim Arzt für eine weitere CT-Untersuchung.«

»Ihr werdet also morgen in D. C. sein?«

»Das ist richtig.«

»Nach dem Termin würde ich euch beide gern sehen, wenn ihr Zeit habt.«

Sein ominöser Tonfall gefiel mir ganz und gar nicht, also stimmte ich bereitwillig zu. Ich hatte Tom immer als souveränen Mann erlebt, doch nun huschte eine Emotion über sein Gesicht, die ich nicht recht einordnen konnte. Bevor ich weiter darüber nachdenken konnte, machte er sich auf den Weg zur Tür.

Zane begleitete den Präsidenten zum Hubschrauberlandeplatz auf dem Dach, während wir den Lagebericht durchgingen, den er uns gegeben hatte.

»Das ist der reinste Mist«, kommentierte Linc.

»Hat außer mir noch jemand Toms Verhalten bemerkt?«, wollte ich wissen.

Eine innere Stimme schrie mich förmlich an, dass die Situation bald aus den Fugen geraten würde. Ich hatte schon vor langer Zeit gelernt, meinem Bauchgefühl zu vertrauen, und das sagte mir nun, dass etwas ganz und gar nicht stimmte.

»Es war kaum zu übersehen. Glaubst du, er weiß etwas, was er nicht preisgeben will?«, fragte Jax.

»Nein. Ich glaube, er hat uns alles erzählt. Aber er ist nicht dumm. Er muss wissen, dass mehr im Spiel ist als die Lauschangriffe der NSA«, fügte Leo hinzu.

»Die Frage ist nur was.« Ich überflog weiter die Papiere und hatte das ungute Gefühl, dass wir etwas übersehen hatten.

»Früher oder später kommt es ans Licht. Das tut es immer.« Linc hatte recht, ich hoffte nur, dass es dann noch nicht zu spät sein würde.

»Hat Greenwold euch etwas verraten?«, wollte ich wissen.

»Nichts, was uns weiterhelfen könnte. Wir hatten nicht so viel Zeit mit ihm, wie wir gern gehabt hätten. Er hat nur gesagt, dass sie uns ständig beobachten. Ich bin mir nicht sicher, ob er damit die NSA meinte oder jemand anderen.«

»Ich glaube nicht, dass er die NSA gemeint hat. Ich vermute, die Sache ist größer, als Tom zugeben will.«

»Wahrscheinlich hast du recht«, stimmte Linc zu.

In diesem Fall wünschte ich mir, dass ich mich irrte. Größer war nicht immer besser.

KAPITEL EINUNDZWANZIG

»Wie ist deine Besprechung gelaufen?«, wollte ich wissen, als wir wieder im Wagen saßen und zurück zu Colins Haus fuhren.

»Gut. Es ging um den üblichen Mist. Anstehende Termine und Gehaltsabrechnungen. Nichts Aufregendes.«

»Ich dachte, mein …«

»Was hältst du davon, heute Abend ein paar Steaks zu grillen?« Er schüttelte den Kopf und legte sich den Finger an die Lippen.

Man musste kein Genie sein, um zu erkennen, dass er nicht darüber sprechen wollte. In letzter Zeit hatte er mit den Informationen nicht hinter dem Berg gehalten. Wenn er sich nun verschloss, musste etwas vorgefallen sein, und das machte mir Sorgen.

»Das klingt gut«, erwiderte ich.

»Wie ist dein Treffen mit Olivia gelaufen?«

»Gut. Ich habe versucht, ihr zu erklären, warum ich so distanziert war, aber sie hat nur abgewunken und mir versichert, dass es keine große Sache sei und sie mich verstehe.«

»Ich habe dir doch gesagt, dass sie nicht wütend ist.«

»Ja, aber ich war trotzdem nervös. Ivy und Violet sind wirklich nett. Und an den Anblick meiner Cousine mit ihren zwei Kindern muss ich mich erst noch gewöhnen. Sie hat sich verändert.«

»Inwiefern?«

Ich suchte nach den richtigen Worten, um ihm zu erklären, was ich meinte. Meine Cousine war so knallhart wie eh und je und genauso zäh wie die Männer in ihrem Team. Ich nahm an, das hatte sie ihrem Militärdienst zu verdanken. Bisher hatte ich sie nur einmal zusammenbrechen sehen, als alle Linc für tot hielten. Sie befand sich damals im Weißen Haus und hatte die Mission des Teams überwacht, als sie auf dem Bildschirm sah, wie das Haus, in dem Linc sich vermeintlich aufhielt, in die Luft flog. Sie erlitt einen Nervenzusammenbruch. Meine Mutter saß danach stundenlang bei ihr und versuchte, sie zu beruhigen. Zum Glück war Linc entkommen und wurde gerettet. Doch Jasmin war damals ein Wrack.

»Ich würde nicht sagen, dass sie weich geworden ist, aber sie hat das Wort ›Scheiße‹ nur etwa zweiundfünfzig Mal statt ihrer üblichen fünfhundert Mal in den Mund genommen. Und als sie erfuhr, dass Ivy und Violet schwanger sind, hat sie nicht die Augen verdreht, sondern gelächelt und ihnen gratuliert.«

»Wie bitte? Ivy ist ebenfalls schwanger?«

Mist. Das hätte ich ihm nicht erzählen dürfen.

»Äh, vergiss, was ich gesagt habe.«

»Nicht doch. Das ist großartig.«

»Ich habe gerade den Mädchenkodex gebrochen und

dir ein Geheimnis verraten. Bitte sag Zane nicht, dass ich es ausgeplaudert habe. Ich will nicht, dass Ivy wütend auf mich ist. Wir hatten heute viel Spaß und ich würde mich gern wieder mit ihnen treffen.«

»Sonnenschein, niemand wird wütend auf dich sein. Du wirst noch lernen, dass es in dieser Gruppe keine Geheimnisse gibt. Aber ich werde schweigen wie ein Grab und warten, bis Zane es uns selbst erzählt.«

»Wirklich? Ich kenne zufällig ein Geheimnis, und es ist kein kleines.«

»Zane und Ivy haben gestern standesamtlich geheiratet?«, fragte er.

»Verdammt. Woher weißt du das?«

Colin legte seine Hand auf meinen Oberschenkel. Es war erstaunlich, wie beruhigend die Berührung auf mich wirkte.

»Ich weiß alles«, sagte er lachend.

»Komm schon. Ich meine es ernst. Woher weißt du es?«

»Wie du weißt, übe ich einen gefährlichen Beruf aus.«

»Ja, das ist mir bewusst.«

»Aus diesem Grund haben wir Vorkehrungen getroffen für den Fall, dass wir von einem Einsatz nicht nach Hause zurückkehren.« Das war eine nette Umschreibung für die Tatsache, dass sie sterben könnten. Ich war mir nicht sicher, ob es mir gefiel, welche Richtung unsere Unterhaltung einschlug, oder ob ich wissen wollte, was er mir gleich erzählen würde. »Eine davon ist die finanzielle Absicherung unserer Ehepartner und Kinder. Zane hat Ivy gestern in die Police aufgenommen, und heute haben wir alle die Papiere unterschrieben. Jedes Team verfügt über seine eigene Police, während Zane durch die meines Teams abgedeckt ist.«

»Ist das wie eine Lebensversicherung?«

»Im Prinzip schon, aber besser. Wir sind für den Fall unseres Todes versichert. Dieser Fonds ist für die Extras. Er gibt uns Seelenfrieden, weil wir wissen, dass es unseren Familien an nichts fehlen wird.«

»Wie viele Teams gibt es?«

»Drei. Blue, Gold und uns.«

»Welches Team war vor Ort, um uns … abzuholen?«

Ich brachte das Wort »retten« einfach nicht über die Lippen. »Abholen« klang, als hätten sie Colin und mich zufällig irgendwo getroffen und uns angeboten, uns nach Hause zu fahren. Diese Version gefiel mir entschieden besser als die Wahrheit.

»Das Gold Team. Brooks, Max, Thad und Kyle. Declan übernimmt die Leitung des Teams. Sie sind unser Aufklärungsteam, das hauptsächlich im Nahen Osten eingesetzt wird. Sie sind darauf spezialisiert, Piraterie und Schmuggel zu verhindern, sowohl an Land als auch im Arabischen Golf. Dort werden die großen Handelsrouten mit gestohlenen Antiquitäten überschwemmt und der Menschenhandel boomt. Jemand muss ständig ein Auge darauf haben, deshalb sind sie die meiste Zeit dort.«

»Und das Blue Team?«

»Blue kommt und geht, aber in den letzten Jahren waren sie häufiger in Übersee als zu Hause. Sie haben sich auf Piraterie und maritimen Terrorismus spezialisiert und halten sich die meiste Zeit über auf großen Frachtschiffen auf.«

»Und dein Team? Worauf habt ihr euch spezialisiert?«

»Auf alles.«

»Ich wusste, du würdest das sagen.«

Wir fuhren in die Einfahrt von Colins Haus, und ich nahm meine Umgebung zum ersten Mal bewusst in Augenschein.

»Du wohnst mitten im Nirgendwo.«

»Wie kommst du darauf, Sonnenschein? Die Innenstadt von Annapolis ist nur fünfzehn Minuten entfernt und das Einkaufszentrum ist in zwanzig Minuten erreichbar.«

»Nun ja, das stimmt, aber du hast nicht einmal Nachbarn hier draußen.«

»Gefällt es dir denn nicht?«

Als ich den besorgten Unterton in seiner Stimme hörte, verspürte ich einen Stich im Herzen.

»Nicht doch, ich mag es. Es ist so friedlich hier. Es war nur eine Feststellung. Ich hatte bisher einfach noch nicht darauf geachtet.«

»Wenn es dir nicht …«

»Colin, ich sagte doch, dass es mir gefällt. Es ist schön, keine direkten Nachbarn zu haben. Weißt du noch, als wir bei Abe waren und ich dir gesagt habe, dass ich dort leben könnte? Dein Haus ist perfekt.« Er stellte den Motor ab, aber bevor er die Tür öffnen konnte, fügte ich hinzu: »Außerdem können wir auf diese Weise im Whirlpool auf deiner Terrasse sitzen, ohne dass uns jemand sieht.«

Ich liebte den feurigen Blick, den er mir jedes Mal zuwarf, wenn ich von einem möglichen Stelldichein sprach. Jetzt musste ich ihn nur noch dazu bringen, seiner Begierde freien Lauf zu lassen.

»Unsere Terrasse.«

»Wie bitte?«

»Es ist unser Haus, Erin. Und wenn du woanders glücklicher bist, können wir es verkaufen und umziehen. Wenn du in D. C. bleiben willst, werde ich zur Arbeit nach Annapolis pendeln. Allerdings wäre es mir lieb, wenn du in der Nähe von Olivia und den anderen Frauen bist. Es würde dir die Sache erleichtern, wenn ich im Einsatz bin. Aber ich verstehe, wenn du dein Leben in Washington nicht aufgeben willst.«

Nach all den Ereignissen der letzten Zeit hatte ich mir noch gar keine Gedanken darüber gemacht, wo wir leben würden oder was passieren würde, wenn er schließlich zu einer Mission aufbrechen musste.

»Meine Eltern werden noch ein Jahr dort sein, aber sobald die Amtszeit meines Vaters vorbei ist, ziehen sie zurück nach Texas. So lautet die Abmachung, die meine Eltern getroffen haben. Meine Mutter will sich dort zur Ruhe setzen.«

»Wir haben das Haus in Killeen. Wenn du sie besuchen willst, können wir das jederzeit tun.«

»Ich liebe dich, Colin. Danke.«

»Ich dich auch, Sonnenschein. Lass uns ins Haus gehen.«

Plötzlich hielt er sein Handy in die Höhe und zog die Augenbrauen hoch. Ich fischte mein Telefon aus der Tasche und zeigte es ihm. Er nickte, öffnete das Handschuhfach, legte sein Gerät hinein und bedeutete mir, es ihm gleichzutun. Ich hatte keine Ahnung, was vor sich ging, aber ich vertraute Colin und wenn er wollte, dass ich mein Handy im Wagen ließ, würde ich seine Absichten nicht infrage stellen.

Ich öffnete die Beifahrertür und stieg aus, bevor Colin

an meiner Seite war, woraufhin er mich mit einem vorwurfsvollen Blick bedachte.

»Ist das dein Ernst? Wir befinden uns in der Garage und das Tor ist verschlossen. Ich kann sicher selbst aus dem Wagen steigen.«

»Darum geht es nicht, Erin. Wie es sich für einen Gentleman gehört, will ich dir die Tür öffnen.«

»Willst du mir damit etwa sagen, dass du ein Gentleman bist?«

Er war vieles: raubeinig, knallhart, tödlich, sexy, klug und liebevoll. Aber ich hätte Colin nicht als Gentleman bezeichnet.

»In manchen Dingen schon.« Er verzog die Lippen zu einem anzüglichen Grinsen.

»Und welche Dinge könnten das wohl sein?«, fragte ich.

Er packte meine unverletzte Hand und zog mich an sich. Ich genoss das Gefühl seiner warmen Arme um meinen Körper. Er war so viel größer als ich und schien mich jedes Mal ganz einzuhüllen. Ich fühlte mich geborgen und wollte mich nie mehr von ihm lösen.

Er beugte sich vor und flüsterte mir ins Ohr: »Ich halte dir immer die Tür auf und sorge dafür, dass du den besten Platz bekommst, wenn wir ausgehen. Wenn dir kalt ist, gebe ich dir meine Jacke, und wenn eine Pfütze im Weg ist, trage ich dich hinüber. Und ich verspreche dir, dass du immer vor mir zum Höhepunkt kommst, Sonnenschein.«

Wie jedes Mal, wenn er mich derart erregte, durchströmte mich ein Kribbeln. Am liebsten hätte ich ihn angeschrien, weil ich wusste, dass er den lustvollen Schmerz in meinem Unterleib nicht lindern würde.

»Du spielst mit schmutzigen Tricks.«

»Das ist wahr. Ich mag es schmutzig.«

»Ach, Colin. Hör schon auf.«

Im nächsten Moment küsste er mich. Unsere Zungen verwoben sich miteinander und unser Stöhnen hallte durch die Garage. Als er schließlich den Kopf zurückzog, war ich ganz benommen.

»Komm, Sonnenschein, lass uns reingehen.«

Ich folgte ihm wortlos ins Haus und war überrascht, als er mich auf direktem Weg ins Schlafzimmer führte. Er ließ mich neben dem ungemachten Bett stehen und ging ins Bad. Ich hörte, wie er das Wasser in der Dusche aufdrehte. Kurz darauf kam er mit nacktem Oberkörper zurück und entledigte sich seiner restlichen Kleidung. Es war nicht das erste Mal, dass ich Colin nackt sah, dennoch ließ ich den Blick genüsslich über seinen wohlgeformten Körper schweifen. Seine Brust war unbehaart, sodass ich jede Wölbung seiner Brustmuskeln erkennen konnte. Und sein Waschbrettbauch war so sinnlich, dass ich ihn am liebsten mit der Zunge erkundet hätte. Unter seinem Bauchnabel verlief eine Spur heller Haare, die bis zu seiner gestutzten Schambehaarung hinunterreichte.

»Bist du fertig?«, fragte Colin lachend.

»Noch nicht. Ich bin noch nicht zu dem guten Teil gekommen. Mein Blick ist an deinem Waschbrettbauch hängengeblieben.«

Er stieß ein schallendes Lachen aus, das den Raum mit einem magischen Klang erfüllte. Ich liebte es, ihn so glücklich zu sehen, und erfreute mich daran, wenn ich die Ursache für seine gute Laune war. Fasziniert beobachtete ich, wie er die Muskeln anspannte.

Er führte mich in die Dusche und prüfte die Wassertemperatur, bevor er mir den Vortritt ließ.

Während das warme Wasser auf uns herabprasselte, hielt Colin mich fest. »Du bist so schön, Erin.«

»Danke.«

Eine Zeit lang standen wir schweigend da und genossen unsere Zweisamkeit. Irgendwann trat er einen Schritt zurück, um am Hahn zu drehen. Ich nahm die Seife und schäumte meine Hände ein, bevor ich begann, seine Brust einzureiben.

»Tut es noch weh?« Ich ließ meine Hände über die blauen Flecke auf seiner Brust und dann hinunter zu seinem Bauch gleiten, wobei ich darauf achtete, seine Rippen auszusparen.

»Nein. Es tut mir leid, dass du diesen Anblick ertragen musst. Die Blutergüsse werden bald verblasst sein.«

»Es ist schrecklich, dass du verletzt wurdest, aber ich weiß, dass du dir jeden einzelnen blauen Fleck zugezogen hast, weil du mich beschützt hast. Dafür werde ich dir ewig dankbar sein.«

Er hob eine Hand und strich mit den Fingern über den kleinen Schnitt auf meiner Stirn. Im Gegensatz zu Colins Gesicht, das immer noch aussah, als hätte er zwanzig Runden im Boxring gekämpft, hatte ich kaum einen Kratzer. Es war ein Wunder, dass er nicht schlimmer verletzt wurde.

»Ich hätte …«, begann er.

»Du hättest genau das tun sollen, was du getan hast. Es ist vorbei. Das hast du selbst gesagt. Wir können die Zeit nicht zurückdrehen. Wir sind beide am Leben. Das ist alles, was zählt, nicht wahr?«

»Natürlich.«

Ich wusste, dass er mir nur zustimmte, um mich nicht zu verunsichern. Aber ich würde mich damit zufriedengeben. Ich hielt mich an jeder Zusicherung fest, die er mir geben konnte. Mir war klar, dass da noch mehr vor sich ging, und das machte mir Angst, aber wenn Colin mir sagte, dass ich in Sicherheit war, dann würde ich ihm glauben. Ich hatte keine andere Wahl, denn nur sein Schutz hielt mich davon ab, den Verstand zu verlieren. Solange wir nicht außer Gefahr waren, musste ich mich zusammenreißen. Und wenn ich zu lange über die Ereignisse der letzten Tage nachdachte, seine Wunden zu eindringlich betrachtete oder mich immer wieder fragte, wie es hätte anders kommen können, dann würde ich verrückt werden.

»Du denkst zu viel nach.« Er drückte mir einen Kuss auf die Schläfe. »Hör auf damit und wasch mich, Frau.«

»So wird das in unserer Ehe also laufen? Wir duschen zusammen, und du stehst da wie ein König, während das einfache Bauernmädchen seine königliche Hoheit badet?«

»Hm, mir gefällt deine Denkweise. Ein Rollenspiel könnte Spaß machen.«

»Dann möchte ich, dass du ein mittelalterlicher Krieger bist und ich die holde Maid, die auf dich wartet, wenn du nach einer gewaltigen Schlacht nach Hause zurückkehrst. Ich kann mich um deine schmerzenden Muskeln kümmern, bevor du mich schändest.« Ich spürte, wie sein Körper unter meinen Händen bebte, als er versuchte, ein Lachen zu unterdrücken. »Oh warte, ich weiß. Du wirst der spartanische König Leonidas sein und ich die Königin Gorgo, die mit Schild und Schwert auf deine Rückkehr wartet …« Colin versteifte sich plötzlich und legte den Kopf schief. »Was ist los?«

»Königin Gorgo?«

»Du weißt doch sicher, wer das ist. Die Frau von Leonidas, die stärkste Frau in der Geschichte Spartas.«

»Ja, Sonnenschein, ich weiß sehr wohl, wer sie ist. Ich bin nur überrascht, dass du es auch weißt.«

Ich hatte einen Faible für Geschichte. Irgendwann einmal hatte ich sogar den Wunsch gehegt, Geschichtslehrerin zu werden. Das alte Ägypten und das antike Griechenland hatten es mir besonders angetan. Als wir jedoch im neunzehnten Jahrhundert angelangt waren, verflog mein Interesse.

»Ich habe auf dem College alte und mittelalterliche Geschichte studiert.«

Er drehte sich um und zeigte mir seinen Rücken, den mehrere Tätowierungen zierten. Eines war sein Familienname zwischen den Schulterblättern und ein weiteres war ein Schild, über dem das Wort »FALLS« abgebildet war. Ich hatte die Tattoos bereits gesehen und war mir nicht sicher, warum er sie mir jetzt zeigte.

»Weißt du, was das bedeutet?«

Ich nahm an, dass er von dem Wort »FALLS« sprach.

»Natürlich. Das Wort ›FALLS‹ ist eines der wichtigsten Wörter in der Geschichte Spartas. Als König Philipp in Griechenland einmarschierte, schickte er den Spartanern einen Boten, der ihnen mitteilte: ›Falls ich diesen Krieg gewinne, werdet ihr für immer Sklaven sein.‹ Darauf antworteten die Spartaner mit einem einzigen Wort: ›Falls.‹«

Langsam drehte er sich wieder um und starrte mich an. »Du hast keine Ahnung, wie sehr es mich erregt, dass du die Bedeutung meiner Tätowierung kennst.«

»Du bist ein Spaßvogel.«

»Und du, Sonnenschein, bist meine spartanische Königin.«

»Heißt das, dass ich dir nur Söhne schenken darf? Spartanerinnen waren angeblich die einzigen Frauen ihrer Zeit, die echte Männer geboren haben.«

»Verdammt, es ist so sexy, dass du das weißt. Aber solange in unserem Haus kleine Kinder herumlaufen, ist es mir egal, ob wir Jungen oder Mädchen haben.«

Ich blickte meinem zukünftigen Ehemann in die Augen. Es war zwar verrückt, dass er mein Geschichtswissen als erregend empfand, aber es gefiel mir. Vor allem konzentrierte ich mich jedoch auf das, was er über Kinder gesagt hatte. Er wollte einen Stall voller Babys und ich war mehr als bereit, sie ihm zu schenken. Plötzlich erschien mir der Wunsch seiner Mutter nach einer Million Enkelkindern gar nicht mehr so albern.

KAPITEL ZWEIUNDZWANZIG

»Wie viele Kinder willst du?«, fragte Erin.

»So viele, wie du bereit bist, mir zu schenken.«

Ich hatte mich aus einem bestimmten Grund mit ihr unter die Dusche gestellt, denn nach der heutigen Besprechung musste ich ihr etwas mitteilen. Doch sobald ich ihren nackten Körper an meinen geschmiegt hatte, waren jegliche Gedanken daran schlagartig verflogen.

»Was ist, wenn ich wie diese Leute im Fernsehen sein und neunzehn Kinder haben will, die ich alle in einem Haus in Texas selbst unterrichte?«

»Nur gut, dass du noch so jung bist. Das sind eine Menge Babys, die wir zeugen müssen.«

Sie ließ ihre zierlichen Hände über meinen Bauch gleiten. Die Seife war längst von meiner Haut gespült, doch das hielt sie nicht davon ab, tiefer zu wandern. Bevor ich sie aufhalten konnte, umfasste sie meinen Schwanz und zog daran.

»Ich möchte heute Abend damit beginnen.«

»Erst wenn der Arzt dir grünes Licht gibt.«

»Es sind bereits zwei Tage vergangen.«

»Es sind *erst* zwei Tage vergangen.«

Ich konnte die Frustration in ihrer Stimme hören, und ich spürte sie auch. Wir schliefen jede Nacht in den Armen des anderen ein, während mein Schwanz zwischen uns pulsierte. Aber ich würde mir lieber den Arm abhacken, als ihr wehzutun. Ich würde auf keinen Fall mit ihr schlafen, bevor der Arzt bestätigt hatte, dass sie hundertprozentig genesen war.

»Colin, ich sterbe. Ich will dich so sehr.«

»Dreh dich um. Stütze die Hände an der Wand ab.«

Ihre Augen leuchteten vor Erregung auf. Ich würde sie zwar nicht vögeln und ganz sicher würde ich sie nicht in gebückter Haltung unter der Dusche entjungfern, aber ich konnte sie dennoch befriedigen. Ich schmiegte mich an sie und ließ meine Hände über ihre vollen Brüsten bis hinunter zu ihrem geschmeidigen Bauch wandern. Während ich eine Hand weiter zwischen ihre Schenkel gleiten ließ, knabberte und leckte ich ihr Schulterblatt.

»Spreiz die Beine«, murmelte ich an ihrer Haut.

Ich fuhr mit zwei Fingern durch ihre Spalte und reizte sie, bevor ich in sie eindrang.

»Verdammt, bist du nass!«

Erin zuckte mit der Hüfte, sodass mein Schaft über ihren Hintern glitt. Die Reibung hätte ausgereicht, mich zum Höhepunkt zu bringen, also hielt ich kurz inne, um den Drang zu unterdrücken. Jedes Mal wenn ich Erin berührte, stand ich in Windeseile am Rand der Ekstase.

»Halt still, Sonnenschein.«

»Das wird kaum möglich sein.«

Ich kniff in ihre Brustwarze und rollte sie zwischen meinen Fingern, bevor ich sagte: »Versuche, ruhig zu bleiben, und lass mich die ganze Arbeit machen. Du musst dich nur fallen lassen.«

Während ich mit zwei Fingern immer wieder in sie stieß, massierte ich mit der anderen Hand ihre Klitoris, bis ich Erin fast um den Verstand brachte.

»So ist es gut, Sonnenschein. Du bist so feucht und eng. Ich kann es kaum erwarten, mit dir zu schlafen.« Ich bewegte die Hüfte im Takt mit meinen Fingern und ließ meinen Schwanz immer wieder über ihren Hintern gleiten, während ich immer weiter auf den Gipfel der Lust zutrieb.

»Colin!«

»Komm für mich, lass dich gehen.«

Sie ließ den Kopf hängen und spannte sämtliche Muskeln im Körper an, als ihre Muschi um meine Finger zu zucken begann. Ein tiefes Stöhnen entfuhr ihrer Kehle, als sie meinen Namen rief. Der Laut reichte aus, um mich in den Himmel der Ekstase zu katapultieren. Ich ergoss mich auf ihrem Rücken und hoffte, dass ich uns aufrecht halten konnte. Jede sinnliche Begegnung mit Erin war unglaublich explosiv.

Als die Woge der Lust schließlich verebbt war und sie in meinen Armen zusammensackte, hielt ich sie fest und drehte sie dann mit dem Rücken in den Wasserstrahl.

»Geht es dir gut?«, fragte ich, woraufhin sie lächelnd nickte. »Und was macht dein Kopf?«

»Es ist alles in Ordnung.«

»Lehn dich zurück.«

Sie tat wie geheißen und befeuchtete ihr langes braunes Haar. Ich griff nach einer Flasche Shampoo und gab etwas davon in meine Handfläche. Bisher hatte ich noch nie das Bedürfnis verspürt, einer Frau die Haare zu waschen, und wenn ich es mir recht überlegte, hatte ich auch noch nie mit einer Frau zusammen geduscht. Der Akt war viel zu intim, und bis heute hatte ich mich vor allzu großer Nähe gescheut. Und als ich nun mit Erin duschte, wurde mir klar warum. Ich fühlte mich verletzlich und entblößt. Natürlich schämte ich mich nicht, mich nackt vor ihr zu zeigen, aber als wir uns gegenseitig wuschen und umsorgten, fühlte ich mich wertgeschätzt. Dieses Gefühl war völlig neu für mich und ich hätte nie gedacht, dass ich es jemals erleben würde.

»Ich bin fertig«, verkündete ich, als ich den letzten Rest Spülung aus ihrem Haar gewaschen hatte.

»Danke, das war wunderbar.«

»Ich kümmere mich gern um dich.«

Sie öffnete die Augen und ich wischte ihr schnell die Reste der Seifenlauge von der Stirn.

»Mir geht es genauso. Danke, dass ich mich auch um dich kümmern darf.«

»Warum bedankst du dich bei mir, Sonnenschein? Es ist ein gutes Gefühl, von dir berührt zu werden.«

»Jemanden zu berühren und jemanden zu umsorgen sind zwei verschiedene Dinge. Du bist der Typ Mann, der immer für andere da ist. Aber ich glaube nicht, dass du es so einfach zulässt, wenn sich zur Abwechslung jemand um dich kümmern will.«

Ich war erstaunt, wie gut sie mich verstand. Über viele Dinge hatten wir noch nie gesprochen, unter anderem über mein Bedürfnis, gebraucht zu werden. Ich freute mich schon darauf, all die Kleinigkeiten und scheinbar unbedeutenden Details mit ihr zu teilen. Wir hatten Jahre vor uns, um uns richtig kennenzulernen. Noch nie im Leben hatte ich mich so sehr auf die Zukunft gefreut.

»Da hast du recht.« Ich beugte mich vor, um ihr einen flüchtigen Kuss auf die Lippen zu drücken. »Bevor wir das Badezimmer verlassen, müssen wir noch etwas besprechen.«

»Und wir müssen unter der Dusche darüber reden?«

»Ja. Du hast mich vorhin gefragt, wie unsere Besprechung gelaufen ist.« Erins Lächeln verblasste, und sie war sofort in Alarmbereitschaft. Es widerstrebte mir, sie derart zu beunruhigen, aber sie musste die Fakten erfahren. »Es tut mir leid, dass ich im Wagen das Thema gewechselt habe, aber wir konnten uns dort nicht unbefangen unterhalten. Dein Vater hat uns erklärt, was das Angel-Programm beinhaltet und wozu es dient. Einige Informationen muss ich dir vorenthalten. Nicht weil ich dir nicht vertraue oder nicht will, dass du darüber Bescheid weißt. Aber ich habe einen Eid abgelegt und mich zu absoluter Verschwiegenheit verpflichtet. Du musst jedoch wissen, dass du von nun an nur noch unter der Dusche über wichtige Dinge reden kannst. Halte dich dabei nie in der Nähe von elektronischen Geräten auf. Du kannst davon ausgehen, dass deine E-Mails und Telefongespräche überwacht werden.«

»Heilige Scheiße. Ist es wirklich so schlimm?«

»Schlimmer, als ich gedacht habe. Wir müssen vorsichtig sein. Lass uns am besten gar nicht erst über deinen Vater oder die Ereignisse der vergangenen Tage sprechen. Und erwähne weder Fletch noch sein Team noch Tex. In nächster Zeit tun wir einfach so, als seien wir einfach nur Mr. und Mrs. Jones. Du bist nicht die Tochter des Präsidenten, und ich bin kein Söldner.«

»Wir tun also so, als seien wir zwei ganz gewöhnliche Menschen?«

Ich war dankbar, als sie wieder lächelte. Ich hatte schnell gelernt, dass Erins Stimmung von einer Sekunde auf die andere umschlagen konnte. Vor allem aber hatte ich herausgefunden, dass ihr das Unbekannte Angst machte. Sobald sie die Fakten kannte und sich sicher fühlte, war sie imstande, alles zu bewältigen. Genau wie die Königin von Sparta, über die wir vorhin gesprochen hatten.

»Ich dachte, du wolltest etwas mehr Normalität im Leben?«, erinnerte ich sie.

»Aber so früh in unserer Beziehung? Ich meine, wer will schon so früh normal sein? Ich habe gehört, dass ein Mann, sobald er verheiratet ist, sich keine Mühe mehr gibt, seine Frau zu umwerben oder mit ihr auszugehen. Ich bin überrascht, dass das schon vor der Hochzeit passieren kann.«

»Und ich dachte, wenn eine Frau erst einmal verheiratet ist, hat sie keine Lust mehr, ihrem Mann einen zu blasen.«

»Das wäre wirklich schade, denn ich persönlich genieße es sehr, dich mit meinem Mund zu verwöhnen.«

Erins Miene hellte sich auf und ich lachte über ihre Schlagfertigkeit. Wie hatte ich in all den Monaten übersehen können, wie geistreich und witzig sie war? Am liebsten hätte ich die Zeit zurückgedreht und mir selbst in den Hintern getreten, weil ich so blind gewesen war.

KAPITEL DREIUNDZWANZIG

»Mom, es geht mir gut. Glaub mir. Die Kernspintomographie hat ergeben, dass alles in Ordnung ist. Ich bin kerngesund. Ich darf alles machen, nur nichts, was eine Kopfverletzung verursachen könnte. Zum Glück habe ich nicht vor, Boxen zu lernen, also mach dir keine Sorgen.«

Ich saß neben meiner Mutter auf der Couch in der Privatwohnung des Weißen Hauses. Vor Jahren hatte ich mich genau hier an sie gekuschelt und mir die Augen ausgeweint, nachdem Lisa Howell mir gesagt hatte, dass niemand mich zum Abschlussball einladen würde, weil alle dachten, ich hätte einen Stock im Arsch. Und hier hatte ich immer gelegen, wenn ich die Grippe hatte. Meine Mutter hatte neben mir auf einem Stuhl gesessen und mich beim Schlafen beobachtet. Ich hätte es bemerkt, wenn sie das Zimmer verlassen hätte, denn manchmal hatte ich nur die Augen geschlossen und so getan, als würde ich schlafen, um zu sehen, ob sie bei mir bleiben würde. Sie war immer geblieben.

»Wann ist die Nachuntersuchung?«

»Es gibt keine Nachuntersuchung. Das heute war der letzte Termin.«

Ich hatte keine Lust mehr, über meine Gehirnerschütterung zu reden. Colin hatte den armen Arzt im Walter Reed Hospital heute Morgen genug bedrängt. Wir hatten fast eine ganze Stunde im Büro des Mannes gesessen und alle möglichen Szenarien besprochen, nachdem wir die Ergebnisse erhalten hatten. Ich war es leid, dass alle über meinen Schädel diskutierten. Ich fühlte mich gut und hatte seit dem Tag, an dem ich mich verletzt hatte, weder Kopfschmerzen noch Schwindelgefühle.

»Ich muss mich bei dir entschuldigen, Mom.«

»Warum in aller Welt musst du dich bei mir entschuldigen?«

»Erstens habe ich es dir und Dad im letzten Jahr nicht unbedingt leicht gemacht. Ich war wirklich eine verdammte Nervensäge.« Ich lächelte, als meine Mutter die Lippen zu einer dünnen Linie zusammenpresste. Eine Dame fluchte schließlich nie.

»Erin, Schatz ...«

»Mom, du weißt, dass es wahr ist. Ich schäme mich für mein Verhalten und muss zugeben, dass ich ziemlich egoistisch war.«

»Egoistisch? Du bist ganz und gar nicht egoistisch, Liebes. Du bist großzügiger als jeder andere Mensch, den ich kenne. Wir sind sehr stolz auf dich.«

»Nein, Mom. Ich war euch beiden gegenüber egoistisch. Ich war wütend, weil ihr immer mit der Arbeit beschäftigt wart.«

Meine Mutter verzog das Gesicht zu einer Grimasse

und ließ den Kopf hängen. Verdammt, dieses Gespräch verlief nicht so, wie ich es mir erhofft hatte.

»Ich will damit sagen, dass du und Dad mir immer ein wunderbares Vorbild wart. Mom, bitte sieh mich an.« Sie hob den Kopf und schaute mich mit ihren tränenfeuchten Augen an. »Ich habe das Glück, eine Mutter zu haben, die mir beigebracht hat, wie wichtig die Familie, die Gemeinschaft, harte Arbeit und Nächstenliebe sind. Du hast mich alles gelehrt, was ich wissen muss, um eines Tages selbst eine gute Ehefrau und Mutter zu werden. Ich fühle mich geehrt, dich meine Mutter nennen zu dürfen, und ich bin stolz auf dich für alles, was du erreicht hast. Vor allem aber bin ich dankbar, dich als Freundin zu haben. Von nun an werde ich unsere gemeinsame Zeit immer zu schätzen wissen.«

Meine Mutter tätschelte vorsichtig ihre Wangen und wischte sich die Tränen weg. Ich musste unwillkürlich kichern. Selbst unter vier Augen war sie ganz die feine Dame. Meine Mutter würde niemals ihr Make-up verschmieren.

»Vielleicht hätte ich …«

»Du hättest rein gar nichts ändern müssen. Mom, ich habe mich wie eine verzogene Göre benommen, und das ist meine Schuld.«

»Schatz, jede Tochter braucht ihre Mutter.«

»Und zum Glück habe ich dich. Du warst immer für mich da, wenn ich dich brauchte. Und dabei hast du einen harten Job, der dir viel abverlangt. Du bist diejenige, die diese Familie zusammenhält. Du unterstützt Dad in jeder Hinsicht und gibst ihm die nötige Kraft, dieses Land zu führen. Du bist eine Ehefrau, eine Mutter und eine Halloween-Kostümdesignerin.« Ich lächelte, als ich mich an all die Kostüme erinnerte, die sie für mich genäht hatte. »Du bist eine Köchin, eine Partyplanerin und eine Hausaufgabenkontrolleurin. Ich kann deine Aufgaben gar nicht alle aufzählen. Von deinen Pflichten als First Lady habe ich noch gar nicht gesprochen.«

»Danke, dass du das sagst.«

»Es ist die Wahrheit.« Sie schlang die Arme um mich und zog mich an sich. Clarissa Andersons Umarmungen waren die besten. Sie waren warm und herzlich. Meine Mutter hatte mir nie ihre Zuneigung vorenthalten. Weder mir noch meinem Vater. Wenn wir unter uns waren, zeigten sie einander deutlich, wie sehr sie sich liebten.

»Ich hab dich so lieb, Häschen«, flüsterte meine Mutter und drückte mir einen Kuss auf den Kopf.

Der alte, vertraute Spitzname entlockte mir ein Seufzen und ich kuschelte mich noch enger an sie. Meine Eltern hatten mich Häschen genannt, bis ich zu einem unausstehlichen Teenager wurde und mich zu alt für einen Kosenamen hielt.

»Ich hab dich auch lieb«, erwiderte ich.

Es klopfte an der Tür und meine Mutter zog sich langsam zurück und richtete ihren Rock, bevor sie sich in die Richtung drehte, aus der das Geräusch kam.

»Ja?«

Ein Agent vom Secret Service streckte den Kopf herein. »Entschuldigen Sie, Ma'am. Miss Anderson. Mrs. Parker, Mrs. Cain, Mrs. Lewis und Mrs. Gillonardo sind hier. Sie sind zwar nicht in Ihrem Terminkalender eingetragen, aber sie stehen auf Ihrer Liste genehmigter Gäste. Soll ich sie zu Ihnen hinaufschicken?«

»Ja, natürlich. Und sagen Sie Betty bitte, sie soll ein

paar Erfrischungen hochschicken. Oh, und vergewissern Sie sich, dass eine Dose Cola dabei ist.«

»Ja, Ma'am.«

»Eine Dose Cola?«, fragte ich lachend. »Du magst doch keine Softdrinks.«

»Nein, aber ich weiß, dass die arme Olivia gern eine hätte. Weißt du, als ich mit dir schwanger war, habe ich jeden Tag Kaffee und Eistee getrunken. Ich glaube nicht an dieses ganze Koffeinverbot während der Schwangerschaft. Schau dich an, dir hat es doch auch nicht geschadet. Du bist perfekt.«

»Danke, Mom. Was hast du sonst noch angestellt? Eine Packung am Tag geraucht?«

»Erin! Ich habe noch nie in meinem Leben geraucht. Allerdings habe ich einmal eine von Daddys Zigarren probiert. Meine Freundinnen und ich haben uns ins Arbeitszimmer meines Vaters geschlichen und seinen Bourbon gekostet.« Meine Mutter lachte, und als sie fortfuhr, konnte ich ihren gedehnten texanischen Akzent hören. »Wir waren voll wie eine Haubitze. Molly Hayworth kam auf die Idee, dass wir alle eine Zigarre rauchen sollten. Schließlich waren wir alle kultivierte Damen.«

»Wie alt warst du?«, fragte ich, während ich schallend lachte.

»Wir waren sechzehn und hatten wirklich einen im Tee. Als wir es schließlich geschafft hatten, die Zigarre anzuzünden, versuchte ich zu inhalieren. Mir wurde sofort schwindelig.«

»Was ist dann passiert?«

»Daddy kam früher nach Hause und hat uns erwischt. Er war außer sich vor Wut.« Meine Mutter grinste übers ganze Gesicht. »Aber nicht, weil wir in seinem Arbeits-zimmer waren und eine seiner Zigarren geraucht hatten, sondern weil wir seinen teuren sechzehn Jahre alten Bourbon getrunken hatten.« Meine Mutter hielt inne und lachte noch lauter. »Daddy schrie das ganze Haus zusam-men, weil ein paar Mädchen eine Flasche Whisky für zweitausendvierhundert Dollar verschwendet hatten. Wir hatten die gesamte Flasche ausgetrunken und dann die ganze Nacht abwechselnd im Bad über der Kloschüssel gehangen.«

Wir lachten beide schallend, als die Mädchen hereinkamen.

»Entschuldigt die Störung«, sagte Liv.

»Unsinn. Kommt rein.« Meine Mutter winkte sie ins Wohnzimmer.

»Was ist denn so lustig?«, fragte Jasmin, die einen Kinderwagen vor sich her schob.

»Meine Mutter hat mir gerade die Geschichte erzählt, wie sie eine Flasche …«

»Erin Lynn Anderson. Sei jetzt still.« Es war leicht, meine Mutter aus der Fassung zu bringen. »Bring mir die Babys. Ich will sie sehen.«

Jasmin schob den riesigen Kinderwagen zu meiner Mutter hinüber. »Hast du eine Ahnung, wie schwer es war, den ins Weiße Haus zu bekommen? Ich hatte schon Angst, die Agenten würden Asher und Robby einer Leibesvisitation unterziehen. Meine Güte.«

»Das ist kein Witz. Heute scheinen alle etwas ange-spannt. Ist alles in Ordnung?«, wollte Violet wissen.

»Ja, ja. Du weißt ja, wie das ist. Also, was habt ihr mitgebracht?« Meine Mutter zeigte auf den Karton in Olivias Armen.

»Hochzeitszeitschriften«, verkündete sie mit einem Lächeln.

»Und ich habe einen Planer dabei, nur für den Fall, dass Colin dir Zeit gibt, die Hochzeit zu organisieren. Obwohl Zane angedeutet hat, dass Colin dich am liebsten schon gestern geheiratet hätte.« Ivy zog ein Notizbuch aus ihrer Tasche.

»Leo hat mir gestern Abend erzählt, dass Colin gesagt hat, er würde dich noch heute heiraten, wenn du einverstanden wärst«, warf Liv ein. »Oh, und er wünscht sich tatsächlich Kinder. Und zwar eine Menge.«

»Heute noch?«, fragte ich. Alle vier Frauen nickten gleichzeitig. »Das ist doch verrückt.«

»Setzt euch doch alle«, schlug meine Mutter vor. »Was für eine Hochzeit wünschst du dir, Erin?« Sie kam ohne Umschweife zur Sache.

»Ich weiß es nicht.« Nach all der Aufregung hatte ich nicht daran gedacht, eine Hochzeit zu planen.

»Groß? Klein?«, fragte Violet.

»Im kleinen Kreis. Ich möchte kein Aufsehen erregen. Keine Reporter, keine Klatschblätter. Ich will nicht, dass irgendjemand außerhalb dieses Raumes davon erfährt. Außer Colins Familie natürlich. Die Medien haben mir das Leben zur Hölle gemacht, ich lasse mir von ihnen nicht auch noch meine Hochzeit ruinieren.«

»Also eine kleine Feier. Willst du die Verlobung verlängern und mit der Hochzeit warten?«, erkundigte sich meine Mutter.

»Nein. Ich möchte Colin so bald wie möglich heiraten.«

»Dein Vater und ich würden uns sehr darüber freuen. Wir haben gestern Abend darüber gesprochen. Natürlich könnt ihr heiraten, wo ihr wollt, aber wir dachten uns schon, dass ihr euch eine kleine Feier wünscht. Wir dachten, der Blaue Saal wäre schön …«

»Nein. Ich möchte nicht im Blauen Saal heiraten, sondern hier, in diesem Raum.«

»Hier? Im Wohnzimmer? Aber es gibt so viele schöne Orte …«

»Hier ist es perfekt. In diesem Zimmer bist du einfach nur meine Mom und Dad ist nur Dad. Hier sind wir eine ganz normale Familie. Hier möchte ich heiraten. Ich werde heute Abend mit Colin darüber reden.«

»Das ist nicht nötig, er sagt Ja«, warf Jasmin ein, die eines der Babys auf dem Arm wiegte.

»Nicht doch. Ich muss ihn zuerst fragen.«

»Nein, musst du nicht. Colin hat Zane gegenüber erwähnt, dass er dich jederzeit und überall heiraten würde. Er wird also zustimmen.«

»Das sind aber ziemlich viele Informationen aus zweiter Hand. Für ein paar knallharte Kerle erzählen sich die Jungs aber eine Menge«, lachte ich.

»Hast du eine Ahnung. Sie tratschen mehr als alle Frauen, die ich kenne. Sie haben keine Geheimnisse voreinander.« Ivy schüttelte den Kopf. »Also, da wir jetzt wissen, wo die Hochzeit stattfinden soll, können wir mit der Planung beginnen. Du brauchst ein Kleid, Blumen, eine Torte …«

Ivy plapperte weiter, aber ich hörte ihr nicht mehr zu. Nicht weil es mich nicht interessierte, sondern weil ich das Gefühl hatte, in einem Traum gefangen zu sein. Ich hätte mir nie erträumt, dass ich so etwas je erleben würde. Ich hatte Freundinnen. Echte Freundinnen, die mich um meiner selbst willen mochten. Einen gut aussehenden, starken, klugen Mann, der mich trotz unseres holprigen Starts liebte. Und meine Mutter. Sie sah so glücklich aus, dass ich nicht aufhören konnte, sie anzustarren. Wenn mein Leben nur halb so erfüllt sein würde wie ihres, würde es ein lebenswertes sein.

KAPITEL VIERUNDZWANZIG

»Was hat es mit den ganzen zusätzlichen Sicherheitsvorkehrungen auf sich?«, fragte Zane, als er den Lagebesprechungsraum betrat, in dem der Präsident und ich bereits warteten. »Wie war Erins Arzttermin?«

»Gut. Sie ist vollständig genesen.«

»Das sind tolle Nachrichten. Olivia hat sich schon Sorgen gemacht«, sagte Leo.

»Da hast du recht. Danke.«

Als alle sich im Raum versammelt hatten und die Tür verschlossen war, tippte Tom auf einen braunen Ordner, der vor ihm auf dem Tisch lag. »Das ist der Grund für die Sicherheitsvorkehrungen.«

Er schob mir die Mappe zu. Ich öffnete sie und erschauderte. Darin befanden sich mehrere Fotos eines Mannes, der mit einer Schusswunde im Kopf auf dem Boden lag.

»Wer ist das?« Ich reichte das Bild an Zane weiter.

»Mein Informant, Brent Benzo. Ich habe niemandem von ihm erzählt. Nicht einmal ihr fünf wusstet, wer mir die Informationen über das Angel-Programm zugespielt hatte. Niemand wusste es.«

»Wann ist das passiert?«, fragte Zane, während er die Fotos eines nach dem anderen betrachtete.

»Heute Morgen. Er betrat gerade ein Gebäude der NSA. Es befindet sich in Richmond, Virginia.«

»Was steht auf dem Zettel?«, wollte ich wissen, als ich mir das Foto genauer ansah. Es hatte den Anschein, als hätte Brent ein Stück Papier in der Hand.

Tom kramte in der Akte, bis er die gewünschten Bilder gefunden hatte.

»Überall. Zu jeder Zeit«, las Zane die Nachricht vor. »Ist Tex schon auf etwas gestoßen?«

»Ja, er setzt die Puzzleteile gerade zusammen. Er fühlt sich da unten im Keller pudelwohl. Gerald liefert persönlich seine Mahlzeiten und versorgt ihn mit Trinkwasser. Außer uns beiden weiß niemand im Weißen Haus, dass er da unten ist. Ich glaube nicht, dass er geschlafen hat«, erklärte Tom.

»Er ist auf der Jagd«, erwiderte ich lachend. »Männer, die jagen, schlafen nicht.«

»Ich habe mein Treffen in Camp David vorverlegt und werde morgen früh abreisen. Gerald wird hierbleiben. Der Rest des Sicherheitsteams glaubt, dass er eine Magenverstimmung hat und deshalb nicht fliegen kann. Ich werde zum Abendessen zurück sein.«

»Halten Sie das für klug?«, fragte Zane, bevor ich etwas sagen konnte.

»Wann habe ich jemals einer Drohung nachgegeben? Glaubt ihr wirklich, ich lasse mich von irgendeinem dahergelaufenen Idioten davon abhalten, dieses Land zu regieren?«

Tom Anderson war vieles, aber ganz sicher kein Drückeberger. Er ließ sich nie in eine Ecke drängen, auch wenn es ihn in Gefahr brachte. Es war offensichtlich, von wem Erin ihren Dickkopf geerbt hatte.

»Ich sage nur, dass jemand mit außergewöhnlichen Fähigkeiten Ihren Informanten ausgeschaltet hat. Und diese Leute haben Erin entführt. Vielleicht wäre es klüger, die Reise zu verschieben.« Zane versuchte, an die Vernunft des Präsidenten zu appellieren.

»Ein Grund mehr für mich zu gehen. Im Moment glauben diese Arschlöcher, sie hätten mich an den Eiern. Aber sie werden merken, dass meine aus Stahl sind. Ich werde niemals nachgeben.«

Zane stieß einen Seufzer aus. »Ich dachte mir schon, dass Sie so etwas sagen würden. Fassen wir noch einmal zusammen, was wir bereits wissen.«

»Das ist Tex' letzter Lagebericht.« Tom reichte Zane ein Dokument. Während Letzterer die neuesten Informationen las, betrachtete ich das Foto vom Tatort.

»Ich kann zwei Überwachungskameras in dem Gebäude erkennen.« Ich zeigte auf das Bild. »Wo sind die Aufzeichnungen?«

»Tex arbeitet gerade daran. Er überprüft auch die Aufnahmen der Verkehrskameras und der Überwachungskameras der umliegenden Gebäude«, antwortete der Präsident.

»Hört zu«, begann Zane. »Tex hat die Verbindung zwischen Warren und der NSA gefunden. Haltet euch fest, denn die Sache ist sehr komplex. Warren war im letzten Jahr bei Camio-Telecomm angestellt. Die Firma schrieb rote Zahlen, bis Warren anfing, dort zu arbeiten, und Camio einen 889-Millionen-Dollar-Vertrag vom

Verteidigungsministerium verschaffte. Das North America Industry Classification System (NAICS) listet die Arbeit als Telemarketing- und Produktdienstleistungen in Höhe von 660 Millionen Dollar.«

»Wir wissen, dass diese Klassifizierung Schwachsinn ist. Was ist Gegenstand des echten Vertrags?«, wollte Linc wissen.

»Informationsbeschaffung«, antwortete Zane. »Nachdem Camio den Auftrag erhalten hatte, kaufte die Firma ein kleines Medienunternehmen zu einem überhöhten Preis. Das war ein schlechter Schachzug, aber mit dem Geld der Regierung konnten sie es sich leisten. Als Tom Angel abschaltete, wurde der Vertrag gekündigt.«

»Dann steckt also Camio hinter der Entführung von Erin und den Drohungen gegen Tom«, bemerkte Jaxon.

»Wofür wurden die gesammelten Informationen verwendet?«, fragte ich. »Ich sehe nicht, wie das Ausspionieren des amerikanischen Volkes dem Telemarketing zugutekommen könnte.«

»Aber es würde dem Nachrichtenunternehmen nutzen, das Camio gekauft hat«, schlussfolgerte Leo.

»Bingo.« Zane warf den Lagebericht auf den Tisch. »Sobald Camio weiß, wie die Bevölkerung über ein bestimmtes Thema denkt, können sie die Berichterstattung in eine Richtung lenken. Entweder sind sie dafür oder dagegen. Wie leicht wird es für sie sein, falsche Informationen zu verbreiten und die öffentliche Wahrnehmung zu beeinflussen. Suggestion, Einmischung und Manipulation.«

»Warren wollte niemanden beeinflussen«, bemerkte ich. »Ihm ging es nur um Rache. Er wollte mich töten, um es Zane unter die Nase zu reiben. Alles andere war ihm egal.«

»Dem stimme ich zu«, sagte Zane mit hartem Tonfall.

»Zwei Fliegen mit einer Klappe, Colin. Er hätte sich die Taschen vollgestopft und mir zugleich eins ausgewischt. Aber er hat dich unterschätzt.«

Allein der Gedanke an Warren brachte mein Blut in Wallung. Dieses Arschloch hatte das alles eingefädelt, weil Zane ihn als den Feigling entlarvt hatte, der er war. Er hatte Erin verfolgt, ihr Angst eingejagt, sie entführt und versucht, mich umzubringen.

»Gerissener Scheißkerl«, bemerkte ich.

»Wie bitte?«, Declan wandte sich mir zu.

»Er wusste es. Angel war ihm scheißegal. Er wusste genau, dass Tom niemals nachgeben und das Programm wieder aktivieren würde, selbst wenn Warren Erin entführen würde. Sobald seine Tochter in Sicherheit war, würde er es wieder abschalten. Wenn nötig, würde er sogar die gesamte Cyber-Abteilung auflösen. Aber Warren wusste genau, dass Tom uns anheuern würde, um Erin zu beschützen. Ihm war es egal, wer von uns bei ihr war, wichtig war nur, dass Camio sie und ihren Leibwächter lebendig erwischte.«

Plötzlich herrschte Stille, aber alle wussten, dass ich recht hatte. Es hätte jeder von uns sein können, der in diesem Raum angekettet war, und Warren wäre zufrieden gewesen. Sein einziges Ziel war es, Zane Lewis zu quälen.

Aber es gab immer noch zu viele offene Fragen. Noch hatten wir nicht alle Puzzleteile zusammengesetzt.

»Was hat Greenwold mit der Sache zu tun? Er hat die Kameras in Erins Wohnung installiert und diese Typen angeheuert, die uns von der Straße gedrängt haben. Ich nehme an, Tex hat herausgefunden, dass die Cyber-Abteilung der Spionageabwehr hinter dem Einbruch in sein System steckt?«

»Er arbeitet noch daran, aber davon gehe ich aus, ja«, antwortete Tom.

»Und die restlichen 229 Millionen aus dem Vertrag? Was ist mit dem Geld passiert?«, fragte Zane.

Den Rest des Geldes hatte ich völlig vergessen. Es war verdammt gut, dass Zane seine Emotionen im Griff hatte, denn ich war viel zu wütend. Immer wieder sah ich Erins Gesichtsausdruck vor mir, als Warren ihr gesagt hatte, dass er mich umbringen würde. Sie hatte ihr eigenes Leben riskiert, um mir zu Hilfe zu eilen, während dieses Weichei mich in Ketten gelegt hatte, um mich zu verprügeln. Was mich am meisten beschäftigte war die Tatsache, dass Erin gesehen hatte, wie ich den Kerl getötet hatte. Bisher hatte ich noch nicht mit ihr darüber gesprochen, weil ich zu viel Angst davor hatte, wie sie reagieren würde. Am liebsten hätte ich es einfach ignoriert, aber ich musste mit ihr darüber reden.

»Es ist verschwunden«, sagte Tom.

»Sind Sie sicher, dass Sie nicht lieber warten und hierbleiben wollen …«, begann Zane.

»Nein. Es bleibt dabei«, erwiderte Tom beharrlich.

Verdammter Dickkopf.

»Themenwechsel«, verkündete der Präsident. »Ich habe gehört, dass die Frauen oben deine Hochzeit planen.«

Meine Teamkameraden lachten leise. Ich musste zugeben, dass ich froh war, nichts mit der Planung zu tun zu haben. Es war mir egal, wo und wann wir heiraten würden. Für mich galt: Je früher, desto besser.

»Das freut mich«, erwiderte ich.

»Irgendwelche besonderen Wünsche?«, wollte Tom wissen.

»Ich würde gern vierundzwanzig Stunden im Voraus Bescheid wissen, damit ich meine Eltern herholen kann.«

»Und deine Schwester?«

»Sie ist auf See im Einsatz. Ich bezweifle, dass ihr Kommandant sie für eine Hochzeit nach Hause fliegen wird. Wir alle kennen die Regeln.«

»Besser als die meisten«, stimmte der Präsident zu.

Meine Eltern waren tatsächlich sehr verständnisvoll. Mit zwei Kindern beim Militär hatten sie keine andere Wahl, als mit dem Strom zu schwimmen. Manchmal planten wir einen Heimaturlaub, doch dann wurde er gestrichen. Unsere Einsätze endeten und wurden plötzlich verlängert. Der Abschaum der Welt scherte sich nicht um Feiertage, Geburtstage, Hochzeiten oder Geburten. Bösewichte nahmen keinen Urlaub, nur weil der Kalender es vorgab. Keira würde sicher traurig sein, weil sie meine Hochzeit verpasste, aber sie würde das tun, was sie immer tat, wenn sie im Einsatz war – ihren Job. Sie war eine großartige Seefrau, und selbst wenn sie nicht vor Ort war, würde sie an uns denken. Das tat sie immer.

KAPITEL FÜNFUNDZWANZIG

»Lass mich raten, deshalb hast du dieses Haus gekauft«, sagte ich, als ich mit Colin durch das kleine Wäldchen auf seinem Grundstück ging.

»Genau. Wir haben hier hinten sechs Hektar zur Verfügung.«

Da war es wieder – *wir*. Inzwischen bezog er mich in alles mit ein. *Wir* hatten ein Haus in Texas. Es war *unser* Wagen, *unser* Whirlpool, *unser* Leben. Jedes Mal wenn ihm diese Worte über die Lippen kamen, wollte ich mich kneifen, um mich zu vergewissern, dass ich nicht wieder in meiner Wohnung in D. C. saß und mir das alles nur einbildete.

»So sehr ich es auch genieße, hier zu sein und Zeit mit dir zu verbringen, weiß ich, dass du mich aus einem bestimmten Grund hierhergebracht hast. Also was ist los?«

Er blieb stehen, hielt aber weiterhin meine Hand. Nach meiner heutigen MRT-Untersuchung hatte der Arzt den Verband an meiner rechten Hand abgenommen. Die Wunde an meiner Handfläche heilte gut und tat nicht weh. Ich würde damit zwar nicht so bald ein Klettergerüst erklimmen, aber im Alltag störte sie mich nicht.

»Du hast mich heute gar nicht gefragt, wie unsere Besprechung gelaufen ist.« Bevor ich ihn daran erinnern konnte, dass er mich dazu angehalten hatte, über wichtige Dinge nur unter der Dusche zu sprechen, fuhr er fort: »Aber ich weiß, dass es dich interessiert, und ich habe versprochen, dir alles zu erzählen, was ich dir sagen darf.«

Mit seinen blauen Augen sah er mich durchdringend an. Er wirkte aufgewühlt.

»Was ist passiert? Ist alles in Ordnung?«

»Wir kommen der Lösung des Rätsels langsam näher. Erinnerst du dich an Warren, den Kerl, den ich ...« Er verstummte.

»Ja, natürlich erinnere ich mich an ihn.« Colin zuckte zusammen und ich fragte mich, woher die Reaktion kam. Immerhin hatte Warren versucht, ihn zu töten.

»Wir sind der Grund, warum du entführt wurdest. Mein Team und ich. Warren war wie besessen von Zane und wild entschlossen, sich an ihm zu rächen. Er wusste, dass dein Vater Z Corps anheuern würde, um dich zu beschützen, falls dich jemand bedrohen würde. Er überzeugte seine Arbeitgeber von seinem Plan, dich zu entführen und gleichzeitig mich gefangen zu nehmen.«

»Das scheint mir ein ziemlich großer Aufwand zu sein, um sich an jemandem zu rächen. Wäre es nicht einfacher gewesen, einen Auftragskiller anzuheuern, der dich einfach umbringt?« Verdammt. So hatte ich es nicht ausdrücken wollen. »Ich habe es nicht so gemeint ...«

»Ich weiß, wie du es gemeint hast, Sonnenschein. Hast du eine Ahnung, was ein Auftragsmord kostet?«

»Hm, wohl eher nicht. Ich habe noch nie versucht, einen Auftragskiller anzuheuern.«

»Wir reden von einer halben Million. Für einen Mann wie mich musst du das Dreifache hinlegen.«

Ich wagte nicht zu fragen, was er damit meinte. Ich hatte zwar eine Vermutung, wollte sie aber nicht bestätigt wissen. »Das ist viel Geld.«

Colin nickte. »Geld, das Warren nicht hatte. Also ist er den umständlichen Weg gegangen.«

»Aber er ist tot. Das bedeutet doch, dass ihr jetzt in Sicherheit seid, nicht wahr?«

»Ja, *wir* sind jetzt in Sicherheit.« Colin drückte meine Hand fester. »Ich möchte mit dir darüber reden, was passiert ist. Darüber, was du gesehen hast.«

»Mir ist klar, dass ich niemandem davon erzählen darf«, stieß ich hastig hervor.

»Sonnenschein, ich mache mir keine Sorgen darüber, dass jemand erfährt, was ich getan habe. Ich sorge mich um das, was du gesehen hast.«

»Was ist damit?«

Verwirrt dachte ich an jenen Tag zurück und versuchte, mich an die Einzelheiten zu erinnern. Es war ein seltsames Gefühl, denn ich hatte mich bemüht, alles zu verdrängen. Aber wenn ich etwas übersehen oder vergessen hatte, was ihnen helfen könnte, die letzten Teile des Puzzles zusammenzusetzen, würde ich meine Erinnerungen durchforsten.

»Du hast gesehen, wie ich einen Mann getötet habe. Ich glaube, wir müssen darüber reden.«

»Nein, das hast du nicht«, entgegnete ich.

»Baby, ich habe ihn umgebracht«, sagte Colin mit gedämpfter Stimme, in der ein beschwichtigender Tonfall mitschwang.

»Nein. Das. Hast. Du. Nicht.«

»Ein Mann ist meinetwegen gestorben, Erin.«

»Du hast ihn nicht umgebracht, sondern hast dich und mich beschützt. Du bist nicht einfach auf jemanden zugegangen und hast ihm das Leben genommen.«

»Damit hast du recht. Aber das ändert nichts an der Tatsache, dass er durch meine Hand gestorben ist.«

»Leidest du darunter? Ich habe nicht darüber nachgedacht, was es für Auswirkungen auf dich haben könnte, ich war nur dankbar, dass wir noch am Leben sind.«

»Nein, ich leide sicher nicht darunter.«

»Warum reden wir dann darüber?«

»Ich muss wissen, ob du damit zurechtkommst. An jenem Tag habe ich gar nicht darüber nachgedacht. Und danach habe ich mir mehr Sorgen um deine Gehirnerschütterung gemacht. Dann wollte ich mich vergewissern, dass du nicht von Albträumen geplagt wirst.«

Ich dachte über seine Worte nach und kam zu dem gleichen Schluss, wie jedes Mal, wenn ich mich daran erinnerte, was Colin für mich getan hatte. Für ihn stand ich immer an erster Stelle. Mit keinem Wort hatte er sich selbst erwähnt oder die Verletzungen, die er erlitten hatte. Oder die Leben, die er genommen hatte. Es ging immer nur um mich. Vielleicht war ich egoistisch, aber das war eines der vielen Dinge, die ich an ihm liebte.

»Du hast vor meinen Augen zwei Männer getötet«, korrigierte ich. »Zwei Männer, die dich verprügelt hatten. Zwei Männer, die mich entführt hatten. Zwei Männer, die gedroht hatten, dich vor meinen Augen zu töten. Du hast getan, was du tun musstest, um uns zu beschützen. Du bist für mich, für uns, durchs Feuer gegangen. Wie könnte ich dafür etwas anderes als Dankbarkeit empfinden?«

»Durchs Feuer?«, fragte er und seine Miene erweichte sich.

»Du hast gesagt …«

»Ich weiß, was ich gesagt habe. Ich bin nur überrascht, dass du dich daran erinnerst.«

»Nur deinetwegen habe ich nicht den Verstand verloren. Deine Worte haben mir geholfen, stark zu bleiben. Ich wusste, du würdest einen Ausweg finden. Du hast mir gesagt, du würdest alles für die Frau tun, die du liebst. Du würdest für sie durchs Feuer gehen. Und du bist durchs Feuer gegangen. Ich werde nie vergessen, was du für uns getan hast.«

»Verdammt, ich liebe dich. Bist du sicher, dass du damit zurechtkommst?«, hakte er nach.

»Das sagte ich doch schon.«

»In Ordnung«, lenkte er schließlich ein. »Also erzähl mir von der Hochzeitsplanung.«

Ich war dankbar für den Themenwechsel. Auf dem Rückweg zum Haus erzählte ich ihm, was wir alles arrangiert hatten. Meine Mutter hatte an diesem Wochenende ein Mittagessen mit einer Gruppe von Frauen geplant, das sie schon hatte absagen wollen. Aber ich hatte sie davon abbringen können. Colin und ich wollten beide so bald wie möglich heiraten, aber dieses Wochenende war einfach zu früh. Also hatten wir beschlossen, die Zeremonie in drei Wochen abzuhalten. Dadurch hatten alle genügend Zeit, sich darauf vorzubereiten.

»Bist du sicher, dass du mit einer kleinen Feier in der

Residenz einverstanden bist?«, fragte ich, als wir uns der Gartenterrasse näherten.

»Auf jeden Fall. Es ist perfekt.«

»Ich würde mich freuen, wenn deine Eltern schon vor der Hochzeit kommen könnten. Es wäre schön, sie kennenzulernen, bevor wir zum Altar schreiten.«

»Das würde ihnen gefallen. Meine Mutter hat schon mehrmals versucht, in ein Flugzeug zu steigen.«

»Wirklich? Warum ist sie nicht gekommen?«

»Ich wollte, dass du dich erst einmal einlebst. Meine Mutter kann ziemlich anstrengend sein.«

Er hatte mich wieder einmal beschützt. So wie er es immer tat.

»Sei nicht albern. Sag ihr, sie soll kommen. Sie kann uns begleiten, wenn wir ein Kleid aussuchen. Allerdings wird das Ganze wie eine geheime CIA-Operation ablaufen, damit die Medien nichts davon erfahren.«

»Bist du sicher?« Colins Miene erhellte sich.

Ich ging auf ihn zu und schlang meine Arme um seine Taille, wobei ich darauf achtete, seine Rippen nicht zu berühren. »Ich bin sicher. Natürlich bin ich nervös, weil ich hoffe, dass sie mich mögen. Und es ist schade, dass Keira nicht kommen kann. Aber wir schicken ihr Fotos. Hey, vielleicht können wir die Zeremonie live übertragen. Hätte sie auf dem Schiff die Möglichkeit zuzusehen?«

Colin schwieg für einen langen Moment. Als er wieder das Wort ergriff, ließ er mein Herz höherschlagen. »Danke, dass du meine Eltern einbeziehen willst. Meine Mutter wird dich lieben. Ich weiß, dass es ihr viel bedeutet, wenn sie mit dir zusammen ein Kleid aussuchen kann. Mein Vater ist ein waschechter Ire, der eine Schwäche für hübsche Mädchen hat. Du wirst ihn in zwei Sekunden um den kleinen Finger wickeln.«

»Spricht er mit einem Akzent?«, wollte ich wissen.

»Normalerweise nicht, es sei denn, er versucht, meine Mutter zu bezirzen. Als wir noch Kinder waren, wussten wir, dass wir das Zimmer verlassen mussten, wenn Dad anfing, Gälisch zu sprechen.«

»Das ist wirklich süß.«

»Sicher, es sind ja nicht deine Eltern.«

»Erzähl mir mehr von ihnen«, forderte ich ihn auf.

»Ich würde dir lieber etwas anderes erzählen.«

Mir gefiel das Funkeln in Colins Augen.

»Etwas anderes? Was denn?«

»Etwas, das ich dir nur ins Ohr flüstern kann, wenn du nackt neben mir im Bett liegst.«

Ein erregender Schauer durchfuhr mich. Ich hoffte inständig, dass wir diese Unterhaltung im Schlafzimmer fortsetzen würden. »Hm, ich wusste gar nicht, dass man manche Dinge nur flüstern kann, wenn man nackt ist. Dann sollte ich wohl ins Haus gehen und mich ausziehen, damit ich sie hören kann.«

Ich hörte Colins leises Lachen hinter mir, als ich zur Tür sprintete. Mir gefiel seine verspielte Seite. Genauso wie seine starke, beschützende Seite. Ich gab es nur ungern zu, aber auch die grüblerische, gereizte Seite von Colin war ebenfalls verdammt sexy.

Ich war gerade dabei, mir mein Oberteil über den Kopf zu ziehen, als Colin in der Zimmertür erschien. Ich warf den zerknitterten Stoff in seine Richtung, aber er fiel auf halbem Weg zu Boden.

»Willst du mir nicht Gesellschaft leisten?«

»Gleich«, antwortete er.

»Worauf wartest du?«, fragte ich und entledigte mich meiner Hose.

»Auf nichts.«

»Warum ziehst du dich dann nicht aus?«

»Ich genieße den Anblick«, antwortete er.

»Das würde ich auch, wenn du zumindest dein Hemd loswerden würdest.«

Er überraschte mich, als er es sich, ohne zu zögern, über den Kopf zog und lächelte. Ich dachte schon, ich müsste ihn mehrmals darum bitten. »Besser?«

»Hm. Noch nicht. Ich glaube, die Hose muss runter, um ausgeglichene Verhältnisse zu schaffen.« Ich deutete auf meinen weitgehend unbekleideten Körper. »Ich trage nur noch meine Unterwäsche.«

Er streifte die Hose ab, blieb aber in der Tür stehen. Ich griff nach hinten und öffnete meinen BH, sodass die Träger an meinen Armen herunterglitten. Gerade wollte ich mich auch meines Höschens entledigen, als Colin endlich auf mich zukam. Unwillkürlich erschauderte ich, als er mich mit einem begierigen Blick bedachte.

»Das hier werde ich ausziehen.«

Ich war wie erstarrt und wusste plötzlich nicht mehr, was ich tun sollte. Er hob mich hoch und trug mich zum Bett.

»Deine Rippen«, mahnte ich.

»Denen geht es gut.«

Er bettete mich behutsam auf die Matratze und spreizte meine Beine, als er sich zwischen ihnen niederließ. Dann begann er, meinen Hals zu liebkosen. »Bist du dir sicher, dass du das tun willst?«

»Ja.«

»Willst du nicht lieber warten, bis wir verheiratet sind? Es sind nur noch drei Wochen«, neckte er mich. Zumindest hoffte ich, dass er nur scherzte.

»Meinst du das ernst?«

»Nimmst du die Pille?«, fragte er an meiner Halsbeuge.

»Nein.« Ich neigte den Kopf zur Seite, um ihm mehr Platz zu geben.

So ein Mist. An Verhütung hatte ich nicht gedacht. Da ich noch nie Sex gehabt hatte, hatte ich bisher keine Notwendigkeit dafür gesehen.

Er hob den Kopf und begegnete meinem Blick. Seine Nase schwebte dicht über meiner und ich musste ein paarmal blinzeln, damit ich ihn scharf sehen konnte.

»Du hast die Wahl. Wir können ein Kondom benutzen, wenn du willst. Ich lasse mich regelmäßig testen und …«

»Schhh.« Ich legte einen Finger an seine Lippen. »Ich vertraue dir und will nicht, dass etwas zwischen uns steht.«

Colins Lippen umspielte ein Lächeln, bevor er wieder meinen Hals liebkoste und sich dann einen Weg über meine Kehle bis hinunter zu meinen Brüsten bahnte. Er knetete und massierte sie, bevor er eine meiner Brustwarzen in seinen Mund saugte.

»Mein Gott, das fühlt sich so gut an«, stöhnte ich und wölbte mich auf.

Er widmete sich auch dem anderen Nippel, bevor er noch tiefer wanderte und meinen Bauch küsste, bevor er an meinem Unterleib innehielt. Mit einem Lächeln blickte er zu mir auf.

»Halt dich fest, Sonnenschein. Das wird nicht lange dauern.«

»Was wird nicht lange dauern?«, fragte ich wie benommen vor Lust.

»Bis du an meinem Mund kommst.«

Bedächtig ließ er seine Zunge von meinem Anus bis zu meiner Klitoris gleiten. Ich wäre fast aus dem Bett gefallen, hätte er mich nicht mit einem Arm über meinem Bauch festgehalten. Er ließ seine Zunge kreisen, saugte an meiner Lustperle und drang in meinen feuchten Unterleib ein. Meisterhaft beherrschte er meinen Körper und wusste genau, was er tun musste, um mich an den Rand des Wahnsinns zu treiben. Er konnte mich im Handumdrehen auf den Gipfel der Ekstase katapultieren oder meinen Orgasmus hinauszögern und mich betteln lassen. Er hatte die absolute Kontrolle, ich hatte keinen Einfluss auf die Reaktion meines Körpers.

»Das ist so gut, Colin«, stöhnte ich, wobei ich mir nicht sicher war, ob ich ihn von mir stoßen oder ihn anflehen sollte, sich nie wieder zu bewegen. Meine Schenkel begannen zu zittern, als der Druck fast unerträglich wurde. Dann presste er seine Zunge an meine Klitoris und ich fiel über den Abgrund der Ekstase.

»Oh Gott!«, schrie ich und ließ mich von der Lust übermannen.

Colin liebkoste mich weiter, während mein Orgasmus langsam abebbte. Als er mit seinen Lippen an meiner Klitoris ein Summen ausstieß, bäumte ich mich auf. »Ich kann nicht mehr.«

Lachend hob er den Kopf zwischen meinen Schenkeln an und verzog die Lippen zu dem sinnlichsten, verruchtesten Lächeln, das ich je gesehen hatte.

»Verdammt, du schmeckst so gut«, sagte er und leckte sich über die Unterlippe. Mein Gott, das war so sexy.

Er kroch an mir hinauf und hob dabei einen meiner Schenkel an. Dann legte er sich auf mich, legte mein Bein um seine Taille und stützte sich auf den Ellbogen ab.

Und er blickte mir direkt in die Augen.

Meine Welt verengte sich und ich sah nur noch Colin. Mir stockte der Atem und mein Mund war plötzlich wie ausgetrocknet.

»Sonnenschein«, flüsterte er mit gefühlvoller Stimme.

Er stieß mit seiner Eichel gegen meinen Unterleib und ich schloss die Augen. Als er sich einen Moment später immer noch nicht bewegt hatte, hob ich meine schweren Lider leicht an.

»Colin. Worauf wartest du?«

»Darauf, dass du mich ansiehst.« Er ließ seinen Daumen über meinen Kiefer bis zu meinem Ohr und wieder zurück gleiten. Die Berührung war so federleicht, dass es mir noch schwerer fiel, die Lider zu heben. »Ich will dich sehen.«

Ich öffnete die Augen und schluckte einen Kloß im Hals hinunter, als er langsam in mich eindrang. Ich wölbte mich auf und presste meine Ferse gegen seinen Rücken.

»Versprich mir, dass du mich nie verlässt«, raunte er.

»Ich verspreche es«, stieß ich hervor.

»Niemals, Erin. Ich brauche dich. Da ich nun weiß, dass es dich gibt und die wahre Liebe existiert, kann ich nicht mehr ohne dich leben. Ich würde sterben, wenn du mich verlässt.«

Ich brachte kaum einen Ton hervor, während er mit sanften Bewegungen immer wieder in mich eindrang. Mit seinem dicken Schwanz dehnte er mich und füllte mich aus. »Ich werde dich jeden Tag lieben, als gäbe es kein Morgen. Das verspreche ich dir.«

Er streichelte weiterhin meine Wange und starrte mir in die Augen. In diesem Moment, während Colin Liebe mit mir machte, wurden wir eins. Unsere Körper, Herzen und Seelen verschmolzen miteinander. Ich wusste nicht mehr, wo er aufhörte und ich anfing. Doch ich wollte es gar nicht wissen. Ich wollte mich für immer in ihm verlieren.

»Bitte hör nicht auf«, flehte ich.

Mit seinen Liebkosungen setzte er meinen Körper in Brand, während er mit bedächtigen Bewegungen in mich stieß und mich an den Rand des Wahnsinns trieb.

»Schneller, Colin.«

»Wir haben die ganze Nacht Zeit, es gibt keinen Grund zur Eile.«

Er ließ sich nicht beirren und stieß in einem gemächlichen Rhythmus in mich hinein. Die Stille im Raum wurde nur durch seinen Atem durchbrochen, der sich mit meinem Stöhnen vermengte. Irgendwann hielt ich es nicht mehr aus. Ich brauchte mehr.

»Härter«, flehte ich. »Bitte.«

»Schieb dein Bein höher.« Er wartete nicht darauf, dass ich seiner Anweisung folgte, sondern löste die Hand von meiner Wange und packte meinen Schenkel. Dann drang er mit einem kraftvollen Stoß in mich ein.

»Oh Gott.«

»Du bist so schön. Schling deine Arme um mich.«

»Heiliger …« Ich verstummte, als er seine Hand an meinen Hintern gleiten ließ und mich anhob.

»Genau so, Baby, bewege deine Hüfte und reibe dich an mir.«

Ich verstand kaum noch, was Colin sagte, als meine Instinkte die Kontrolle übernahmen. Ich schlang mein Bein um seine Taille, damit ich mich im Rhythmus mit ihm bewegen konnte. Er stieß immer wieder in mich hinein und ich versuchte, mit ihm Schritt zu halten.

»Verdammt. Du fühlst dich so gut an.«

Er presste seinen Mund auf meinen. Wenn ich geglaubt hatte, dass er mich zuvor mit seinen Küssen dominiert hatte, dann hatte ich mich geirrt. Er nahm mich auf eine primitive und animalische Weise, die sich so richtig anfühlte. Ich krallte mich in seinen Rücken. Als er seine Lippen von den meinen löste und seinen Kopf mit einem lauten Stöhnen in den Nacken warf, durchzuckte ein lustvolles Beben meinen Unterleib. Es war, als würde ein Damm gebrochen, und all die aufgestaute Leidenschaft entlud sich in einer riesigen Welle. Unsere Welt bestand nur noch aus unserem Stöhnen und dem Klatschen unserer Körper, die sich miteinander vereinten.

»Lass nicht los, Erin. Lass niemals los.«

»Das werde ich nicht.«

Ich festigte meinen Griff um ihn und hoffte, er würde verstehen, dass ich ihn genauso brauchte wie er mich.

»Ich liebe dich, Baby«, sagte er mit sanfter Stimme, die im Widerspruch zu seinen strafenden Stößen stand.

»Ich liebe dich.« Ich hob die Hüfte noch ein Stück an und wurde von der Woge der Ekstase mitgerissen. »Ich werde dich nie vergessen lassen, wie sehr.«

»Erin. Sieh mich an.«

Als der Nebel der Ekstase langsam verebbte und ich seinem Blick begegnete, war ich wie gebannt. In seinen Augen lag ein sanfter Ausdruck, während die Muskeln in seinem Nacken angespannt waren. Er bebte am ganzen

Körper. Mit einem letzten Stoß drang er noch einmal tief in mich ein, dann ließ er den Kopf nach vorn fallen und stöhnte vor Lust.

Ich wartete, bis Colin seinen Kopf hob, bevor ich flüsterte: »Nur du.«

Er schloss die Augen, doch ich wusste, dass er die Bedeutung meiner Worte genauso spürte wie ich.

KAPITEL SECHSUNDZWANZIG

»Ich bin froh, dass deine Mutter früher kommt. Um wie viel Uhr landet ihr Flieger heute?«, fragte Erin vom Beifahrersitz aus.

»Ihr Flug kommt um zwölf Uhr am Baltimore/Washington International an«, erinnerte ich sie.

»Und du hast einen Wagen organisiert, der sie abholen wird? Wird sie nicht verärgert sein, weil wir nicht selbst kommen können?«

»Entspann dich, Sonnenschein. Ich habe mich um alles gekümmert. Und nein, sie ist nicht verärgert.«

»Also schön. Ich bin nur nervös.«

Nachdem Erin und ich gestern miteinander geschlafen hatten, rief ich vor dem Abendessen meine Eltern an. Meine Mutter war begeistert, dass Erin sie in die Hochzeitsvorbereitungen miteinbeziehen wollte. Nachdem wir etwa zehn Minuten miteinander telefoniert hatten, wollte sie mit Erin sprechen. Die beiden telefonierten fast eine Stunde, während ich kochte. Als Erin mir schließlich mein Handy reichte, war meine Mutter in Tränen aufgelöst und erklärte, dass Erin perfekt sei. Ich hatte zwar nicht alles mitbekommen, was sie gesagt hatten, aber offensichtlich hatte Erin zugestimmt, meiner Mutter die zwanzig Millionen Enkelkinder zu schenken, die sie sich wünschte. Mein Vater würde erst in zwei Wochen nachkommen. Nach seiner Pensionierung hatte es kein Jahr gedauert, bis er beschlossen hatte, dass er nicht den ganzen Tag lang zu Hause herumsitzen wollte. Mittlerweile arbeitete er bei der Freiwilligen Feuerwehr und musste seinen Urlaub erst auf der Wache beantragen.

»Ich verstehe nicht, wie du nervös sein kannst. Du hast eine halbe Ewigkeit mit meiner Mutter geredet. Sie liebt dich jetzt schon.«

»Aber was ist, wenn sie erst einmal sieht, wie anstrengend ich bin?«

»Was soll das denn heißen?«, fragte ich, als ich den Wagen ins Parkhaus lenkte.

»Komm schon, Colin. Ich führe kein normales Leben. Ständig liegen die Paparazzi auf der Lauer und versuchen, ein Foto von mir zu schießen, während die Agenten vom Secret Service mich nicht aus den Augen lassen. Vielleicht ist der ganze Trubel zu viel für deine Mutter und meine Gesellschaft ist für sie zu aufreibend.«

Nachdem ich den Wagen geparkt hatte, schnallte ich mich ab und wandte mich Erin zu. »Sieh mich an, Sonnenschein.« Mit einem besorgten Ausdruck in den Augen begegnete sie meinem Blick. »Du wirst sie nicht verärgern. Meine Mutter ist eine wahre Glucke. Du solltest dir eher Sorgen darüber machen, dass sie einem aufdringlichen Fotografen die Meinung geigt.«

»Also gut.«

Mir war klar, dass sie mir nicht glaubte, aber sämtliche

Versuche, sie vom Gegenteil zu überzeugen, wären vergebens. Sie musste es mit eigenen Augen sehen. Ich wusste, dass meine Mutter sie mit offenen Armen in der Familie aufnehmen würde.

»Es tut mir leid, dass wir heute in die Zentrale fahren mussten. Ich hätte nichts lieber getan, als den ganzen Tag mit dir im Bett zu faulenzen.«

Erinnerungen an die letzte Nacht stürmten auf mich ein, als Erins Wangen hochrot anliefen. Unser erstes Mal wird für immer in mein Herz eingebrannt sein. Zu wissen, was sie mir geschenkt hatte und dass ich der einzige Mann war, der sie jemals haben würde, war unglaublich befriedigend. Ich werde den Moment nie vergessen, in dem sie unter mir über den Abgrund der Ekstase gefallen war. Doch als sie mich nach dem Abendessen zum Nachtisch vernaschte, hatte sie mich in ihren Bann gezogen. Sie war selbstbewusst und hatte ihre Lust lautstark zum Ausdruck gebracht. Wie auch alles andere in Erins Leben, konnte sie nichts aufhalten, wenn sie etwas wollte. Sie nahm es sich einfach und ich hatte mich ihr bereitwillig hingegeben.

»Ich wünschte, wir würden das Haus nie verlassen müssen«, sagte sie. »Wir könnten in unserer eigenen kleinen Blase leben und alles um uns herum vergessen. Aber ich habe noch eine Menge Arbeit zu erledigen. Und ich sollte mir langsam einen Job suchen.«

»Du hast einen Job.«

»Du weißt, dass ich kein Gehalt von der Wohltätigkeitsarbeit beziehe, nicht wahr? Ich spende es monatlich an die Organisationen zurück.«

»Macht dir die Arbeit Spaß?«

»Das weißt du doch. Ich liebe sie.«

»Warum willst du dann damit aufhören?«

»Weil ich Geld verdienen muss.«

Ich nahm mir einen Moment Zeit, um meine Worte sorgfältig abzuwägen. Doch je länger ich nach einer passenden Formulierung suchte, desto mehr wurde mir klar, dass es sie nicht gab.

»Ich werde es dir einfach auf den Kopf zu sagen. Vielleicht klinge ich wie ein Arschloch, aber ich kann mein Wesen nicht ändern. Du musst mich nicht finanziell unterstützen. Selbst wenn du die Mittel hättest und mehr Geld verdienen würdest als ich, würde ich es nicht annehmen. Es geht nicht darum, dass ich der starke Mann sein will, der eine brave Frau an seiner Seite braucht. Aber ich kümmere mich um dich, ich beschütze dich und ich tue alles, was in meiner Macht steht, um dir zu geben, was du willst. Das ist meine Aufgabe.«

»Und was ist meine Aufgabe, Colin?«

»Mich zu lieben und mich zu unterstützen.«

»Das ist kein Job, sondern eine Selbstverständlichkeit. Du bist mein Ehemann. Natürlich werde ich dich lieben und unterstützen.«

»Es wird nicht so einfach sein, wie du denkst. Ich bin manchmal herrisch und …«

»Ich weiß, wer du bist, Colin. Aber ich möchte das Gefühl haben, dass ich etwas zu unserer Ehe beitrage.«

»Ich will, dass du mir gut zuhörst, Sonnenschein. Es ist nicht wichtig, ob du Geld auf ein Konto einzahlst oder nicht. Viel wichtiger ist, dass ich nach einem beschissenen Tag zu dir nach Hause kommen kann und du mir einen Ort bietest, an dem ich mich fallen lassen kann, wenn ein Einsatz schiefgegangen ist. Zu wissen, dass du an meiner Seite bist, dass du mich liebst und dass wir ein Team sind, bedeutet mir die Welt. Der Wert, den du in mein Leben und in unsere Ehe einbringst, kann nicht mit Geld aufgewogen werden. Wenn du weiter für die Wohltätigkeitsorganisation arbeiten willst, dann tu es. Wenn du wieder zur Schule gehen willst, dann tu es. Wenn du Geschäftsführerin eines großen Unternehmens werden willst, dann stehe ich hinter dir. Wenn du zu Hause bleiben und malen lernen willst, dann schmücke ich die Wände mit deinen Meisterwerken, Sonnenschein. Wofür du dich auch entscheidest, du sollst glücklich sein.«

»Wenn du deine Meinung änderst und willst, dass ich arbeiten gehe, wirst du es mir dann sagen?«

»Das werde ich nicht.«

»Versprich mir, dass du es mir sagst.«

Es gefiel mir nicht, dass sie so aufgewühlt neben mir saß und auf ihrer Unterlippe kaute. Ich hatte Geld, viel Geld. Selbst wenn wir eines Tages noch mehr bräuchten, würde ich lieber fünf Jobs annehmen, bevor sie eine Tätigkeit ausübte, die sie nicht glücklich machte.

»Ich verspreche es«, sagte ich schließlich.

»Danke«, erwiderte sie mit einem Lächeln. »Sollen wir reingehen?«

»Erst, nachdem du mir einen Kuss gegeben hast.«

Erins Lächeln wurde breiter und mein Herz machte einen Satz. Verdammt, ich liebte es, sie glücklich zu sehen und zu wissen, dass ich es war, der sie so strahlen ließ.

* * *

»Ist das ein Fax?«, fragte ich Zane und lachte leise, als ich das altmodische Deckblatt las. »So etwas habe ich schon seit Jahren nicht mehr gesehen.«

Ich hatte die letzten zwei Stunden damit verbracht, die Lageberichte von Tex durchzuarbeiten. Schon gestern hatte eine innere Stimme mir gesagt, dass wir etwas Wichtiges übersehen hatten. Und nachdem ich heute alles noch einmal durchgesehen hatte, schrie sie mich förmlich an. Warren war ein Mistkerl, der zum Glück tot war. Sowohl seine Rolle in der ganzen Sache als auch seine Motive waren offensichtlich. Ich konnte sogar das Interesse von Camio-Telecomm an der Wiedereinführung des Angel-Programms nachvollziehen. Sie brauchten die Informationen. Zum Teil für das Nachrichtenunternehmen, das sie gekauft hatten, aber vor allem wollten sie die Vertragsgelder nicht verlieren und im Geschäft bleiben. Ich habe schon Männer gesehen, die für weniger getötet hatten.

Was ich aber nicht verstand, war die Verbindung zwischen Greenwold und Warren. Letzterer musste etwas Einschlägiges gegen Greenwold in der Hand gehabt haben, um ihn dazu zu bringen, zur anderen Seite überzulaufen und Erin zu terrorisieren. Während seiner Zeit bei der NSA hatte nichts darauf hingedeutet, dass er nicht vertrauenswürdig war. Seine Akte war makellos. Darin war nicht einmal der Hauch einer Unregelmäßigkeit zu finden. Michael Greenwold war früher sehr beliebt und von allen respektiert. Was zum Teufel hatte sich geändert?

»Tex hat es geschickt. Ich hatte ganz vergessen, dass wir überhaupt ein Faxgerät haben, bis Ivy mir den Bericht brachte«, antwortete Zane.

Declan und ich legten die Berichte für einen Moment beiseite und warteten, bis Zane das Dokument gelesen hatte.

»Allmächtiger! Hat einer von euch schon einmal von Omni gehört?«

»Ja. Sie sind eine Kreuzung aus den Freimaurern und Skull and Bones«, antwortete Declan.

»Nur die mächtigsten Männer werden eingeladen, der Gruppe beizutreten. Die meisten Leute denken, dass Skull and Bones hinter der CIA steht, aber Omni befindet sich noch ein paar Stufen höher auf der Leiter«, warf ich ein.

»Warum?«

»Greenwold ist dort Mitglied«, erklärte Zane.

»Wie zum Teufel hat Tex das herausgefunden? Niemand hat je die Mitglieder des Klubs bestätigen können.«

»Ist das dein Ernst? Ich will gar nicht wissen, woher Tex seine Informationen hat. Wisst ihr, wer noch Mitglied ist?«

»Warren?«, fragte ich.

»Auf keinen Fall! Diese Ratte hatte nicht genügend Einfluss, um mit den Großen zu spielen. Stephan Perkins.«

»Vizepräsident Perkins?«, erkundigte Declan sich.

Keiner von uns mochte den Vizepräsidenten. Er war ein Jasager. Warum Tom ihn zum Vizepräsidenten gewählt hatte, würde mir ewig ein Rätsel bleiben. Die beiden Männer hätten nicht gegensätzlicher sein können. Perkins war machtbesessen, Tom nicht. Da seine zweite Amtszeit sich dem Ende zuneigte und der Posten im Oval Office zur Disposition stand, kandidierte Perkins. Er verfolgte seine eigene Agenda und stellte sich sogar gegen einige von Toms Richtlinien. Es schien, als würde Perkins alle Register ziehen, um Präsident zu werden.

»Ein Grund mehr, den Mann nicht zu mögen«,

murmelte ich. »Aber es überrascht mich nicht im Geringsten.«

»Mich auch nicht. Offensichtlich besitzen Perkins, Greenwold und acht weitere Männer, die alle Mitglieder von Omni sind, Anteile an Militrix, der Muttergesellschaft mehrerer kleinerer Unternehmen. Eine davon ist …«

»Camio-Telecomm«, unterbrach ich Zane.

»Das ist illegal«, fügte Declan hinzu.

»Auf jeden Fall. Aber wenn man bedenkt, wie tief Tex graben musste, um an die Informationen zu kommen, würde ich sagen, dass niemand sonst davon weiß.«

»Scheiße«, murmelte ich. »Und die anderen 229 Millionen? Wo sind die?«

»Die sind für eine transozeanische Kabellegung im Golf von Bahrain vorgesehen. Die Arbeiten sollen entlang des King Fahd Causeway ausgeführt werden.«

»Seeminen?«, vermutete Declan.

»Ich weiß es nicht. Im Moment ist mir das auch scheißegal. Ich mache mir mehr Sorgen über die Verbindungen von Perkins und Greenwold zu Omni und was sie mit dem Angel-Programm zu tun haben. Ich glaube nicht, dass Tom weiß, wie weit das Ganze reicht.«

»Wann wird er zurückerwartet?« Ich warf einen Blick auf meine Armbanduhr. Tom müsste jeden Moment in Camp David landen.

»Er sagte, das Treffen würde etwa drei Stunden dauern.«

»Er wird außer sich sein, wenn er davon erfährt.«

»Das ist eine verdammte Untertreibung.«

Zanes Handy klingelte und er zog es aus der Tasche.

Als er die Nummer auf dem Display sah, runzelte er die Stirn.

»Verdammte Telefonverkäufer mit ihren unbekannten Nummern.« Er wollte den Anruf ablehnen, entschied sich jedoch im letzten Moment anders. »Was ist los?«

Er hielt einen Moment inne, bevor er sich versteifte und blass wurde. Auch Declan war Zanes erschrockener Gesichtsausdruck offenbar nicht entgangen, denn er sprang auf und eilte zur Tür. Er stieß einen Pfiff aus und machte eine winkende Geste, dann kam er zurück.

»Bitte wiederhole das«, forderte Zane und stellte das Telefon auf Lautsprecher.

»Ich wiederhole«, dröhnte Tex' Stimme am anderen Ende der Leitung. »Wir haben den Kontakt zum Piloten verloren.«

»Wo?«

»Ich habe dir die Koordinaten aufs Handy geschickt. Wolf und sein Team sind auf dem Rollfeld. Voraussichtliche Ankunftszeit in fünf Stunden. Rocco und sein Team waren in Virginia und sind auf dem Weg hierher. Ghost und der Rest der Jungs sind schon in der Luft, sie werden in drei Stunden hier sein.«

»Wer weiß noch Bescheid?«

»Gerald. Die Anweisung des Präsidenten lautet, dass niemand sonst benachrichtigt werden darf.«

»Anweisung? Er wusste es?«

»Er hatte einen Verdacht und hat angeordnet, wer informiert werden soll. Nur ihr vier Teams, allen anderen traut er nicht.«

»Scheiße! Verdammt noch mal!« Zane hielt inne und blickte an die Decke, bevor er nach einem Stift und einem

Stück Papier griff. »Wie lauten die Codes für die Mission?«

»Farbe des Tages: Weiß. Passwort: Sperling. Gegenzeichen: Rot. Codename: Hochzeit. Sie haben zehn Minuten Vorsprung, Zane. Bleib wachsam.«

Tex trennte die Verbindung und im Raum herrschte Stille.

»Wir brechen in fünf Minuten auf.« Zane verließ den Raum, und wir nahmen uns einen Moment Zeit, um den Ernst der Lage zu begreifen.

Der Präsident der Vereinigten Staaten war verschwunden.

Ich wusste nicht, worüber ich mir mehr Sorgen machte. Darüber, dass wir den Präsidenten ausfindig machen und retten mussten, oder darüber, wie Erin reagieren würde.

Verdammte Scheiße!

KAPITEL SIEBENUNDZWANZIG

Immer wieder wiederholte ich in Gedanken die letzten Worte, die Colin zu mir gesagt hatte.

Ich verspreche dir, wir werden ihn finden.

Ihn finden.

Mein Vater war verschwunden.

Ich konnte nicht mehr still sitzen und lief im Konferenzraum auf und ab. Jasmin, Olivia, Violet und Ivy waren in die Zentrale gekommen, um bei mir zu bleiben, während ihre Männer nach meinem Vater suchten.

Die Tür öffnete sich, und bevor ich blinzeln konnte, hatte Jasmin ihre Pistole aus dem Holster an ihrer Hüfte gezogen und zielte auf den Neuankömmling.

»Jasmin«, ertönte die sanfte Stimme meiner Mutter. »Ich glaube nicht, dass das eine angemessene Begrüßung für deine Tante ist, oder?«

Meine Mutter zog die Augenbrauen in die Höhe und Jasmin ließ ihre Waffe sinken. »Man kann nie vorsichtig genug sein.«

Gerald stand hinter meiner Mutter und sah wütend

aus. So wütend, wie ich ihn noch nie zuvor gesehen hatte. Und das will schon etwas heißen, denn ich hatte ihn an seine Grenzen gebracht, als ich mich wiederholt aus dem Staub gemacht hatte.

»Komm her, Häschen.« Meine Mutter breitete die Arme aus und ich ließ mich fallen. Ich schmiegte mich an sie und weinte hemmungslos. Nach einer Weile murmelte sie: »Das reicht, Erin.«

»Wie bitte?« Ich hob den Kopf und begegnete ihrem Blick.

»Trockne deine Tränen. Du hast genug geweint.«

Wie konnte sie nur so etwas sagen? Mein Vater war irgendwo da draußen und lief mit einer Zielscheibe auf dem Rücken herum. Wenn ihm etwas zustoßen würde, könnte ich gar nicht mehr aufhören zu weinen.

»Dad ist verschwunden«, sagte ich unnötigerweise.

»Dein Vater ist der stärkste Mann, den ich kenne. Und er ist klug. Außerdem hat er ein Team von Männern, die nichts unversucht lassen werden, um ihn zu finden. Unsere Aufgabe ist es jetzt, stark zu bleiben. Wir müssen positiv denken.«

»Aber was ist, wenn …«

»Nichts da, wenn. Wisch dir die Tränen aus dem Gesicht, Kind, deinem Vater wird nichts passieren.«

»Wie kannst du dir da so sicher sein?«

»Weil der Mann, den ich geheiratet habe, ein knallharter Kerl ist. Er ist ein ehemaliger Froschmann. Ein Seemann, der unter den schlimmsten Bedingungen gekämpft hat. Er wird weder aufgeben noch zusammenbrechen. Der Mann, den ich geheiratet habe, wird durchhalten, bis die Kavallerie kommt. Dein zukünftiger Mann gehört zu dieser Kavallerie. Hast du kein Vertrauen in den

Mann, den du heiraten wirst? Glaubst du nicht, dass er die Fähigkeit hat, deinen Vater sicher nach Hause zu bringen?«

Ich hatte meine Mutter noch nie so stark und leidenschaftlich erlebt. Ihr Vertrauen in meinen Vater gab mir Kraft und ich fühlte mich der Situation schon eher gewachsen.

»Natürlich glaube ich das.«

Ich war gekränkt, dass meine Mutter mir unterstellte, ich würde nicht an Colin glauben. Ich wusste, dass er mehr als fähig war. Ich hatte mit eigenen Augen gesehen, wie tödlich er sein konnte.

»Gut. Dann behalte dir diesen Glauben. Lass dir nichts anderes einreden. Es gibt keine andere Möglichkeit. Dein Vater und seine Männer werden wohlbehalten zu Hause sein, bevor der Tag zu Ende geht. Darauf kannst du wetten.«

Meine Mutter hob trotzig das Kinn. Sie glaubte an ihre Worte, sie glaubte an meinen Vater. Ich musste es ihr gleichtun und darauf vertrauen, dass Colin und der Rest des Teams ihren Job machen würden.

»Du hast recht, Mom.«

»Verdammt richtig, das habe ich.« Ich musste lächeln, weil ich es nicht gewohnt war, meine Mutter fluchen zu hören. »Ich erlebe so etwas nicht zum ersten Mal, Häschen. Als dein Vater im Krieg war, hatten wir nicht den Luxus, den die Frauen heute haben. Damals gab es keine E-Mails, keine Handys und kein Skype. Wir schrieben Briefe, von denen nur wenige den Weg auf das Schlachtfeld fanden. Manchmal vergingen Monate, in denen ich mich fragen musste, wie es deinem Vater ging. Ich konnte mir nicht erlauben, auch nur einen Funken Zweifel zu hegen. Ich wusste immer, dass er zu mir nach Hause zurückkehren würde. Und ich weiß, dass er auch diesmal nach Hause kommen wird.«

Ich ließ den Blick durch den Raum schweifen und betrachtete die anderen Frauen. In ihren Augen spiegelte sich dieselbe Kraft wider, die auch meine Mutter ausstrahlte. Sie hatte recht, ich musste stärker sein als je zuvor. Nicht nur für meinen Vater und Colin, sondern auch für meine Freundinnen. Wir waren ein Team, diese Frauen und ich, wir mussten zusammenhalten und eine gemeinsame Front bilden.

»Und was geschieht jetzt?«, fragte ich.

»Jetzt warten wir. Wir beschäftigen uns und lenken uns ab.«

»Miss Erin, hier ist eine Mrs. Doyle, die Sie sehen möchte«, sagte Gerald, als er in der Tür erschien.

Mist. Colins Mutter. Wie um alles in der Welt hatte ich sie nur vergessen können?

»Äh. Kann ich runtergehen und sie holen? Oder könnte jemand sie hier heraufbringen? Ich weiß nicht, wie ich durch die Sicherheitskontrolle komme.«

Meine Mutter legte mir eine Hand auf die Schulter und tätschelte sie sanft. »Gerald. Würden Sie bitte runtergehen und Mrs. Doyle holen? Und wenn es nicht zu viel verlangt ist, könnten Sie bitte nachsehen, ob Sie in der Küche etwas zu trinken finden? Wasser? Irgendetwas.«

»Natürlich, Ma'am.«

Nachdem Gerald die Tür hinter sich geschlossen hatte, flüsterte ich: »Das ist Colins Mutter, und ich bin ein Wrack.«

»Du siehst umwerfend aus. Alles wird gut«, beruhigte meine Mutter mich.

»Ich bin so froh, dass du hier bist«, sagte ich.

»Es gibt keinen anderen Ort, an dem ich lieber wäre. Wir werden das gemeinsam durchstehen. Als eine Familie. Nicht wahr, Mädels?«

Meine Mutter sah meine Freundinnen eine nach der anderen an und lächelte. Drei von ihnen antworteten mit »ja«, während ein »darauf kannst du einen lassen« ertönte. Es war nicht schwer zu erraten, wer letztere Worte geäußert hatte. Und das ausgerechnet in dem Moment, in dem Colins Mutter durch die Tür trat.

Zum Glück schenkte die schöne Frau Jasmin ein Lächeln. »Es ist immer eine Freude, dich zu sehen, Jasmin.«

»Mrs. D., entschuldigen Sie meinen Gefühlsausbruch. Die Jungs sagen mir immer, ich soll nicht so viel fluchen, sonst sind die ersten Worte, die meinen Jungs über die Lippen kommen, ›Scheiße‹ und ›Mist‹.«

Meine Mutter stöhnte auf, woraufhin Jasmin nur mit den Schultern zuckte.

Mrs. Doyles Blick fiel auf mich und ihr Lächeln verblasste. Sie musterte mich von Kopf bis Fuß, bevor sie mir in die Augen sah. Oh nein, so hatte ich mir meine erste Begegnung mit Colins Mutter nicht vorgestellt. Ich versuchte, ruhig zu bleiben, aber ich schrumpfte förmlich unter ihrem Blick zusammen. Was, wenn sie mich als unzulänglich erachtete? Würde Colin seine Meinung ändern?

»Du bist noch schöner als auf den Fotos. Ich kann verstehen, warum mein Colin so von dir angetan ist.«

»Vielen Dank, Mrs. Doyle.« Als sie sich räusperte und den Kopf schüttelte, fiel mir ein, dass sie mich gebeten hatte, sie beim Vornamen zu nennen. »Alice. Danke, Alice. Das ist meine Mutter, Clarissa Anderson.«

»Schön, Sie kennenzulernen, Mrs. Anderson.« Alice trat vor und reichte meiner Mutter die Hand.

»Bitte nenn mich Rissa.« Die beiden älteren Frauen schüttelten einander die Hände. »Ich habe den Mädchen hier gerade gesagt, dass wir alle eine Familie sind. Wir können auf die Formalitäten verzichten.« Bevor meine Mutter Alice' Hand losließ, fügte sie hinzu: »Ich möchte dir sagen, dass du und dein Mann einen außergewöhnlichen Mann großgezogen habt, den wir sehr bewundern. Er ist einer der engsten Vertrauten meines Mannes.«

Alice errötete, bevor ihr Tränen in die Augen traten. »Ich danke dir. Wir sorgen uns um ihn.«

»Wir machen uns ständig Sorgen um unsere Kinder, nicht wahr? Es spielt keine Rolle, wie alt sie sind. Setzen wir uns doch. Wir müssen noch eine Menge Pläne schmieden.«

Gerald kam mit einem Tablett mit Wasser zurück und stellte es auf den Tisch, bevor er seinen Platz an der Tür wieder einnahm.

»Ist Colin hier?«, fragte Alice.

»Nein. Er ist ...« Ich verstummte, da ich nicht wusste, was ich sagen sollte.

»Er sucht gerade nach meinem Mann«, sagte meine Mutter.

Gerald räusperte sich. »Ma'am?«

»Alice hat genauso ein Recht darauf zu erfahren, wo ihr Sohn ist, wie diese Frauen es verdienen zu wissen, wo ihre Männer sind. Wir befinden uns an einem gesicherten Ort. Außerdem ist sie die Schwiegermutter meiner Tochter und Erin braucht ihre Unterstützung.« Gerald schien nicht glücklich darüber zu sein, dass meine Mutter Alice streng geheime Informationen anvertraute, aber er sagte nichts mehr. »Tom war auf dem Weg nach Camp David, als das GPS-Signal des Hubschraubers verschwand und der Funkverkehr offenbar unterbrochen wurde. Es gibt Grund zu der Annahme, dass jemand einen Anschlag auf sein Leben verübt hat. Colin und die anderen Teams haben sich auf den Weg gemacht, um ihn zu suchen. Sie werden in ein paar Stunden zurück sein.«

Alice schnappte nach Luft und ich beäugte meine Mutter misstrauisch. Sie klang so sachlich. Ich begann, mich zu fragen, wie viel ihrer Zuversicht nur gespielt war.

Alice begegnete meinem Blick und reichte mir die Hand. »Ja. Wir haben viel zu planen. Wir müssen ein Kleid aussuchen. Und Blumen bestellen.«

Als Colins Mutter mich in ihre Arme zog, fühlte es sich fast so gut an wie die Umarmung meiner eigenen Mutter – aber nur fast.

»Alles wird gut werden, Erin. Du wirst schon sehen«, flüsterte sie.

»Ich hoffe, du hast recht.«

KAPITEL ACHTUNDZWANZIG

»Alpha-Team, hier ist das Bravo-Team, wir treffen südlich von euch auf fünf Uhr ein«, ertönte Roccos Stimme über Funk.

»Verstanden, Bravo-Team. Letzte bekannte ...« Ich blendete Zanes Stimme aus, während ich die GPS-Koordinaten übermittelte, an dem der Hubschrauber zuletzt geortet wurde. »Wir fliegen Richtung Westen. Haltet die Augen offen.«

»Verstanden«, antwortete Rocco.

»Ich kann durch die Baumkronen nichts sehen«, beschwerte Jax sich.

»Such weiter, verdammt«, bellte Zane. »Colin. Gib Tex unseren Standort durch.«

»Verstanden.« Ich stellte mein Funkgerät auf Tex' Frequenz um. »Tex, hier ist Breeze, kannst du mich hören?«

»Ich höre.« Obwohl ich einen Ohrenschutz trug, war es schwer, ihn über das Dröhnen der Rotorblätter hinweg zu verstehen.

»Wir befinden uns am letzten bekannten Standort. Keine Sicht. Hast du etwas für uns?«

»Ist Roccos Team eingetroffen?«

»Bestätigt.«

»Ich aktiviere den subkutanen Peilsender. Ihr werdet gegen die Zeit arbeiten. Sobald der Sender aktiv ist, können die Hacker ihn ebenfalls orten.« Verdammte Scheiße. Ich wollte gar nicht wissen, wann der Präsident sich einen Peilsender unter die Haut hatte implantieren lassen. »Vierundzwanzig Kilometer. Nord 39-39. West 77-27. Die Zeit läuft. Ich funke dich an, wenn der Rest der Jungs gelandet ist. Viel Glück.«

»Verstanden. Ende.« Ich schaltete wieder auf die Frequenz des restlichen Teams und wiederholte, was Tex gesagt hatte.

»Verstanden«, meldete Rocco sich.

»Verdammte Scheiße. Sechs Minuten«, brummte Zane.

Wir hatten sechs Minuten Zeit, um den Ort zu erreichen, den Tex uns genannt hatte. Ich nutzte die Zeit, um meine Waffen und die zusätzliche Munition zu überprüfen, und hoffte inständig, dass Tom noch atmete, wenn wir ihn fanden. Es war fast zwei Stunden her, seit Tex den Kontakt zum Piloten verloren hatte. Ich hatte keine Ahnung, wie er es geschafft hatte, die Sache geheim zu halten, aber es war ein wenig beängstigend. Ich hatte immer gewusst, dass Tex erstaunliche technologische Fähigkeiten besaß, aber jetzt wusste ich mit hundertprozentiger Sicherheit, dass er die gesamte USA in Schutt und Asche legen konnte, wenn er gewollt hätte.

»Ich habe Sichtkontakt zu Marine One«, sagte Rocco.

»Keine Bewegung. Schalte auf Wärmebild um. Drei Tote. Ich wiederhole, drei Tote.«

Verdammt. Drei Leichen waren auf der Wärmebildkamera noch erkennbar. Der Hubschrauber, in dem Rocco und sein Team saßen, schwebte über dem abgestürzten Präsidentenhubschrauber.

Eine Minute später baumelte ein schwarzes Seil aus der offenen Tür. »Wir brauchen Deckung«, sagte Gumby, einer der SEALs aus Roccos Team, als der Hubschrauber zu sinken begann.

»Verstanden«, sagte ich über Funk.

Ich hielt mein FNH SCAR-Gewehr im Anschlag und beobachtete, wie die sechs Männer des anderen Teams sich abseilten. Sobald sie auf dem Boden waren, flogen wir weiter nach Norden und umkreisten die Stelle, die Tex uns genannt hatte.

»Ich kann immer noch nichts sehen«, murrte Leo.

»Flieg fünf Kilometer weiter nach Norden. Wir müssen aussteigen«, rief Zane dem Piloten zu.

»Pilot tot. Zwei Secret Service Agenten tot. Er ist nicht hier«, meldete Bubba über Funk. »Ich wiederhole, er ist nicht hier.«

Es war eine Erleichterung, dass Tom nicht unter den Toten war, aber die beiden Agenten waren tot, was bedeutete, dass er ungeschützt war.

»Marine One wurde nicht beschossen. Voll funktionsfähig«, informierte Rex uns.

»Bitte wiederholen«, forderte Linc.

»Kein Beschuss. Marine One wurde nicht getroffen.«

Zane begegnete meinem Blick. In all den Jahren, die ich ihn kannte, hatte ich nur einmal einen Ausdruck von Angst in seinen Augen gesehen. Als Ivy verschwand, war er zu Tode erschrocken. Jetzt spiegelte sich eine Mischung aus Wut und Sorge in seinem Gesicht. Das gefiel mir gar nicht.

»Wie sind sie in die Box gekommen?«, fragte Zane.

Er meinte den kugelsicheren Teil der Kabine, in dem der Präsident sitzt.

»Unbeschädigt.«

Entweder hatte Tom sich selbst befreit, oder einer der Agenten hatte sie geöffnet. Beides verhieß nichts Gutes. Es wäre besser gewesen, wenn wir den Raum zerstört vorgefunden hätten.

»Hier ist Blut ... verdammte Scheiße.« Phantoms Stimme war nur abgehackt zu verstehen.

»Rocco?«, rief Zane.

»Wir stehen unter Beschuss«, keuchte er.

»Braucht ihr Verstärkung?«

»Nein, verdammt. Das erledigen wir im Schlaf. Ende.«

»Tex meldet sich gerade über Funk«, verkündete der Pilot. »Die beiden anderen Hubschrauber, die als Lockvögel in der Luft waren, sind auf einem Acker in Pennsylvania abgestürzt. Keine Überlebenden. Er sagt, ihr habt höchstens eine Stunde, bis es in den Nachrichten kommt. Er tut, was er kann.«

Marine One flog immer in Begleitung von zwei Hubschraubern. Alle Maschinen waren mit Raketen- und Radarabwehrsystemen ausgerüstet. Die Flotte wurde von achthundert Marines bewacht. Niemand durfte den Helikopter auch nur berühren, es sei denn, er hatte eine Sondergenehmigung. Wie zum Teufel hatte jemand es geschafft, alle drei abzuschießen? Bis heute hätte ich das für unmöglich gehalten.

»Wie sicher sind wir, dass Gerald sauber ist?«, fragte Declan.

»Er ist sauber«, antwortete Zane.

»Würdest du dein Leben darauf verwetten?«

»Er ist mit meiner Frau in der Zentrale. Ich habe mein Leben bereits darauf verwettet.«

Dec nickte und ließ das Seil herab. Der Hubschrauber sank langsam und schwebte schließlich auf der Stelle.

»Irgendetwas stimmt hier nicht!«, rief ich Zane zu.

»Glaubst du wirklich? Der Präsident ist verschwunden. Alles an der Sache stinkt zum Himmel.«

»Wie wahrscheinlich ist es, dass alle drei Hubschrauber zur gleichen Zeit ausgefallen sind?«

»Gar nicht.«

»Bereit?«, fragte Dec.

Zane trat vor und berührte ein letztes Mal sämtliche Teile seiner Ausrüstung, bevor er sich an die Kante setzte und seine Beine um das Seil schlang.

»Los geht's!« Ohne zu zögern, sprang er aus dem Hubschrauber und seilte sich ab.

Wir fünf hielten unsere Gewehre auf den Boden gerichtet, um ihm bei Bedarf Deckung zu geben. Sobald seine Füße den Boden berührten, seilte Leo sich ab. Ihm folgten Declan, Linc und Jax. Ich blickte mich noch einmal um und vergewisserte mich, dass niemand etwas liegen gelassen hatte. Bevor ich mich ebenfalls am Seil herunterließ, schickte ich noch ein Stoßgebet zum Himmel und hoffte, dass der Präsident durchhalten würde.

»Rocco, wie ist deine Position?«

»Ich zähle die Leichen«, antwortete er.

»Wie viele?«

»Fünfzehn. Nach den Waffen und dem Rest der Ausrüstung zu urteilen sind sie gut ausgerüstet. Keine Abzeichen. Einer hat eine Tätowierung am Unterarm. Ace hat ein Foto gemacht.«

»Wie sieht das Tattoo aus?«, wollte ich wissen.

»Wie eine Pfauenfeder.«

»Das sind dieselben Typen«, sagte ich zu Zane.

Ich hatte das gleiche Motiv auf der Haut einer der Männer gesehen, die Erin und mich festgehalten hatten. Die Frage war nur, für wen sie arbeiteten. Greenwold? Militrix? Oder für Omni? Zu diesem Zeitpunkt war ich mir fast sicher, dass die drei sich nicht gegenseitig ausschlossen. Sie schienen alle in einen riesigen Haufen Scheiße verwickelt zu sein.

KAPITEL NEUNUNDZWANZIG

»Jasmin. Gerald. Kann ich euch beide auf dem Flur sprechen?«, fragte Garrett.

Jasmin stand auf und machte sich auf den Weg zur Tür. »Seit wann bist du zurück? Ich dachte, du seist in Pennsylvania?«

»Seit eben. Die anderen sind noch bei Melody.«

Jasmin und Gerald verschwanden mit Garrett im Korridor. Letzterer hatte für gewöhnlich immer ein Lächeln auf den Lippen, doch statt seiner unbekümmerten Miene wirkte er abgespannt. Gerald sah genauso mitgenommen aus. Seit einer Stunde hatte er seinen Posten an der Tür nicht verlassen. Genau genommen hatte er kein einziges Wort gesprochen. Die Spannung im Raum war erdrückend. Meine Mutter, die sich eben noch stark und zuversichtlich gegeben hatte, zog sich immer mehr in sich zurück. Sie war nach wie vor höflich und zuvorkommend, aber sie sprach mit monotoner Stimme. Nicht einmal die Zwillinge konnten sie aufheitern.

»Hat jemand Hunger?«, fragte ich.

Alle schüttelten den Kopf.

»Durst?«

Wieder verneinten sie lediglich mit einem Kopf-schütteln.

»Also schön. Reißt euch zusammen. Meine Mutter hatte recht. Wir dürfen nicht hier sitzen und Trübsal blasen. Olivia, auf wie vielen Missionen war Leo, seit du mit ihm zusammen bist?«

»Eine Menge.«

»Violet? Was ist mit Jaxon?«

»Viele.«

»Ivy?«

»Genug, um zu wissen, dass du recht hast. Zane wäre stinksauer, wenn er wüsste, dass ich hier sitze und vor Sorge fast verrückt werde.«

»Genau. Also reißt euch verdammt noch mal zusammen.«

»Erin Lynn«, keuchte meine Mutter.

»Mom, du hast Jasmin schon fünf Millionen Mal fluchen hören.«

»Aber, Alice …«

»Sie hat eine Tochter in der Navy, einen Ehemann und Colin ist ihr Sohn, verdammt noch mal. Ganz gewiss sind ihr Flüche nicht fremd.«

»Sie sind aber nicht sehr damenhaft, Liebes.«

»Das mag sein. Aber es fühlt sich wirklich gut an. Du solltest es versuchen. Nenn es Stressabbau.«

Ivy, Violet und Liv kicherten, als Liv sagte: »Kommen Sie, Mrs. A. Sie sollten es wirklich ausprobieren.«

»Olivia, was würde deine Mutter davon halten, wenn du solche Wörter in den Mund nimmst?«

»Ich habe sie schon mehrmals fluchen hören«, informierte Liv meine Mutter.

Meine Mutter lächelte und gab zu: »Ich auch. Die Frau flucht wie ein Bierkutscher.«

»Komm schon, Mutter, versuche es. Lass es einfach raus. Danach wird es dir besser gehen.«

»Scheiße!«, schrie Alice aus voller Kehle und ich zuckte erschrocken zusammen. »Scheiße. Scheiße. Scheiße.«

Wir brachen alle in schallendes Gelächter aus. Als Jasmin und Gerald ins Zimmer stürmten, um zu sehen, warum Colins Mutter »Scheiße« schrie, lachten wir noch lauter. Es fühlte sich gut an. Der Druck, der sich langsam in meiner Brust aufgebaut hatte, begann, sich zu lösen.

»Scheiße«, presste meine Mutter mit schriller Stimme hervor.

»Mom, das kannst du bestimmt besser«, lachte ich.

»Scheiße!«, schrie sie. »Scheiß drauf!«

»Was zum Teufel ist hier los?«, wollte Jasmin wissen.

»Scheiße«, wiederholte meine Mutter.

»Was hast du getan? Du hast sie kaputt gemacht. Meine adrette Tante flucht wie ein Rohrspatz.«

»Arschloch«, platzte Alice heraus und schlug sich dann hastig die Hand vor den Mund.

Sie und meine Mutter konnten sich vor Lachen kaum halten. Die beiden stießen Obszönitäten aus und kicherten wie kleine Mädchen. Es war urkomisch. Und es war das Beste, was ich seit heute Morgen gesehen und gehört hatte.

»Ich will nie wieder hören, dass sich jemand über mein loses Mundwerk beschwert«, verkündete Jasmin.

»Wenn Roberts und Ashers erstes Wort ›Scheiße‹ ist, weiß ich, wem ich die Schuld dafür geben kann.«

Ich wollte sie fragen, warum Garrett mit ihr und Gerald hatte sprechen wollen, aber ich hielt mich zurück. Gerade hatte ich begonnen, mich etwas leichter zu fühlen, und dabei wollte ich es belassen. Ich glaubte nicht, dass ich diese Last noch viel länger hätte ertragen können.

Komm schon, Colin, wo bist du? Bitte komm gesund nach Hause.

KAPITEL DREISSIG

»Bubba, hast du das Ziel im Blick?«, fragte Rocco seinen Kameraden.

»Klar und deutlich. Ich habe einen Hochstand gefunden. Hoffentlich hält er meiner .338 stand. Wenn nicht, falle ich etwa sechs Meter in die Tiefe.«

»Gumby, Ace, Phantom, seid ihr in Position?«, fuhr Rocco fort.

Alle drei bestätigten über Funk, dass sie auf ihrem Posten waren. Wir hatten eine alte Jagdhütte umstellt. Roccos Männer deckten den Norden und Osten ab, während Dec, Linc und Jax den Süden und Westen übernahmen. Leo hatte, ähnlich wie Bubba, einen Hochsitz gefunden. Letzterer war der beste Scharfschütze in Roccos Team.

Rocco und ich versteckten uns mit Zane in der Baumreihe und warteten auf seinen Befehl.

»Seid ihr bereit, ein paar Arschlöchern den Garaus zu machen?«, fragte er.

Elf Männer antworteten mit einem deutlichen »Ja«.

Ich war mehr als bereit. Erst Erin und ich, jetzt Tom. Jemand würde gleich erfahren, was das geflügelte Wort »Eine Kugel ist für immer« bedeutete. Wenn sie richtig platziert war, lernte man die Lektion nur einmal im Leben. Rocco und seinem Team eilte der Ruf voraus, dass sie ihr Ziel nie verfehlten. Genauso wenig wie wir.

»Leo. Bubba. Los.«

Rocco, Zane und ich warteten, bis zwei Schüsse ertönten, die beide knapp an dem Gebäude vorbeigingen. Wir konnten nicht blind auf das Haus schießen, denn dann hätten wir riskiert, Tom zu treffen, aber wir mussten sie aufscheuchen. Da wir nicht hineinsehen konnten, wussten wir nicht, wie viele Entführer drinnen waren und wo sie den Präsidenten gefangen hielten.

»Zwei Kerle auf der Rückseite«, meldete Linc, bevor zwei weitere Schüsse fielen.

»Beide am Boden.«

»Ich sehe einen am Fenster. Bubba, hast du freie Schussbahn?«, fragte ich.

»In drei …« Er beendete den Countdown nicht, doch ich zählte im Geiste mit. Als ich bei eins angelangt war, sackte der Mann im Fenster zusammen.

»Das dauert zu lange«, knurrte Zane.

»Geduld, Bruder.« Ich legte ihm eine Hand auf den Arm.

»Scheiß drauf.« Er setzte sich in Bewegung und ich packte ihn fester.

»Wenn du da reinläufst und …«

»Granate durch die Tür. Deckung!«, schrie Leo.

Die Druckwelle schleuderte mich zurück. Zane saß neben mir auf seinem Hintern, aber vor lauter Rauch und Trümmern konnte ich Rocco nicht sehen.

»Rocco?«

»Alles in Ordnung«, antwortete er.

»Geduld«, sagte ich noch einmal zu Zane.

»Sie kommen raus. Ich sehe fünf durch die Vordertür«, meldete Bubba.

»Sechs hinten«, sagte Jax.

»Schießt sie ab«, befahl Zane.

Als wir wieder auf den Beinen waren und die Schüsse um uns herum langsam verklangen, waren wir endlich an der Reihe.

»Ich gehe voraus. Breeze, du folgst mir. Rocco, gib uns Deckung«, befahl Zane.

Wir bestätigten und warteten.

»Leo. Bubba. Gebt uns Deckung.«

Zane sprintete los und ich folgte ihm. Wir hatten die Tür fast erreicht, als ein brennender Schmerz meinen rechten Bizeps durchzuckte und ich ins Taumeln geriet. Ich wirbelte herum, doch bevor ich abdrücken konnte, fiel der Mann, der auf mich geschossen hatte, zu Boden. In meinem Beruf hatte ich schon eine Menge Wunden gesehen, aber ein Kopfschuss mit einer .338 Lapua aus weniger als fünfhundert Metern Entfernung stellte alles andere in den Schatten. Ein großer Teil des Schädels war weg. Einfach weg.

Wir stürmten durch die Tür und die Hölle brach los. Überall waren schwarz gekleidete Männer. Jedes Mal wenn wir eine Handvoll von ihnen ausschalteten, kam eine neue Welle wie Heuschrecken aus dem hinteren Teil des Hauses.

»Nachladen«, rief Zane und ließ sich hinter einen Tisch fallen, der mittlerweile mehr Löcher als ein Sieb hatte.

»Mein Gott. Das nimmt ja gar kein Ende. Wo zum Teufel kommen diese Wichser alle her?«, knurrte Rocco.

Für einen Moment herrschte Feuerpause. Obwohl ich doppelten Gehörschutz trug, klingelten meine Ohren immer noch, und mein rechter Arm brannte.

»Da schleicht ein Mann zur Tür herein. Ich habe keine freie Schussbahn, ohne einen von euch zu treffen. Er ist bei euch in fünf, vier, drei, zwei, jetzt.«

Ich drehte mich um und feuerte zwei Schüsse ab. Der Kerl war kaum auf dem Boden aufgeschlagen, als ich Leo über Funk hörte. »Alles klar.«

»Mir geht die Munition aus, Z. Wir müssen die Sache beenden«, sagte ich.

Ich hatte nur noch einhundert Schuss. Das klang viel, war es aber nicht. Wenn alle Magazine leer waren, konnte man nur noch darauf warten, durchlöchert zu werden.

Zane nickte und begann, in den nächsten Raum vorzudringen. Alles um uns herum lag in Schutt und Asche. Der Geruch von verschossener Munition lag in der Luft und vermischte sich mit dem kupfernen Duft von Blut. Ich musste über mehrere Männer steigen, die auf dem schmutzigen Boden der Hütte lagen. Sie waren überall. Ich hatte schon weniger Leichen in einem ISIS-Versteck gesehen.

Rocco signalisierte uns, dass er den Bereich zu seiner Linken überprüfen würde. Kurz darauf gab er Entwarnung und kam zurück in den Raum, der wie ein Esszimmer aussah. Zane zeigte auf eine Tür. Dahinter befand sich das einzige Zimmer, das wir noch nicht geräumt hatten. Blitzschnell öffnete er sie und sprang zur Seite.

Ich stöhnte innerlich auf, als ich die Treppe sah. Ein

Keller. Ich hasste es, einen Keller räumen zu müssen. Da wir keine Möglichkeit hatten, Sprengstoff zu benutzen, waren wir leichte Beute. Sobald wir die Treppe hinuntergingen, konnte uns derjenige, der da unten lauerte, problemlos einer nach dem anderen erschießen.

»Der berühmte Zane Lewis, nehme ich an«, drang eine Stimme nach oben.

Ich erkannte die Stimme nicht, aber durch das ständige Hämmern in meinem Schädel konnte ich ohnehin kaum etwas hören.

»Bitte, kommen Sie herunter und setzen Sie sich zu uns«, sagte der Mann.

»Auf keinen Fall. Wenn Sie mich unbedingt sehen wollen, kommen Sie doch hier hoch.«

»Sie haben sich all die Mühe gemacht und jetzt wollen Sie sich die Hauptattraktion entgehen lassen?«

Ein knisterndes Geräusch erfüllte den Keller, kurz bevor das unverwechselbare Geräusch eines Lichtbogens das Klingeln in meinen Ohren durchdrang.

»Scheiße«, murmelte ich, als ein kehliger Schrei ertönte.

»Dieser Wichser!«

Das war gar nicht gut. Ich wusste, dass Zane den Köder schlucken und die Treppe hinuntereilen würde.

Verdammt!

Planlos stürmte Zane zur Tür. Er konnte nicht anders. Ich eilte ihm hinterher und spürte Rocco dicht hinter mir. Er legte mir eine Hand auf die Schulter und richtete mit der anderen seine Waffe über das Geländer.

Fast wäre ich gegen Zanes Rücken geprallt, als er plötzlich abrupt stehen blieb. Ich konnte nicht sehen, was vor ihm lag, und als ich neben ihn trat, wünschte ich, ich hätte es nicht getan.

Tom Anderson war an einen Stuhl gefesselt. Sein weißes Hemd war aufgerissen und blutverschmiert. Jemand hatte sein Gesicht zu Brei geschlagen. Ich musste mehrmals blinzeln, bis ich ihn erkannte. Auf seiner Brust waren drei viereckige Elektroden angebracht. Es war mir ein Rätsel, wie die Elektroden auf seiner Haut haften konnten, denn das Blut lief ihm aus der Nase, rann ihm übers Kinn und auf die Brust. Zu Toms Füßen lag eine Autobatterie auf dem Boden, und der Mann hielt einen elektrischen Viehtreiber in der Hand. Meiner Meinung nach war das etwas übertrieben. Eines von beiden hätte gereicht. Er hätte den Präsidenten nicht gleich mit beidem foltern müssen.

Zane sagte kein Wort und schien nicht einmal zu atmen.

Rocco zielte auf einen der beiden Männer im Raum.

»Was wollen Sie?«, presste Zane schließlich zwischen zusammengebissenen Zähnen hervor.

»Nichts.«

»Nichts? Der ganze Aufwand wegen nichts?«

»Ich habe bereits, was ich wollte.«

»Schwachsinn. Ich glaube nicht eine Sekunde, dass Tom Ihnen irgendetwas erzählt hat.«

»Tom?« Der Mann lachte leise. »Ja, ich habe schon gehört, dass Sie ein arrogantes Arschloch sind, das sich für einen von Präsident Andersons Vertrauten hält. Einer der wenigen Gesalbten, die ihn beim Vornamen nennen dürfen. Schade, dass Sie so spät kommen. Sie haben den größten Teil des Spektakels verpasst.«

War das ein Anflug von Neid, den ich in seiner

Stimme hörte? Es schien ihn wirklich zu stören, dass Zane und der Rest von uns einen so vertrauten Umgangston mit dem Präsidenten pflegten. Es hatte uns alle Überwindung gekostet, ihn mit dem Vornamen anzusprechen, aber Tom Anderson hatte darauf bestanden. Der Präsident war immer direkt und zog es vor, dass die Männer, die ihm am nächsten standen, seinen Titel ignorierten.

»Tu es«, lallte Tom.

Mein Magen krampfte sich zusammen, als ich darüber nachdachte, was er wohl von Zane wollte. Er war der Joker. Ich fragte mich, ob Tom den Mann dazu bewegen wollte, Zane etwas zu verraten.

Das Ganze war ein verdammter Schlamassel epischen Ausmaßes.

»Sie wissen doch sicher, dass Sie hier nicht lebend rauskommen«, sagte Zane zu dem Mann.

Mein Chef war ungewöhnlich ruhig. Normalerweise verhandelte er nicht mit seinen Feinden, sondern stürmte einfach in den Raum und schaltete einen nach dem anderen aus.

»Damit hatte ich auch nicht gerechnet. Natürlich hatte ich gehofft, dass ich überleben würde, aber es gibt Dinge, für die ein Mann bereit ist, sein Leben zu geben.«

»Und wofür genau wollen Sie sterben?«, fragte ich.

»Ich muss wohl Ihr Gedächtnis auffrischen. Wir sind die Gesamtheit von allem, in jeder Hinsicht und überall. Niemand kann sich unserem Einfluss entziehen, nicht einmal der Präsident der Vereinigten Staaten.«

»Omni.«

»Tu es«, lallte Tom erneut, diesmal mit mehr Nachdruck.

Ich hatte genug. Bevor dieser Verrückte Tom noch einmal schocken konnte, hob ich meine Waffe und drückte ab. Mit dem ersten Schuss tötete ich den Kerl, dann jagte ich ihm zur Sicherheit noch eine zweite Kugel in den Kopf. Gleichzeitig hallte Roccos Schuss durch den Raum und der zweite Mann brach auf dem Betonboden zusammen. Zane eilte zu Tom.

»Sind Sie bereit?«, fragte Zane den Präsidenten und durchtrennte die Fesseln an dessen Handgelenken.

»Holt mich verdammt noch mal aus diesem Höllenloch raus.«

»Sind Sie in der Lage zu gehen?«

»Sieht es so aus, als hätten die Wichser mir die Beine gebrochen?«, fragte Tom.

»Nein«, antwortete Zane.

»Was ist los mit dir? Warum benimmst du dich wie ein Weichei und stellst einen Haufen Fragen?«

Ich musste unwillkürlich lachen. Zane sah aus wie ein Schuljunge, dem man die Leviten gelesen hatte.

»Worüber lachst du? Du hast lange genug gebraucht, um das Arschloch zu erschießen. Weißt du, wofür die sind?« Tom riss sich die Elektroden von der Brust. Ich zuckte zusammen, als er sich die Brusthaare ausriss und drei kahle Stellen zurückließ. »Er hat mich fast zu Tode geschockt. Waterboarding hätte ich vorgezogen. Wie viele Teams hat Tex angefordert?«

»Roccos Team ist draußen. Nach meinen letzten Informationen warten Ghost und sein Team im Weißen Haus, und Wolf und seine Männer sitzen im Flugzeug.«

»Gut, er hat die Anweisungen befolgt.«

Tom machte sich auf den Weg zur Treppe. Mein Instinkt schrie mich förmlich an, dem verletzten Mann zu helfen, doch ich hielt mich zurück. Der Präsident war außer sich vor Wut und ich wollte ihn nicht noch mehr verärgern.

»Wir kommen jetzt raus«, rief ich.

»Vorn ist alles sauber«, antwortete Bubba, der zu Roccos Team gehörte.

»Hinten ist alles frei«, erwiderte Linc.

»Leo. Bubba. Bleibt in Position. Alle anderen versammeln sich vor der Hütte.«

»Was zum Teufel ist hier oben passiert?« Tom ließ den Blick durch die Hütte schweifen.

»Wir sind auf ein wenig Widerstand gestoßen, Sir«, sagte Rocco.

»Ein wenig? Hier sieht es aus wie im Krieg von 1812.«

Wir traten gerade aus dem Haus, als Linc, Dec, Jax, Gumby, Ace, Rex und Phantom auf die Überreste des Vorgartens zuliefen.

»Mein Gott«, murmelte Dec, als er näher kam.

»Wie viel Uhr ist es?«, wollte Tom wissen.

Ich hob den rechten Arm an, um einen Blick auf meine Armbanduhr zu werfen, und biss vor Schmerz die Zähne zusammen. »Siebzehn Uhr fünf.«

»Ich habe meiner Rissa gesagt, dass ich rechtzeitig zum Abendessen zu Hause bin. Hast du uns einen Transport organisiert oder müssen wir zu Fuß gehen?«

»Drei Minuten bis zur Evakuierung«, antwortete Zane.

»Das war ein verdammt langer Tag«, sagte der Präsident. Das war eine Untertreibung. »Gute Arbeit heute, Jungs! Ich weiß es zu schätzen, dass ihr alle gekommen seid. Als ich Tex die Anweisungen gab, wusste ich, dass ich die richtigen Männer für diesen Job ausgewählt hatte.«

»Sie wussten, dass so etwas passieren würde?«, warf Zane ein.

»Ich hatte keine Ahnung, wie und wann sie mich entführen würden. Aber mir war klar, dass etwas nicht stimmte. Ich hatte damit gerechnet, dass sie mich auf die eine oder andere Weise fassen würden. Also dachte ich mir, ich könnte es auch gleich hinter mich bringen. Immerhin wissen wir jetzt, mit wem wir es zu tun haben.«

»Was jetzt?«

Meine Frage wurde durch das Dröhnen von Rotorblättern übertönt, als der Hubschrauber eintraf und über uns schwebte.

»Sie haben zwei Möglichkeiten«, rief Zane dem Präsidenten zu. »Entweder Sie lassen sich mit mir hochziehen oder Sie gehen in den Korb.«

»Weder noch. Weißt du eigentlich, wer ich bin?«

»Ja, Sir, das weiß ich.« Ein Lächeln umspielte Zanes Lippen.

»Ich bin ein verdammter ehemaliger Froschmann. Vielleicht bin ich ein bisschen angeschlagen, aber es ist nichts gebrochen. Es ist ausgeschlossen, dass ich mich in einem verdammten Korb hochziehen lasse.«

»Hooyah!«, riefen Linc, Leo, Zane und Roccos Team lautstark.

Jax und ich schüttelten nur die Köpfe. »Verdammte Navy SEALs und ihr Schlachtruf«, lachte ich.

»Ihr wisst doch, was wir zu dem Fußvolk aus der Armee sagen, nicht wahr?«, erwiderte Rocco lachend. »Folgt uns, wir zeigen euch, wo es langgeht.«

»Das liegt nur daran, dass wir schlau sind. Wir schicken euch voraus und geben euch Deckung.«

»Du bist zuerst an der Reihe, Rocco«, unterbrach Zane unser Wortgefecht.

Sobald Rocco und der Präsident sicher im Hubschrauber saßen, atmete ich zum ersten Mal an diesem Abend tief durch.

»Du bist der Nächste, Bruder. Und wenn wir in Camp David ankommen, will ich mir deinen Arm ansehen. Schaffst du es, dich mit dem Seil hinaufziehen zu lassen?«, fragte Zane.

»Weißt du eigentlich, wer ich bin?«, fragte ich, wobei ich Toms Worte von eben wiederholte.

Endlich entspannte Zanes Miene sich und er lächelte. »Ja, Bruder, ich weiß genau, wer du bist.« Er legte mir eine Hand auf die linke Schulter und gab mir einen kräftigen Klaps auf den Rücken. »Du bist einer der härtesten Hurensöhne, die ich kenne.«

Ich schlang meinen linken Arm um das Seil. Sobald meine Füße vom Boden abhoben, wickelte ich sie ebenfalls um den Strick, um Halt zu finden. Ich ließ den Blick über das Waldstück unter mir schweifen, in dem überall Leichen herumlagen. Tom hatte recht, es sah aus wie in einem Kriegsgebiet. Ich dankte meinem Schutzengel, dass wir diese Schlacht überlebt hatten. Wenn die Zeit für die nächste kam, würden wir für einen weiteren Kampf bereit sein. Das war unser Job. Dafür lebten wir.

KAPITEL EINUNDDREISSIG

Dies war nicht mein erster Flug in einem Hubschrauber, doch jedes Mal schwor ich mir, dass ich nie wieder einen Fuß in eine solche Maschine setzen würde. Mir war jedes Mal etwas mulmig zumute. Heute war es noch schlimmer, denn ich war mit den Nerven am Ende. Alice saß neben mir und blickte ganz entspannt aus dem Fenster, während wir in Richtung Norden nach Camp David flogen.

Vor einer Weile hatte Gerald einen Anruf von Zane erhalten, und innerhalb weniger Minuten hatte ein Hubschrauber auf dem Dach von Z Corps bereitgestanden, um uns zu meinem Vater und den anderen Jungs zu bringen. Uns wurde gesagt, dass ein Team der Delta Force uns folgen würde und wir uns keine Sorgen machen sollten, da es nur eine Sicherheitsmaßnahme sei. Gerald hatte uns keine Informationen über den Zustand meines Vaters gegeben und ich hoffte um meiner Mutter willen, dass es ihm gut ging. Die letzten Stunden hatten ihr von uns allen am meisten zu schaffen gemacht. Er war mein Vater und ich liebte ihn sehr, aber für meine Mutter war er alles. Ich wüsste nicht, was sie tun würde, sollte sie ihn verlieren.

Unter uns wichen die herrlichen Bäume des Catoctin Nationalparks dem Präsidentencamp. Ich wollte nur noch aus dem Hubschrauber aussteigen und zu Colin eilen. Ich musste mich selbst davon überzeugen, dass es ihm und den anderen gut ging. Als ich Violet, Ivy und Liv nacheinander ansah, wusste ich, dass es ihnen genauso erging wie mir. Ganz zu schweigen von Alice, die krank vor Sorge um Colin gewesen war. Jasmin war mit den Zwillingen in der Zentrale geblieben. Sie fühlte sich noch nicht wohl bei dem Gedanken, ihre Kinder auf einen Helikopterflug mitzunehmen. Lässig hatte sie abgewunken und gesagt, dass Linc nach Hause käme, wenn er mit der Nachbesprechung fertig sei. Aber meine Cousine machte niemandem etwas vor, sie war genauso besorgt wie wir. Die anderen hatten recht. Durch ihre Söhne war sie weicher geworden, aber nicht im negativen Sinne. Ihre Kinder brachten all ihre guten Eigenschaften zum Vorschein. Natürlich war sie so hart wie eh und je, aber sie schien mehr Gefühle zu zeigen. Das gefiel mir.

»Zwei Minuten«, murmelte Gerald.

Er war der Einzige von uns, der ein Headset trug und mit dem Piloten in Kontakt blieb.

Ich griff nach der Hand meiner Mutter, die mir ein angespanntes Lächeln schenkte. »Es ist alles in Ordnung.«

Obwohl meine Mutter heute ihr Bestes getan hatte, um mich zu beruhigen, schien sie selbst furchtbar aufgewühlt zu sein.

Meine Ohren gingen auf, als der Hubschrauber sank. Als wir kurz darauf landeten, hob Gerald eine Hand, um uns zu signalisieren, dass wir warten sollten. Doch es dauerte nicht lange, bis fünf Frauen ungeduldig aufsprangen.

Die Rotorblätter wurden langsamer und die Tür wurde geöffnet. Sieben in Schwarz gekleidete Männer mit verhüllten Gesichtern standen vor der Maschine.

Alice versteifte sich neben mir. »Es ist alles in Ordnung. Diese Männer gehören zu den Guten. Sie sorgen nur für unsere Sicherheit.«

Wortlos nickte sie mir zu. Gerald sprang heraus und half zuerst meiner Mutter und dann dem Rest von uns beim Aussteigen. Meine Mutter richtete ihren Rock und zupfte an ihrer Bluse herum. Ich wusste, dass es nur eine nervöse Angewohnheit von ihr war, aber am liebsten hätte ich sie angeschrien, dass es im Moment niemanden interessierte, wie sie aussah. Aber ich unterdrückte den Drang und ergriff stattdessen ihre Hand, während ich mit der anderen die von Alice festhielt. Gerald übernahm die Führung und wir machten uns auf den Weg zum Fieldhouse. Wir hatten den halben Weg zurückgelegt, als Zane, Leo, Colin, Linc, Declan und Jax in Sicht kamen. Die Jungs sahen aus wie große, starke Racheengel. Violet, Liv und Ivy liefen los und verfielen dabei fast in einen Dauerlauf. Ich wagte nicht, mich von meiner Mutter und Alice zu lösen. Anfangs dachte ich, die beiden bräuchten meine Unterstützung, doch dann erkannte ich, dass ich die ihre brauchte. Meine Beine fühlten sich an wie Wackelpudding und mein Herz schlug so schnell, dass mir schwindelig wurde. Er war in Sicherheit und am Leben. Erleichterung durchflutete meinen Körper.

Aber mein Vater war nirgendwo zu sehen. Ich versuchte, mir einzureden, dass er nur nicht bei den anderen war, weil es für ihn im Gebäude sicherer war.

Aber tief im Inneren wusste ich, dass es nichts damit zu tun hatte.

Colin wartete darauf, dass wir drei uns näherten, während die anderen ins Haus gingen. Am liebsten wäre ich ihm in die Arme gefallen und hätte sein Gesicht mit Küssen übersät, aber ich hielt mich zurück. Zuerst musste er sich um meine Mutter und Alice kümmern.

»Haben sie dich beauftragt, mir die schlechte Nachricht zu überbringen?«, fragte meine Mutter, als wir Colin erreichten.

»Mutter!«, schimpfte ich.

»Es ist schon gut. Du kannst es mir sagen.«

Colin begegnete meinem Blick und der Ausdruck in seinen Augen sagte mir alles, was ich wissen musste. Es war schlimm. Und er brauchte meine Hilfe.

»Alice, komm mit, damit meine Mutter und Colin sich einen Moment unter vier Augen unterhalten können.«

Ich legte die Hand meiner Mutter in Colins und trat mit Alice beiseite. Sofort waren drei Mitglieder des Delta-Teams bei uns.

Alice starrte weiterhin meine Mutter an. Als sie zusammenbrach und Colin sie auffing, ließ Alice meine Hand los und ging auf sie zu.

Ich konnte mich nicht bewegen. Meine Mutter war in der Öffentlichkeit immer gefasst und ließ sich ihre Gefühle nie anmerken. Ich wollte gar nicht wissen, was sie so erschüttert hatte, dass sie vor aller Augen zusammenbrach. Es musste schrecklich sein und ich hatte Angst, mich der Realität zu stellen.

Plötzlich schlang jemand seine Arme von hinten um mich. Als ich versuchte, mich zu wehren, sagte eine vertraute Stimme: »Ich bin für dich da, Erin. Entspann dich.«

Fletch.

Obwohl Colin meine weinende Mutter im Arm hielt und mit seiner eigenen sprach, starrte er mich die ganze Zeit über an. Er gab mir im Stillen Kraft.

»Danke. Es geht mir gut.«

Fletch senkte die Arme, blieb aber hinter mir stehen und sagte: »Komm schon, du kannst jetzt mit ihm reden.«

»Ich weiß nicht, ob ich bereit dazu bin.«

»Natürlich bist du das. Du bist die starke und mutige Frau, die Colin in Texas die Stirn geboten hat. Obwohl du von der Straße gedrängt und dann entführt wurdest, hast du überlebt. Und du hast Colin das Leben gerettet. Du wirst auch das hier schaffen.«

»Ich würde nicht unbedingt sagen, dass ich ihm das Leben gerettet habe.«

»Da haben wir etwas anderes gehört. Es geht das Gerücht um, dass Colin von seiner schönen Frau gerettet werden musste. Komm schon, sonst verliert er noch die Geduld und verpasst mir einen Tritt in den Hintern, weil ich ihm sein Mädchen vorenthalten habe. Er braucht dich.«

»So etwas würde er nicht tun.«

»Ach wirklich? Dann kennst du ihn aber schlecht.«

Wir setzten uns in Bewegung und gingen auf die schlechte Nachricht zu, die ich nicht hören wollte.

»Mom?«

»Es geht ihm gut, Häschen. Es ist alles in Ordnung.«

»Du siehst aber nicht so aus, als ginge es dir gut.«

Clarissa Anderson richtete sich auf und tupfte sich mit einem Taschentuch das Gesicht ab. Ich wusste, dass sie immer eine ganze Reihe davon in ihrer Handtasche bei sich trug. »Es geht mir wirklich gut. Und es ist nicht sehr nett von dir, mir in aller Öffentlichkeit zu sagen, dass …«

»Hör auf, Mom. Das interessiert hier niemanden. Es ist nicht verwerflich, der ganzen Welt zu zeigen, wie erschüttert du bist.«

Wieder schossen meiner Mutter Tränen in die Augen. »Ich kann nicht. Ich habe Angst, zu ihm zu gehen.«

Als ich sah, wie verzweifelt meine Mutter war, durchströmte mich eine innere Kraft, von deren Existenz ich bis heute nichts gewusst hatte. Mom brauchte mich, um ihretwillen musste ich stark sein. »Komm, wir werden zusammen hineingehen.«

Ich warf einen Blick auf Colin und bemerkte zum ersten Mal den weißen Verband um seinen Arm. »Du bist verletzt.«

»Es ist nichts, Sonnenschein.«

»Aber …« Er schüttelte nur den Kopf und ich lenkte ein. »Okay.«

Colin schlang seine Arme um Alice und ich drückte meine Mutter fest an mich, dann gingen wir gemeinsam ins Haus.

Mein Vater ging in dem großen Raum auf und ab wie ein wildes Tier im Käfig. Als er uns bemerkte, blieb er stehen und wandte sich uns zu. Heilige Scheiße. Meine Mutter schnappte nach Luft, Alice stöhnte und ich wäre fast in Tränen ausgebrochen, als ich die Blutergüsse und Schnitte im Gesicht meines Vaters sah.

Dad eilte zu meiner Mutter, riss sie aus meinen Armen und drückte sie an sich. Sie schluchzte an seiner Brust.

»Rissa, Baby, es geht mir gut. Es ist alles in Ordnung«,

sagte er mit rauer Stimme, in der mehr Emotionen mitschwangen, als ich für möglich gehalten hätte.

»Tommy«, weinte sie.

»Ich bin in Sicherheit. Wir sind alle in Sicherheit.«

Colin zog mich an seine Seite und drückte mir einen Kuss auf die Wange. »Ich liebe dich, Erin.«

»Mein Gott, ich liebe dich auch.«

Mein großer, starker zukünftiger Ehemann schloss seine Mutter und mich in seine Arme und drückte uns fest an sich. Gott sei Dank waren alle in Sicherheit, zumindest dachte ich das.

KAPITEL ZWEIUNDDREISSIG

»Tut mir leid, Sonnenschein, wir müssen zur Nachbesprechung. Es wird nicht lange dauern.«

»Wir kommen schon zurecht. Lass dir Zeit«, erwiderte Erin. »Ich bin einfach nur erleichtert, dass du hier vor mir stehst.« Sie rang sich ein Lächeln ab.

»Es gab nie einen Zweifel daran, dass ich zu dir zurückkehre oder dass wir deinen Vater nach Hause bringen würden. Wir werden nicht lange brauchen. Dein Vater will die Sache so schnell wie möglich hinter sich bringen, damit er mit deiner Mutter nach Hause fliegen kann.«

»Sie hat den ganzen Tag über versucht, stark zu bleiben. Das war sie auch, aber je länger wir warteten, desto unruhiger wurde sie.«

»Und was ist mit dir? Geht es dir gut?«, fragte ich.

»Ich hatte Angst«, gestand sie, »aber dann haben wir uns eine Weile unterhalten und mir wurde klar, dass ich auf deine Fähigkeiten vertrauen musste. Ich musste fest daran glauben, dass du nach Hause kommst. Danach fiel mir das Warten leichter. Aber …« Sie hielt inne und atmete tief durch, bevor sie sich an mich schmiegte und flüsterte: »Ich hatte Angst, dass sie meinen Vater töten würden, bevor ihr ihn erreicht. In Gedanken hatte ich mir schon überlegt, was ich alles würde tun müssen, um meiner Mutter zu helfen«, gestand sie.

»Es tut mir so leid, dass du das durchmachen musstest. Wir hätten nie zugelassen, dass dein Vater getötet wird.«

»Aber man kann nicht immer alles kontrollieren.«

In ihren Worten steckte mehr Wahrheit, als ihr bewusst war. Ständig passierten schreckliche Dinge, und gute Menschen mussten leiden. Aber diesmal nicht. Diesmal hatten die Guten gewonnen, und wir waren alle nach Hause zurückgekehrt.

»Das ist wahr, aber wir tun, was wir können. Danke, dass du dich um meine Mutter gekümmert hast.«

»Gern geschehen. Jetzt geh und halte deine Besprechung mit den Jungs ab, damit wir nach Hause gehen können.«

»Verdammt, ich liebe es, wenn du mich herumkommandierst. Deine Stirn legt sich in Falten und du hast diesen grimmigen Ausdruck in den Augen.«

»Willst du damit etwa sagen, dass ich Falten habe?«, scherzte sie. »Du hast keine Ahnung, was diese Bemerkung dich gerade gekostet hat. Ich werde eine Menge teurer Hautcremes brauchen.«

Unwillkürlich verzog ich die Lippen zu einem Lächeln. Ich hätte es nicht für möglich gehalten, aber nicht einmal zwei Stunden, nachdem ich um mein Leben gekämpft hatte, war ich unsagbar glücklich. Und das hatte ich Erin zu verdanken.

»Ich bin bald zurück.«

Ich gab ihr noch einen viel zu flüchtigen Kuss und ging dann in den Nebenraum, in dem die anderen bereits auf mich warteten. Ich ging an einem Agenten des Secret Service an der Tür vorbei, bevor Tom mir einen besorgten Blick zuwarf. »Wie geht es ihr?«

»Sie ist aufgewühlt.« Als er den Kopf hängen ließ, fügte ich hastig hinzu: »Aber Sie kennen Ihre Tochter. Sie kommt ganz nach Ihnen. Nichts und niemand kann sie brechen.«

»Zuerst möchte ich euch allen für eure Hilfe bei der heutigen Mission danken. Wie ihr wisst, wird die Welt nie erfahren, wie ihr mir das Leben gerettet habt. Ihr habt für Frieden und Ordnung in unserem großartigen Land gesorgt und dabei euer eigenes Leben riskiert. Ich weiß, dass ihr euch immer stillschweigend im Hintergrund haltet und keine Aufmerksamkeit auf euch ziehen wollt. Aber meine Familie und ich, wir sind euch zutiefst dankbar.« Er hielt kurz inne. »Wolf und sein Team sind mit Tex im Weißen Haus und bereiten die Akten vor, die ich brauche. Aber bevor wir dazu kommen, haben wir ein Problem.«

Tom hielt inne und tippte auf einen Stapel Papiere, der vor ihm auf dem Tisch lag.

»Alle Informationen, die wir über Omni haben, sind hier drin. Wie ihr sehen könnt, ist es nicht viel.«

»Wer?«, fragte Hollywood, ein Mitglied der Delta Force.

»Eine geheime Bruderschaft, die sich aus den mächtigsten Männern der Welt zusammensetzt. Die Omni diskriminieren niemanden. Sie gehören weder einem Land noch einer bestimmten Rasse oder Religion an. Herkunft und Glaube spielen für sie keine Rolle. Ihre

Währung ist Geld und Macht. Heute haben sie uns eine Botschaft geschickt: Sie sind mächtiger als der Präsident der Vereinigten Staaten. Wenn sie mich entführen können, können sie jeden entführen. Ihr Plan war brillant und perfekt ausgeführt.«

»Wie haben sie es angestellt?«, wollte Coach, ein weiteres Mitglied der Delta Force wissen. Die Frage brannte uns allen unter den Nägeln.

»Per Fernsteuerung«, antwortete Tom. »Tex hat sich den Wartungsbericht für Marine One angesehen. Der Hubschrauber wird in regelmäßigen Abständen gewartet und neu zertifiziert. Im letzten Bericht steht, dass ein Flugsteuerungsmodul defekt war. Es wurde ausgetauscht. Das ist eindeutig Omnis Handschrift.«

»Wollen Sie damit sagen, dass Omni jemanden in HMX-1 eingeschleust hat, der das Steuermodul durch ein Modul ersetzt hat, auf das er aus der Ferne zugreifen konnte?«, fragte Zane.

HMX-1 war die Hubschrauberstaffel, die für den Transport des Präsidenten zuständig war. Zweifellos kochte jetzt ein Marineoberst auf dem Luftwaffenstützpunkt des Marine Corps vor Wut.

»Nicht nur Marine One, sondern auch die beiden nachfolgenden Hubschrauber. Vielleicht sogar die ganze Flotte.«

Es war nicht zu übersehen, wie wütend Tom war. Die Situation war schlimmer, als wir es uns je hätten vorstellen können. Und das war bemerkenswert, denn als nur die NSA und ihre Spionageabwehr involviert waren, hatten wir es schon mit einem Desaster zu tun gehabt. Doch jetzt? Jetzt mussten wir uns auf eine Katastrophe schlimmsten Ausmaßes gefasst machen. Falls die Omni tatsächlich die Regierung der Vereinigten Staaten infiltriert hatten, würden wir sie nie wieder herausbekommen.

»Wie haben Sie sich aus der Box befreit?«, fragte ich, als ich mich an die beiden toten Secret Service Agenten erinnerte.

»Ich habe mich nicht befreit. Ich wurde befreit. Und die beiden Männer, die mir die Tür geöffnet haben, haben schnell festgestellt, dass sie entbehrlich sind. Ihr wisst ja, was man über die Ehre unter Dieben sagt.«

Wie wir vermutet hatten, steckten die Agenten, die Tom begleitet hatten, mit Omni unter einer Decke. Wie weit reichte das Ganze nur?

»Ich muss dich um etwas bitten, Zane. Es ist mehr, als ich von dir verlangen sollte.«

»Aber Sie werden es trotzdem tun.« Zane lachte leise. »Was immer Sie brauchen, Sie müssen es nur sagen.«

»Ich brauche Declan und das Gold Team, um Omni aufzuspüren.«

Declan hob zustimmend das Kinn. Ich fragte mich, was seine Zwillingsschwester wohl davon halten würde, wenn ihr Bruder wieder Vollzeit im Einsatz war.

»Kein Problem«, verkündete Zane.

»Was machen wir mit Angel?«, wollte Linc wissen.

»Daran arbeitet Tex gerade. Ich will, dass alle Informationen geschwärzt werden, bevor ich an die Öffentlichkeit gehe. Die Amerikaner lieben vor allem eines: eine gute Verschwörungstheorie, und die werde ich ihnen liefern. Omni war schon immer geheimnisumwittert. Sie glauben, dass sie sicher sind, weil sie in den dunkelsten Winkeln operieren. Jetzt nicht mehr. Ich will, dass die Welt weiß, dass wir uns auf die Jagd nach ihnen begeben. Und ich werde nicht aufhören, bis Declan und sein Team jeden Einzelnen von ihnen aufgespürt haben. Militrix und Perkins werden die ersten beiden sein, die fallen werden.«

»Entschuldigt bitte die Störung«, stammelte Erin, die plötzlich in der Tür erschien.

»Du störst nie, Liebes«, erwiderte Tom.

Mir stellten sich die Nackenhaare auf, als sich plötzlich eine elektrisierende Spannung im Raum ausbreitete. Neunzehn der tödlichsten Männer der Welt standen wie erstarrt da. Sie alle spürten es. Erin hatte sich nicht bewegt und sich lediglich entschuldigt, doch die Angst in ihrer Stimme hatte uns alle in Alarmbereitschaft versetzt. Sie hatte die Arme unbeholfen vor ihrem Körper verschränkt. Ich wusste nicht, ob sie etwas festhielt oder mit den Händen rang.

Sie begegnete meinem Blick und fragte: »Was ist die Farbe des Tages?«

Wie die anderen achtzehn Männer im Raum griff ich automatisch nach meiner Waffe, als ich antwortete: »Weiß.«

Blitzschnell streckte sie die Arme vor sich aus. Bevor ich blinzeln oder begreifen konnte, was geschah, hatte sie zwei Schüsse abgefeuert. Der Agent vor ihr prallte rücklings gegen die Wand und ließ seine Waffe fallen, bevor er zu Boden sank. Alles ging so schnell, dass ich gar nicht bemerkt hatte, wie der Mann seine Waffe auf sie gerichtet hatte.

»Scheiße!«, rief jemand.

»Nimm deine Waffe runter, Sonnenschein«, sagte ich und eilte zu ihr. »Woher hast du die?«

»Gerald braucht einen Arzt. Er liegt im hinteren Flur neben der Speisekammer.« Sie hielt die Waffe immer noch ausgestreckt vor sich. »An seinem Revers.« Sie zeigte mit der Smith & Wesson auf den am Boden liegenden Mann. »Die Farbe ist falsch. Er trägt Blau.«

Während ich die Anstecknadel des Mannes studierte, eilten Ghost, Fletch und Truck an uns vorbei. Er trug tatsächlich die falsche Farbe. Jeden Tag wechselte der äußere Ring der Anstecknadel die Farbe. Manchmal sogar mehrmals, je nach Bedrohungslage. Warum war das keinem von uns aufgefallen? Das war völlig inakzeptabel. Ein solcher Fehler konnte nicht nur tödliche Folgen haben. Das Erlebnis würde Erin für immer prägen.

»Weniger als acht Meter Entfernung. Ich muss nicht zielen. Ich muss nur die Pistole festhalten und abdrücken«, murmelte sie. »Ich wusste, dass etwas nicht stimmt, als Gerald nicht sofort zurückkam. Er lässt meine Mutter nie warten. Sie hat ihn um eine Tasse Tee gebeten. Er …« Sie zeigte mit der Waffe auf den Mann auf dem Boden. »Er folgte Gerald in die Küche und kam mit leeren Händen zurück. Die Farbe ist falsch.«

Erins Stimme zitterte zwar, doch ansonsten schien sie sich gut im Griff zu haben, obwohl vor ihr ein Mann verblutete und um uns herum das reinste Chaos herrschte. Ich blendete alles andere aus und konzentrierte mich ganz auf Erin. Irgendwie musste ich ihr die Waffe abnehmen.

»Kann ich jetzt die Pistole haben, Sonnenschein? Du zitterst ziemlich heftig, und ich will vermeiden, dass du sie fallen lässt.«

»Nein. Sie gehört Gerald. Was ist, wenn noch mehr von ihnen hier sind? Ich will sie behalten.«

»Baby, es ist sonst niemand mehr in diesem Gebäude.«

»Aber was ist, wenn noch mehr kommen? Ich will die Waffe.«

Ihre Stimme wurde immer schriller. Wahrscheinlich würde sie wütend werden, aber ich hatte keine andere Wahl. Ich trat auf sie zu und tat so, als wollte ich sie umarmen. Im letzten Moment riss ich ihr die Waffe aus der Hand.

»Colin!«

»Du kannst sie später zurückhaben«, log ich. »Im Moment zitterst du wie Espenlaub und mit einer geladenen Waffe in der Hand ist das nicht sonderlich vorteilhaft.«

Ich entsicherte die Waffe und steckte sie in den Bund meiner Hose. Dann hob ich Erin hoch und trug sie zum Sofa, wobei ich die Schmerzen in meinen Rippen und in meinem Arm ignorierte.

»Wird Gerald wieder gesund?«

»Ich weiß es nicht, aber wenn ihn jemand zusammenflicken kann, dann Truck. Geht es dir gut?«

»Ist er tot?«

Ich strich ihr die Haare aus dem Gesicht und antwortete: »Ja, Baby, er ist tot.«

»Ich musste es tun«, weinte sie.

»Ich weiß. Du hast alles richtig gemacht.«

Zane und meine Mutter kamen gleichzeitig auf uns zu. Während meine Mutter sich neben uns auf die Couch setzte und Erins Hände ergriff, blieb Zane vor uns stehen.

»Er hat eine Tätowierung mit einer Pfauenfeder.«

Zane hatte sich von der seltsamen Stimmung befreit, in der er im Keller der Hütte noch gewesen war. Nun war er wieder der abgebrühte Krieger, den ich kannte.

»Ist das Gold Team bereit?«, fragte ich.

»Sie brechen morgen auf. Wie geht es dir, Erin?«, fragte Zane.

»Gut«, flüsterte sie.

Zane beugte sich vor und wartete, bis Erin seinem Blick begegnete.

»Du hast getan, was du tun musstest, um Leben zu retten. Das war verdammt mutig. Du hast genauso viel Mut bewiesen, als du Colin geholfen hast. Es braucht einen bestimmten Typ Frau, um mit Männern wie uns zusammen zu sein. Und es gibt keinen Zweifel, dass du genau die Richtige für Colin bist. Ich bin stolz, dich ein Mitglied unserer Familie nennen zu dürfen, Erin.«

Ich hätte es selbst nicht besser ausdrücken können. Erins schnelle Auffassungsgabe und ihr Mut waren zwei der vielen Dinge, die ich an ihr liebte. Es gab niemanden auf der Welt, der besser zu mir passte. Erin war meine Frau, meine Partnerin, meine Kameradin. Und ich würde den Rest meines Lebens damit verbringen, ihr zu beweisen, wie sehr ich sie liebte.

KAPITEL DREIUNDDREISSIG

DECLAN

Gold Team – Bahrain

»Hier ist es heißer als in der Hölle«, beschwerte sich Brooks Miller.

»Besser als sich in der Arktis die Eier abzufrieren«, erwiderte Thad Bench.

Wir waren noch keine Woche im Land, aber es würde mehr als nur ein paar Tage dauern, bis wir uns an die trockene Hitze und die vierzig Grad im Schatten gewöhnt hatten. Zum Glück trugen wir nicht die komplette Ausrüstung. Die Panzerweste wirkte wie ein Isolator, der die Temperatur leicht um weitere paar Grad steigen ließ. Brooks hatte zwar nicht unrecht, aber ich musste mir über wichtigere Dinge Gedanken machen. Wir waren hier, um uns mit einer UN-Beauftragten für politische Angelegenheiten zu treffen. Zanes Akte enthielt nur spärliche Informationen. Ich kannte lediglich die Tarnung der Frau, und die war, gelinde gesagt, Schwachsinn. Bemerkenswert war jedoch, dass ihre Meinung von den Mächtigen der Gesellschaft hoch geschätzt wurde. Wir mussten gute Miene zum bösen Spiel machen, wenn wir nicht aus Bahrain ausgewiesen werden wollten, bevor wir die notwendigen Informationen über die Omni-Gruppe gesammelt hatten.

Kühle Luft schlug uns entgegen, als wir einen Anbau des UN-Gebäudes außerhalb des US-Marinestützpunktes betraten. Die Einrichtung des Raumes war so karg wie der Bericht, den ich über die UN-Beauftragte Tatiana Jones erhalten hatte.

»Kommt euch auch etwas seltsam vor?«, fragte Kyle Smith, bevor ich etwas sagen konnte.

»Das ist kein normales UN-Gebäude. Und bevor ihr fragt, ich war schon in einigen«, fügte Max Brown hinzu.

Das Klackern von hohen Absätzen ertönte auf dem Fliesenboden in der Empfangshalle. Kurz darauf erschien eine Frau, die etwa in meinem Alter war.

»Declan Crenshaw?«, fragte sie.

»Ja.« Ich trat einen Schritt vor.

»Tatiana Jones«, stellte sie sich vor. »Entschuldigen Sie.« Sie machte eine ausladende Geste. »Budget-kürzungen.«

Ich wusste, dass sie uns einen Bären aufband, aber ich stellte sie nicht zur Rede. Weder Tatiana Jones noch ihre Tarnung gingen mich etwas an. Wir folgten ihr in einen kleinen Raum, der noch kleiner wirkte, nachdem fünf große Männer sich hineingedrängt hatten.

»Ich wurde über den Vertrag informiert, den Militrix für die transozeanische Verkabelung erhalten hat. Meine

Taucher haben das Gebiet um den King Fahd Causeway abgesucht und keine Kabel gefunden.« Tatiana setzte sich ans Kopfende des Tisches und bedeutete mir und meinem Team, ebenfalls Platz zu nehmen.

»Ihre Taucher?«, meldete Brooks sich zu Wort.

»Ja. Meine. Das Gebiet ist sauber.«

»Wenn es Ihnen nichts ausmacht, würde ich mir das gern selbst ansehen.«

Ich arbeitete noch nicht lange mit dem Gold Team zusammen, aber Zane hatte mir versichert, dass die Jungs absolut vertrauenswürdig waren. Sie hatten alle zusammen die Navy-Ausbildung absolviert und danach in derselben SEAL-Einheit gedient. Aber dass Brooks aus der Reihe tanzte und Tatiana herausforderte, lief nicht nach Plan. Zum einen mussten wir uns nicht mit einem Kräftemessen aufhalten und zum anderen baten wir nicht um Erlaubnis, wenn wir ein Ziel verfolgten. Wir erledigten einfach unseren Job, ohne dass jemand etwas davon wissen musste.

»Das ist nicht nötig. Ich habe vollstes Vertrauen in …«

»Sicher. Sie haben vielleicht Vertrauen in Ihre Taucher, aber ich nicht. Und, bei allem Respekt, selbst wenn ich jemandem vertraue, überprüfe ich die Dinge gern selbst.«

Tatiana lehnte sich zurück und musterte Brooks.

»Ich weiß alles darüber, wie Sie die Dinge überprüfen, Mr. Miller. Außerdem kenne ich Männer wie Sie nur allzu gut.«

»Ach wirklich? Und was für ein Mann bin ich, Schätzchen?«

»Ein Überflieger. Sprengstoffexperte. Kampftaucher. Fallschirmjäger. Experte für taktisches Abseilen.«

»Schön zu sehen, dass Sie Ihre Hausaufgaben gemacht haben. Leider war der Bericht, den wir über Sie erhalten haben, nur einen Absatz lang. Darin stand nichts über Ihre Errungenschaften.«

»Meine Errungenschaften sind nicht von Bedeutung. Wichtig ist nur, dass Sie meine Operation nicht durchkreuzen.«

In meinem Kopf schrillten so viele Alarmglocken, dass ich mich langsam fragte, in was für einen Schlamassel wir da hineingeraten waren. Eigentlich hatte dies eine einfache Mission sein sollen, die nur zur Aufklärung diente.

»Nun, Miss Jones. Ich darf Sie doch mit *Miss* ansprechen, nicht wahr? Wir wollen Ihnen nicht in die Quere kommen. Ich werde mich heute Nachmittag kurz umsehen, und in ein paar Tagen sind wir hoffentlich wieder auf dem Weg nach Hause.«

»Das geht Sie eigentlich nichts an«, entgegnete Tatiana. »Ich werde Sie selbst dorthin bringen. Morgen früh um fünf Uhr.«

»Sie werden mich dorthin bringen?«

»Gut zu wissen, dass all die Kampfeinsätze Ihr Gehör nicht in Mitleidenschaft gezogen haben.«

Ich schaffte es gerade noch, ein Lachen zu unterdrücken. Ich wusste nicht, was Tatiana Jones im Schilde führte, und ich wollte es auch gar nicht wissen, aber ich mochte sie. Sie hatte Schneid.

»Was wissen Sie über das Tauchen?«

»Sie sind nicht der Einzige mit besonderen Qualifikationen, mein Freund. Sind wir fertig? Denn ich habe noch etwas zu erledigen. Mir wurde versprochen, dass ihr mir keine Probleme bereiten würdet.«

»Es wird keine Probleme mit uns geben«, bestätigte ich. »Wir sammeln nur Informationen und werden wieder verschwinden.«

»Gut. Ich habe in weniger als einer Woche einen wichtigen Termin. Mir wäre es recht, wenn Sie bis dahin abgereist sind.«

»Ah. Sie werfen uns also aus dem Land?« In einer dramatischen Geste legte Brooks sich die Hand aufs Herz.

Tatiana schüttelte den Kopf und schien nicht im Geringsten amüsiert. »Große Egos bringen immer eine große Klappe mit sich. Ich wünsche Ihnen noch einen schönen Tag, meine Herren. Mr. Miller, wir sehen uns an den Docks entlang der 59th Avenue, Rampe fünfzehn.«

Die Frau wartete nicht, bis wir aufgestanden waren, bevor sie den Raum verließ.

»Verdammt, Bruder, ich fühlte mich schon in die Grundschule zurückversetzt«, scherzte Kyle mit einem Lachen.

»Ich habe nur darauf gewartet, dass du sie an den Haaren ziehst«, warf Max ein.

»Glaubt mir, ihr Idioten, wenn wir mehr Zeit hätten, würde ich dieses Teufelsweib nicht nur an den Haaren ziehen. Heilige Scheiße, diese Beine in den himmelhohen Absätzen sind verdammt sexy. Und dieser Mund. Von mir aus kann sie mir gern noch ein paar unflätige Bemerkungen an den Kopf werfen«, sagte Brooks.

»Behaltet euren Schwanz in der Hose. Wir sind nur hier, um Aufklärung zu betreiben.«

»Verstanden, Boss.«

»Brooks wünscht sich nur, er hätte Zeit für eine schnelle Aufklärungsmission«, bemerkte Thad und lachte über seinen eigenen Witz.

Bitte, lieber Gott, ich will dieses Land in einem Stück verlassen. Mein erster Einsatz als Teamleiter, und einer meiner Männer benahm sich wie ein geiler Teenager. Zane wäre nicht sehr erfreut. Je schneller wir herausfanden, was am Golf von Bahrain so besonders war und warum Militrix hier Geschäfte machte, desto besser. Brooks schien Tatiana tatsächlich kennenlernen zu wollen. Und Tatiana Jones war ganz und gar nicht die Frau, für die sie sich ausgab.

Ich konnte bereits fühlen, dass sich eine Katastrophe anbahnte.

EPILOG

ERIN

»Bist du bereit?«

Ich rückte die Perlenkette zurecht, die meine Mutter mir geschenkt hatte, wandte mich vom Spiegel ab und begegnete dem Blick meines Vaters. Sein fröhliches Lächeln zog mich förmlich in seinen Bann. Er hatte sechs harte Wochen hinter sich, und es beruhigte meine Nerven, meinen Vater so glücklich zu sehen. Ich war nicht nervös, weil ich Colin heute heiraten würde. Ich wusste, dass er der Mann war, mit dem ich den Rest meines Lebens verbringen sollte. Nein, meine Nervosität rührte von dem Medienrummel um das Weiße Haus.

Erhobenen Hauptes war mein Vater vor das amerikanische Volk getreten und hatte das Angel-Programm der NSA enthüllt. Landesweit hatte man im Fernsehen gesehen, wie er verkündete, dass die Privatsphäre von Millionen Amerikanern mit Füßen getreten wurde. Seine Berater hatten ihn angefleht zu schweigen. Aber mein

Vater glaubte an die Wahrheit, und über der Wahrheit stand die Verfassung. Er hatte die Mittäterschaft des Vizepräsidenten aufgedeckt und erklärt, dass Mr. Perkins von dem laufenden Programm gewusst hatte, selbst nachdem mein Vater angeordnet hatte, es abzuschalten. Natürlich hatte Perkins alles abgestritten, aber seine Wahlkampfmanager mussten sich nun um Schadensbegrenzung bemühen. Tex konnte nicht beweisen, dass der Vizepräsident an der Entführung meines Vaters oder an meiner Entführung beteiligt gewesen war, aber Colin und die anderen Jungs waren sich sicher, dass er nicht nur davon gewusst, sondern auch an der Planung mitgewirkt hatte. Es war ein einziges Durcheinander, aber am Ende siegte die Wahrheit. Ich war stolz auf meinen Vater, nicht nur als mein Dad, sondern auch als mein Präsident.

»Das bin ich«, antwortete ich schließlich.

Mein Vater stellte sich vor mich und ergriff meine Hände. »Meine wunderschöne, süße Tochter. Ich habe einmal gehört, dass kein Vater der Welt wirklich auf den Moment vorbereitet ist, in dem er seine Tochter zum Altar führt. Aber du sollst wissen, dass ich bereit bin. Wenn ich dich heute deinem zukünftigen Ehemann übergebe, dann tue ich das voller Zuversicht. Nicht nur, weil ich weiß, dass er für dich sorgen, dich lieben und dich mit seinem Leben beschützen wird. Sondern weil ich weiß, dass du das alles auch für ihn tun wirst. Du wirst ihm Trost und Liebe geben und ihm inneren Frieden schenken. Du wirst ihn lieben und schätzen, weil er dich ehren und verwöhnen wird. Und ich weiß, dass du immer an seiner Seite stehen wirst. Alles, was deine Mutter und ich dir über Mut, Ehre und Tapferkeit beigebracht haben, ist nicht auf taube Ohren gestoßen. Wir sind sehr stolz auf die Frau, die du geworden bist. *Ich* bin stolz.« Er drückte meine Hände und lächelte. »Also frage ich dich noch einmal, Erin Lynn, bist du bereit, da rauszugehen und zu heiraten?«

»Danke, Daddy. Jetzt bin ich bereit.«

»Ich hoffe, du wirst mich immer Daddy nennen.«

Gerald erschien in der Tür und sagte: »Alle sind bereit.« Zum Glück hatte er sich wieder vollständig erholt. Mein Vater hatte ihm angeboten, ihn in eine weniger gefährliche Einheit oder in eine andere Behörde zu versetzen, aber Gerald hatte sich geweigert, meinem Vater von der Seite zu weichen. Ich nahm an, dass mein Dad erleichtert war. Mehr denn je brauchte er jetzt Menschen um sich, denen er vertrauen konnte.

Er ließ meine Hände los, aber bevor er mich aus dem Lincoln-Schlafzimmer, den mittleren Flur entlang und schließlich in den gelben, ovalen Raum führen konnte, in dem Colin und meine Familie auf mich warteten, hatte ich meinem Vater noch etwas zu sagen.

»Danke, dass du so ein toller Vater bist. Ich weiß, dass ich es euch nicht immer leicht gemacht habe, vor allem in den letzten Jahren. Aber ich versichere dir, dass mein Verhalten nichts mit dir zu tun hatte. Ich fühlte mich nur …«

»Eingeengt?«

»Ja, ein bisschen. Es tut mir leid, wenn ich dir Sorgen bereitet habe, aber ich bereue nicht, dass ich rebelliert habe. Ich glaube, ich musste es tun. Einige Dinge, die ich getan oder gesagt habe, bedaure ich sehr, vor allem die, die dich und Mom verletzt haben. Aber ich habe auch viel über mich selbst gelernt, bin gewachsen und habe Colin gefunden.«

»Du musst nichts bereuen, Erin. Lebe dein Leben. Folge deiner Bestimmung und lass dich von niemandem aufhalten. Du wirst es weit bringen.«

»Danke, Dad.« Ich rückte seine Fliege zurecht. »Du siehst heute wirklich gut aus.«

»Deine Mutter ist froh, dass du zugestimmt hast, die Hochzeit zu verschieben. Sie sagte, mit meinem Gesicht hätte ich andernfalls eure Fotos ruiniert. Ich habe ihr versichert, dass du die Frau eines hochrangigen Söldners sein wirst und dich an blaue Augen gewöhnen musst. Deine Mutter wollte nichts davon wissen und ich hatte klugerweise ein Einsehen.« In all den Jahren, in denen meine Eltern verheiratet waren, war er letztlich immer mit ihr einer Meinung. Clarissa Anderson verlangte nicht viel. Aber wenn sie einmal etwas wollte, dann setzte mein Vater alles daran, es ihr zu geben. Ich hakte mich bei ihm ein und wir folgten Gerald in den Flur.

»Hast du immer noch Angst?«, flüsterte mein Vater.

»Woher weißt du das?«

»Ich kenne meine Mädchen.«

»Jetzt nicht mehr. Du hast mich daran erinnert, dass ich genug für ihn bin.«

»Verdammt richtig, du bist eine Anderson.«

»Eigentlich bin ich eine Doyle.«

Wir näherten uns der offenen Tür und mein Blick fiel auf eine große, schöne Frau in einer Marineuniform. Sie stand bei Colins Eltern und schenkte mir ein Lächeln. Ich erkannte sie sofort.

»Wie hast du es geschafft, Keira hierherzuholen?«, fragte ich meinen Vater.

»Das ist einer der vielen Vorteile, wenn man Präsident

ist. Wenn ich die Anwesenheit einer bestimmten Seefrau verlange, stellt niemand meinen Befehl infrage.«

»Danke. Sie sind sicher überglücklich, sie zu sehen.«

»Das ist das Mindeste, was ich für den Mann tun kann, der mir das Leben gerettet hat.«

»Was ist mit dem Mann, der deine Tochter liebt?«, scherzte ich.

Mein Vater trat vor den weißen Läufer, der über dem Marmorboden platziert war, und sah mich an.

»Für ihn würde ich sterben.«

Mir traten Tränen in die Augen. Ich bemühte mich gar nicht erst, sie zurückzuhalten, sondern ließ sie ungehindert über meine Wangen kullern. Ich wusste, dass mein Vater die Worte ernst meinte. Er zwinkerte mir noch einmal zu und führte mich dann mit einem Lächeln auf den Lippen zu Colin.

Als ich meinen zukünftigen Ehemann erblickte, stockte mir der Atem. Er war ein gut aussehender Mann, selbst wenn er nur eine Cargohose und ein T-Shirt trug. Aber in einem Smoking war er absolut umwerfend. Zane, Leo, Jax und Linc standen neben ihm und machten ebenfalls eine gute Figur. Ich warf einen Blick auf die andere Seite des Ganges und sah, dass Ivy, Liv, Violet und Jasmin alle ihre Männer anstarrten, statt mich zum Altar schreiten zu sehen. Unwillkürlich entfuhr mir ein Lachen. Ich konnte es ihnen nicht verübeln.

Als ich schließlich Colins Blick begegnete, erstarb meine Belustigung schlagartig. Noch nie hatte ich mich so wertgeschätzt gefühlt. Seine ganze Aufmerksamkeit galt mir. Alles um uns herum hätte sich in Luft auflösen können, und er hätte es nicht bemerkt. Als mein Vater vor ihm stehen blieb, starrte er mich immer noch an.

Das tiefe Lachen meines Vaters hallte durch den Raum, und unsere Familien stimmten mit ein.

»Sie gehört ganz dir, mein Sohn.«

Mein Vater legte meine Hand in Colins und trat einen Schritt zurück.

»Verdammt richtig, das tut sie.«

* * *

COLIN

Einen Monat später – Killeen, Texas

»Gibt es etwas Neues von Declan?«, fragte Fletch. Er saß mir gegenüber am Tisch und warf sein zweites Full House in Folge ab.

»Verdammt. Harley wird mir in den Arsch treten, wenn ich noch mehr Geld verliere«, murrte Coach kopfschüttelnd, während er jedoch ein Lächeln im Gesicht hatte.

»Kein Wunder, dass du ständig verlierst, du bist ein lausiger Pokerspieler«, bemerkte Hollywood und lachte leise.

»Wer will noch ein Bier?« Ghost stand auf, um zum Kühlschrank zu gehen. Er wartete, bis alle ihre Bestellung aufgegeben hatten, und schlenderte davon.

Ich beantwortete Fletchs Frage. »Ja. Er und die Jungs sind immer noch in Bahrain und folgen der Spur des Geldes. Tex hat ihnen gesagt, wo sie mit der Suche anfangen sollen.«

»Tex, der König des Darknets. Ich weiß nicht, wie er es

anstellt, aber ich bin froh, dass er auf unserer Seite ist«, murmelte Truck und warf seine Karten auf den Stapel in der Mitte des Tisches.

Wir verfielen in kameradschaftliches Schweigen, während Beatle die Karten mischte und ein neues Blatt austeilte. Die warme texanische Brise wehte mir um die Nase und das Wasser lief mir im Mund zusammen, als der Duft des Barbecue-Räucherofens die Luft erfüllte. Wir hatten noch etwas Zeit, bis die Frauen vom Einkaufen zurückkommen würden. Diese würde ich mit Fletch und seinem Team verbringen, einfach auf der Terrasse sitzen und mich mit den Jungs unterhalten. Ghost kam zurück, stellte die Biere auf den Tisch und lehnte sich in seinem Stuhl zurück.

»Fast wie in alten Zeiten«, murmelte er.

»Besser als in alten Zeiten«, korrigierte Blade ihn. »In den alten Zeiten saßen nur wir traurigen Trottel auf Fletchs Terrasse und sehnten das glückliche Leben herbei, das wir heute führen. Ich glaube, ich spreche für uns alle, wenn ich sage, dass wir heute besser dran sind.«

Fletch ließ den Blick durch seinen alten Garten schweifen und sah dann seine Teamkameraden an. Seine nachdenkliche Miene wich einem breiten Grinsen. »Ja, das kannst du laut sagen. Ich habe hier schon viele gute Zeiten erlebt.«

»Darauf trinke ich.« Ghost erhob seine Flasche und stieß mit seinem Team an. »Was ist mit dir, Colin?«

»Was soll mit mir sein?« Ghost deutete auf die sieben Flaschen in der Mitte des Tisches, und ich hob meine ebenfalls an. »Auf die Zukunft.«

Wir alle tranken einen großen Schluck.

»Beeil dich und teile die Karten aus«, forderte Truck.

»Wir haben neunzig Minuten, bis die Frauen zurückkommen. Mal sehen, wie viel Geld wir Coach noch abnehmen können.«

Es bedeutete mir viel, hier im Garten mit den Jungs zu sitzen und mit ihnen über die Vergangenheit zu reden, selbst wenn die Gegenwart erfreulicher und die Zukunft verheißungsvoller war. Der Moment könnte nur besser sein, wenn Erin auf meinem Schoß säße. Nicht nur, weil ich meine Frau liebte und es hasste, von ihr getrennt zu sein, sondern weil sie eine hervorragende Pokerspielerin war und ich gerade haushoch verlor.

* * *

ERIN

Zwei Jahre später – Annapolis, Maryland

Wir parkten vor Lincs und Jasmins Haus und ich musste unwillkürlich lachen. »Wer hätte das gedacht?« Unzählige Luftballons schmückten die Veranda. »Ich frage mich, wessen Idee das war«, bemerkte ich.

Seit Colin und ich vor zwei Jahren geheiratet hatten, hatte sich viel verändert. Kinder wurden geboren, die Jungs waren auf mehreren Missionen gewesen und meine Eltern waren zurück nach Texas gezogen. Die einzige Konstante war meine Cousine. Nach der Geburt der Zwillinge war sie zwar etwas weicher geworden, aber an ihrem knallharten Auftreten hatte das nichts geändert.

»Ich denke, dafür ist Linc verantwortlich. Manchmal

habe ich den Eindruck, dass er der Sensiblere von beiden ist«, scherzte Colin.

In meinen Augen war das eher unwahrscheinlich. Lincoln Parker war ein Mann durch und durch. Das würde ich natürlich nie zu meinem Angetrauten sagen, denn er war selbst ein Alphamann, aber an Lincs Männlichkeit gab es keinen Zweifel.

»Wenn du Lexi trägst, nehme ich die Geschenke«, fügte er hinzu.

Um unsere schlafende Tochter nicht zu wecken, schnallte ich behutsam den Kindersitz vom Rücksitz, bevor ich mit Colin ins Haus ging. »Denkst du, du hast ihnen genügend Spielzeug gekauft?«, fragte er, während er einen Stapel Kartons und Geschenktüten trug. »Sie sind doch erst zwei.«

»Du meinst *wir*? Ja, *wir* haben genügend Geschenke gekauft.«

Colin schüttelte immer noch den Kopf, als wir durch die Tür traten. Zum Glück konnte Lexi so schnell nichts aufwecken, denn im Haus herrschte das reinste Chaos. Überall lagen Spielsachen und Kinder sprangen umher, während die Erwachsenen sich lachend hindurchschlängelten.

Es war ein wunderbarer Anblick.

»Da seid ihr ja«, begrüßte Livie uns. »Schade, sie schläft«, fügte sie hinzu, als sie einen Blick auf Lexi warf.

»Tut mir leid, dass wir zu spät sind. Sie macht ihr Nickerchen heute schon etwas früher.«

»Oh«, lachte Liv. »Ich verstehe.«

»Da gibt es nichts zu verstehen. Außer, dass ich heute in Ruhe duschen konnte, ohne die Babytrage im Bad im Auge behalten zu müssen.« Colin legte unsere Geschenke zu den anderen und war sofort wieder bei mir, um mir den Kindersitz abzunehmen.

»Wo ist Giorgia?«, fragte ich nach der erstgeborenen Tochter von Leo und Olivia.

»Sie tollt mit Robby und Asher durch den Garten.«

»Hier, lass mich Francesca halten.« Ich streckte die Hände aus und wartete darauf, dass Liv mir das Baby reichte, das sie gerade im Arm wiegte.

»Bist du bereit für ein zweites Kind?«, flüsterte Colin mir zu.

»Lexi ist erst drei Monate alt. Du bist verrückt«, antwortete Liv an meiner Stelle.

»Wer ist verrückt, *tesorino*?«, wollte Leo wissen, als er sich zu uns gesellte.

»Colin. Er will noch ein Baby.«

»Und? Ich bin bereit, dich wieder zu schwängern. Ich glaube sogar, dass es letzte Nacht passiert ist.«

»Großartig.« Olivia verdrehte die Augen. »Wir machen erst einmal eine Pause. Giorgia hält mich den ganzen Tag auf Trab und da Francesca nun auf der Welt ist … Einfach nein. Denk nicht mal daran, Leo.«

»Meine Güte!«, rief Zane. Er saß auf dem Boden und versuchte, seinen einjährigen Sohn davon abzuhalten, sich auf den Bauch zu drehen.

Ivy, Jasmin und Violet waren nirgendwo zu sehen. Ich wollte gerade fragen, wo sie waren, als Jaxon und Linc zu uns stießen.

»Die Mädchen sind kurz in den Supermarkt gefahren«, berichtete Linc.

»Und sie haben die Kinder in eurer Obhut gelassen?«, fragte ich.

»Nein. Deshalb bin ich hiergeblieben«, warf Liv ein.

»Dir ist schon klar, womit wir unseren Lebensunterhalt verdienen, nicht wahr?«, fragte Linc lachend. »Wir jagen Terroristen und haben schon die schlimmsten Situationen überlebt. Ich denke, wir sind imstande, auf sieben Kinder aufzupassen.«

»Meine Güte, was gibt deine Mutter dir eigentlich zu essen?«, murmelte Zane. »Wie ist es möglich, dass Babys lila scheißen?«

Olivia und ich zogen beide die Augenbrauen in die Höhe.

»Also schön, ich gebe zu, Zane ist ein bisschen zimperlich, wenn es um das Wechseln von Windeln geht«, gab Linc zu. »Aber der Rest von uns hat keine ...«

»Daddy!« Einer der Zwillinge rannte schlammverschmiert ins Haus. »Robby hat mich geschubst.«

»Scheiße. Wo ist dein Onkel Jax? Er sollte doch auf dich aufpassen.«

»Mason ist hingefallen. Dreck im Mund«, lieferte Asher die Erklärung, warum Jax gerade nicht auf ihn und seinen Bruder aufpasste. Mason war Jaxons und Violets Sohn. »Ich habe den Schlauch geholt.«

»Den Schlauch. So ein Mist. Ist dein Bruder nass?«

»Ja«, erwiderte Asher mit einem Lächeln.

Jaxon kam durch die Hintertür mit einem dreckverschmierten Mason im Arm. Ein klatschnasser Robby folgte ihm.

»Jasmin wird mich umbringen«, murmelte Linc.

»Also sieben Kinder sind kein Problem, hm?«

Robby lief triefend nass durch das Wohnzimmer.

»Scheiße.«

»Ich weiß nicht, wie du mit zwei klarkommst. Ich bin fertig. Einer ist genug.« Jax stand noch immer in der Tür.

»Wo ist Gia?«, fragte Leo.

»Hier«, rief ein süßes kleines Mädchen aus der Küche.

»Komm her, *tesoro*.«

Giorgia kam ins Wohnzimmer und alle sieben Erwachsenen murmelten im Chor: »Oh Scheiße.« Gias Gesicht war mit dem Zuckerguss verschmiert. Ich nahm an, dass sie Roberts und Ashers Geburtstagskuchen in die Finger bekommen hatte.

Olivia und ich brachen in schallendes Gelächter aus.

»Das ist nicht lustig«, knurrte Linc.

»Doch, das ist es«, presste Liv lachend hervor.

»Jasmin wird mich umbringen.«

»Nein, das wird sie nicht«, versuchte ich, ihn zu beruhigen.

»Doch, das wird sie. Immerhin haben die Zwillinge heute Geburtstag.«

»Ist jemand verletzt?«, fragte ich.

»Nein.«

»Dann macht es ihr sicher nichts aus. So etwas kann passieren. Das Leben geht weiter. Jas ist einfach glücklich, wenn wir zusammen sind und ihre Söhne lächeln. Wen kümmert es da schon, wenn sie ein bisschen schmutzig sind.«

»Oder nass«, antwortete Liv. »Für eine kampferfahrene Truppe hattet ihr einen ziemlich panischen Ausdruck im Gesicht.«

»Also schön, die Mission hat sich geändert, Jungs. Bringt die Kinder raus in den Garten und spritzt sie ab. Olivia und ich räumen die Küche auf«, rief ich. Als ich Colins Blick begegnete, umspielte ein Lächeln seine Lippen. »Was ist?«

»Du bist verdammt sexy, wenn du andere herumkommandierst.«

»Ach wirklich?«

»Ja, wirklich. Und heute Abend werde ich dir zeigen, wie sehr es mich antörnt.«

»Ich kann es kaum erwarten.«

»Ich liebe dich, Sonnenschein.«

»Ich liebe dich auch.« Ich stellte mich auf die Zehenspitzen und drückte ihm einen flüchtigen Kuss auf die Lippen, obwohl ich ihn liebend gern inniger geküsst hätte. Eines war sicher: Unsere Leidenschaft und unser Verlangen füreinander waren so stark wie eh und je. Ich wollte Colin heute genauso sehr wie bei unserer ersten Begegnung. Ich hatte mein Versprechen gehalten und liebte ihn jeden Tag, als sei es unser letzter. Colin war ein guter Mann, ein großartiger Ehemann und ein noch besserer Vater. Er liebte Lexi über alles. Die beiden erfüllten mich mit so viel Liebe und Freude, dass ich es kaum aushielt.

Die Männer gingen mit den Kindern in den Garten, während Olivia und ich uns daranmachten, die Küche aufzuräumen.

»Du weißt, dass er heute Abend versuchen wird, dich zu schwängern, nicht wahr?«, fragte Liv. »Sie alle sind ziemlich raffiniert. Zuerst zeigen sie dir, was für harte Kerle sie sind, dann schenken sie dir ein sinnliches Grinsen und flüstern dir etwas mit tiefer Stimme zu, und *zack*, haben sie dir das Höschen ausgezogen. Pass nur auf, Süße, sonst fällst du noch auf seine Tricks herein.«

»Ich verlasse mich sogar darauf, dass er mich verführt.«

»Wie bitte?«, lachte Liv.

»Wir arbeiten daran, Colins Mutter die achtzehn Enkelkinder zu schenken, die sie sich wünscht.«

»Deine arme Vagina.«

»Meine? Du hast schon zwei Kinder zur Welt gebracht. Leo muss nur im Flur an dir vorbeigehen und du wirst schwanger.«

»Er geht nicht nur vorbei, das kannst du mir glauben.«

Wir lachten und wischten die Krümel und den Zuckerguss vom Boden und der Anrichte. Zum Glück war der größte Teil des Kuchens unversehrt. Aber selbst wenn nicht, wäre es nicht schlimm gewesen. Wir waren zusammen, die Kinder waren glücklich und das Leben war gut.

* * *

ZANE

Sechzehn Jahre später

»Eric, warum weint deine Schwester?«, fragte ich meinen Sohn.

»Ich bin mir nicht sicher, Dad. Ich glaube, sie ist immer noch wütend auf mich.«

Ich betrachtete meinen Sohn, der gerade seine Hausaufgaben machte, und dachte zum fünfhundertsten Mal, wie froh ich war, dass mein Junge als Erster geboren wurde und meine Gene geerbt hatte. Er war groß. Zwar war es nicht gerade billig, ihm ständig neue Hosen und Schuhe zu kaufen, doch es lohnte sich. Er passte auf seine Schwester auf, und dafür war ich dankbar. Meine Tochter war zwar erst fünfzehn, aber sie sah umwerfend aus und hätte leicht als Achtzehnjährige durchgehen können. Ich schob es auf Ivy, aber meine Frau sagte, es sei meine Schuld, weil Rose meine blauen Augen geerbt hatte. Ich war anderer Meinung, denn ihre Augen waren viel dunkler und funkelten wie Ivys, wenn sie lächelte. Im Moment lächelte Rose jedoch nicht. »Warum ist deine Schwester wütend auf dich?«

Mit einem schweren Seufzer legte Eric seinen Stift beiseite und sah zu mir auf. »Heute nach dem Training kam Rose am Sportplatz vorbei und dieses Arschloch sagte, es sei eine Schande, dass sie ihn nicht ranlasse, weil sie das heißeste Mädchen der Schule sei.«

Mein Blutdruck schoss in die Höhe. Nicht zum ersten Mal verspürte ich das Bedürfnis, einem Teenager in den Hintern zu treten. Ich würde mit Ivy darüber reden müssen. Es kam gar nicht infrage, dass diese kleinen Versager sich über mein Mädchen die Mäuler zerrissen.

»Was hast du getan?«

»Ich habe ihm gezeigt, was eine Harke ist, und ihm gesagt, dass er mehr als nur ein gekränktes Ego davontragen wird, wenn er noch einmal schlecht über meine Schwester spricht.«

»Guter Junge.« Ich war verdammt stolz darauf, wie mein Sohn die Situation gemeistert hatte.

»Warum ist sie dann so aufgebracht?«

»Sie ist in ihn verknallt. Wahrscheinlich hat sie deshalb nach dem Training auf mich gewartet. Sie hat gehofft, dass er sie zum Ball einlädt.«

»Hast du ihr erzählt, was er über sie gesagt hat?«

»Ja. Und ich habe ihr versichert, dass sie mit Pete nirgendwohin gehen will. Er ist ein Mistkerl. Selbst wenn sie nicht mit ihm schläft, wird er überall herumerzählen, dass sie es getan hat. Ich habe versucht, ihr zu erklären, dass sie auf einen derart schlechten Ruf verzichten kann.«

»Ich verstehe immer noch nicht, warum sie so wütend auf dich ist.«

»Weil ich ihr gesagt habe, dass sie zu gut für Football spielende Arschlöcher ist. Ich habe bereits die Nachricht verbreitet, dass jeder, der es wagt, sie anzufassen, es mit mir, Asher, Rob und Mason zu tun bekommt. Jetzt ist sie richtig sauer und denkt, dass sie das einzige Mädchen sein wird, das die Schule beendet, ohne jemals geküsst worden zu sein.«

»Ich sehe darin kein Problem«, erklärte ich.

»Ich auch nicht. Ich will nicht, dass meine Freunde darüber reden, meine Schwester zu vögeln.« Mir entfuhr unwillkürlich ein Knurren. »Tut mir leid, Dad. Du weißt, was ich meine.«

»Das hast du gut gemacht. Ist bei dir alles in Ordnung? Läuft es gut in der Schule?«

»Bestens. Ich freue mich schon auf den Sommer.«

Ich gab meinem Sohn noch einen Klaps auf den Rücken und ging ins Wohnzimmer, in dem Rose auf der Couch saß und weinte.

»Zuckermaus, sieh mich an«, sagte ich, als ich neben ihr Platz nahm. Meine fünfzehnjährige Tochter tat das, was Teenager am besten können, und verdrehte die Augen. Sie hasste den albernen Spitznamen, den ich ihr als Baby gegeben hatte, aber ich konnte nichts dagegen tun. Ich würde nicht aufhören, sie so zu nennen.

»Ich weiß, dass du wütend auf deinen Bruder bist, aber er hat sich richtig verhalten.« Als sie etwas erwidern wollte, hob ich eine Hand, um ihr Einhalt zu gebieten.

»Deine Mutter und ich sind sehr stolz auf dich. Du bist klug und witzig. Und so verdammt unabhängig, dass du deinen Vater noch um den Verstand bringst. Außerdem bist du wunderschön. Ich weiß, dass du dir einen Freund wünschst. Aber bevor ein Junge dich küsst, solltest du dich fragen, ob er es wert ist. Ist er deiner Zeit und deiner Zuneigung würdig? Wenn deine Antwort ja lautet, dann kannst du dich auf ihn einlassen.«

»Woher weiß ich, dass er meiner würdig ist?«

»Du wirst es einfach wissen. Und die Tatsache, dass du mich das fragst, bedeutet, dass du den Richtigen noch nicht getroffen hast. Wenn es so weit ist, wirst du es tief in deinem Inneren spüren. Bis dahin konzentrierst du dich auf dich.«

Ohne eine Antwort von Rose abzuwarten, stand ich auf und machte mich auf die Suche nach Ivy. Die Zeiten, in denen wir in dem Penthouse hoch über der Stadt gewohnt hatten, waren vorbei. Ivy hatte mich überredet, ein Haus mit weißem Lattenzaun in der Nähe von Linc und Jasmin zu kaufen. Danach hatte ich mir monatelang die dummen Sprüche der Jungs anhören müssen. Aber es war mir völlig egal, dass ich die Zielscheibe ihres Spotts war. Ich lebte meinen Traum.

Ich ging ins Schlafzimmer und fand Ivy im Badezimmer vor. Sie hatte gerade das Wasser in der Dusche aufgedreht. »Wie war die Sportstunde?«, fragte ich.

Dreimal in der Woche trafen sie und die anderen Mädchen sich zum Yoga oder Pilates oder was auch immer. Ich wusste nicht genau, wie es hieß, aber es war mir auch egal, denn ihr Hintern sah fantastisch aus.

»Meine Güte, hast du mich erschreckt. Die Stunde war gut. Mason hat eine neue Freundin, und Vi kann sie nicht ausstehen. Francesca hat einen Freund und Leo verliert fast den Verstand, weil jetzt seine beiden Töchter mit Jungs ausgehen. Er beschwert sich darüber, dass Marco, Dante und Nico nicht so auf ihre Schwestern aufpassen, wie sie es sollten. Erin wird noch verrückt, weil Colins Mutter eine Reise nach Florida geplant hat und Lex, Tommy, Max und Ben für eine Woche mitnimmt. Colin ist ...«

»Baby, ich weiß es zu schätzen, dass du mich über die Kinder auf dem Laufenden hältst, doch es ist mir scheißegal, was Colin tut. Aber ich kann mir vorstellen, dass er froh ist, seine Frau für eine Weile für sich allein zu haben.«

»Da hast du recht. Der Unterricht war gut«, wiederholte Ivy und zog ihre hautenge Trainingshose aus.

»Hast du Muskelkater?«

»Nein.«

»Gut.«

Ich zog mein Hemd aus und warf es zu ihrer Hose auf den Boden.

»Was ist mit den Kindern?«

»Sie sind beschäftigt. Wenn wir fertig sind, erinnere mich daran, dass ich mit dir über Hausunterricht für Rose reden muss.«

»Wir werden sie nicht zu Hause unterrichten.«

»Doch, das werden wir. Diese kleinen Scheißer in der Schule sehen sie ständig ...«

»Zane. Willst du hier herumstehen und dich über Hausunterricht unterhalten oder wirst du mit mir duschen und mir den Rücken waschen?«

Jegliche Gedanken an Hausunterricht waren verflogen, als sie sich ihr T-Shirt und den Sport-BH vom Leib riss. Sie stand nur mit ihrem Slip vor mir, während ich sie von Kopf bis Fuß betrachtete. Ich war ein verdammter Glückspilz. Ich würde wohl nie verstehen, warum das Schicksal es so gut mit mir gemeint hatte und wie Ivy es mit mir aushielt. Aber ich fragte auch nicht danach.

»Unter die Dusche. Sofort.« Ich entledigte mich meiner Hose und umfasste meinen härter werdenden Schwanz.

»Kann ich zuerst meine Unterhose ausziehen?«

»Nur wenn du dich beeilst.«

Sie schob ihre Daumen unter den Bund und streifte das Höschen ganz langsam ab. In dem Moment, in dem das Stück Stoff auf den Boden fiel, war ich bei ihr. Ich hob sie hoch, und sie schlang ihre Beine um meine Taille. Mit zwei Schritten hatte ich sie in die Dusche getragen, nach zwei weiteren hatte ich sie mit dem Rücken gegen die Wand gedrückt. Und mit einem Stoß war ich zu Hause.

»Mein Gott, ich liebe dich«, stöhnte sie.

»Mit jedem Atemzug liebe ich dich mehr.«

* * *

LINCOLN

Sechs Monate später

ES WAR EIN UNWIRKLICHES ERLEBNIS ZU SEHEN, WIE DAS eigene Kind den Fahneneid ablegte. Aber als ich gleich meine beiden Söhne dabei beobachtete, wurde ich von einem unbändigen Stolz übermannt und drückte Jasmins Hand.

Ich konnte mich noch gut an den Tag meiner Vereidigung erinnern. Ich hatte allem entfliehen wollen und nach einem Ausweg gesucht. Und der Dienst für mein Land schien mir die beste Option zu sein. Für meinen Bruder Zane war es gut genug, also dachte ich, es sei auch gut genug für mich. Als ich mich für die Ausbildung zum Navy SEAL meldete, war ich nicht auf das vorbereitet gewesen, was mich erwarten würde. Aber für die schlimmste Erfahrung seines Lebens ist man nie wirklich gerüstet. Ich hoffte, dass ich meine Söhne zur Genüge darauf vorbereitet hatte. Heute wurden beide bei der United States Navy vereidigt, und obwohl ich verdammt stolz war, machte ich mir dennoch Sorgen. Die Welt, in der wir lebten, war ein brutaler Ort.

Ich wusste, dass auch Jasmin ebenfalls gerade an den Tag dachte, an dem sie sich verpflichtet hatte. Wie ich erwartet hatte, stand mein Teufelsweib aufrecht und stolz neben mir. Ich wusste auch, dass sie meine Ängste teilte, sich aber nie etwas anmerken lassen würde. Nicht vor ihren Jungs.

»… so wahr mir Gott helfe.«

Robert und Asher senkten ihre rechte Hand und blieben stramm stehen, während die anderen Rekruten den Raum verließen. Es war so weit. Die Busse standen bereit und warteten darauf, die Rekruten zum Flughafen zu bringen.

Meine Söhne wandten sich uns zu, und ich hörte, wie Jasmin nach Luft schnappte. »Seid ihr bereit? Habt ihr eure Order?«, fragte sie.

»Wir haben alles«, antwortete Asher, was mich nicht überraschte. Er sprach immer für sich und seinen Bruder.

»Gut. Kommt her und lasst mich euch umarmen, damit ihr euch von den anderen verabschieden könnt.«

Asher trat vor und umarmte seine Mutter. Er war so viel größer als Jasmin, dass sie fast zu verschwinden schien. Er drückte ihr einen Kuss auf den Kopf und ging zu seinem Onkel Zane. Auch Jax, Leo, Colin und Declan warteten darauf, meinen Jungs alles Gute zu wünschen. Nein, sie waren keine Jungs mehr, sondern Männer. Achtzehn Jahre alt und auf dem Weg, ihr Leben in die Hand zu nehmen. Ich hatte versucht, sie davon zu überzeugen, zuerst aufs College zu gehen, denn mit ihren Noten und sportlichen Leistungen hätten sie überall studieren können, doch sie wollten nichts davon hören. Asher hörte sich gerade die letzten Ratschläge der Männer an, die ihn großgezogen hatten, als mir auffiel, dass Robert sich immer noch nicht von seiner Mutter verabschiedet hatte.

Über die Lautsprecher ertönte die Ansage, dass sie in zwei Minuten abfahren würden, und wir mussten uns auf den Weg nach draußen machen. Meine Frau hatte eine stoische Maske aufgesetzt, während Violet, Ivy, Olivia und Erin schnieften und sich die Tränen trockneten.

Gerade als ich Robert Feuer unterm Hintern machen wollte, stellte er sich seiner Mutter in den Weg und hinderte sie daran, das Gebäude zu verlassen.

»Mom.«

Mein Gott, seit wann war die Stimme meines Sohnes so rau? Wo waren die letzten achtzehn Jahre geblieben?

»Du solltest dich besser beeilen. Wenn du nicht in sechzig Sekunden im Bus sitzt, wirst du Ärger bekommen.«

»Mom, sieh mich an!«

Jasmin schüttelte nur stur den Kopf. »Linc, sag es ihm. Sie müssen ...«

»Sieh. Mich. An.«

Sie begegnete seinem Blick. Da wusste ich, warum sie ihn nicht hatte ansehen wollen, denn plötzlich schossen ihr Tränen in die Augen.

»Wir schaffen das. Du weißt, dass wir es schaffen. Du und Dad habt uns alles beigebracht, was wir wissen müssen. In neun Wochen sehen wir euch bei der Abschlussprüfung. Das wird ein Sonntagsspaziergang.«

»Ich weiß«, sagte sie knapp.

»Sicher«, erwiderte Robert mit einem Lächeln. »Ich hab dich lieb, Mom.«

Jasmin nickte.

»Es ist ein einfacher Tag.«

Sie nickte erneut.

»Wir werden vorsichtig sein.«

»Versprochen?«, murmelte sie.

»Versprochen.« Robert zog seine Mutter an sich, und sie prallte gegen seine Brust. Sie bebte am ganzen Körper, als Asher auf sie zukam und seine Arme um sie beide schlang.

»Ich liebe euch beide so sehr. Passt auf euch auf. Egal was passiert, ihr bleibt zusammen.«

»Das werden wir«, sagte Asher.

»Verdammte Scheiße. Jetzt fange ich an zu weinen. Ich weine nie, verflucht. Beeilt euch. Sonst fährt der Bus ohne euch ab.«

Robert reichte Jasmin an mich weiter, und sie schmiegte sich an mich, so wie sie es in den letzten zwanzig Jahren getan hatte. Meine Söhne nickten uns noch einmal zu und stiegen in den Bus, der sie zur Grundausbildung bringen würde.

»Die guten alten großen Fehler«, lachte ich.

»Ich vermisse sie jetzt schon, Linc«, flüsterte Jasmin. »Ich habe das Gefühl, als hätte man mir das Herz herausgerissen.«

»Ich weiß, süße Jasmin.«

»Und was machen wir jetzt?«

»Jetzt lehnen wir uns zurück und warten.«

»Worauf?«

»Auf Großes. Darauf, dass sie uns wieder brauchen. Ich schätze, wir haben noch mindestens zehn Jahre Zeit, bis sie lernen, dass sie nicht auf die Führung der Männer und Frauen verzichten können, in deren Fußstapfen sie treten.«

»So lange?«

»Baby, sie sind deine Söhne, vielleicht sollten wir eher fünfzehn Jahre einrechnen.«

»Willst du damit sagen, dass ich stur bin?«

»Auf jeden Fall.«

»Willst du mich etwa wütend machen?«

»Funktioniert es?«

Sie kniff ihre hübschen Augen zu dünnen Schlitzen zusammen, als sie begriff, was ich mit meinen Sticheleien bezweckte. Zumindest weinte sie jetzt nicht mehr.

»Seid ihr bereit?«

Als ich mich zu Zane umdrehte, wurde mir plötzlich bewusst, was wir alles erreicht hatten. Meine Söhne hatten uns gerade verlassen, um auf eigenen Füßen zu stehen, und die Familien, die wir gegründet hatten, hatten sich alle versammelt. Ich hätte es nie für möglich gehalten, dass die beiden kleinen Jungen aus West Virginia jemals ein so erfülltes Leben führen würden. Lange Zeit hatte ich befürchtet, dass meinem Bruder seine Schuldgefühle für immer im Weg stehen würden. Dann kam Ivy und stellte seine Welt auf den Kopf. Als Ivy mit Eric schwanger war, rächte ich mich für all die dummen Sprüche, die er mir an den Kopf geworfen hatte, als Jas die Zwillinge unter ihrem Herzen getragen hatte. Alle hatten geglaubt, Leo und ich wären überfürsorglich gewesen, wenn es um unsere schwangeren Frauen ging, aber Zane war noch viel schlimmer. Leo war wie immer der Überflieger und hatte mit Olivia zwei Töchter und drei Söhne gezeugt. Er hätte auch noch ein sechstes Kind in Angriff genommen, aber Olivia hatte sich nach Nicos Geburt strikt geweigert. Drei kleine Leos waren mehr, als sie verkraften konnte. Jaxon und Violet waren schlauer gewesen als der Rest von uns und hatten sich mit einem Sohn begnügt. Erin hatte, genau wie Olivia, nach dem dritten Jungen in Folge aufgegeben. Sie und Lexi waren im Hause Doyle in der Unterzahl.

»Wir haben es geschafft«, sagte ich, statt seine Frage zu beantworten.

Mein Bruder löste den Blick von seiner Frau und sah mich an. »Das haben wir.«

Sechs Männer und eine Frau standen vor einem Granitgrabstein.

»Es ist viel Zeit vergangen, Bruder«, begann Jaxon. »Zwanzig verdammte Jahre haben wir dich nicht mehr gesehen.«

»Wie versprochen haben wir unser Leben weitergelebt. Dein Opfer war nicht umsonst gewesen«, sagte Leo. »Gia wird bald heiraten. Ich würde den kleinen Mistkerl gern hassen, aber ich kann es nicht. Er ist ein guter Junge und liebt mein Mädchen. Das einzige Problem an dem Mann ist, dass er in der verdammten Air Force ist.«

»Hör schon auf«, lachte Jaxon. »In all den Jahren, in denen ich dir den Arsch gerettet habe, hast du dich kein einziges Mal über die Luftwaffe beschwert.«

»Richtig. Deshalb ist dein Junge, Mason, auch zur Armee gegangen«, fuhr Leo fort.

»Ich gebe Jasmin die Schuld dafür. Sie hat Mas in die Finger bekommen und ihm alles über menschliche Aufklärung erzählt. Von da an ging es bergab.«

»Bergab?«, fragte Jasmin lachend. »Du redest nur Scheiß.«

»Haben Rob und Asher ihre Befehle erhalten? Müssen sie sich trennen?«, fragte Colin.

»Sie gehen beide nach Virginia. Ihre Vorgesetzten haben erkannt, wie wichtig es ist, sie zusammenzulassen.«

Zane hörte dem Geplänkel seiner Männer nur mit einem Ohr zu. Sie hatten sich heute hier versammelt, weil sie einander ein Versprechen gegeben hatten. Dies war nicht der richtige Ort, um zu trauern. Manche würden es als respektlos empfinden, auf einem Friedhof zu stehen und mit einem toten Mann zu scherzen. Aber nicht sie. Eric hatte wie ein Held gelebt und war als Held gestorben. Ein Mann, dessen Andenken gefeiert werden musste. Und das taten sie. Die Erinnerung an ihn würde in jedem ihrer Kinder weiterleben. Dank Erics Opfer hatten sie alle die Möglichkeit gehabt, eine Familie zu gründen.

Leider hegte Zane immer noch Schuldgefühle. Heute fühlte er sich nicht mehr schuldig wegen der Männer, die er verloren hatte, sondern er hatte ein schlechtes Gewissen, weil er wusste, dass er nichts ändern würde. Weil Eric sein Leben für sein Team geopfert hatte, waren vierzehn Menschen auf der Welt, die sonst nie geboren worden wären. Trauer und Verlust hatten sich in Glück und Familie verwandelt. In den letzten zwanzig Jahren war Erics Licht nie erloschen. Es leuchtete immer noch auf sie herab und hauchte ihren Familien Leben ein. Und am Ende eines jeden Tages wussten Zane und sein Team, dass die Familie alles war, was sie hatten. Die Familien, die sie gegründet hatten, und die Bande, die sie geknüpft hatten.

Das Lachen verebbte, als es Zeit wurde zu gehen. Jeder von ihnen berührte zum Abschied den Grabstein. Zane verweilte noch einen Moment und trauerte um Eric.

»Ich vermisse dich, Bruder. Jeden verdammten Tag. Ruhe in Frieden.« Mit diesen Worten legte Zane eine Hand auf den kalten Grabstein und ging davon.

Lang lebe die Bruderschaft.

* * *

LESEN SIE AUF ALLE FÄLLE AUCH DIE ANDEREN BÜCHER über das Red Team. Haben Sie noch nicht genug von Zane Lewis und dem Rest des Teams? Auch die Reihe über das Gold Team wird bald auf Deutsch erhältlich sein – es bleibt spannend!

DANKSAGUNG

An Sie alle – meine Leserinnen und Leser. Danke, dass Sie dieses Buch gelesen und mir einige Stunden Ihrer Zeit geschenkt haben. Ob dies nun das erste Buch ist, das Sie von mir lesen, oder ob Sie schon von Anfang an dabei sind, danke für Ihre Unterstützung. Ihretwegen habe ich den tollsten Job der Welt.

BÜCHER VON RILEY EDWARDS

Red Team – Stahlharte Beschützer:

Jasmins Erinnerung

Schutz für Olivia

Vergebung für Violet

Erlösung für Ivy

Die Rettung von Erin

Die Gemini-Gruppe:

Nixons Versprechen

Jamesons Erlösung

Westons Schatz

Alecs Traum

Chasins Kapitulation

Holdens Erwachen

Jonnys Befreiung

Eliteteam 707:

Shanes Auferstehung

Jaspers Freiheit

Levis Erkenntnis

Nolans Zwiespalt

BIOGRAFIE

Riley Edwards ist eine USA Today und Wall Street Journal Bestsellerautorin, Ehefrau und Armee-Mom. Geboren und aufgewachsen ist sie in Los Angeles, lebt inzwischen jedoch mit ihrem fantastischen Ehemann und ihren Kindern an der Ostküste.

Riley schreibt herzerwärmende Liebesgeschichten mit sexy Alphahelden und noch stärkeren Heldinnen. Rileys Lieblingsgenres sind spannende Liebesromane und Militärromanzen.

Besuchen Sie Riley im Netz!
www.rileyedwardsromance.com
facebook.com/Novelist.Riley.Edwards
instagram.com/rileyedwardsromance
youtube.com/channel
tiktok.com/@rileyedwardsromance
twitter.com/rileyedwardsrom
E-Mail: riley@rileysrebels.com

facebook.com/Novelist.Riley.Edwards
x.com/rileyedwardsrom
instagram.com/rileyedwardsromance
bookbub.com/authors/riley-edwards
amazon.com/author/rileyedwards

BÜCHER VON SUSAN STOKER

SEALs of Protection:
Schutz für Caroline
Schutz für Alabama
Schutz für Fiona
Die Hochzeit von Caroline
Schutz für Summer
Schutz für Cheyenne
Schutz für Jessyka
Schutz für Julie
Schutz für Melody
Schutz für die Zukunft
Schutz für Kiera
Schutz für Alabamas Kinder
Schutz für Dakota

SEALs of Protection: Legacy
Ein Beschützer für Caite
Ein Beschützer für Brenae
Ein Beschützer für Sidney

Ein Beschützer für Piper
Ein Beschützer für Zoey
Ein Beschützer für Avery
Ein Beschützer für Kalee
Ein Beschützer für Jane

Die Zuflucht in den Bergen
Zuflucht für Alaska
Zuflucht für Henley
Zuflucht für Reese
Zuflucht für Cora
Zuflucht für Lara
Zuflucht für Maisy
Zuflucht für Ryleigh

SEALs of Protection: Alliance
Schutz für Remi
Schutz für Wren
Schutz für Josie (4 Mar)
Schutz für Maggie (1 Apr)
Schutz für Addison (6 May)
Schutz für Kelli
Schutz für Bree

Das Bergungsteam vom Eagle Point
Ein Retter für Lilly
Ein Retter für Elsie
Ein Retter für Bristol
Ein Retter für Caryn
Ein Retter für Finley
Ein Retter für Heather
Ein Retter für Khloe

Die SEALs von Hawaii:

Die Suche nach Elodie
Die Suche nach Lexie
Die Suche nach Kenna
Die Suche nach Monica
Die Suche nach Carly
Die Suche nach Ashlyn
Die Suche nach Jodelle

Delta Team Zwei

Ein Held für Gillian
Ein Held für Kinley
Ein Held für Aspen
Ein Held für Jayme
Ein Held für Riley
Ein Held für Devyn
Ein Held für Ember
Ein Held für Sierra

Die Delta Force Heroes:

Die Rettung von Rayne
Die Rettung von Emily
Die Rettung von Harley
Die Hochzeit von Emily
Die Rettung von Kassie
Die Rettung von Bryn
Die Rettung von Casey
Die Rettung von Wendy
Die Rettung von Sadie
Die Rettung von Mary
Die Rettung von Macie
Die Rettung von Annie

Mountain Mercenaries:

Die Befreiung von Allye
Die Befreiung von Chloe
Die Befreiung von Morgan
Die Befreiung von Harlow
Die Befreiung von Everly
Die Befreiung von Zara
Die Befreiung von Raven

Ace Security Reihe:

Anspruch auf Grace
Anspruch auf Alexis
Anspruch auf Bailey
Anspruch auf Felicity
Anspruch auf Sarah

Die Männer von Silverstone

Vertrauen in Skylar
Vertrauen in Taylor
Vertrauen in Molly
Vertrauen in Cassidy

Eine Sammlung von Kurzgeschichten

Ein langer kurzer Augenblick

BIOGRAFIE

Susan Stoker ist die New York Times, USA Today und Wall Street Journal Bestsellerautorin der Buchreihen »Badge of Honor: Texas Heroes«, »SEAL of Protection«, »Die Delta Force Heroes« und einigen mehr. Stoker ist mit einem pensionierten Unteroffizier der US-Armee verheiratet und hat in ihrem Leben schon überall in den

Vereinigten Staaten gelebt – von Missouri über Kalifornien bis hin zu Colorado. Zurzeit nennt sie die Region unter dem großen Himmel von Tennessee ihr Zuhause. Sie glaubt ganz und gar an Happy Ends und hat großen Spaß daran, Geschichten zu schreiben, in denen Romantik zu Liebe wird.

Besuchen Sie Susan im Netz!
www.stokeraces.com
facebook.com/authorsusanstoker
twitter.com/Susan_Stoker
bookbub.com/authors/susan-stoker
instagram.com/authorsusanstoker
Email: Susan@StokerAces.com